दौलत की दीवानी

जेम्स हेडली चेइज़

डायमंड बुक्स

प्रकाशक : डायमंड पॉकेट बुक्स (प्रा.) लि.
              X-30 ओखला इंडस्ट्रियल एरिया, फेज–II
              नई दिल्ली–110020
फोन   : 011–40712200
ई-मेल   : sales@dpb.in
वेबसाइट   : www.diamondbook.in
मुद्रक   : रेप्रो (इंडिया)

Daulat Ki Diwani

By : James Hadley Chase

प्रकाशक की ओर से दो शब्द

प्रिय पाठकगण,

प्रस्तुत है विश्व प्रसिद्ध जासूसी उपन्यासकार जेम्स हेडली चेईज का नवीनतम उपन्यास 'दौलत की दीवानी'। यह उपन्यास एक ऐसी औरत की कहानी है, जिसकी नजरों में जज्बाती रिश्तों का कोई मूल्य नहीं था। वह दीवानी थी केवल दौलत की।

यह एक अत्यंत ही रोमांच से पूर्ण उपन्यास है, जिसे आप अवश्य पसंद करेंगे।

— प्रकाशक

दौलत की दीवानी

1

इससे पूर्व कि मैं आपको अपनी तथा ईव के संबंधों की कहानी सुनाना आरंभ करूं—मैं बहुत ही संक्षेप में आपको वे घटनाएं सुनाना चाहता हूं, जो मेरे और ईव की पहली मुलाकात के दौरान बांधे रखता था—हालांकि उन दिनों मुझे अपना सारा ध्यान और पूरी क्षमता अपने काम-धंधे में लगानी चाहिए था।

इस बात से कोई फर्क नहीं पड़ता कि अब मैं क्या करता हूं। नौ साल पहले जब मुझे यह अहसास हो गया था कि मैं बेकार की एक मृगतृष्णा के पीछे भागता फिर रहा था, तो मैं पेसिफिक कोस्ट के इस नगर में आ गया था, जहां कि मुझे पहचानने वाला कोई नहीं था और न ही किसी ने मेरे बारे में कभी कुछ सुना था।

यह ठीक है कि मैं अपनी स्टेज पर ईव को फौरन पेश करने के लिए अब भी व्याकुल हूं, फिर भी जैसा कि मैं पहले भी कह चुका हूं, मेरे अपने बारे में कुछ ऐसी बातें हैं, जिनका जिक्र करना बेहद जरूरी है।

मेरा नाम क्लाइन थर्सटन है। आपने शायद कभी मेरे बारे में सुना हो। मैं उस हंगामाखेज सफल ड्रामे 'रेन चैक' का लेखक माना जाता था। परंतु हकीकत यह है कि वह ड्रामा मैंने लिखा ही नहीं था। हां, तीन उपन्यास मैंने जरूर लिखे थे, जो उस ड्रामे से किन्हीं भी मायनों में कम कामयाब नहीं थे।

रेन चैक के चल निकलने से पहले मेरी हैसियत कुछ भी नहीं थी। जैसा कि आज भी है, मैं मछलियों की एक फैक्ट्री में काम करता था और उसी के नजदीक लांग बीच के इलाके में एक विशाल अपार्टमेंट हाउस में रहता था।

जॉन कूल्सन के वहां रहने आने से पहले मेरा अस्तित्व एकरसतापूर्ण और महत्त्वाकांक्षा रहित था। मैं वैसी ही मामूली जिंदगी जी रहा था, जिस तरह की मेरे जैसे और हजारों नौजवान जीते हैं—जिनके सामने कोई भविष्य नहीं होता और जो आने वाले बीसियों सालों तक वही काम करते रहेंगे, जो वे आज कर रहे हैं।

हालांकि मेरी जिंदगी एकरसतापूर्ण और तन्हा थी, लेकिन मैंने उसको बड़े भावहीन ढंग से ज्यों-का-त्यों स्वीकार कर लिया था। मुझे रोज सुबह उठने, काम पर जाने, घटिया खाना खाने और हर क्षण पैसे-पैसे की जोड़-तोड़ में लग रहने की अपनी रोजमर्रा की रूटीन से कहीं छुट्टी मिलती दिखाई नहीं दे रही थी। कभी-कभार जब जेब इजाजत देती थी, तो किसी बाजारू औरत से थोड़ा-बहुत मौज-मेला कर लिया करता था।

जॉन कूल्सन से मिलने तक इन बातों से कहीं निजात नहीं थी, लेकिन उसकी मौत के बाद उस तन्हाई और एकरसता से निजात पाने का मुझे मौका मिला था, जो कि मैंने छोड़ा नहीं था।

जॉन कूल्सन को पता था कि उसकी मृत्यु होने वाली थी। तीन सालों से वह तपेदिक जैसी नामुराद बीमारी का मुकाबला कर रहा था, लेकिन अब वह थक चुका था। जिस तरह मौत की ओर अग्रसर होता हुआ एक जानवर कहीं जा छुपता है, ठीक उसी भांति वह सारे रिश्ते-नातों से किनारा करके लांग बीच के उस नामुराद अपार्टमेंट में रहने के लिए चला आया था।

उसमें मुझे कोई ऐसी बात दिखी थी, जिसने मुझे उसकी ओर आकर्षित किया था और वह भी मेरे साथ मुझसे संबंध बढ़ाने का उत्सुक दिखाई दिया था। शायद ऐसा इसलिए था—क्योंकि वह लेखक था और मेरी भी एक मुद्दत से यही ख्वाहिश रही थी कि मैं भी कुछ लिखूं—लेकिन लिखना मुझे इतनी मेहनत का काम लगता था कि मैं पस्त हो जाता था। मुझे लगता था कि अगर मैं शुरुआत करने में कामयाब हो गया तो अपने में निहित प्रतिभा के बल पर, जो कि मैं जानता था कि मुझमें थी, मैं अपने लिए सौभाग्य और प्रसिद्धि बटोर सकता था।

मेरे ख्याल से हममें कई लोग ऐसे होते हैं, जो यूं ही सोचते हैं, लेकिन शुभारंभ की प्रेरणा की कमी जिनको अपने ख्याल से हिलने नहीं देती।

जॉन कूल्सन ने मुझे बताया था कि उसने एक ड्रामा लिखा था, जो उसकी निगाह में उसके लेखक जीवन की सर्वश्रेष्ठ रचना थी। मैंने बड़ी दिलचस्पी से उसकी बात सुनी और नाटक लेखन की कला और उससे हासिल होने वाली दौलत के बारे में हैरान कर देने वाली जानकारी हासिल की।

अपनी मृत्यु से दो दिन पहले एक शाम को उसने मुझसे कहा था कि मैं उसका ड्रामा उसके एजेंट के पास भेज दूं। तब उसकी हालत इतनी नाजुक थी, कि वह बिस्तर से हिल-डुल भी नहीं सकता था।

'मुझे उम्मीद नहीं कि इसके खेले जाने तक मैं जीवित भी रह पाऊंगा।' वह खिड़की से झांकता हुआ बोला था— 'भगवान जाने उसका फायदा किसे पहुंचेगा, लेकिन इसका इंतजाम भी मेरे एजेंट को करना पड़ेगा—बात तुम्हें सुनने में अजीब जरूर लगेगी थर्सटन, लेकिन किसी के लिए कुछ छोड़ तक जाने लायक मेरा इस दुनिया में कोई नहीं है। आज मैं चाहता हूं कि काश मेरे बाल-बच्चे होते—तब यह सारी मेहनत और उसका फल उनके काम तो आ जाता।'

मैंने सहज भाव से उससे पूछा था— 'क्या उसका एजेंट किसी नाटक की समाप्ति की आशा कर रहा था।' उसने इनकार में सिर हिलाते हुए कहा था— 'नहीं, तुम्हारे सिवाय कोई और नहीं जानता कि मैंने एक नाटक लिखा है।'

अगले दिन शनिवार था और वह एलामिटीस में चलने वाले वार्षिक वाटर स्पोर्ट्स कार्निवाल की शुरुआत का दिन था। मैं हजारों अन्य लोगों की तरह याटों की दौड़ देखने के लिए बीच पर चला गया था। मुझे भीड़भाड़ से नफरत थी, लेकिन प्रत्यक्षतः कूल्सन मर रहा था और मुझे घर में ठहरना दूभर लग रहा था, जिसमें मौत मंडरा रही थी। मैं हार्वर पर पहुंचा।

उस दिन उस वक्त की सबसे महत्वपूर्ण दौड़ के लिए छोटे-छोटे याट तैयार किए जा रहे थे। इनाम एक सोने का कप था और मुकाबला बड़ा तगड़ा था। एक विशिष्ट याट ने मेरा ध्यान अपनी ओर आकर्षित किया। वह एक छोटी-सी लाल बाल वाली बोट थी और सूरत से ही बड़ी तेज रफ्तार लग रही थी। दो आदमी उसे तैयारकरने में लगे हुए थे। उनमें से एक तो सूरत से मामूली-सा नाविक लग रहा था, लेकिन दूसरा स्पष्ट दिखाई दे रहा था कि वह उस बोट का मालिक था—उसने बहुत कीमती लिबास पहना हुआ था और उसकी कलाई के गिर्द एक सोने का भारी कंगन लिपटा हुआ था। उसके चेहरे पर असहिष्णुता के ऐसे भाव थे, जो केवल बेशुमार दौलत और ताकत हासिल हो जाने के बाद ही किसी के चेहरे पर पैदा हो सकते थे। वह अपने दांतों में एक सिगार दबाए टिलर के पास खड़ा था और दूसरे आदमी को बोट तैयार करते देख रहा था। मैं उसके बारे में सोच रहा था—कौन हो सकता था वह आदमी?

अंत में मैंने यही फैसला किया कि या तो वह कोई फिल्म डायरेक्टर था या फिर टेक्सास का तेल का व्यापारी।

उसे कुछ मिनट तक देखते रहने के बाद मैं तभी वहां से घूमा, जब मेरे कानों में किसी भारी चीज के गिरने और साथ ही किसी के जोर से चीखने की आवाज सुनाई पड़ी।

नाविक-से लगने वाले व्यक्ति का पैर फिसल गया था और अब वह बुरी तरह से टूटी टांग के साथ हार्बर पर पड़ा हुआ था।

मेरी किस्मत में असाधारण परिवर्तन लाने में उस दुर्घटना का ही हाथ था। मुझे याट हैंडिल करने का खासा तजुर्बा था। मैंने उस घायल व्यक्ति की जगह पर खुद को पेश कर दिया और बाद में मालिक के साथ सोने का कप जीतने का भी सौभाग्य प्राप्त कर लिया था।

इसकी समाप्ति पर मालिक ने मुझे अपना परिचय दिया। जब उसने मुझे अपना नाम बतलाया तो पहले तो मुझे सूझा ही नहीं कि मेरा मुकद्दर मेरा साथ दे रहा था।

उस समय राबर्ट रोबिन थिएटर गिल्ड का सबसे ज्यादा शक्तिशाली व्यक्ति था। वह तकरीबन नौ या दस थिएटरों का मालिक था और इस धंधे की कामयाबियों की लंबी सूची उसके नाम के साथ जुड़ी हुई थी। उस कप को जीत लेने के बाद वह बच्चों की तरह खुश हो गया था और मेरी मदद का इतना शुक्रगुजार हो रहा था कि मुझे संकोच होने लगा था। उसने मुझे अपना कार्ड दिया और वादा किया था कि अगर जिंदगी में वह कभी भी मेरे काम आ सका तो जरूर आएगा।

आप बखूबी अंदाज लगा सकते हैं कि मेरे सामने कितना बड़ा लालच था। जब मैं अपने अपार्टमेंट में पहुंचा तो कूल्सन बेहोश पड़ा हुआ था। अगले दिन उसकी मृत्यु हो गई।

उसका नाटक उसके एजेंट को भेजे जाने के लिए मेज पर तैयार पड़ा हुआ था। मैं ज्यादा देर न हिचकिचाया। कूल्सन ने स्वयं ही माना था कि उसका कोई ऐसा सगेवाला नहीं था, जिसे नाटक से फायदा पहुंच सकता होता और उस वक्त मैंने अनुभव किया था कि उसे कम-से-कम मेरा तो ख्याल आना ही चाहिए था। अपनी अंतरात्मा की आवाज को दबाने में मुझे कुछ ही मिनट लगे। फिर मैंने पार्सल खोल लिया और उसमें से ड्रामे को निकालकर पढ़ना आरंभ कर दिया।

हालांकि नाटक लेखन के बारे में मेरा ज्ञान नहीं के बराबर था, लेकिन नाटक को पढ़ चुकने के बाद मुझे महसूस हुआ कि नाटक वास्तव में ही बहुत शानदार ढंग से लिखा गया था।

काफी देर मैं अपनी पोल खुल जाने की संभावनाओं पर विचार करता रहा, लेकिन मुझे खतरे वाली कोई बात दिखाई न दी। फिर उस रात बिस्तर के हवाले होने से पहले मैंने पांडुलिपि का प्रथम पृष्ठ और आवरण बदल दिया। अब आवरण पर 'बार्ट जॉन कूल्सन' की जगह पर 'रेन चैक' बाई क्लाइव थर्सटन लिखा था। अगले दिन मैंने उस नाटक को रोबिन के पास भेज दिया।

रेन चैक नाटक के खेले जाने में एक वर्ष का समय लग गया। तब तक नाटक की पांडुलिपि में कई परिवर्तन किए जा चुके थे, क्योंकि ऐसे किसी भी काम पर जिसमें रोबिन का पैसा लगा हो, वह अपनी छाप जरूर छोड़ना चाहता था। लेकिन तब तक मैं इस अहसास का काफी हद तक आदी हो चुका था कि ड्रामा मेरा था और अंत में जब वह खेला गया और तुरंत कामयाब हो गया तो मुझे अपनी उपलब्धि पर बेहद गर्व का अहसास हुआ।

यह बड़े गर्व की बात होती है कि आप एक भीड़ भरे कमरे में कदम रखें और अपना परिचय भीड़ को दें तथा लोगों के चेहरों से लगे कि आप उनकी निगाह में कोई चीज हैं। बहरहाल, मेरे लिए तो यह बहुत बड़ी बात थी और भी बड़ी बात यह तब बन गई जब बड़ी-बड़ी रकमें मुझे मिलने लगीं जबकि इससे पहले मैं मात्र चालीस डालर प्रति सप्ताह में ही गुजारा करने के लिए मजबूर था।

जब मुझे आश्वासन मिल गया कि ड्रामा बहुत लंबा चलने वाला था तो मैं न्यूयार्क छोड़कर हॉलीवुड के लिए रवाना हो गया। मुझे लग रहा था कि वर्तमान प्रसिद्धि के दम पर मैं हॉलीवुड में स्वयं को एक बेहद उच्चकोटि के पटकथा लेखक के रूप में स्थापित कर लूंगा। उस वक्त मुझे रायल्टी के तौरपर हजार डालर प्रति सप्ताह के लगभग पैसे मिलने लगे थे। इसलिए मुझे सनसैट बोलेवर्ड के नजदीक के आधुनिक ब्लाक में एक अपार्टमेंट ले लेने में कोई हिचकिचाहट महसूस न हुई।

एक बार वहां स्थापित हो जाने के बाद, मैंने अपनी तरक्की की संभावनाओं के बारे में सोचा और बहुत सोच-विचार के बाद मैंने एक उपन्यास पर काम करना आरंभ कर दिया। वह एक ऐसे आदमी की कहानी थी जो लड़ाई के दौरान घायल हो गया था और जो अपनी गर्लफ्रेंड से प्यार नहीं कर सकता था।

मैं एक ऐसे केस को जानता था और मुझे मालूम था कि लड़की पर क्या बीती थी। वह बड़ा जोरदार मसाला था और मुझे जंचा भी खूब था। किसी प्रकार मैं उस मसाले को कागजों पर उतारने में कामयाब हो गया था। उस कथानक को मेरे नाम का भी सहारा था, लेकिन वह स्वयं अपने आपमें भी कोई बुरा मैटर नहीं था।

उसकी करीब एक लाख प्रतियां बिकीं और मेरा दूसरा उपन्यास पहले जितना तो अच्छा नहीं था, पर फिर भी वह खूब बिका। रचनात्मक लेखन में वह मेरी पहली-पहली कोशिश थी, जिसके लिखने में मुझे बहुत कठिनाई पेश आई थी।

मेरा तीसरा उपन्यास एक ऐसे विवाहित जोड़े की जिंदगी पर आधारित था, जिन्हें मैं खूब अच्छी तरह से जानता था। पत्नी का व्यवहार बड़ा बुरा रहा था और अंत में उसकी अलहदगी मुझे बहुत बुरी लगी थी।

कहानी किसी न्यूज रील की तरह मस्तिष्क में उतरती रहती थी। मैंने बड़ी सहूलियत से उसे कागज पर उतार लिया। कहानी तो अपने आप शब्दों में ढलती चली गई थी, लेकिन जब वह उपन्यास छपकर मार्केट में पहुंचा तो लोगों द्वारा तुरंत हाथों-हाथ खरीदा जाने लगा।

उसके बाद मुझे यकीन हो गया कि मेरी कलम में जान थी। अब मैं अपने आपको विश्वास दिलाने लगा कि में जॉन कूल्सन के ड्रामा के बगैर भी कामयाब लेखक बन सकता था। अब मैं अपनी इस मूर्खता पर भी रो रहा था कि मैंने अपनी जिंदगी के इतने नायाब दिन क्लर्की करते गुजार दिए थे; जबकि मैं उस समय लेखन से ढेरों पैसा हासिल कर चुका होता।

कुछ महीनों बाद, मैंने एक और ड्रामा लिखने का फैसला किया। रेन चैक ब्राडवे पर अब खेला जाना बंद हो चुका था और अब नगर-नगर भ्रमण करता फिर रहा था। कमाई वह अब भी काफी कर रहा था, लेकिन मैं जानता था कि अब धीरे-धीरे रायल्टी की रकम घटती जानी थी और मैं अब अपने रहन-सहन के स्तर से नीचे नहीं आना चाहता था। इसके अलावा एक बात और भी थी—मेरे दोस्तों ने पूछना आरंभ कर दिया था कि मैं थिएटर के लिए फिर से कब लिखना शुरू कर रहा हूं। मैं बहानेबाजी करके उन्हें टालता चला आ रहा था, पर इस बहानेबाजी से मेरी हालत खस्ता होती जा रही थी।

जब मैंने ड्रामा लिखने की योजना बनानी आरंभ की तो मैंने महसूस किया कि जब मेरे पास कोई ऐसा आइडिया नहीं था, जिसको ड्रामे की शक्ल में पेश किया जा सकता था। मैं कोशिश करता रहा—मैंने लोगों से बात की, लेकिन हॉलीवुड में कोई आइडिया नहीं देता। मैं सोचता रहा—चिंता करता रहा, लेकिन हासिल कुछ भी न हो सका।

अंत में मैंने ड्रामा लिखने का ख्याल ही त्याग दिया और एक अन्य उपन्यास लिखने का फैसला किया। मैं फिर से टाइपराइटर पर उलझ गया और एक उपन्यास लिख डाला। फिर उसकी नोक-पलक संवारकर, उसको एडिट करके अपने प्रशासक को सौंप आया।

दो हफ्ते के बाद मेरे प्रकाशक ने मुझे लंच पर बुलाया। उसने मुझे साफ-साफ शब्दों में बता दिया कि मेरा यह उपन्यास बिलकुल बेकार था। उसे मुझको आश्वस्त करने की जरूरत नहीं थी, मुझे स्वयं ही पता था कि उपन्यास वास्तव में ही बेकार था, इसलिए मैंने उससे कहा

कि वह उस उपन्यास को भूल जाए। मैंने उसे कहा कि यह उपन्यास मैंने जल्दबाजी में लिखा था और बड़े बेमन से लिखा गया था। मैं उसे एकाध महीने में उसके स्तर की कोई बढ़िया रचना तैयार करके दे दूंगा।

अब मैं ऐसी जगह तलाश करने लगा, जहां मैं मन लगाकर लेखन कार्य कर पाता। यार-दोस्तों की निरंतर दखलंदाजी से मैं परेशान था। अगर मैं कोई ऐसी जगह तलाश कर पाता, जो एकांत में होती—खूबसूरत होती, जहां हस्तक्षेप की लानत न होती तो मैं अभी भी हिट उपन्यास लिख सकता था। उपन्यास तो क्या नाटक भी लिख सकता था। यह बात मुझे इतनी जंची कि मैंने फौरन अपनी मन-माफिक माहौल की तलाश आरंभ कर दी। अंत में मैंने एक ऐसी जगह तलाश कर ही ली, जो मेरे हिसाब से सब लिहाज से माकूल थी—वह जगह श्री प्वाइंट्स पर एक-एक मंजिली केबिन थी, जो बीयर लेक को जाने वाली सड़क से कुछ सौ गज हटकर बनी हुई थी। उसके सामने एक विशाल पोर्च था, जहां से सामने वाली पहाड़ियों का बड़ा मन-भावन दृश्य दिखलाई देता था। केबिन बड़े ऐश्वर्यशाली ढंग से सजा हुआ था और उसमें एक छोटा जेनरेटर प्लांट भी शामिल था। मैंने उसे गमियों के लिए खुशी-खुशी किराए पर हासिल कर लिया।

मुझे उम्मीद थी कि श्री प्वाइंट्स मुझे उबार लेगा—लेकिन ऐसा सिलसिला चल न पाया। मैं नौ बजे उठता था और खूब स्ट्रांग कॉफी पीकर टाइपराइटर के सामने बैठा जाता था। सामने के दृश्य देखता रहता था, लेकिन हाथ कुछ भी नहीं लगता था। कुछ लाइनें मैं लिखता भी था। लेकिन फिर मुझे वह पेज ही फाड़ देना पड़ता, क्योंकि लिखे गए मैटर से स्वयं मुझे ही तसल्ली नहीं थी।

सुबह यूं ही गुजर जाती थी। दोपहर बाद मैं कार पर सवार होकर लास एंजिल्स चला जाता था, जहां मैं सिनेमा लेखकों के साथ भटकता रहता था और फिल्मी सितारों को देखता रहता था। शाम को फिर मैं कुछ लिखने की कोशिश करता—कुछ न समझने पर चिड़चिड़ा जाता था और फिर जाकर सो जाता था। अपने व्यवसाय के उस संकट-काल के दौरान अब जरा-से भी मानसिक असंतुलन का प्रभाव मेरी सफलता या असफलता की वजह बन सकता था।

तभी ईव ने मेरी जिंदगी में कदम रखा। वह मुझ पर इस कदर हावी हुई कि मैं उसकी ओर यूं खिंचता चला गया, जैसे लोहा चुंबक की तरफ खिंचता चला जाता है। उसे नहीं मालूम था कि वह किस कदर मुझ पर हावी थी। अगर उसे मालूम हो भी जाता तो वह परवाह न करती। उसकी

धृष्टतापूर्ण लापरवाही, उसके चरित्र का सबसे कठोर पहलू था, जो कि मुझे बर्दाश्त करना होता था। जब भी मैं उसके साथ होता था तो मेरा दिल बहुत तड़पता था कि किसी प्रकार मैं उसे नैतिक समर्पण के लिए तैयार कर लूं, मजबूर कर दूं कि उसमें जो गुप्त शक्ति निहित थी—उसका भेद मुझे मालूम पड़ जाए।

लेकिन, इतना काफी है। मेरी स्टेज तैयार है और मेरी कहानी शुरू हो जाती है। मैं बहुत अरसे से इसको लिखने की योजना बनाए हुए था। मैं ऐसी कोशिशें पहले भी कर चुका हूं, लेकिन कामयाब नहीं हो सका था—इस बार हो सकता है मैं सफल हो जाऊं।

मुमकिन है कि कभी यह किताब छप जाए—तो फिर यह भी मुमकिन है कि यह कभी ईव के हाथों तक पहुंच जाए। मैं अपने मस्तिष्क में पलंग पर लेटी और अपनी उंगलियों में सिगरेट दबाए मेरी लिखी किताब को पढ़ती ईव की कल्पना कर सकता हूं। ईव की जिंदगी में इतने जाने-अनजाने पुरुष थे और उनके साये इस कदर उसके जहन पर छाए हुए थे कि मुझे उम्मीद थी कि वह सब नहीं तो अधिकतर वे बातें भूल चुकी होगी जो हम दोनों ने एक ही साथ की थीं। शायद हमारे संसर्ग की अंतहीन घड़ियों को फिर से जीना उसे अच्छा लगे और शायद अपना तन्हा अस्तित्व बनाए रखने के लिए उसकी शक्ति में उसका आत्मविश्वास और बढ़ सके।

मेरी किताब के आखिरी पन्नों तक पहुंचने के बाद उसे कम-से-कम वह पता लग जाएगा कि मैं उसकी कल्पना से कहीं ज्यादा गहरा पैठ चुका हूं और उसकी जिंदगी के बखिये उधेड़ने की कोशिश में स्वयं अपनी जिंदगी के भी गोपनीय पृष्ठ उलट चुका हूं और जब वह आखिरी सफे तक पहुंचेगी तो उसके चेहरे पर वह घृणा भरा भाव प्रकट होगा, जिसे मैं आमतौर पर देखता आया था। अंतिम पृष्ठ पढ़ते ही उसने एक घृणायुक्त भाव से मेरी किताब को एक ओर उछाल फेंक देना है।

<h2 style="text-align:center">2</h2>

मैं उस समय सान बर्नाडिनो के पंप पर था—जब मुझे बताया गया कि अंधड़ के आगमन की चेतावनी प्रसारित की जा चुकी थी। पंप के कर्मचारियों में से एक ने, जो सफेद लबादा पहने हुए था और जिसकी ऊपर की जेब पर एक तिकोना बैज लगा हुआ था—उसने मुझे सलाह दी थी कि मैं रात से सान बर्नाडिनो में रुक जाऊं।

लेकिन मैंने उसकी सलाह पर कोई अमल नहीं किया। जब मैं पहाड़ियों के पास पहुंचा तो अंधड़ चलने लगा। मैं आगे बढ़ता रहा। एक मील और आगे चलने पर आसमान एकदम काला हो गया और मूसलाधार बारिश होने लगी।

कार के विंड शील्ड वाइपर चल रहे थे—लेकिन फिर भी मुझे कार के हुड से आगे दो-चार गज की दूरी तक सड़क दिखाई दे पा रही थी, जो कि मेरी कार की हैडलाइट्स में पानी से भीगी होने के कारण चमक रही थी। अंधड़ और बाहरश के कार से टकराने से खूब शोर मच रहा था और मुझे ऐसा लग रहा था जैसे कि मैं एक विशाल ड्रम में बंद हूं और उस ड्रम को बाहर से जोर-जोर से पीटा जा रहा हो। मुझे अपने चारों तरफ से पेड़ों के गिरने और चट्टानों के लुढ़कने की आवाजें सुनाई पड़ रही थीं। ऊपर से सबसे तेज आवाज पानी के कार के पहियों से टकराने से पैदा हो रही थी। वर्षा का पानी साइड की खिड़कियों पर खूब बह रहा था और डैश बोर्ड की पीली रोशनी उन पर प्रतिबिंबित होकर मेरे चेहरे पर पड़ रही थी।

फिर कार सड़क के नीचे उतरने से बाल-बाल बची। उस वक्त मेरी बाईं तरफ पहाड़ी और दाईं तरफ एक सीधी गहरी खाई थी। मेरा दिल हिल गया। बड़ी कठिनाई से मैंने स्टियरिंग को इस ढंग से काटा कि कार खाई में गिरते-गिरते बची। मैंने कार का एक्सीलेटर दबाया, लेकिन हवा इतनी तेज चल रही थी कि कार की स्पीड में जरा भी बढ़ोतरी नहीं हुई। स्पीडोमीटर की सुई दस और पंद्रह मील की फ्री घंटे के बीच कांप रही थी और उससे ज्यादा रफ्तार बढ़ाना मेरे लिए नामुमकिन साबित हो रहा था।

जब मैं अगले मोड़ के करीब पहुंचा तो मैंने सड़क के बीचों-बीच दो आदमियों को भीगते खड़े पाया। उन्होंने रबड़ के काले कोट पहन रखे थे और उनके हाथों में थमी लालटेनों में से पानी से गीले कोट चमक रहे थे।

मैंने उनके करीब पहुंचकर कार रोकी। एक मेरे नजदीक आया।

'हैलो मिस्टर थर्सटन।' वह बोला—उसके हैट के किनारे से पानी टपक-टपककर मेरी आस्तान पर गिर रहा था— 'श्री प्वाइंट्स की ओर जा रहे हो?' उसने पूछा।

मैंने उसे पहचान लिया— 'हैलो टॉम।' मैं बोला— 'क्या मैं आगे जा सकता हूं?'

'मैं यह तो नहीं कह सकता कि आप पहुंच नहीं सकेंगे।' हवा और बारिश की वजह से उसका चेहरा छिले गोश्त जैसा लग रहा था— 'लेकिन हालात बहुत खराब हैं। बेहतर होगा कि आप वापस ही लौट जाएं, तो अच्छा है।'

मैंने इंजन चालू किया— 'मैं रिस्क लेकर देखता हूं। वैसे सड़क तो खुली है न?'

'अभी घंटे पहले एक बहुत बड़ी पैकार्ड यहां से गुजरी थी। वह वापस नहीं आई है, इससे लगता है कि सड़क खुली ही होगी, लेकिन फिर भी आप सावधान रहिएगा। अंधड़ का और भी बुरा हाल होगा वहां।'

'अगर पैकार्ड जा सकती है तो मुझे विश्वास है कि मैं भी जा सकता हूं।' मैं बोला। मैंने खिड़की चढ़ाई और गाड़ी आगे बढ़ा दी।

मैंने अगला मोड़ काटा और पहाड़ी के साथ-साथ सड़क पर गाड़ी चलाता हुआ ऊपर को चढ़ाने लगा। थोड़ी देर और कार चलाते रहने के बाद मैं एक संकरे पहाड़ी रास्ते पर पहुंचा। वह रास्ता बिग बियर लेक की तरफ जाता था।

उस रास्ते के दहाने पर जंगल एकाएक खत्म हो गया। आगे थोड़ा-बहुत झाड़-झंखाड़ थे। उनके अलावा बिग बियर लेक जाने वाला सारा रास्ता वीरान और नंगा पड़ा था।

मैं पेड़ों की ओट छोड़कर बाहर निकला तो हवा के तेज थपेड़े और जोरों से टकराने लगे। मुझे कार हिचकोले लेती लग रही थी। कार के बाहरी पहिए सड़क छोड़कर उठ जाते थे और भड़ाक की आवाज के साथ फिर सड़क पर आकर गिरते थे। मेरे मुंह से कोसने निकलने लगे। अगर ऐसा कुछ तब हुआ होता, जब मैं मोड़ काट रहा था तो मैं सीधा घाटी में जाकर गिरा होता। मैंने कार का गियर बदला और रफ्तार घटा दी। दो बार हवा ने इतनी तेजी दिखाई कि कार एकदम खड़ी हो गई। दोनों बार इंजन बंद हो गया और मैं बड़ी कठिनाई से कार को वापस सड़क पर लुढ़क जाने से रोक पाया।

पहाड़ी पर पहुंचने तक मेरा बुरा हाल हो चुका था। बारिश की वजह से विंडशील्ड में से तो कुछ दिखाई नहीं दे रहा था और यह जानने के लिए कि कार कहां जा रही थी—मुझे खिड़की से बाहर झांकना पड़ा था। सड़क बीस फुट से ज्यादा चौड़ी नहीं थी—और अगला मोड़ तो मैंने अपने अंदाजे से नहीं बल्कि अपनी तकदीर से ही ठीक काटा। हवा तो कार को उड़ा ले जाने को उतारू थी। उस मोड़ को काटने के बाद मुझे ओट मिल गई। बारिश के तेज थपेड़े कार पर अभी भी पड़ रहे थे, लेकिन अब मुझे राहत महसूस हो रही थी, क्योंकि मैं जानता था कि आगे ढलान का रास्ता था और हवा से परे था।

श्री प्वाइंट्स वहां से कुछ ही मील आगे था और हालांकि मैं जानता था कि सफर का बेहतरीन हिस्सा खत्म हो चुका था तो भी मैं कार को पूरी सावधानी से चलाता रहा, जो कि मैंने अच्छा ही किया, क्योंकि एकाएक मेरी हैडलाइट्स के सामने एक खड़ी कार प्रकट हुई और मैं बड़ी कठिनाई से ऐन मौके पर अपनी कार को ब्रेक लगा पाया। पहिए जाम हो गए और एक क्षण के लिए तो मुझे यूं लगा कि कार पलटकर सड़क से उतरने लगी थी, लेकिन उसका बंफर अगली कार के पृष्ठ भाग से टकराया और मैं उछलकर सामने स्टियरिंग व्हील पर जा पड़ा।

उस अहमक को कोसते हुए, जो बिना पीछे की बत्ती तक जलाए बीच सड़क पर कार खड़ी कर गया था, मैं कार के रनिंग बोर्ड पर खड़ा हो गया और अपनी टार्च टटोलने लगा। बारिश मुझ पर गिरने लगी। बाहर कदम रखने से पहले मैंने रोशनी का रुख नीचे को करके देखा कि मेरा कदम कहां पड़ने वाला था। पानी कार के पहियों के मध्य भाग तक पहुंच रहा था और जब मैंने टार्च की रोशनी दूसरी कार पर डाली तो मेरी समझ में आया कि कार वहां यूं क्यों छोड़ दी गई थी। कार पानी में इतनी डूबी हुई थी कि लगता था कि पानी डिस्ट्रीब्यूटर में भी घुस गया था।

मेरी समझ में नहीं आ रहा था कि ढलवां सड़क पर वहां छोटी-मोटी झील-सी किस प्रकार बन गई थी। मैंने सावधानी से पानी में पांव डाला। पानी मेरी पिंडलियों तक आ रहा था। मेरा पांव कीचड़ में जाकर फंसा। मैं किसी प्रकार अपने पांव घसीटता हुआ अगली कार की तरफ बढ़ा। तब तक बारिश हल्की हो चुकी थी। मेरा हैट भीगकर लिजलिजा-सा हो गया था। मैंने वेसब्रेपन से हैट को सिर से उतारा और उसे परे फेंक दिया।

खड़ी कार के समीप पहुंचकर मैंने खिड़की से भीतर झांका। कार खाली थी। मैं उसके पायदान पर चढ़ गया और उसके अग्रभाग की ओर बढ़ा ताकि वहां से मैं उससे आगे सड़क देख सकूं। टार्च की रोशनी में मैंने देखा कि सड़क का अस्तित्व समाप्त हो चुका था। सड़क पर पेड़, चट्टानें, झाड़-झंखाड़ वगैरह इस तरह टूटकर जमा हुए थे कि सड़क गायब हो चुकी थी और उस पर एक बांध बन गया मालूम होता था।

कार पैकार्ड थी। मैंने फैसला किया कि वह वही कार थी जिसका टॉम ने जिक्र किया था।

पैदल चलने के अलावा मेरे पास कोई रास्ता नहीं था। मैं वापस अपनी कार के पास पहुंचा और मैंने अपने दो बैगों में से अपेक्षाकृत छोटा बैग उठा लिया। मैंने कार के दरवाजे

बंद किए, पैकार्ड को पार किया और पानी में से गुजरता हुआ उन पेड़ों और चट्टानों के बांध की तरफ बढ़ा, जिनसे सड़क रुकी पड़ी थी। एक बारपानी से निकलने के बाद मैं बिना किसी कठिनाई के सड़क पर चढ़ने लगा। जल्दी ही मैं ऐसे स्थान पर पहुंचा, जिसके आगे सड़क पर और रुकावटें नहीं दिखाई दे रही थीं।

लेकिन हवा से नीचे उतरना काफी कठिन था और एक बार तो मैं लगभग गिर ही पड़ा और अपना संतुलन बनाए रखने के लिए मैंने एक टूटे हुए पेड़ की जड़ों को थाम लिया। उसके बाद मैं अपने हाथ से निकल गया, बैग भी बड़ी कठिनाई से तलाश कर पाया। अंत में मैं सड़क पर पहुंच गया।

उसके बाद का रास्ता आसान था।

कोई दस मिनट में मैं श्री प्वाइंट्स के सफेद फाटक पर पहुंचा। मैं राहदारी पर अभी थोड़ा ही आगे बढ़ा था कि मुझे बैठक में रोशनी दिखाई दी। मुझे फौरन पैकार्ड के ड्राइवर का ख्याल आया। मैं गुस्से में सोचने लगा कि वह केबिन में पहुंचने में कैसे कामयाब हो गया था।

मैं सावधानी से समीप पहुंचा। मैं अपनी मौजूदगी की खबर उसको लगने देने से पहले उसकी एक झलक देख लेना चाहता था। पोर्च के साये में पहुंचकर मैंने अपना बैग नीचे रख दिया और पानी से तर अपना कोट उतारकर दीवार के साथ रखे एक लकड़ी के बेंच पर फेंक दिया। मैं धीरे से चलता हुआ खिड़की के पास पहुंचा और मैंने प्रकाशित कमरे में भीतर झांका। जो कोई भी कमरे में दाखिल हुआ था, उसने भीतर आग जला ली थी। कमरा खाली था, लेकिन जब मैं झिझकता हुआ वहां खड़ा था तो एक आदमी किचन से निकलकर वहां आया। उसके हाथ में मेरी स्कॉच की एक बोतल थी, दो गिलास थे और एक साइफन था।

मैंने दिलचस्पी भरी निगाहों से उसे देखा। वह ठिगना था, लेकिन उसकी छाती और कंधे बहुत शक्तिशाली लग रहे थे। उसकी नीली आंखों में कमीनगी भरी थी और उसकी बांहें इतनी लंबी थीं, जितनी मैंने अपनी जिंदगी में कभी किसी लंगूर की ही देखी थीं। मुझे उसको देखते ही उससे अरुचि हो गई थी।

वह आग के सामने आ खड़ा हुआ और उसने दोनों गिलासों में व्हिस्की डाली। एक गिलास उसने मैंटलपीस पर रख दिया और दूसरा अपने अपने होंठों में लगाया। उसने स्कॉच को यूं चखा जैसे वह उसका कोई पारखी था और उसे वह ब्रांड जंच नहीं रहा था। मैंने उसे अपने मुंह में जुबान फिराते और विचारपूर्ण ढंग से व्हिस्की की बोतल को देखते हुए पाया। फिर उसने संतुष्टिपूर्ण ढंग से सिर हिलाया और बाकी की व्हिस्की भी पी गया। उसने अपना गिलास फिर भर लिया और फिर आग के पास एक कुर्सी पर बैठ गया। बोतल उसने अपने समीपएक मेज पर रख ली।

उसकी उम्र का मेरा अंदाजा था कि वह पचास के पेटे में था। वह ऐसा आदमी नहीं लगता था जो कि पैकार्ड का मालिक हो सकता हो। उसका सूट बड़ा घटिया था और उसकी कमीज तथा टाई की पसंद उसके स्तर की चुगली कर रही थी। मुझे रात उसके संसर्ग में गुजारने का ख्याल ही नागवार गुजर रहा था।

मैंटलपीस पर रखा व्हिस्की का दूसरा गिलास भी मुझे परेशान कर रहा था। इसका एक ही मतलब था कि उसके साथ कोई और भी था तथा मैं सोच रहा था कि उसके साथी के प्रकट हो जाने तक क्यों न मैं वहीं खड़ा रहता, जहां कि मैं खड़ा था। लेकिन तेज हवा और भीगे कपड़ों की वजह से मुझे वह ख्याल छोड़ना पड़ा। मैं वहां और नहीं खड़ा होना चाहता था। मैंने अपना बैग उठाया और मुख्य द्वार की ओर बढ़ा। दरवाजे का ताला लगा हुआ था। मैंने अपनी चाबियां निकालीं, चुपचाप दरवाजा खोला और लॉबी में कदम रखा। मैंने अपना बैग नीचे रख दिया और यह सोचता-हिचकिचाता खड़ा रहा कि मैं पहले बैठक में जाकर अपनी मौजूदगी की जानकारी दे दूं या सीधा बाथरूम में चला जाऊं। तभी वह आदमी बैठक के दरवाजे पर प्रकट हुआ।

उसने बड़ी हैरानी से मेरी तरफ देखा— 'क्या चाहते हो?' वह कोड़े की फटकार जैसी आवाज में बोला।

मैंने उसको निहारा— 'गुड इवनिंग। मैं आशा करता हूं कि आपके रास्ते में नहीं आ रहा हूं, लेकिन इत्तफाक से यह जगह मेरी मिल्कियत है।'

मैं आशा कर रहा था कि यह गैस निकले गुब्बारे की तरह पिचक जाएगा, लेकिन वह और भी दबंग हो उठा। उसने अपनी छोटी-छोटी कमीनगी भरी आंखों से मेरी ओर देखा।

'तुम्हारा मतलब है कि यह केबिन तुम्हारा है?' वह बोला।

मैंने सहमति में सिर हिलाया— 'मेरी वजह से परेशान होने की जरूरत नहीं। ड्रिंक लो, व्हिस्की किचन में है। मैं जरा नहा लूं, अभी हाजिर होता हूं।'

फिर उसे स्वयं को मुंहबाए देखता छोड़कर मैं बेडरूम में दाखिल हो गया। मैंने अपने पीछे दरवाजा बंद कर लिया। फिर मुझे बेहद गुस्सा आ गया।

सारे कमरे में जनाने कपड़े फैले पड़े थे। काली सिल्क की एक पोशाक, नीचे पहनने के कपड़े, जुराबें और अंत में बाथरूम के दरवाजे के पास धूल से भरे काले जूते।

पलंग पर एक चमड़े का सूटकेस खुला पड़ा था और उसमें से भी जनाने कपड़े बाहर बिखरे पड़े थे। बिजली के हीटर के सामने रखी कुर्सी की पीठ पर एक नीले रंग का आधी बांहों का ड्रेसिंग गाउन पड़ा था।

मैं गुस्से में पगलाया हुआ उस बेतरतीबी को देखता रहा, लेकिन इससे पहले कि मैं कुछ कर पाता— 'मैं सीधा बाथरूम में जा घुसने का और वहां जो भी मौजूद था, उसको थोड़ी तहजीब सिखाने का इरादा रखता था। बेडरूम का दरवाजा खुला और उस आदमी ने भीतर कदम रखा।

मैं उसकी तरफ घूमा— 'यह क्या है?' मैंने चारों तरफ बिखरे पड़े कपड़ों की तरफ इशारा करते हुए पूछा— 'तुमने होटल समझ रखा है इसे?'

उसने बेचैनी से अपनी टाई को छुआ— 'गुस्सा मत करो, जनाब! हमने यह जगह खाली पाई और...।'

'ठीक है! ठीक है!' मैं अपने गुस्से पर काबू पाने की कोशिश करता हुआ बोला। फसाद करने का दरअसल कोई फायदा नहीं था। यह उनका दुर्भाग्य था कि मैं वापस लौट आया था— 'दूसरे की जगह इस्तेमाल करना खूब जानते हो तुम।' मैं बोला— 'लेकिन कोई बात नहीं। मैं भीगा हुआ हूं और चिड़चिड़ाया हुआ हूं। बड़ी नामुराद रात है। मैं माफी चाहता हूं। मैं दूसरे बाथरूम में चला जाता हूं।' मैं उसके समीप से होता हुआ गेस्ट रूम की ओर जाने वाले गलियारे की तरफ बढ़ चला।

'मैं आपके लिए ड्रिंक तैयार करता हूं।' वह पीछे से बोला।

क्या कहने! एक अजनबी आदमी मुझे मेरी ही स्कॉच ऑफर कर रहा था। मैंने बेडरूम का दरवाजा बंद किया और अपने गीले कपड़े उतारे।

गर्म पानी से नहाने के बाद मेरी हालत सुधरी। शेव कर चुकने के बाद तो मैं सोचने लगा कि वह औरत कैसी होगी देखने में—लेकिन उस आदमी का ख्याल करके मुझे वहशत होने लगी। अगर वह भी उस आदमी जैसी थी तो हो गया खाना खराब।

मैंने कपड़े पहने, अपने बालों में कंघी की और शीशे में अपनी सूरत देखी। मैं चालीस साल का नहीं लग रहा था। अधिकतर लोग मुझे तीस के आसपास ही समझते थे—और मैं इस बात से बड़ी फूंक लेता था। आखिर हूं तो मैं इंसान ही। मैंने अपने चौकोर जबड़े, उभरी हुई गालों की हड्डियों और ठोड़ी के बीच में मौजूद गड्ढे पर निगाह डाली। मैं अपनी सूरत से संतुष्ट था। मैं लंबा था, लेकिन मोटा नहीं था और मेरे कपड़े मुझे बड़ी खूबसूरती से फिट आते थे। मैं अपने आपको ख्याति प्राप्त नाटककार और उपन्यासकार कह सकता था। हालांकि यह विशेषण अखबार वालों ने अभी तक मुझे नहीं दिया था।

बैठक के दरवाजे पर पहुंचकर मैं ठिठका। दरवाजे के पल्लों में से आदमी की धीमी-सी आवाज आ रही थी, लेकिन मुझे यह सुनाई नहीं दे रही थी कि वह क्या कह रहा था। मैंने अपने चेहरे को इस प्रकार भावहीन बनाया, जैसे मैं उसे प्रेसवालों से मुलाकात होने पर बनाता था और फिर मैंने दरवाजे की मूठ घुमाई और भीतर दाखिल हो गया।

3

मैंने काले बालों वाली उस महिला को देखा, जो अपनी एड़ियों के बल आगे के सामने बैठी हुई थी। वह वही आधी बांहों वाला ड्रेसिंग गाउन पहने थी, जो मैंने अपने बेडरूम में एक कुर्सी की पीठ पर पड़ा देखा था। हालांकि उसे जरूर मालूम हो गया होगा कि मैंने कमरे में दाखिल हुआ था, लेकिन फिर भी उसने घूमकर नहीं देखा। उसने अपने हाथ आग की तरफ फैलाए हुए थे। मैंने उसके हाथ में शादी की अंगूठी देखी। मैंने यह भी देखा कि उसके कंधे उसके कूल्हों से जरा चौड़े थे और ऐसी ही औरतें मुझे पसंद आती थीं।

मैंने इस बात का बुरा नहीं माना कि उसने मेरे आगमन को नजरअंदाज कर दिया था। मुझे शादी की अंगूठी से भी एतराज नहीं हुआ। लेकिन ड्रेसिंग गाउन से मुझे जरूर एतराज हुआ।

16

ड्रेसिंग गाउन में कोई औरत बेहतरीन नहीं लगती। चाहे उसे नहीं मालूम था कि मैं कौन था, लेकिन फिर भी उसे कोई मुनासिब पोशाक पहन लेनी चाहिए थी। मुझे यह नहीं सूझा कि शायद उसे परवाह ही नहीं थी कि वह कैसी लगती थी। मैं उसको उसी गह से नाप रहा था, जिससे मैं अन्य स्त्रियों को नापता था। वे मुझे ड्रेसिंग गाउन में दिखाई देने के स्थान पर नंगी दिखाई देना ज्यादा पसंद आती थी।

जैसा मेरा नाम था, व्यक्तित्व था और पैसा था, उसको निगाह में रखते हुए वह अवश्यंभावी था कि औरतें मुझे बिगाड़तीं। पहले मैं इस बात से आनंदित होता था कि वे मेरी ओर ध्यान देती थीं, हालांकि मैं जानता था कि उनमें से अधिकतर हॉलीवुड के हर किसी काबिल कुंआरे आदमी के साथ यूं ही पेश आती थीं। वे मुझसे मेरा पैसा चाहती थीं, मेरा रुतबा चाहती थीं, मेरी मेहमाननवाजी चाहती थीं और सिवाय मेरे हर चीज चाहती थीं।

मुझे अधिकतर वे औरतें जिनमें कि सलीका हो, पसंद आ जाती थीं। खूबसूरत सजी-सजाई औरतें मेरी पृष्ठभूमि का एक बड़ा आवश्यक अंग थीं। वे मुझे उत्तेजित करती थीं, वे मेरी दिलजोई का सामान थीं और वे मेरे अहम की तुष्टि का साधन थीं। मैं उनकी अपने पास मौजूदगी यूं पसंद करता था, जैसे लोग अपनी दीवारों पर खूबसूरत तसवीरें टांगना पसंद करते हैं। लेकिन बाद में मैं उनसे बोर होने लगता था। मेरा औरतों से रिश्ता एक खेल की तरह हो गया था, जिसमें दोनों खिलाड़ी एक-दूसरे को ज्यादा-से-ज्यादा निजी फायदे के लिए इस्तेमाल करने की कोशिश करते हैं। कुछ घंटों का एक खास सुख हासिल करने के लिए मुझे वैसे रिश्ते से कोई एतराज नहीं था।

कैरोल एक इकलौता अपवाद थी। मैं उससे न्यूयार्क में उन दिनों मिला था, जब मैं 'रेन चैक' का खेले जाना शुरू होने की प्रतीक्षा कर रहा था। उस वक्त वह रॉबर्ट रोबिन की निजी सचिव थी। वह मुझे पसंद करती थी और अजीब बात थी कि मैं भी उसे पसंद करता था। उसी ने मुझे हॉलीवुड जाने का प्रोत्साहन दिया था और वह खुद भी वहां इंटरनेशनल पिक्चर्स के पास स्क्रिप्ट राइटर का काम कर रही थी।

मैं ज्यादा देर तक कभी एक ही औरत में मुहब्बत नहीं करता रह सकता था। वैसे तो यह अफसोस करने लायक बात है, लेकिन प्रत्यक्षतः इसके कई फायदे भी थे। जैसे आपको अपनी बाकी की सारी जिंदगी एक औरत से चिपके रहकर बोर नहीं होना पड़ता था। लेकिन लोगों को इस बात में भी कोई फायदा दिखाई देता होगा, तभी तो लोग शादी करते हैं। कभी-कभी मुझे लगता था कि तकदीर मेरे साथ धोखाधड़ी कर रही थी, जो कि मैं राह चलते आम आदमी जैसा नहीं था।

हॉलीवुड आने से पहले एक ऐसा वक्त भी आया था, जब मैंने कैरोल से शादी करने के बारे में बड़ी गंभीरता से विचार किया था। मुझे उसका संसर्ग पसंद आता था और मुझे अपनी जानकारी के दायरे की तमाम औरतों के मुकाबले में वह सबसे अधिक समझदार लगती थी।

लेकिन कैरोल स्टूडियो में व्यस्त रहती थी और दिन में हम कभी-कभार ही मिल पाते थे। मेरी कई औरतों से दोस्ती थी, इसलिए मेरा दिन ही नहीं, रात भी बड़ी व्यस्त गुजरती थी। कैरोल उन औरतों को लेकर मेरा मजाक उड़ाया करती थी, लेकिन उसे मेरी उनसे दोस्ती में

एतराज नहीं था। एक रात जब मैं थोड़ा नशे में था और मैंने उसे यह कहा था कि मैं उससे प्यार करता था, तभी उसने अपने दिल की बात कही थी। शायद वह भी थोड़ी नशे में थी, लेकिन मुझे शक है—फिर दो हफ्तों तक जब मैं किसी और औरत के साथ कहीं तफरीह के लिए जाता था तो मुझे अपने आपसे बड़ी वहशत होने लगती थी, लेकिन उसके बाद मैंने चिंता करनी छोड़ दी थी। तब तक शायद मुझे इस बात की आदत पड़ गई थी कि कैरोल मुझसे मुहब्बत करती थी।

जब मैं युवती की तरफ देख रहा था तो आदमी, जो कि साइड बोर्ड के पास खड़ा ड्रिंक्स तैयार कर रहा था, मेरे पास आया और उसने मुझे स्कॉच और सोडा का एक गिलास थमा दिया। वह तनिक नशे में लग रहा था और तब, क्योंकि वहां ज्यादा रोशनी थी इसलिए मैंने देखा कि उसकी शेव भी बढ़ी हुई थी।

'मेरा नाम बारो है।' वह शराब के भभके मेरे मुंह पर छोड़ता हुआ बोला— 'हार्वे बारो। मुझे अफसोस है कि मैं यूं तुम्हारे केबिन में घुस आया, लेकिन और मैं कुछ कर भी तो नहीं सकता था।' वह मेरे और युवती के बीच मेरे समीप खड़ा हो गया।

मेरी उसमें कोई दिलचस्पी नहीं थी। अगर वह उसी क्षण मरकर मेरे कदमों में गिर गया होता तो भी मैंने उसकी तरफ ध्यान न दिया होता। मैं कुछ कदम पीछे हटा ताकि मैं युवती को देख पाता। वह पूर्ववत् आग के पास यूं बैठी रही, जैसे उसे मेरे आगमन की खबर ही नहीं थी ओर पता नहीं क्यों उसकी यह जबरन लापरवाही मुझे बहुत उत्तेजित कर रही थी।

बारो ने मेरी बांह पर दस्तक दी। मैंने युवती पर से निगाह हटाई और उसकी तरफ देखा। वह मेरे केबिन में घुस आने के लिए खेद प्रकट करता रहा। मैंने शुष्क स्वर में उसे कहा कि अब वह उस बारे में बात करना बंद करे, क्योंकि अगर मैं उसकी जगह होता तो शायद मैं भी यही करता। फिर मैंने बड़े सहज भाव से अपना परिचय दिया। मैं जान-बूझकर धीमी आवाज में बोला था ताकि युवती न सुन सके। मैं चाहता था कि बाद में जब उसे मालूम हो कि वास्तव में मैं कौन था तो उसे इस बात का मलाल हो कि वह कितने गणमान्य व्यक्ति को नजरअंदाज कर रही थी।

मैंने अपना नाम दो बार दोहराया तो वह बारो की समझ में आया और तब भी मेरे नाम की उस पर कोई प्रतिक्रिया नहीं हुई। मैंने उसे यह तब कहा कि मैं लेखक था, लेकिन उसने कभी मेरा नाम नहीं सुना था। वह उन अहमकों जैसा था, जिन्होंने कभी भी कुछ नहीं सुना होता। उस क्षण के बाद मैंने उससे किनारा कर लिया।

'आपसे मिलकर खुशी हुई।' वह मुझसे हाथ मिलाता हुआ बोला— 'आपकी मेहरबानी है जो आप खफा नहीं हुए। कोई दूसरा आदमी होता तो हमें फौरन बाहर निकाल देता।'

मुझे ऐसा करके बहुत खुशी होती, लेकिन मैंने झूठ बोलते हुए कहा— 'कोई बात नहीं।' मैंने फिर युवती की तरफ देखा— 'लेकिन एक बात बताओ, तुम्हारी बीवी बर्फ का टुकड़ा है या गूंगी-बहरी है या सिर्फ नखरा झाड़ रही है।'

उसने मेरी निगाह का अनुसरण किया और उसका रूखा, लाल चेहरा कठोर हो उठा।

'यह सिलसिला मुझे मुसीबत में डाल रहा है, भाई।' यह मेरे कान में फुसफुसाता हुआ बोला— 'यह मेरी बीवी नहीं है। इस वक्त गुस्से में पागल हो रही है। यह भीग गई थी और इस तरह की औरतें भीग जाना गवारा नहीं करतीं।'

'आई सी।' मैं वितृष्णापूर्ण स्वर में बोला— 'खैर छोड़ो। मैं उससे मिलना चाहता हूं।' और वह आग की तरफ बढ़ा और युवती के समीप जा खड़ा हुआ।

उसने अपना सिर घुमाया, मेरे पैरों पर दृष्टिपात किया और फिर एकाएक सिर उठाकर मेरी तरफ देखा।

मैं मुस्कराया— 'हैलो!' मैं बोला।

'हैलो!' वह बोली—फिर आग की तरफ देखने लगी।

मुझे उसके चेहरे की एक झलक ही मिली थी। उसका चेहरा दिल के आकार का था और कठोर था, ठोड़ी तनी हुई थी और आंखों में एक अजीब-सा लापरवाही का भाव था। लेकिन इतना ही काफी था। एकाएक मेरे मन में एक ऐसी भावना पैदा हुई, जैसे तब होती जब आप एक पहाड़ी की चोटी पर पहुंच गए हों। मैं उस भावना का अर्थ खूब समझता था।

यह बात नहीं थी कि वह हसीन थी। वह सपाट-सी लड़की थी, लेकिन उसमें कोई ऐसी चुंबक जैसी आकर्षण शक्ति थी, जो मुझे आंदोलित कर रही गई थी। शायद चुंबक जैसी आकर्षण शक्ति मुनासिब शब्द नहीं था। मैं फौरन जान गया था कि उसके चेहरे के नकाब के पीछे उसका बहुत बुरा रूप छिपा हुआ था और उसमें कोई वहशियों जैसी बात थी। उसको देखने भर से देखने वाले को बिजली का-सा झटका लगता महसूस होता था।

मैंने फैसला किया कि आखिरकार शाम बुरी नहीं गुजरने वाली थी। हकीकतन लग रहा था कि शाम बहुत ही ज्यादा दिलचस्प गुजरने वाली थी।

'आप ड्रिंक लेंगी?' मैं इस उम्मीद में बोला कि वह सिर उठाकर दोबारा मेरी तरफ देखेगी, लेकिन उसने ऐसा नहीं किया। वह कालीन पर बैठ गई और उसने अपनी टांगें अपने नीचे दबा लीं।

'ड्रिंक है मेरे पास।' वह अपने समीप अंगीठी में रखे गिलास की ओर संकेत करती हुई बोली।

बारो समीप आया— 'यह ईव है... ईवा।' और उसकी जुबान लड़खड़ा गई और चेहरा लाल हो गया।

'मार्लो।' युवती बोली। उसकी मुट्ठियां भिंची हुई थीं।

'हां।' बारो जल्दी से बोला— 'नाम याद रखने के मामले में मेरी याददाश्त बड़ी गंदी है।' उसने मेरी तरफ देखा। मुझे लगा वह मेरा नाम पहले ही भूल चुका था। मैं उसको अपना नाम याद दिलाने वाला नहीं था। लानत है ऐसे आदमी पर, जो अपनी रखैल का नाम याद न रख सकता हो।

'तो आप भीग गई थीं?' मैं युवती से बोला और हंसा।

उसने सिर उठाया। मुझे वह बड़ी बागी औरत लगी। लगता था वह बड़ी गुस्सैल, जल्दी भड़क जाने वाली और आसानी से काबू में न आने वाली औरत थी। हालांकि वह कोई भौंडी औरत नहीं थी, लेकिन उसके हर हाव-भाव से शक्ति और सामर्थ्य झलकती थी। उसकी त्यौरी अकसर यही लगती थी, जिससे मालूम होता था कि या तो वह बहुत चिंता करती थी या फिर उसने बहुत दुःख झेले थे। मैं उसके बारे में ज्यादा जानकारी हासिल करने के लिए उत्सुक हो उठा।

'हां, बहुत भीग गई थी मैं।' वह बोली और फिर वह भी हंसी।

उसकी हंसी ने मुझे चौंका दिया। मेरी उम्मीद के खिलाफ उसकी हंसी बहुत ही खुशगवार थी। जब वह सिर उठाकर हंसी तो उसके चेहरे के भाव बदल गए। उस पर से कठोरता की लकीरें मिट गईं और वह कम उम्र लगने लगी। उसकी उम्र का अंदाजा लगाना मुश्किल था। वह तीस के आसपास थी—तैंतीस या बत्तीस वर्ष—लेकिन जब वह हंसी तो वह मुझे पच्चीस साल से ज्यादा की न लगी।

बारो तनिक परेशान दिखाई देने लगा। उसने संदिग्ध हाव-भाव से हम दोनों की तरफ देखा। उसकी वजह थी। अगर वह गौर करता तो वह मेरे मन के भाव समझ जाता।

'मैं भी भीग गया था।' मैं उसके समीप कुर्सी पर बैठता हुआ बोला— 'अगर मुझे पता होता कि इतना बुरा हाल होने वाला था, तो मैं रात सान बर्नाडिनो में ही गुजार देता। अब मुझे खुशी है कि मैंने ऐसा नहीं किया।' उन दोनों ने तुरंत मेरी तरफ देखा— 'काफी दूर से आए हैं आप लोग?'

एक क्षण खामोशी रही। ईव ने आग में झांका। बारो अपनी भारी उंगलियों में अपना गिलास फिराता रहा। वह कुछ सोचता-सा लग रहा था।

'लांस एंजिल्स।' अंत में वह बोला।

'मैं वहां अकसर जाता हूं।' मैं ईव से बोला— 'लेकिन मैंने तुम्हें पहले कभी क्यों नहीं देखा?'

उसने एक कठोर निगाह मुझ पर डाली और फौरन परे देखने लगी।

'मालूम नहीं।' वह बोली

शायद बारो समझ गया कि मैं क्या करने जा रहा था, क्योंकि एकाएक उसने अपनी व्हिस्की खत्म की और ईव के कंधे पर दस्तक दी।

'तुम अब जाकर सो जाओ।' वह अधिकारपूर्ण स्वर में बोला।

मैंने सोचा कि अगर वह उतनी दबंग थी, जितनी कि मैं उसे समझ रहा था तो वह जरूर उसे भाड़ में जाने को कहती, लेकिन उसने ऐसा नहीं कहा— 'अच्छा।' वह लापरवाही से बोली और उसने उठने का प्रयत्न किया।

'अभी मत जाओ।' मैं बोला— 'क्या भूख नहीं लगी आप लोगों को? मेरे पास आइस बॉक्स में खाने के काबिल कुछ सामान है। बोलो क्या ख्याल है?'

बारो बड़ी बेचैन, लेकिन अधिकारपूर्ण निगाहों से ईव को देख रहा था— 'हम रास्ते में ग्लेन डीरा में डिनर करके आए थे। इसे सोने के लिए जाना ही चाहिए। वह थक गई होगी।'

मैंने उसकी तरफ देखा और हंसा, लेकिन उसके चेहरे पर हंसी नहीं आई। वह अपने खाली गिलास में देखता रहा। उसकी कनपटियों में कुछ नसें फड़क रही थीं।

ईव उठ खड़ी हुई। वह मेरे पहले अंदाजे के मुकाबले में छोटी थी और हल्की थी। उसका सिर मुश्किल से मेरे कंधे तक पहुंच रहा था।

'कहां सोऊं मैं?' उसने पूछा। उसकी आंखें मेरे कंधे से पार कहीं देख रही थीं।

'उसी कमरे में, जिसमें तुम इस वक्त हो। मैं गेस्ट रूम में सो जाऊंगा। लेकिन अगर तुम अभी नहीं सोना चाहती हो तो मुझे खुशी होगी। मगर तुम अभी यहीं ठहरो।'

'मैं जाना चाहती हूं।' वह दरवाजे की तरफ बढ़ी।

जब वह चली गई तो मैं बोला— 'मैं देखता हूं उसे किसी चीज की जरूरत तो नहीं।' और इससे पहले कि बारो हिल भी पाता मैं ईव के पीछे-पीछे बाहर को चल दिया।

वह अपने हाथ अपने सिर के पीछे किए बिजली के हीटर के पास खड़ी थी। उसने एक अंगड़ाई ली, एक जम्हाई ली और जब उसने मुझे चौखट पर खड़े देखा तो उसके चेहरे पर एक बड़ा नपा-तुला भाव प्रकट हुआ।

'किसी चीज की जरूरत तो नहीं?' मैंने मुस्कराते हुए पूछा— 'कहो तो खाने के लिए कुछ हाजिर करूं?'

वह हंसी। मुझे लगा जैसे वह मुझे घिस रही हो और वह जानती हो कि मैं क्यों उसकी सुख-सुविधा के प्रति इतना चिंतित था। अच्छा ही था अगर वह जानती थी, क्योंकि इसमें वक्त की बचत होती। मैं शुरुआत की लल्लो-चप्पो में नहीं पड़ना चाहता था।

'... मुझे कुछ नहीं चाहिए। शुक्रिया।'

'ठीक है, लेकिन मैं चाहता हूं तुम इसे अपना ही घर समझो। यह पहला मौका है जब कोई स्त्री मेरे इस केबिन में आई है, इसलिए इस मौके की खास अहमियत है।' शब्द जुबान से निकलते ही मैं समझ गया था कि मैं गलती कर बैठा था।

उसकी आंखों से मुस्कराहट फौरन गायब हो गई और उसका स्थान एक सर्द-से भाव ने ले लिया— 'ओह!' वह पलंग की ओर बढ़ती हुई बोली। उसने अपने बैग से एक गुलाबी रंग की सिल्क नाइट ड्रेस निकाली और उसे सावधानी से कुर्सी पर उछाल दिया।

वह जानती थी कि मैं झूठ बोल रहा था और जिस प्रकार उसके चेहरे के भाव बदले, उससे मुझे मालूम हो गया कि उसे मुझसे उम्मीद भी यही थी कि मैं झूठ बोलूंगा। मुझे बहुत बुरा लगा— 'क्या बहुत मुश्किल है इस बात पर विश्वास करना?' मैंने कमरे में और आगे बढ़ते हुए पूछा।

उसने पलंग पर बिखरे कपड़ों को इकट्ठा करके बैग में डाला और फिर बैग को फर्श पर रख दिया— 'किस बात पर विश्वास करना बहुत मुश्किल है?' उसने ड्रेसिंग टेबल की ओर बढ़ते हुए पूछा।

‘कि यहां कभी कोई औरत नहीं आई?’

‘यहां कौन आती है, कौन नहीं आती, इससे मुझे क्या?’

वह सच कह रही थी, लेकिन मैं उसकी लापरवाही से चिड़चिड़ा रहा था।

‘तुम ठीक कह रही हो।’ मैं बोला।

उसने अपने बाल थपथपाए और बड़े गौर से शीशे में अपनी सूरत देखी। मुझे लगा जैसे वह भूल गई हो कि मैं भी कमरे में था।

‘अपने गीले कपड़े मुझे दे दो।’ मैं बोला— ‘मैं उन्हें किचन में सूखने के लिए डाल दूंगा।’

‘मैं संभाल लूंगी उन्हें।’ वह एकाएक शीशे से परे हटी और अपना ड्रेसिंग गाउन खींचकर उसे और अपने जिस्म के साथ चिपका लिया। उसके चेहरे पर त्यौरी चढ़ गई और वह सपाट लगने लगी, लेकिन वह फिर भी मुझे अच्छी लग रही थी।

उसने पहले दरवाजे की तरफ और फिर मेरी तरफ देखा। जब यह हरकत दो बार कर चुकी तो मुझे सूझा कि वह मुझे जाने के लिए कह रही थी। यह मेरे लिए एक नया तजुर्बा था जो कि मुझे पसंद नहीं आया।

‘मैं अब सोना चाहती हूं... अगर आपको एतराज न हो तो।’ वह बोली और उसने मेरी तरफ पीठ फेर ली।

कोई शुक्रिया नहीं, कोई नवाजिश नहीं, मेरा कमरा हथिया लेने का जिक्र तक नहीं। बस यूं ही बड़े सर्दमिजाज ढंग से मुझे हट जाने का संकेत दे दिया उसने।

मैं बैठक में पहुंचा तो बारो को अपने लिए जाम तैयार करते पाया। जब वह वापस अपनी कुर्सी की तरफ बढ़ा तो मैंने देखा कि वह नशे में लड़खड़ा रहा था। वह कुर्सी पर बैठ गया और आंखें मिचमिचाकर मुझे यूं देखने लगा जैसे वह मुझे उस प्रयत्न के बिना साफ न देख पा रहा हो— ‘उस लड़की के चक्कर में मत पड़ना।’ एकाएक वह कुर्सी के हत्थे पर घूंसा जमाता हुआ बोला— ‘उससे दूर रहो। समझ गए?’

मैंने उसे घूरा— ‘मुझसे बात कर रहे हो?’ मैं बोला। मुझे गुस्सा आ रहा था कि उसकी मुझसे इस प्रकार बोलने की हिम्मत कैसे हुई।

उसका सुर्ख चेहरा थोड़ा लटक गया— ‘तुम उससे परे रहो। आज रात के लिए वह मेरी है। मैं जानता हूं कि तुम किस फिराक में हो, लेकिन मेरी एक बात सुन लो।’ उसने आगे को झुककर एक उंगली मेरी तरफ तानी— ‘मैंने उसे खरीदा है। वह सौ डालर में मुझे हासिल हुई है। सुना तुमने? मैंने खरीदा है उसे—इसलिए उससे परे रहो।’

मुझे विश्वास नहीं हुआ— ‘तुम इस तरह एक औरत नहीं खरीद सकते। खासतौर से तुम्हारे जैसा घटिया इंसान यूं औरत नहीं खरीद सकता।’

‘तुम इसके लिए पछताओगे।’ वह बोला। उसकी कनपटियों की नसें और जोर से फड़कने लगीं— ‘मैं तुम्हें देखते ही समझ गया था कि तुम बखेड़ा शुरू करोगे। तुम उसको मुझसे छीनने की कोशिश करोगे। है न!’

मैं हंसा— 'क्यों नहीं? इस बारे में तुम कर भी क्या सकते हो?'

'लेकिन तुम्हारा सत्यानाश हो, उसे मैंने खरीदा है।' वह फिर कुर्सी के हत्थे पर घूंसा जमाता हुआ बोला— 'क्या तुम इस बात का मतलब नहीं समझते? वह आज रात के लिए मेरी है। क्या तुम एक शरीफ आदमी की तरह पेश नहीं आ सकते?'

मुझे अभी भी उस पर विश्वास नहीं हुआ— 'उसे भीतर बुला लेते हैं।' मैं हंसता हुआ बोला— 'आखिर सौ डालर कोई बहुत बड़ी रकम तो नहीं होती। शायद मैं ज्यादा बड़ी ऑफर दे सकूं।'

वह अपनी कुर्सी पर से उठा। वह नशे में था, लेकिन दम-खम की कमी नहीं लग रही थी उसमें। अगर वह बेध्यानी में मुझे पकड़ लेता तो मेरी ऐसी-तैसी फिर सकती थी। मैं पीछे हट गया।

'ताव मत खाओ।' मैं बोला— 'हमारा फैसला लड़े बिना भी हो सकता है। उसे भीतर बुला लो।'

'वह मेरे से सौ डालर ले चुकी है।' वह फुंफकारता हुआ बोला— 'मैं आठ हफ्तों से उसका इंतजार कर रहा हूं। मैंने जब उसे अपने साथ चलने को कहा था, तो वह बोली थी कि ठीक है। लेकिन जब मैं उसे लेने पहुंचा तो उसकी नौकरानी बोली, वह घर में नहीं थी। चार बार उसने मेरे साथ यही चालाकी की और हर बार मुझे मालूम था कि वह घर में मौजूद थी, ऊपर खिड़की में बैठी मुझे देख रही थी और मुझ पर हंस रही थी। लेकिन मैं उसे हासिल करना चाहता था। मैं तो पागल था। समझे। हर बार मैं पिछली बार से ज्यादा उसकी कीमत बढ़ा देता था। जब मैं सौ डालर पर पहुंचा तो वह मेरे साथ आई। तुम्हारे यहां आने तक सिलसिला ठीक था। लेकिन तुम या कोई दूसरा अंदर मुझे रोक नहीं सकता।'

मुझे अभी भी उसकी बात का पूरा विश्वास नहीं हुआ, लेकिन अब मैं यह नहीं चाहता था कि वह केबिन में ठहरे। मैं चाहता था वह दफा हो।

मैंने अपना बटुआ निकाला और एक सौ डालर का नोट उसके कदमों के पास उछाल दिया। फिर कुछ सोचकर मैंने दस डालर का एक नोट और फर्श पर डाला— 'फूटो!' मैं बोला— 'तुम्हारा पैसा सूद समेत तुम्हारे सामने पड़ा है।'

उसने नोटों की तरफ देखा। उसके चेहरे से खून निचुड़ गया। उसके मुंह से एक अजीब-सी घरघराहट की आवाज निकली। फिर उसने सिर उठाया तो मैंने देखा कि वह लड़-मरने को उतारू था। मैं उससे लड़ना नहीं चाहता था, लेकिन अगर वह लड़ना चाहता था तो ठीक था।

यूं बांहें फैलाए मुझे दबोच लेने को तत्पर वह मेरी तरफ बढ़ा। मेरे समीप आकर वह मुझ पर झपटा। उससे बचने की कोशिश करने के स्थान पर मैं उसके और करीब आया और अपना घूंसा उसके थोबड़े पर रसीद किया। हाथ में मैं मोहर वाली अंगूठी पहने था। वह उसके गाल में धंस गई। वह सिसकारी भरकर एक कदम पीछे हटा। मैंने उसकी नाक पर घूंसा

जड़ दिया। वह अपने हाथों और घुटनों के बल नीचे गिरा। मैं उसके समीप पहुंचा। मैंने उसकी ठोड़ी पर अपने पांव की ठोकर जमाई। वह कालीन पर ढेर हो गया। उसने अभी मुझे छुआ भी नहीं था, लेकिन उसका काम हो गया था।

ईव चौखट पर खड़ी देख रही थी। उसकी आंखें हैरानी से फैली हुई थी।

मैं मुस्कराया— 'सब ठीक है। अपने पलंग पर पहुंचो। यह यहां से जा रहा है।'

'तुम्हें इसको मारना नहीं चाहिए था।' वह सर्द स्वर में बोली।

'हां।- मुझे गुस्से में वह बहुत अच्छी लगी— 'मारना तो नहीं चाहिए था मुझे। लेकिन शायद मुझे गुस्सा आ गया था। अब जाओ यहां से।'

वह चली गई। थोड़ी देर बाद मुझे बेडरूम का दरवाजा बंद होने की आवाज आई।

बारो अपना चेहरा सहलाता हुआ उठ खड़ा हुआ। उसकी उंगलियां पर से खून बह चला। वह मूर्खों की तरह अपनी खून से रंगी उंगलियों को देखने लगा।

मैं मेज पर बैठा उसे देखता रहा— 'बिग बियर लेक पहुंचने के लिए तुम्हें दो मील चलना पड़ेगा। सड़क तुम तलाश कर लोगे। बस पहाड़ी से नीचे को सीधे चलते रहना। लेक तक पहुंचने से पहले रास्ते में एक होटल है। यहां तुम्हें रहने को जगह मिल जाएगी। अब फूटो।'

उसने ऐसी हरकत की, जिसकी मुझे उससे उम्मीद नहीं थी। वह अपने हाथों में अपना चेहरा छुपाकर रोने लगा। मुझे विश्वास हो गया कि भीतर से वह चूहा ही था।

'जल्दी करो।' मैं बोला— 'फूटो।'

वह उठा और दरवाजे की तरफ बढ़ा। उसकी बांहें उसकी आंखों के सामने थीं और वह बच्चे की तरह सुबक रहा था।

मैंने एक सौ दस डालर के नोट उठाए और उन्हें उसकी जेब में ठूंस दिया।

वह वाकई चूहा था। उसने मेरा शुक्रिया अदा किया।

मैं उसे दरवाजे तक ले गया। मैंने उसे उसका बैग थमाया और फिर उसे बाहर बारिश में धकेल दिया।

'मुझे तुम्हारे जैसे लोग पसंद नहीं।' मैं बोला— 'इसलिए मेरे रास्ते में मत आना।'

मैं उसे जाता देखता रहा। कुछ ही क्षण बाद वह अंधेरे में गुम हो गया।

मैंने दरवाजे को बंद करके उसमें ताला लगा दिया और लॉबी में खड़ा हो गया। मेरे सीने में कुछ खिंच-सा रहा था और मैं एक ड्रिंक की सख्त जरूरत महसूस कर रहा था। लेकिन एक बात मैं ऐसी जानना चाहता था जो ड्रिंक का इंतजार नहीं कर सकती थी। मैं अपने बेडरूम के पास पहुंचा। मैंने धकेलकर दरवाजा खोला।

वह अपनी बांहों को अपनी छातियों पर बांधे ड्रेसिंग टेबल के सामने खड़ी थी।

'वह चला गया है।' मैं दरवाजे पर ही ठिठककर बोला— 'तुमने उससे जो सौ डालर लिए थे, वो मैंने उसे दे दिए हैं। उसने मेरा शुक्रिया अदा किया था।'

उसके चेहरे के भावों में कोई परिवर्तन नहीं आया। न ही वह कुछ बोली। वह एक घिर गए खतरनाक जानवर की तरह खामोश थी।

'तुम्हें उस पर तरस नहीं आ रहा?' मैंने पूछा।

उसके चेहरे पर तिरस्कार के भाव प्रकट हुए— 'मुझे किसी भी आदमी पर तरस क्यों आना चाहिए भला?'

जब उसने यह कहा तो मैं समझ गया कि वह क्या थी। अब अपने आपको और धोखा देने की जरूरत नहीं थी। मैंने यह नहीं सोचा था कि बारो झूठ बोल रहा था। मैं केवल यह चाह रहा था कि वह झूठ हो, लेकिन अब मुझे मालूम हो गया कि वह झूठ नहीं था।

तो वह जनता का माल था। सूरत से तो वह ऐसी हरगिज नहीं लगती थी। उसने मुझे नजरअंदाज किया था। एक ऐसी औरत ने मुझे नजरअंदाज करने की हिम्मत की थी, जो खुद समाज में अछूत जैसा दर्जा रखती थी। एकाएक मेरा जी चाहने लगा कि मैं उसको ऐसी तकलीफ पहुंचाऊं, जैसे मैंने कभी किसी को न पहुंचाई हो।

'वह कह रहा था कि उसने तुम्हें खरीदा था।' मैं कमरे के भीतर आकर अपने पीछे दरवाजा बंद करता हुआ बोला— 'तुमसे कोई भी धोखा खा सकता है। नहीं? मैंने कभी नहीं सोचा था कि तुम बिकाऊ थीं। सौ डालर कीमत है न तुम्हारी, वह कीमत बहरहाल मैंने अदा कर दी है, लेकिन मुझसे यह उम्मीद न करना मैं अभी और पैसे दूंगा। मैं नहीं दूंगा, क्योंकि मैं कल्पना भी नहीं कर सकता कि तुम मेरे लिए सौ डालर से ज्यादा कीमत की हो सकती हो।'

वह स्थिर खड़ी रही। उसके भावहीन चेहरे पर भी कोई परिवर्तन दिखाई नहीं दिया। उसकी आंखों की रंगत जरा गहरी हो गई थी और उसके नथुनों के कोने सफेद पड़ गए थे। वह ड्रेसिंग टेबल का सहारा लेकर खड़ी हो गई। उसका एक हाथ समीप ही पड़ी पीतल की भारी ऐश-ट्रे के साथ खिलवाड़ कर रहा था।

मैं उसके समीप पहुंचा— 'मेरी तरफ इस तरह देखने का कोई फायदा नहीं। मैं तुमसे भयभीत नहीं हूं। आओ, दिखाओ मुझे कि तुम क्या कर सकती हो।'

ज्योंही मैंने उसकी तरफ हाथ बढ़ाया, उसने एकाएक ऐश-ट्रे उठा ली और उसे भड़ाक से मेरे सिर पर दे मारा।

4

यह कहना सही है कि हर आदमी दो जिंदगियां जीता है। एक साधारण और दूसरी गुप्त। समाज इंसान के चरित्र को उसकी साधारण जिंदगी से ही जांच पाता है। लेकिन अगर वह गलती करता है और उसका गुप्त जीवन सार्वजनिक चीज बन जाता है तो लोग नए सिरे से उसका मूल्यांकन करने लगते हैं और वह सजा का हकदार समझा जाने लगता है। इसके बावजूद भी रहता तो वह वही आदमी है जो वह थोड़ी देर पहले था और समाज की तारीफी निगाहों का हकदार था। अब केवल एक फर्क आ गया है कि अब उसकी पोल खुल गई है।

अब तक मेरी बेबाकी की वजह से आप इस नतीजे पर पहुंचे होंगे कि मैं तो एक इंतहाई नापसंद आने वाला शख्स हूं। शायद आपने यह भी फैसला कर लिया हो कि मैं मक्कार, बेईमान ओर बेमानी आदमी था। इन नतीजों का रिश्ता आपकी समझदारी और दूरदर्शिता से नहीं है। इनका रिश्ता इस बात से है कि मैं आपको सब कुछ पूरी ईमानदारी के साथ बता रहा हूं।

अगर आप सामाजिक तौर पर मुझसे मिलें और मेरे दोस्त बन जाएं तो मैं भी आपको अन्य मित्रों की तरह बड़ा पसंद आने वाला व्यक्ति लगूंगा, क्योंकि तब मैं कोशिश करूंगा कि मेरे जीवन का अच्छा पक्ष ही आपकी जानकारी में आए।

मैं इतनी मामूली बात का इस वक्त जिक्र करना जरूरी न समझता, अगर मुझे यह ख्याल न होता कि शायद आप सोच रहे हों कि आखिर करोल को मुझसे मुहब्बत क्यों थी। अभी भी मैं उसको दिल से याद करता हूं। वह बहुत ईमानदार, बहुत निष्ठावान लड़की थी। मैं नहीं चाहता कि आप उसको मेरे स्तर से जांचें, क्योंकि वह मुझसे मुहब्बत करती थी।

कैरोल मेरी प्रकृति के उसी के अंश को समझती थी, जो मैं उस पर जाहिर करना चाहता था। हमारे संसर्ग के समापन के दौरान हालात मेरे काबू से इस कदर बाहर हो गए कि अंत में उसको मेरी खामियों की खबर लग गई। लेकिन वह नौबत आने तक मैं उसे उतनी ही कामयाबी से बेवकूफ बनाता रहा, जितनी कामयाबी से आप उन लोगों को बेबवूफ बनाते हैं, जो कि आपसे प्यार करते हैं।

क्योंकि कैरोल का नजरिया हमेशा बात को समझने का और हमदर्दी भरा होता था, इसलिए श्री प्वाइंट्स पर दो दिन ठहरने के बाद ईव से पहली मुलाकात की रात अगले दिन मैं उससे मिलने के लिए कार पर हॉलीवुड गया।

सान बर्नाडिनो के सर्विस स्टेशन ने मेरी कार को संभाल दिया था। उन्होंने मुझे बताया कि उन्होंने पैकार्ड भी ठीक कर दी थी। जब मैं पहाड़ी सड़क से बिग बियर लेक की तरफ जा रहा था, तो मुझे आदमियों का एक झुंड सड़क पर से रुकावट हटाने में लगा मिला। वे लोग सड़क काफी हद तक साफ कर चुके थे, लेकिन फिर भी मैं मुश्किल से ही वहां से गुजर पाया। उन लोगों का फोरमैन मुझे जानता था। उसने नरम जमीन पर तख्ते बिछवा दिए और उसके आदमियों ने कार को एक तरह से उठाकर उस स्थान से पार रखा।

सात बजे के करीब मैं सनसैट स्ट्रिप के पास स्थित कैरोल के अपार्टमेंट में पहुंचा। उसकी नौकरानी फ्रांसिस ने मुझे बताया कि वह अभी स्टूडियो से लौटी थी और कपड़े बदल रही थी।

'लेकिन आप तशरीफ लाइए, मिस्टर थर्सटन।' वह मुस्कराती हुई बोली— 'वे बस आती ही होंगी।'

मैं उसके पीछे-पीछे कैरोल की बैठक में आ गया। बैठक खूबसूरत थी, आधुनिक थी और वहां बड़ी शांति थी। मैं बैठक में टहलने लगा। फ्रांसिस ने मेरे लिए एक हाईबाल तैयार करके गिलास मुझे थमा दिया। वह हमेशा मेरी बड़ी खातिर करती थी और कैरोल ने एक बार मुझे बताया था कि वह मुझे वहां का सबसे अधिक महत्वपूर्ण मेहमान समझती थी।

मैं प्रशंसात्मक निगाहों से कमरे को देखता हुआ बैठ गया।

'जब भी मैं इस कमरे में आता हूं।' मैं फ्रांसिस से बोला— 'यह मुझे पहले से बेहतर लगता है। मुझे भी मिस रे को कहना चाहिए कि वह मेरे घर की सजावट के लिए भी कुछ मदद करें मेरी।'

तभी कैरोल वहां पहुंची। वह एक नैगिलजी पहने थी, उसके खुले बाल उसके कंधों पर लहरा रहे थे।

मुझे वह बहुत अच्छी लगी। वह बहुत खूबसूरत नहीं थी, हॉलीवुड के खूबसूरती के स्टैंडर्ड ढांचे के लिहाज से खूबसूरत नहीं थी। वह भीतर आई तथा उसे देखकर मुझे हैवबन की याद आ गई। वही कद-काठी था उसका और उसी नफासत से उसके जिस्म के तमाम कल-पुर्जे अपने-अपने मुनासिब स्थान पर कसे मालूम होते थे। उसकी रंगत जरा पीली थी, जिसकी वजह से उसके होंठ और भी लाल लग रहे थे। उसके चेहरे पर खाल इतनी कसकर मढ़ी हुई थी कि नीचे से उसकी हड्डियां झांकती मालूम होती थीं। उसकी विशाल सजीव और समझदारी भरी आंखें उसके व्यक्तित्व का सबसे बढ़िया अंग थीं।

'हैलो क्लाइव!' वह तेजी से कमरे में दाखिल होती हुई प्रसन्न स्वर में बोली। उसके हाथ में कोई अट्ठारह इंच लंबा सिगरेट लगा होल्डर था। वह सिगरेट होल्डर इसलिए इस्तेमाल करती थी, क्योंकि उसकी मौजूदगी की वजह से देखने वाले का ध्यान उसके खूबसूरत हाथों और कलाइयों की तरफ जरूर जाता था— 'पिछले तीन दिन से कहां थे तुम?' फिर वह ठिठकी और उसने प्रश्नसूचक नेत्रों से मेरे घायल माथे को देखा— 'क्या करते रहे हो तुम?'

मैंने उसके हाथ थाम लिए— 'एक वहशी औरत से लड़ाई हो गई थी।' मैं मुस्कराता हुआ बोला।

'मुझे वैसे ही समझ जाना चाहिए था।' फिर उसने मेरे छिले हुए हाथों की तरफ देखा— 'बहुत ही ज्यादा वहशी औरत रही होगी वह!'

'हां।' मैं उसे दीवान की तरफ ले जाता हुआ बोला— 'कैलिफोर्निया में उससे ज्यादा खतरनाक औरत नहीं होगी। मैं श्री प्वाइंट्स से तुम्हें उसी के बारे में बताने के लिए यहां आया हूं।

कैरोल दीवान पर बैठ गई। उसने अपनी टांगें अपने नीचे समेट लीं।

'एक हाईबाल मुझे भी दो।' वह फ्रांसिस से बोली। उसकी आंखों से झलकती खुशी थोड़ी कम हो गई— 'मुझे लग रहा है मिस्टर थर्सटन मुझे बड़ी सनसनीखेज बात सुनाने वाले हैं।'

'नॉनसेंस!' मैं बोला— 'बात दिलचस्प जरूर है लेकिन इससे ज्यादा कुछ नहीं। सनसनी तो मैंने महसूस की है।' मैं उसके समीप बैठ गया। मैंने उसका हाथ थाम लिया— 'क्या आज काम में बहुत मेहनत की है? तुम्हारी आंखों के नीचे झाइयां दिखाई दे रही हैं। मैं तुम्हें बुरी नहीं लगतीं, लेकिन क्या बहुत खून-पसीना गर्क कर रही हो आजकल।'

'काम तो करना ही पड़ता है।' वह गहरी सांस लेकर बोली। उसने फ्रांसिस के हाथ से हाईबाल का गिलास ले लिया और एक मुस्कराहट के साथ उसका शुक्रिया अदा किया।

फ्रांसिस चली गई।

'अब बताओ उस वहशी औरत के बारे में।' वह बोली— 'उससे तुम्हें मुहब्बत हो गई है क्या?'

मैंने तीखी निगाहों से उसकी तरफ देखा— 'तुम यह क्यों सोचती हो कि मैं जिस औरत से भी मिलता हूं, मुझे उसी से मुहब्बत हो जाती है? मुझे तुमसे मुहब्बत है।'

'वह तो है।' वह मेरा हाथ थपथपाती हुई बोली— 'यह बात मुझे जरूर याद रखनी चाहिए। लेकिन तुम्हारे बिना तीन दिन गुजर जाने के बाद मैं सोचने लगी थी कि कहीं तुमने मुझे छोड़ तो नहीं दिया था—तो तुम्हें मुझसे मुहब्बत नहीं है?'

'मजाक मत करो।' मैं बोला। मुझे उसका मूड पसंद न आया— 'मुझे हर्गिज भी उससे मुहब्बत नहीं है।' फिर मैंने गद्दी के साथ पीठ लगा ली और उसे तूफान, बारो और ईव के बारे में बताया। लेकिन मैंने उसे सभी बातें नहीं बताईं।

'आगे बढ़ो।' वह एक उंगली से मेरे घायल माथे को सहलहाती हुई बोली— 'तुम पर आक्रमण करने के बाद क्या किया उसने? तुम पर ठंडा पानी डाल गई या तुम्हारा बटुआ लेकर भाग गई।'

'वह भाग गई, लेकिन मेरे बटुवे के बिना। वह मेरी कोई और चीज नहीं ले गई। वह उस किस्म की औरत नहीं थी। उस औरत को गलत मत समझो कैरोल, वह आम किस्म की बाजारू औरत नहीं थी।'

'कब होती हैं वे?' कैरोल मुस्कराती हुई बोली।

मैंने उसकी बात की ओर ध्यान नहीं दिया— 'जब मैं बेहोश पड़ा था, तभी उसने कपड़े पहने होंगे, अपना सामान समेटा होगा और तूफान में ही वहां से कूच कर गई होगी। कोई आसान काम नहीं था वह... उस वक्त अंधड़ चल रहा था और मूसलाधार बारिश हो रही थी।'

कैरोल ने गौर से मेरे चेहरे को देखा— 'आखिरकार क्लाइव, बाजारू औरत में भी आत्म-सम्मान की भावना होती है। तुम तो बहुत बुरी तरह पेश आए थे उससे। मुझे तो खुशी है कि उसने तुम्हारी धूर्ततापूर्ण अक्ल वाली खोपड़ी पर प्रहार किया और वह आदमी कौन था?'

'बारो? पता नहीं कौन था। कोई ट्रेवलिंग सेल्समैन लगता था। कोई ऐसा ही अहमक था, जो औरत हासिल करने के लिए पैसा खर्चने को तैयार हो जाता था।'

मैंने कैरोल को यह नहीं बताया था कि मैंने बारो को एक सौ दस डालर दिए थे। मुझे उम्मीद नहीं थी कि कहानी का वह अंश वह समझ पाती।

'तुम इसलिए तो उस आदमी से पीछा नहीं छुड़ाना चाहते थे न ताकि तुम उस औरत से दिल खोलकर बातें कर सको?'

'मैं चिढ़ गया—इस बात से कि वह इतनी आसानी से हकीकत को समझ गई थी—'लेकिन कैरोल!' मैं बोला— 'उस किस्म की औरत मुझे अच्छी कहां लगती है? तुम मूर्खों जैसी बात नहीं कर रही हो?'

'सॉरी।' वह बोली। वह एक क्षण ठिठकी और फिर उठकर खिड़की के पास तक चली गई। वह बोली— 'पीटर टेनेट आने को कह रहा था। तुम हमारे साथ खाना खाओगे?'

'अब मुझे उसको ईव के बारे में बताने का अफसोस होने लगा— 'आज नहीं।' मैं बोला— 'आज मुझे काम है। क्या वह यहां आए?'

'हां, लेकिन तुम पीटर को जानते ही हो... वह हमेशा देर से आता है।'

मैं पीटर टेनेट को खूब जानता था। कैरोल के दोस्तों में वही इकलौता आदमी था, जिसके सामने मैं अपने आपको हीन समझने लगता था—लेकिन वह मुझे पसंद था। वह बहुत शानदार आदमी था। हमारी खूब पटती थी, लेकिन वह सही मायनों में प्रतिभा संपन्न आदमी था। वह निर्माता था, निर्देशक था, पटकथा लेखक था, टेक्नीकल एडवाइजर और पता नहीं क्या-क्या था। उसने आज तक जिस काम को भी हाथ लगाया था, उसमें कामयाबी हासिल की थी। उसके हाथ में कोई जादू था और वह स्टूडियो में पहले नंबर पर माना जाता था।

'क्या वाकई हमारा साथ नहीं दे सकते?' कैरोल ने पूछा— 'तुम्हें पीटर से मेल-जोल बढ़ाना चाहिए। वह तुम्हारे लिए काफी कुछ कर सकता है।'

कैरोल अकसर मुझे ऐसे लोगों से मेल-जोल बढ़ाने की राय देती रहती थी, जो मेरे लिए कुछ कर सकते थे। मुझे यह सोचकर चिढ़ हो जाती थी कि वह समझती थी कि मुझे मदद की जरूरत थी।

'वह मेरे लिए कुछ कर सकता है?' मैंने जबरन हंसते हुए उसकी बात दोहराई— 'वह क्या कर सकता है मेरे लिए? मेरा काम मजे से चल रहा है, मुझे किसी की मदद की जरूरत नहीं है।'

'सॉरी!' कैरोल खिड़की के पास हटे बिना बोली— 'आज मेरे मुंह से हर बात गलत निकल रही है। नहीं?'

'तुम्हारा ही दोष नहीं है।' मैं उसके समीप पहुंचा— 'मेरा सिर अभी भी दुख रहा है और मैं चिड़चिड़ेपन में डूबा हुआ हूं।'

वह घूमी— 'तुम क्या करोगे, क्लाइव?'

'मैं क्या करूंगा? मैं भी डिनर के लिए जा रहा हूं। मेरा... मेरा प्रकाशक...।'

'मेरा यह मतलब नहीं था। तुम आजकल लिख क्या रहे हो। श्री प्वाइंट पर रहते हुए तुम्हें दो महीने से ज्यादा हो गए हैं। क्या हो रहा है?'

उस विषय को कैरोल के सामने टालना चाहता था— 'एक नॉवल लिख रहा हूं।' मैं लापरवाही से बोला— 'लेकिन अभी तो मैं उसकी रूपरेखा ही तैयार कर रहा हूं। गंभीरता से

काम करना तो मैं अगले हफ्ते शुरू करूंगा। इतनी चिंतित मत दिखाई दो।' और मैंने आश्वासनपूर्ण ढंग से मुस्कराने की कोशिश की।

लेकिन कैरोल से झूठ बोल पाना असंभव था— 'नॉवल की बात सुनकर खुश हुई।' वह बोली— 'लेकिन अच्छा होता कि तुम नाटक लिख रहे होते। नॉवल में खास कुछ नहीं रहा। क्यों?'

मैंने अपनी भवें उठाईं— 'कह नहीं सकता... उसके फिल्मीकरण के अधिकार... उसके धारावाहिक प्रकाशन के अधिकार... शायद उसे कोलियर वाले ले लें। उन्होंने इमग्राम को उसके उपन्यास में धारावाहिक प्रकाशन की 50 हजार डालर रायल्टी दी थी।'

'लेकिन इमग्राम ने किताब भी तो बहुत शानदार लिखी थी।'

'मैं भी बहुत शानदार किताब लिखूंगा।' मैं बोला, लेकिन मैं खुद इस बात से आश्वस्त नहीं था— 'मैं कुछ अरसे बाद एक नाटक लिखना भी शुरू करने वाला हूं, लेकिन इस वक्त इस उपन्यास का खाका मेरे दिमाग में है। अगर इसे मैंने अब न लिखा तो यह दिमाग से निकल जाएगा।'

मुझे भय था कि कहीं वह यह न पूछ बैठे कि मेरे उपन्यास का विषय क्या। तब मैं मुश्किल में पड़ जाता, लेकिन उसी क्षण पीटर पहुंच गया। मैंने चैन की सांस ली।

पीटर हॉलीवुड में मौजूद उन अंग्रेजों में था, जो कामयाब थे। वह भी अपने कपड़े लंदन से सिलवाता था और उसके पूरे व्यक्तित्व पर अंग्रेजियत की स्पष्ट छाप थी।

कैरोल को देखकर उसके चेहरे पर रौनक आ गई— 'तैयार नहीं हुई? वह उसका हाथ थामता हुआ बोला— 'लेकिन फिर भी बहुत खूबसूरत लग रही हो। आज थकी तो नहीं हुई हो? खाने के लिए बाहर जाना चाहती हो न?'

'जरूर।' कैरोल मुस्कराती हुई बोली।

उसने मेरी तरफ देखा— 'तुम कैसे हो भाई?' उसने मुझसे हाथ मिलाया— 'बहुत खूबसूरत नहीं लग रहीं यह?'

मैंने सहमति जताई। फिर उसने मेरे माथे का घाव देखकर प्रश्नसूचक नेत्रों से मेरी ओर देखा।

'मैं जाकर कपड़े पहनती हूं क्लाइव। तुम पीटर को ड्रिंक दे देना।' कैरोल बोली— 'मैं अभी आई।' उसने पीटर की तरफ देखा— 'यह मिजाज दिखा रहा है। हमारे साथ खाना खाने को तैयार नहीं।'

'लेकिन क्यों? आज तो खास मौका है। क्यों कैरोल?'

कैरोल ने असहाय भाव से गर्दन हिलाई— 'इसने अपने प्रकाशक के साथ डिनर लेना है। मुझे विश्वास तो नहीं है, लेकिन मैं जरा चतुराई दिखाते हुए जता देती हूं कि मुझे विश्वास है, इसकी माथे की चोट देखी तुमने। एक वहशी औरत से लड़ गया था यह।' वह हंसी और मेरी तरफ घूमी— 'इसे बताना क्लाइव। शायद यह इसे कहानी ही समझे।'

पीटर मुझसे पहले दरवाजे तक पहुंच गया। उसने दरवाजा खोला— 'जल्दी करने की जरूरत नहीं।' वह बोला— 'इत्मीनान से चलेंगे।'

'लेकिन मुझे भूख लगी है।' कैरोल ने विरोध किया— 'मैं ज्यादा लेट नहीं होना चाहती।' और वह वहां से भाग गई।

पीटर कमरे के कोने में मौजूद उस छोटे-से बार के पास पहुंचा, जहां मैं अपने लिए एक और जाम तैयार कर रहा था— 'तुम लड़ पड़े किसी से?' वह बोला— 'तुम्हें तो काफी चोट लगी मालूम होती है?'

'उसे छोड़ो।' मैं बोला— 'बोलो क्या पिओगे?'

'थोड़ी-सी व्हिस्की।' उसने बार के साथ टेक लगा ली और अपने सोने के सिगरेटकेस में से एक सिगरेट निकाला— 'कैरोल ने तुम्हें खबर दे दी है न?'

मैंने उसे व्हिस्की का गिलास थमाया— 'नहीं। कैसी खबर?'

पीटर ने अपनी भवें उठाईं— 'अजीब लड़की है। कमाल है।' उसने सिगरेट सुलगा लिया।

'एकाएक मेरा दिल डूबने लगा— 'खबर है क्या?' मैंने दोहराया।

'उसे इस साल की सबसे बेहतरीन स्क्रिप्ट मिल गई है। आज ही सुबह सब इंतजाम हुआ है। इमग्राम का उपन्यास।'

मेरे से व्हिस्की छलक गई। हालांकि मैं जानता था कि इमग्राम की थीम को मैं हैंडल नहीं कर सकता था। वह मेरे लिए बहुत बड़ा काम था, लेकिन यह सुनकर कि कैरोल जैसी बच्ची को वह स्क्रिप्ट मिल गई थी, मेरे मुंह पर तमाचा-सा पड़ा।

'यह तो बड़ी खुशी की बात है।' मैं खुश दिखाई देने की कोशिश करता हुआ बोला— 'मैंने उसे कोलियर में पढ़ा था। बहुत शानदार कहानी है। निर्माता तुम हो?'

उसने सहमति में सिर हिलाया— 'हां। उसमें कई पहलू हैं, मैं वैसी ही किसी कहानी की तलाश में था। मैं यह चाहता जरूर था कि स्क्रिप्ट कैरोल लिखे, लेकिन मुझे उम्मीद नहीं थी कि गोल्ड मान जाएगा। फिर जब मैं अभी उसे मनाने की तरकीब ही सोच रहा था कि उसी ने मुझे बुलाया और बताया कि स्क्रिप्ट लिखने के लिए कैरोल को चुन लिया गया था।'

मैं बार के पीछे से निकला और अपने जाम के साथ दीवान पर पहुंचा। मैं बैठ गया— 'इसका मतलब क्या होगा?'

पीटर ने कंधे झटकाए— 'अनुबंध को जाएगा। पैसा ज्यादा... स्क्रीन पर नाम और अगर चीज बढ़िया बन गई तो और अवसरा।' उसने अपनी व्हिस्की चखी— 'और चीज तो बढ़िया बनेगी ही, कैरोल में बहुत प्रतिभा है।'

मैं सोचने लगा था कि इस क्षेत्र के हर व्यक्ति में प्रतिभा थी। सिवाय मेरे।

वह समीप आया और कुर्सी पर बैठा गया। वह भांप गया कि उस खबर ने मुझे विचलित कर दिया था— 'तुम आजकल क्या कर रहे हो?'

मैं इस पूछताछ से तंग आता जा रहा था— 'एक नॉवल लिख रहा हूं।' मैं बोला— 'तुम्हारी दिलचस्पी लायक कुछ नहीं उसमें।'

'अफसोस की बात है। मैं तुम्हारी कितनी रचना पर फिल्म बनाना चाहता हूं। मैं पहले भी तुमसे बात करने की सोच रहा था। कभी गोल्ड के लिए काम करने के बारे में सोचा है? तुम्हारा परिचय उससे करवा सकता हूं।'

मैं संदिग्ध भाव से सोचने लगा कि क्या कैरोल उसके चक्कर में थी।

'क्या फायदा, पीटर? तुम जानते हो मुझे। मैं हर किसी के लिए काम नहीं कर सकता। कैरोल ने मुझे जो कुछ बताया है उससे लगता है कि तुम्हारे स्टूडियो में काम करना तो नर्क जैसा है—सजे-संवरे नर्क जैसा।'

'लेकिन वहां पैसा बहुत है।' पीटर बोला— 'विचार कर लो और बात को ज्यादा देर तक मत टलो। जनता की याददाश्त बड़ी कमजोर होती है और हॉलीवुड की याद्दाश्त जनता से भी कमजोर है।' उसने मेरी तरफ नहीं देखा, लेकिन मुझे लगा कि वह केवल एक सहज स्वाभाविक वार्तालाप ही नहीं थी, चेतावनी भी थी।

मैंने एक सिगरेट सुलगा लिया और सोचने लगा। एक बात ऐसी होती है, जो आप हॉलीवुड के अन्य लेखकों और निर्माताओं को नहीं कहते। तुम उन्हें यह नहीं कह सकते कि तुम्हारे पास आइडियाज खत्म हो गए हैं। यह बात उन्हें खुद ही मालूम हो जाती है।

मैं जानता था कि अगर मैं श्री प्वाइंट वापस चला गया तो वही कुछ होगा जो पिछले दो दिनों से हो रहा था। मैं ईव के बारे में सोचने लगूंगा। जब से मैंने अपने आपको उस उजाड़ केबिन के फर्श पर पड़ा था, मैं उसी के बारे में सोच रहा था। मैंने उसे अपने मस्तिष्क से निकालने की भरपूर कोशिश की, लेकिन मैं कामयाब नहीं हो सका था। वह मेरे साथ बेडरूम में थी, वह मेरे साथ पोर्च में बैठी थी, वह मेरे टाइपराइटर में लगे कोरे कागज में से मेरी तरफ देख रही थी।

अंत में हालात इतने खराब हो गए कि मेरे लिए उसके बारे में किसी को कुछ बताना जरूरी हो गया—इसलिए मैं कैरोल से मिलने हॉलीवुड आया था। लेकिन जब मैंने बात करनी शुरू की तो मैंने पाया कि जो बातें मेरे जहन में थीं, वे मैं उसे नहीं बता सकता था। मैं पीटर को भी नहीं बता सकता था। मैं उन्हें नहीं बता सकता था कि ईव के प्रति मेरी क्या भावनाएं थीं। वे जरूर मुझे पागल समझते।

शायद मैं पागल ही था। मुझे बीस खूबसूरत नौजवान छोकरियों में से किसी को भी चुनने की सुविधा थी। मेरे सामने कैरोल थी, जो मुझसे मुहब्बत करती थी और मुझे बेपनाह अहमियत देती थी। लेकिन मुझे वह सब काफी नहीं लग रहा था। मैं एक वेश्या के मोहजाल में फंसा जा रहा था।

शायद मोह-जाल सही शब्द नहीं था। पिछली रात में स्कॉच की एक बोतल लेकर पोर्च में बैठा हुआ था और अपने आपको समझाने की कोशिश करता रहा था। ईव ने मेरे स्वाभिमान को चोट पहुंचाई थी। उसकी लापरवाही मेरे लिए चैलेंज बन गई थी। मुझे लग

रहा था, जैसे वह एक किले में रह रही थी और मैंने तूफान बनकर उस किले की दीवारों को तोड़ना था।

जब तक मैं इस नतीजे पर पहुंचा था, तब तक मैं नशे में धुत्त हो चुका था, लेकिन मैंने फैसला कर लिया था कि मैं उसे जीतकर रहूंगा। जिन औरतों के साथ मेरा पहले वास्ता पड़ चुका, वे सब मुझे बड़ी आसानी से हासिल हो गई थीं। इसलिए ईव मुझे चैलेंज लग रही थी। उस चैलेंज को स्वीकार करने के ख्याल से ही मैं उत्तेजित हो उठता था। यह एक कड़ा मुकाबला था, जिसमें किसी भी दांव-पेंच की मनाही नहीं थी। वह कोई नासमझ लड़की नहीं थी, जिसको मैं बिना किसी खास मेहनत के कैसे भी अपने काबू में कर सकता था। उसने अनजाने में मुझे चैलेंज दिया था और मैं वह चैलेंज स्वीकार करने वाला था। मुझे परवाह नहीं थी कि उसका अंतिम परिणाम क्या निकलने वाला था? न ही मुझे परवाह थी कि एक बार तूफानी अंदाज से उसे हासिल कर चुकने के बाद क्या होगा? जब वक्त आएगा, देखा जाएगा।

कैरोल भीतर आई तो मेरी तंद्रा टूटी। उसने एक नीले रंग की शाम की पोशाक और उसके ऊपर कोट पहना हुआ था।

'तुमने मुझे क्यों नहीं बताया?' मैं उठकर खड़ा होता हुआ बोला— 'मुझे सुनकर बहुत खुशी हुई, कैरोल। मुझे तुम पर गर्व है।'

उसने खोजपूर्ण निगाहों से मेरी तरफ देखा— 'अच्छी खबर है न क्लाइव? अब तो हमारे साथ चलो... अब तो जश्न हो जाना चाहिए।'

मैं जाना चाहता था, लेकिन मैं कोई ज्यादा महत्वपूर्ण काम करना चाहता था। अगर हम अकेले होते तो मैं उसके साथ चला जाता, लेकिन पीटर के साथ बात कुछ और ही थी।

'मैं हो सका तो बाद में पहुंच जाऊंगा।' मैं बोला— 'डिनर के लिए कहां जा रहे हो तुम लोग?'

'वाइन स्ट्रीट में ब्राउन डर्बी में।' पीटर बोला— 'तुम्हारी कब तक उम्मीद करें?'

'कह नहीं सकता।' मैं बोला— 'बहरहाल, अगर मैं न आ पाया तो मैं आप लोगों को डिनर के बाद यहीं मिलूंगा... ठीक है?'

कैरोल ने मेरा हाथ अपने हाथ में ले लिया— 'लेकिन आने की पूरी कोशिश करना।'

पीटर उठ खड़ा हुआ— 'चलें। तुमने हमारे ही रास्ते जाना है क्या?'

'मैंने अपने प्रकाशक को आठ बजे मिलने का वायदा किया हुआ है।' मैं बोला। उसमें वक्त है। अभी साढ़े सात बजे थे— 'अगर एतराज न हो तो मैं थोड़ी देर ठहर जाऊं यहां? मैंने अभी अपनी ड्रिंक खत्म करनी है और कुछ टेलीफोन भी करने हैं।'

'ठीक है... चलो पीटर!' वह फिर मुझसे बोली— 'मुलाकात तो अभी होगी ही तुमसे... आज रात श्री प्वाइंट वापस आओगे?'

'इरादा तो है। मगर बहुत देर हो गई तो पेंथाउस चला जाऊंगा—लेकिन कल मैं काम शुरू करना चाहता हूं।'

उनके चले जाने के बाद मैंने अपने गिलास में और व्हिस्की डाली और टेलीफोन डायरेक्ट्री उठा ली। डायरेक्ट्री में कई मार्लो दर्ज थे। फिर एकाएक मैं उत्तेजित हो उठा। डायरेक्ट्री में मुझे उसका नाम दिखाई दे गया। पता, लारेल कैनयान ड्राइवर की एक इमारत का था। मुझे पता नहीं था कि वह जगह कहां थी।

कई क्षण हिचकिचाता रहा, फिर मैंने टेलीफोन उठाया ओर उसका नंबर डायल कर दिया। मैं कुछ देर घंटी बजती सुनता रहा, फिर मुझे एक क्लिक की आवाज सुनाई दी। मैं और उत्तेजित हो उठा।

एक औरत की आवाज आई— 'हैलो!'

वह ईव की आवाज नहीं थी।

'मिस मार्लो?'

'कौन बोल रहे हैं?' सावधान स्वर में पूछा गया।

मैं हंसा— 'वह मेरा नाम नहीं जानती।'

एक क्षण खामोशी रही, फिर वह औरत बोली— 'मिस मार्लो जानना चाहती हैं कि आप क्या चाहते हैं?'

'मिस मार्लो को कहो कि वह हवाई घोड़े से नीचे उतर आए। मैं किसी की राय पर उसे फोन कर रहा हूं।'

उसके बाद ईव खुद लाइन पर आ गई— 'हैलो!' यह बोली।

'क्या मैं तुमसे मिलने आ सकता हूं?' मैं इतनी धीमी आवाज में बोला कि वह मुझे पहचान न सके।

'तुम्हारा मतलब है अभी?'

'आधे घंटे में।'

'अच्छा!' वह संदिग्ध भाव से बोली— 'क्या मैं तुम्हें जानती हूं?'

'जल्दी ही जान जाओगी।' मैं हंसता हुआ बोला।

वह भी हंसी। टेलीफोन पर उसकी हंसी मुझे बहुत अच्छी लगी।

'ठीक है। आ जाओ।' वह बोली और उसने फोन रख दिया। कितना आसान काम था।

5

लारेल कैनयान ड्राइव एक संकरी-सी गली थी, जिसमें झाड़ियों और हदबंदियों के पीछे छिपे छोटे-मोटे मकान बने हुए थे।

मैं धीरे-धीरे उसमें आगे बढ़ता रहा। फिर एक सफेद फाटक पर मुझे ईव का नाम लिखा दिखाई दिया। मैं रुका और कार से बाहर निकला।

वहां कोई दिखाई नहीं दे रहा था। मकान उजाड़ लग रहा था। एक बार मैंने फाटक से भीतर कदम रखा तो ऊंची-ऊंची झाड़ियों ने मुझे सड़क से छिपा लिया। मैं उस राहदारी पर आगे बढ़ा, जो मकान के मुख्य द्वार तक जाती थी। मुख्य द्वार पोर्च की ओट में था। दरवाजे

के दोनों तरफ खिड़कियां थीं, जिन पर हल्के रंग के रेशमी पर्दे पड़े हुए थे। लकड़ी की कई सीढ़ियां उतरने के बाद मैं मुख्य द्वार पर पहुंच गया।

मैंने दरवाजे पर दस्तक दी। मेरा दिल उत्तेजना से जोर-जोर से धड़कने लगा था।

लगभग फौरन बिजली जली और फिर दरवाजा खुला। एक विशालकाय स्त्री दरवाजे पर प्रकट हुई।

गलियारे में रोशनी मुझ पर सीधी पड़ रही थी, लेकिन वह साये में थी। मैंने उसकी खोजपूर्ण निगाहें अपने पर फिरती देखीं। फिर जब वह संतुष्ट हो गई तो वह दरवाजे से एक ओर हट गई।

'गुड इवनिंग, सर। आपकी अप्वाइंटमेंट है?'

मैंने लॉबी में कदम रखा और उत्सुक भाव से उसकी तरफ देखा। वह लाल चेहरे वाली कोई 45 साल की स्त्री थी। उसका चेहरा तीखा था, ठोड़ी निकली थी, नाक नुकीली थी और छोटी-छोटी आंखें चमकदार थीं। उसकी मुस्कराहट मैत्रीपूर्ण थी।

'गुड इवनिंग।' मैं बोला— 'मिस मार्लो!'

मुझे बड़ी परेशानी और झुंझलाहट हो रही थी। मुझे यह बात बड़ी नागवार गुजर रही थी कि वह औरत मुझे देखे और उसे मालूम हो कि मैं किस वजह से उसे बेहूदी जगह पर लाया था।

'तशरीफ लाइए, साहब।' वह गलियारे में आगे बढ़ी और उसने एक दरवाजा खोला।

मेरा मुंह खुश्क हो गया था और कमरे में दाखिल होते समय मेरी कनपटियों में खून बजने लगा था।

वह कोई खास बड़ा कमरा नहीं था। मेरे सामने एक ड्रेसिंग टेबल थी जिसके सामने एक सफेद रंग का मोटा कालीन बिछा हुआ था। बाईं तरफ दराजों वाली मेज थी, जिस पर शीशे के कई छोटे-छोटे जानवरों की आकृतियों वाले खिलौने पड़े थे। दाईं तरफ एक सस्ती-सी सफेद रंग की बार्डरोब थी। बाकी की तमाम जगह में एक विशाल दीवान लगा हुआ था।

ईव खाली फायर प्लेस के पास खड़ी थी। उसके समीप एक कुर्सी और एक मेज पड़ी थी। मेज पर एक टेबल लैंप और कई किताबें पड़ी थीं।

वह वही आधी बांहों वाला नीला ड्रेसिंग गाउन पहने थी और उसका सावधानी से लीपा-पोता हुआ चेहरा भावहीन था।

हम दोनों ने एक-दूसरे को देखा।

'हैलो!' न उसके चेहरे के भाव बदले और न ही वह अपने स्थान से हिली। वह तनिक संदिग्ध थी, लापरवाही थी बस।

मैं परेशान हाल उसे देखता रहा। मैं हैरान था कि मुझे वहां देखकर उस पर कोई प्रतिक्रिया नहीं हुई थी और मुझे उसके ड्रेसिंग गाउन से चिढ़ हो रही थी। लेकिन उस असहिष्णुतापूर्ण वातावरण के बावजूद मेरा खून मेरी रंगों में पहले से कहीं ज्यादा रफ्तार से दौड़ रहा था।

'फिर मुलाकात हो गई।' मैं बोला— 'मुझे देखकर तुम्हें हैरानी नहीं हुई?'

'उसने इनकार में सिर हिलाया— 'नहीं। मैंने फोन पर तुम्हारी आवाज पहचान ली थी।'

'यह नहीं हो सकता। तुम मजाक कर रही हो।'

'नहीं। मैंने फौरन आवाज पहचान ली थी... और फिर मुझे मालूम था कि तुम आओगे।'

मैं चौंका। वह एकाएक हंस पड़ी। माहौल में से पैनापन काफी हद तक गायब हो गया।

'तुम्हें मालूम था मैं आऊंगा?' मैंने दोहराया— 'कैसे?'

वह परे देखने लगी— 'छोड़ो।'

'फिर भी?' मैं आगे बढ़कर कुर्सी पर बैठता हुआ बोला। मैंने अपना सिगरेट केस निकाला और उसे खोलकर उसकी तरफ बढ़ाया।

उसकी भवें तनीं, लेकिन उसने सिगरेट ले लिया— 'थैंक्यू।' वह बोली। थोड़ा हिचकिचाई और फिर पलंग पर मेरे समीप बैठ गई।

एक सिगरेट मैंने भी ली। मैंने लाइटर से उसकी सिगरेट सुलगाई और बोला— 'बताओ तो तुम्हें कैसे मालूम था कि मैं आऊंगा?'

उसने इनकार में सिर हिलाया— 'मैं नहीं बताऊंगी।' वह बेचैनी से कमरे में निगाहें दौड़ाने लगी। मुझे लगा कि वह बहुत नर्वस हो रही थी और स्वयं अपने प्रति कतई आश्वस्त नहीं थी।

मैं कुछ क्षण गौर से उसे देखता रहा। ज्योंही उसे मेरी निगाहें अपने चेहरे पर पड़ती महसूस हुईं, वह घूमी और उसने सीधे मेरी तरफ देखा— 'क्या है?' वह तीखे स्वर में बोली।

'अफसोस की बात है कि तुम ऐसा मेकअप करती हो। यह मेकअप तुम्हें जंचता नहीं।'

वह तुरंत उठ खड़ी हुई और उसने शीशे में अपनी सूरत देखी— 'क्यों?' वह अपना मुआयना करती हुई बोली— 'क्या मैं ठीक नहीं लगती?'

'ठीक लगती हो, लेकिन इतनी लीपा-पोती के बिना तुम ज्यादा ठीक लगोगी। तुम्हें मेकअप की जरूरत नहीं।'

वह अपने आपको शीशे में देखती रही— 'इसके बिना मैं बहुत बुरी लगूंगी।' वह यूं बोली जैसे अपने आपको बता रही हो—फिर वह घूमकर मेरी ओर देखने लगी।

'कभी किसी ने बताया तुम्हें कि तुम बहुत दिलचस्प औरत हो?' उसके बोल पाने से पहले मैं बोल पड़ा— 'तुम्हारे चरित्र में वह बानगी है, जो अकसर औरतों में नहीं पाई जाती।'

उसका चेहरा सख्त हो उठा। वह बैठ गई। एक क्षण के लिए उसके चेहरे का भावहीन नकाब वहां से सरका था, लेकिन वह फौरन ही फिर अपनी जगह आ गया था।

'तुम मुझे सिर्फ यही बताने तो यहां नहीं आए होंगे कि मैं दिलचस्प औरत हूं?'

मैं मुस्कराया— 'क्यों नहीं। अगर यह बात तुम्हें पहले किसी ने नहीं बताई तो अब वक्त आ गया है कि कोई तुम्हें बताए। मैं औरत को उसका हक अदा करने में पूरा विश्वास करता हूं।'

उसने फायर प्लेस में राख झाड़ी। वह नर्वस थी और उसकी समझ में नहीं आ रहा था कि वह मेरा क्या करे। जब तक मैं उसको उस मानसिक स्थिति में रख सकता था, तब तक बाजी मेरे हाथ में थी।

'तुम इसके लिए सॉरी नहीं कहोगी?' मैं अपने माथे के जख्म को छूता हुआ बोला।

उसने वही कहा जिसकी मुझे अपेक्षा थी— 'क्यों कहूं? तुम इसी के हकदार थे।'

'शायद।' मैं हंसा— 'अगली बार मैं सावधान रहूंगा। मुझे गर्म मिजाज औरतें पसंद आती हैं। मुझे अपने व्यवहार पर खेद है, लेकिन मैं देखना चाहता था कि उसकी तुम पर क्या प्रतिक्रिया होती थी।' मैं फिर हंसा— 'लेकिन ऐसी प्रतिक्रिया की उम्मीद मुझे नहीं थी।'

'उसने संदिग्ध भाव से मेरी तरफ देखा, मुस्कराई और बोली— 'मैं कभी-कभार ताव में आ जाता हूं। लेकिन तुम्हारी ऐसी ही गत बननी चाहिए थी।'

'तुम मर्दों के साथ हमेशा ऐसे ही पेश आती हो?'

'कैसे?'

'अगर वे तुम्हें परेशान करें तो तुम उनका सिर फोड़ देती हो?'

उसने अट्टहास किया— 'कभी-कभी।'

'नहीं।'

मैंने गौर से उसकी तरफ देखा। वह कंधे झुकाए तनिक दोहरी हुई बैठी थी। मेरी निगाहें अपने ऊपर पड़ती महसूस करके उसने सिर उठाया और तीखी निगाहों से मुझे देखा।

'मुझे यूं घूरो मत।' वह झुंझलाकर बोली— 'यहां क्यों आए हो?'

'मुझे तुम्हारी सूरत देखना अच्छा लगता है।' मैं कुर्सी पर इत्मीनान से पसरता हुआ बोला— 'क्या मैं तुमसे बात नहीं कर सकता? क्या यह बात तुम्हें अजीब लगती है?'

वह सकपकाई। मुझे दिखाई दे रहा था कि वह कोई फैसला नहीं कर पा रही थी। वह समझ नहीं पा रही थी कि मैं धंधे की खातिर वहां आया था, सिर्फ उसका वक्त बर्बाद कर रहा था। यह जाहिर था कि वह अपने बेसब्रेपन को बड़ी कठिनाई से छिपा पा रही थी।

'तुम यहां सिर्फ बातें करने आए हो?' वह मुझे देखती हुई बोली और फिर फौरन ही परे देखने लगी— 'ओह! ऐसा तो सभी कहते हैं।' वह वितृष्णापूर्ण स्वर में बोली।

मैं चिढ़ गया— 'बराय मेहरबानी मुझे 'सभी' में शुमार मत करो।' मैं बोला।

वह हैरान दिखाई देने लगी— 'तुम अपने आपको बड़ा फन्ने खां समझते हो?'

'क्यों न समझूं?' इस बार मैं बेसब्रेपन से बोला— 'अगर मैं नहीं समझूंगा तो कौन विश्वास करेगा मेरी बात पर?'

'बड़ी खुशफहमी है तुम्हें। मुझे खुशफहम आदमी अच्छे नहीं लगते।'

'तुम अपने आपको तीसमारखां नहीं समझतीं?'

'मैं क्यों समझूं?'

'मैं आशा करता हूं कि तुम कोई हीन भावना से ग्रसित स्त्री नहीं हो।'

'तुम बहुत औरतों को जानते हो क्या?'

'काफी को जानता हूं। क्या तुम हीन भावना से ग्रस्त हो?'

वह खाली फायर प्लेस में घूरने लगी। फिर वह विचारपूर्ण स्वर में बोली— 'हां शायद।' फिर उसने संदिग्ध भाव से सिर उठाकर देखा— 'क्या यह कोई मजाक की बात है?'

'मैं तो ऐसा नहीं समझता। मुझे तो यह दयनीय बात लग रही है, क्योंकि तुममें हीन भावना होने की मुझे कोई वजह तो दिखाई नहीं दे रही है।'

'क्यों नहीं दिखाई दे रही?'

मैं जानता था कि उसे अपने आप पर भरोसा नहीं था और वह जानना चाहती थी कि मेरी उसके बारे में क्या सोच थी।

'अगर तुम अपने प्रति ईमानदार हो तो तुममें इसका जवाब दे पाने की क्षमता होनी चाहिए। तुम्हारे बारे में मेरी पहली राय यह थी कि नहीं—छोड़ो मैं नहीं बताता।'

'बोलो भी। मैं जानना चाहती हूं। मेरे बारे में तुम्हारी पहली क्या राय थी?'

मैंने यूं गौर से उसकी तरफ देखा, जैसे मैं उसके गुणों का सही जायजा लेने की कोशिश कर रहा था। वह बेचैनी से पहलू बदलती वापस मुझे देखती रही, लेकिन वह जानना जरूर चाहती थी। मैं पिछले दो दिनों से उसके बारे में इतना ज्यादा कुछ सोचता रहा था कि अब मैं पहली राय वाली स्टेज से गुजर चुका था— 'अगर तुम सुनना ही चाहती हो तो।' मैं बनावटी हिचकिचाहट के साथ बोला— 'लेकिन मुझे उम्मीद नहीं कि तुम्हें मेरी बात पर विश्वास हो।'

'अब कह भी चुको।'

'अच्छा! तुम बड़े मजबूत चरित्र की युवती लगी थीं। गर्म मिजाज, तगड़ी इच्छा-शक्ति वाली, स्वतंत्र विचारों वाली, पुरुषों के लिए असाधारण रूप से आकर्षक और अजीब बात है कि काफी संवेदनशील।'

उसने संदिग्ध भाव से मेरी ओर देखा— 'सोच रही हूं कि यही बात तुम कितनी औरतों से कह चुके होगे।' वह बोली, लेकिन साफ दिखाई दे रहा था कि मन-ही-मन वह खुश थी।

'किसी से भी नहीं।' मैं बोला— 'तुम्हारे अलावा मैं ऐसी किसी एक औरत से कभी नहीं मिला, जिसमें इतने सारे गुण एक साथ हों। लेकिन अभी मैं ठीक से तुम्हें जानता नहीं न। इसलिए मेरे जायजे में गलती भी हो सकती है, आखिर यह मेरी पहली राय है।'

'मैं तुम्हें आकर्षक लगती हूं?' अब वह दिल से पूछ रही थी।

'अगर न लगती होतीं तो क्या मैं यहां बैठा होता? आकर्षक तो हो ही तुम।'

'लेकिन क्यों? खूबसूरत तो मैं नहीं हूं।' उसने उठकर फिर अपने आपको शीशे में देखा— 'मेरे ख्याल से तो मैं बड़ी वाहियात लगती हूं।'

'गलत ख्याल है तुम्हारा। तुम्हारा व्यक्तित्व बहुत शानदार है। बोदी खूबसूरती में क्या रखा होता है। तुम्हारे में तो असाधारण गुण हैं। चुंबकीय कहना चाहिए।'

उसने अपनी बांहें अपनी छोटी, चपटी छातियों पर बांध लीं— 'मेरे ख्याल से तुम बहुत झूठे हो।' उसकी आंखों में क्रोध झलकने लगा— 'तुम समझते हो कि मैं तुम्हारी इस बकवास पर विश्वास कर लूंगी? असल में चाहते क्या हो तुम? आज तक कोई यहां यूं मुझ पर हावी होता नहीं चला आया।'

मैं हंसा— 'गुस्सा मत करो। तुम जानती हो, मुझे तुम पर अफसोस होता है। तुम शर्तिया हीनभावना से बुरी तरह ग्रस्त हो। अब छोड़ो, लेकिन किसी दिन तुम्हें मेरी इस बकवास पर विश्वास हो जाएगा।' मैं आगे झुककर मेज पर रखी किताबों का मुआयना करने लगा। वहां 'फ्रंट पेज डिटेक्टिव' की एक प्रति पड़ी थी। हेमिंग्वे की 'टु हैव एंड टु हैव नॉट' पड़ी थी। थोर्न स्मिथ की 'नाइट लाइफ ऑफ दि गाड्स' पड़ी थी। बड़ा अजीब समूह था किताबों का।

'काफी पढ़ने वाली मालूम होती हो।' मैं जान-बूझकर विषय परिवर्तन करता हुआ बोला।

'जब भी कोई अच्छी किताब मिल जाए।' वह तनिक हक्की-बक्की-सी बोली।

'तुमने 'एंजल्स एंड सेवल्स' पढ़ी है?' मैं अपनी लिखी पहली किताब का नाम लेता हुआ बोला।

वह बेचैनी से ड्रेसिंग टेबल की तरफ बढ़ी— 'हां... वह मुझे खास पसंद नहीं आई थी।' उसने पाउडर का पफ उठाया और उसे अपनी ठोड़ी पर फिराने लगी।

'अच्छा!' मैं मायूस हो उठा— 'नापसंदगी की वजह बता सकती हो?'

उसने कंधे झटकाए— 'बस, नहीं आई पसंद।'

उसने पाउडर का पफ नीचे रख दिया, शीशे में अपने आपको निहारा और फिर वापस फायर प्लेस के पास आ गई। वह परेशान थी और बोर भी हो रही थी।

'लेकिन नापसंदगी की कोई तो वजह होगी। क्या वह बोर किताब थी?'

'याद नहीं। मैं इतना जल्दी-जल्दी तो पढ़ती हूं कि मैं जो पढ़ती हूं, मुझे याद नहीं रहता।'

'ओह...! बहरहाल, किताब पसंद नहीं आई तुम्हें।' मुझे इस बात से चिढ़ हो रही थी, मुझे उसकी किताब याद नहीं थी। चाहे किताब उसे पसंद नहीं आई थी, लेकिन फिर भी मैं उससे उसके बारे में बात करना चाहता था और उसकी प्रतिक्रिया जानना चाहता था। मुझे अनुभव होने लगा था कि उसके साथ साधारण वार्तालाप जारी रख पाना कठिन था, जब तक मैं और वह अच्छी तरह एक-दूसरे को जान नहीं लेते। इस काम के लिए तो मैं पूर्णतया दृढ़ प्रतिज्ञ था। तब तक वार्तालाप के विषय सीमित ही रहने वाले थे। अब तक मुझे ऐसी कोई बात दिखाई नहीं दी थी, जो हम दोनों में हो।

वह संदिग्ध भाव से मुझे देखती खड़ी रही और फिर दोबारा पलंग पर बैठ गई— 'बोलो।' एकाएक वह बोली— 'अब?'

'मुझे अपने बारे में कुछ बताओ।'

उसने कंधे झटकाए और बुरा-सा मुंह बनाया— 'बताने लायक कुछ नहीं है।'

'सरासर है।' मैं आगे को झुका और मैंने उसका हाथ अपने हाथ में ले लिया— 'तुम शादीशुदा हो या यह अंगूठी झूठी है?' मैं उसकी बीच की उंगली में मौजूद उसकी शादी की अंगूठी को छूता हुआ बोला।

'मैं शादीशुदा हूं।'

मैं तनिक हैरान हुआ— 'वह अच्छा आदमी है?'

वह परे देखने लगी— 'हूं।'

'बहुत अच्छा आदमी है?'

उसने अपना हाथ खींच लिया— 'हां! बहुत अच्छा आदमी है।'

'और वह है कहां?'

'इससे तुम्हें क्या मतलब?'

मैं हंसा— 'अच्छा, अच्छा। ताब मत खाओ। लेकिन एक बात जरूर कहूंगा। गुस्से में तुम बड़ी अच्छी लगती हो। तुम्हारी यह त्यौरी हर वक्त क्यों चढ़ी रहती है?'

वह फिर फौरन उठ खड़ी हुई। उसने शीशे में अपने आपको देखा— 'मेरे माथे पर ये लकीरें बुरी लगती हैं न?' वह अपनी एक उंगली से उन लकीरों को अपने माथे से गायब करने का प्रयत्न करती हुई बोली।

मैंने मैंटलपीस पर रखी घड़ी पर निगाह डाली। मुझे वहां आए पूरे 15 मिनट हो चुके थे।

'तुम त्यौरी चढ़ाकर मत रखा करो।' मैं उठता हुआ बोला— 'धीरज और इत्मीनान से रहा करो। ये लकीरें अपने आप गायब हो जाएंगी।'

मैं उसकी तरफ बढ़ा। तभी उसकी आंखों से उलझन और चिंता के भाव गायब हो गए तथा उनका स्थान आत्मविश्वास और विनोद के भावों ने ले लिया। उसने अपने ड्रेसिंग गाउन की डोरी खोली और उसकी नाजुक उंगलियां उस इकलौते बटन पर पहुंचीं, जो उसके गाउन को सामने से बंद रखे हुए था।

'मैं चलता हूं।' मैं जान-बूझकर घड़ी की ओर देखता हुआ बोला।

उसके चेहरे से आत्मविश्वास के भाव हवा की तरह उड़ गए। उसके हाथ नीचे झुक गए। मैं खुश था कि मैंने उसके मैदान में उससे मुकाबला न करने का फैसला किया था। जब तक उसके पास आने वाले अन्य आदमियों के मुकाबले में मेरा व्यवहार भिन्न रहता, तब तक उसका ध्यान जरूर मेरी तरफ लगा रहता और वह उलझन में पड़ी रहती।

'जब तुम्हें फुर्सत होगी तो मैं तुमसे तुम्हारे बारे में बात करना चाहूंगा।' मैं मुस्कराता हुआ बोला— 'यह तुम्हारी हीनभावना के लिए अच्छी बात होगी।' जब मैं दराजों वाली मेज

के समीप पहुंचा तो मैंने शीशे के खिलौने के बीच दस-दस डालर के दो नोट रख दिए। एक खिलौना मेरे हाथ की ठोकर से एक ओर लुढ़क गया।

उसने जल्दी से सिर उठाकर नोटों की तरफ देखा और फिर परे देखने लगी।

'क्या कभी इस ड्रेसिंग गाउन के अलावा किसी और पोशाक में तुम्हारे दर्शन होंगे?' दरवाजे पर पहुंचकर मैंने पूछा।

'मुमकिन है।' वह भावहीन स्वर में बोली— 'और भी पोशाकें पहनती हूं मैं।'

'किसी दिन तुम्हें मेरी खूब खातिर करनी चाहिए। और एक बात याद रखना—जब मैं अगली बार आऊं तो मेकअप मत करना, मेकअप तुम्हें रास नहीं आती। अब अलविदा।' और मैंने दरवाजा खोला।

वह मेरे पास आई— 'उपहार के लिए शुक्रिया।' वह मुस्कराती हुई बोली। जब वह मुस्कराती थी तो उसका व्यक्तित्व एकदम बदल जाता था।

'कोई बात नहीं। वैसे मेरा नाम क्लाइव है। मैं फिर फोन कर सकता हूं तुम्हें?'

'क्लाइव? लेकिन इस नाम के दो आदमियों को तो मैं पहले से जानती हूं।'

पिछले 15 मिनटों में यह हकीकत मुझे बिलकुल भूल गई थी कि वह एक बाजारू औरत थी। उसके उस फिकरे ने मुझे बुरी तरह हिला दिया— 'मुझे खेद है। लेकिन क्या करूं जब मेरा यही नाम है। तुम क्या राय देती हो?'

'मुझे मालूम तो होना चाहिए न कि कौन आ रहा है।' वह बोली।

'जरूर।' मैं व्यंग्यपूर्ण स्वर में बोला— 'क्लेरेंस कैसा नाम रहेगा? या लांसलार? या आर्कीवाल्ड?'

वह हंसी। उसने खोजपूर्ण निगाहों से मुझे देखा— 'ठीक है। मैं तुम्हें तुम्हारी आवाज से ही पहचान लूंगी। अलविदा क्लाइव।'

'मैं तुमसे फिर मिलने आऊंगा।'

'मार्टी...!' उसने आवाज लगाई।

बगल के कमरे से निकलकर वह विशालकाय औरत वहां पहुंची।

'मैं तुम्हें बहुत जल्दी फोन करूंगा।' मैं बोला और मार्टी के पीछे-पीछे गलियार में चल दिया।

'गुड इवनिंग सर।' दरवाजे पर वह आदरपूर्ण स्वर में बोली।

मैंने सिर हिलाया और राहदारी पर चलता हुआ लकड़ी के सफेद फाटक की तरफ बढ़ा। अपनी कार के पास पहुंचकर मैं ठिठका। मैंने घर की तरफ वापस देखा। कोई रोशनी नहीं दिखाई दे रही थी। शाम के झुटपुटे में हॉलीवुड की पिछली गलियों में बने घरों से वह घर भिन्न नहीं लग रहा था।

मैंने कार चालू की। मैं ब्राउन डर्वी के समीप बाइन स्ट्रीट में स्थित एक बार में पहुंचा। एकाएक मैं बड़ी पस्ती महसूस करने लगा था और मैं एक जाम फौरन हासिल करना चाहता था।

हब्शी बारटेंडर मुझे देखकर स्वागतपूर्ण ढंग से हंसा। उसके दांत प्यानो की चाबियों की तरह चमक रहे थे।

'इवनिंग, सर।' वह बार पर अपने विशाल हाथ फैलाता हुआ बोला— 'क्या पेश करूं आज?'

मैंने स्कॉच का ऑर्डर दिया और उसे बार से परे एक मेज पर ले आया। वहां कुछ ही लोग मौजूद थे और मैं उनमें से किसी को भी नहीं जानता था। इस बात की मुझे खुशी थी, क्योंकि मैं सोचना चाहता था। मैं एक आरामकुर्सी पर बैठ गया। मैंने थोड़ी-सी व्हिस्की पी और एक सिगरेट सुलगा ली।

थोड़ी देर के सोच-विचार के बाद मैंने फैसला किया कि वे 15 मिनट चाहे महंगे रहे थे, लेकिन दिलचस्प भी साबित हुए थे। उस खेल में पहली चाल मेरी रही थी। ईव उलझन में पड़ गई थी और मुझे पूरा विश्वास था कि उसे मुझमें दिलचस्पी भी हो गई थी। मुझे जानकर खुशी होती कि मेरे वहां से चले जाने के बाद उसने मेरे बारे में मार्टी से क्या कहा था। इतनी समझदार तो वह निश्चित ही थी कि वह समझ जाती कि मैं कोई खेल खेल रहा था, लेकिन मैंने उसे ऐसा कोई संकेत नहीं दिया था कि वह खेल क्या था।

मैंने उसको उत्सुक बना दिया था। मैंने केवल उसके बारे में ही बातें की थीं, अपने बारे में नहीं। यह जरूर उसके लिए एक नई बात थी। जिस किस्म के लोगों के साथ वह उठती-बैठती थी, वे निश्चय ही लगातार अपने ही बारे में बातें करते होंगे। उसकी हीन भावना दिलचस्पी से खाली नहीं थी। शायद वह भविष्य के भय की वजह से थी। वह अपने बारे में पूर्णतया आश्वस्त रहना चाहती थी। अगर वह पैसे की खातिर अपने व्यापार पर निर्भर थी, तो उसकी सूरत के बारे में उसकी व्यग्रता और चिंता समझ में आती थी। वह नौजवान नहीं थी। वह बूढ़ी भी नहीं थी। लेकिन अगर वह 33 साल की ही थी—वैसे मेरा ख्याल था कि उसकी उम्र इससे भी ज्यादा थी। तो उसके धंधे में यह वह उम्र होती है जब औरत फिक्रमंद होने लगती है।

मैंने अपनी व्हिस्की खत्म की और एक और सिगरेट सुलगा ली। तब मेरे ख्यालों की वह जंजीर टूटी और फिर लगभग अपनी इच्छा के खिलाफ मैंने अपनी अंतरात्मा को टटोलना आरंभ किया।

प्रत्यक्षः मुझे कुछ हो गया था। कुछ दिन पहले तक मेरा किसी वेश्या से रिश्ते का ख्याल तक भी गौर करने के काबिल नहीं था। मुझे हमेशा ऐसे लोगों से नफरत रही थी, जो वेश्याओं के पास जाते थे। वेश्या की जाति से ही मुझे दहशत होती थी। फिर भी मैं 15 मिनट ऐसी ही एक औरत के साथ गुजारकर आया था और मैंने उसके साथ कैसा व्यवहार किया था, जैसा मैं अपनी अन्य महिला मित्रों के साथ करता था। मैंने अपनी कार उसके घरके ऐन सामने खड़ी की और उसका घर उस इलाके में निश्चित ही बहुत बदनाम होगा। मुझे वहां कोई भी पहचान सकता था और मैंने एक फिजूल के वार्तालाप के लिए पैसे तक खर्चे थे।

यह मेरा दुर्भाग्य था कि मेरा संपर्क काबिल और प्रतिभा संपन्न लोगों के साथ था। मैं उनमें उठने-बैठने के काबिल व्यक्तित्व रखता था। लेकिन ईव ने सफलता को कभी नहीं

जाना था। उसमें कोई गुण नहीं था और वह समाज में भी वर्जित व्यक्ति जैसी हैसियत रखती थी। मेरी जानकारी में वह इकलौती औरत थी, जिस पर मैं पूरी तरह हावी हो सकता था, बावजूद इसके कि वह पुरुषों पर काबू रख सकती थी। उसमें प्रबल इच्छा शक्ति थी और उसके व्यवहार में सर्द-सी लापरवाही थी, वह बिकाऊ थी। जब तक मेरे पास पैसा था, मैं उसका मालिक था। मैंने अब अनुभव किया था कि मेरे लिए ऐसा कोई साथी जरूर था जो नैतिक और सामाजिक स्तर से मुझसे हीन हो। तभी मेरा अपना आत्मविश्वास बना रह सकता था।

ज्यों-ज्यों मैं इस बारे में सोचता जाता था, त्यों-त्यों मैं आश्वस्त होता जाता था कि अब मुझे श्री प्वाइंट छोड़ना होगा। मैं ईव से मुलाकात बढ़ाना चाहता था। उससे इतनी दूर रहने पर मुलाकातें बढ़ नहीं सकती थीं। श्री प्वाइंट से किनारा जरूरी था।

मैंने अपनी सिगरेट मसली और पब्लिक टेलीफोन के पास पहुंचा। मैंने अपने अपार्टमेंट पर फोन किया।

मुझे रसेल की आवाज आई— 'मिस्टर थर्सटन रेजीडेंस।'

'मैं आज रात किसी वक्त आ रहा हूं।' मैं बोला— 'एक काम कर छोड़ना। घर में कहीं मेरी किताब 'फ्लावर्स फॉर मैडम' पड़ी होगी। उसको किसी खास हरकारे के हाथ मिस ईव मार्लो के पास भेज दो। साथ में कोई कार्ड या ऐसा संदेशा न हो कि किताब किसने भेजी है।' मैंने उसे पता बता दिया— 'कर लोगे?'

उसने हामी भरी, लेकिन मुझे उसके स्वर से ऐसा लगा, जैसे उसे वह काम नापसंद हो। उसे कैरोल पसंद थी, इसलिए उसे मेरे संपर्क में आने वाली हर औरत नापसंद थी। इससे पहले कि वह अपनी कोई राय जाहिर करता—जो कि वह जरूर करता—मैंने फोन काट दिया। फिर मैं बार से निकला और ब्राउन डर्बी की ओर बढ़ चला।

<h1 style="text-align:center">6</h1>

मुझे पीटर ओर कैरोल बेड से परे एक टेबल पर दिखाई दिए। उनके साथ एक विशालकाय, लेकिन थुल-थुल-सा व्यक्ति बैठा था। उसके बाल सफेद थे, चेहरा पीला था और नाक चौड़ी और चपटी थी। लगता था वह किसी शेर की औलाद था।

जब मैं मेजों के बीच में से गुजर रहा था तो पीटर की निगाह मुझ पर पड़ गई। वह मेरा स्वागत करने को उठा— 'हैलो!' वह हैरानी से बोला, लेकिन वह खुश भी था— 'तो आ ही गए तुम। कैरोल, देखो कौन आया है। खाना खा लिया?'

मैंने कैरोल का हाथ थाम लिया और मुस्कराया— 'नहीं।' मैं बोला— 'क्या मैं भी आप लोगों में शामिल हो सकता हूं?'

'जरूर।' वह बोली— 'मेरे ख्याल से तुम रेक्स गोल्ड से नहीं मिले हो।' वह लंबे-चौड़े आदमी की तरफ घूमा जो बड़ी तन्मयता से अपना सूप पी रहा था— 'यह क्लाइव थर्सटन है—लेखक है।'

43

तो यह था रेक्स गोल्ड। हर किसी की तरह मैंने भी उसके बारे में बहुत-कुछ सुना हुआ था कि वह हॉलीवुड फिल्म उद्योग का सबसे दमदार आदमी था।

'आपसे मिलकर खुशी हुई, मिस्टर गोल्ड।' मैं बोला।

उसने अनिच्छापूर्ण ढंग से सूप पीना बंद किया और उसने अपना ढीला-ढाला, गुशमुदा हाथ मुझे पेश कर दिया— 'तशरीफ रखिए मिस्टर थर्सटन।' वह बोला। वह गौर से मुझे देख रहा था— 'यहां का लोवस्टर सूप बहुत बढ़िया है, वेटर!' उसने बेसब्रेपन से चुटकी बजाई— 'मिस्टर थर्सटन के लिए लोवस्टर सूप लाओ।'

वेटर मेरे लिए कुर्सी लाया तो मैंने कैरोल को आंख मारी— 'देखो। मैं तुमसे दूर नहीं रह सकता।' मैं फुसफुसाकर बोला।

'अपने प्रकाशक से नहीं मिले तुम?' वह भी फुसफुसाई।

मैंने इनकार में सिर हिलाया— 'मैंने उसे फोन कर दिया था।' मेज के नीचे मैंने उसका हाथ थाम लिया और उसे दबाया— 'मालूम हुआ कि बात कोई महत्वपूर्ण नहीं थी, इसलिए मैं उससे कल मिल रहा हूं। मैं यहां इस जश्न में शामिल होना चाहता था।'

हमारे वार्तालाप के दौरान गोल्ड सूप पीता रहा था। जाहिर था कि उसे खाना और वार्तालाप दोनों काम एक साथ करना पसंद नहीं था।

'मैंने समझा था कि तुम अपनी उस वहशी औरत से मिलने जा रहे थे?' कैरोल शरारत भरे स्वर में फुसफुसाई— 'और इसी वजह से तुम मुझे टाल रहे थे।'

'तुम्हें तो मैं किसी भी वजह से नहीं टाल सकता।' मैं अपनी मुस्कराहट को खरी बनाने की कोशिश करता हुआ बोला। जहां तक मेरा सवाल था, कैरोल सच को भांप जाने की विलक्षण प्रतिभा रखती थी।

'यह तुम दोनों क्या खुसर-फुसर कर रहे हो?' पीटर ने पूछा।

'राज की बात है।' कैरोल बोली— 'तुम मत पूछो।'

गोल्ड ने अपना सूप खत्म किया और चमचा रख दिया। फिर उसने वेटर की तलाश में निगाहें दौड़ाईं— 'मिस्टर थर्सटन का सूप कहां है, आप उसके बाद क्या ला रहे हो?' वेटर समीप आया तो उससे पूछा। जब वह संतुष्ट हो गया कि वेटर उसे या मुझे भूला नहीं था तो वह कैरोल की तरफ घूमा— 'तुम आज रात क्लब में आओगी?' उसने पूछा।

'थोड़ी देर के लिए।' कैरोल बोली— 'लेकिन मैं लेट नहीं होना चाहती थी। कल मुझे बहुत काम करना है।'

वेटर मेरा सूप ले आया।

'कल की कल देखी जाएगी।' गोल्ड बोला। उसकी निगाहें मेरे सूप पर टिकी हुई थीं। मुझे लग रहा था कि अगर मैं उसे प्रोत्साहन देता तो वह बड़े शौक से मेरा भी सूप पी जाता— 'काम के साथ-साथ तफरीह भी होनी चाहिए।' वह आगे बढ़ा— 'तुम संतोषजनक ढंग से दोनों कामों से निजात नहीं पा सकतीं।'

करोल ने इनकार में सिर हिलाया— 'मुझे अपनी सात घंटे की नींद भी पूरी करनी होती है, खासतौर पर...।'

'इससे मुझे याद आया।' गोल्ड अपने भारी होंठ सिकोड़ता हुआ बोला— 'कल सुबह इमग्राम मेरे दफ्तर में आ रहा है। मैं तुम्हें उससे मिलवाना चाहता हूं।' अब वह पीटर से संबोधित था।

'जरूर।' पीटर बोला— 'क्या पटकथा में उसका काफी दखल होगा?'

'नहीं। अगर वह काबू में न आए तो मुझे बताना।' गोल्ड ने एकाएक मेरी तरफ देखा— 'आपने कभी फिल्म के लिए लिखा है, मिस्टर थर्सटन?'

'नहीं... अभी नहीं।' मैं बोला— 'लेकिन मेरे पास कुछ आइडिया है, जिस पर कभी फुर्सत लगी तो मैं काम करूंगा।'

'आइडिया? कैसा आइडिया?' वह तनिक आगे को झुककर बोला— 'कोई मेरे काम की हो। मेरे करने लायक चीज?'

मैंने किसी ऐसे अपेक्षित प्लाट के लिए अपना दिमाग टटोलना आरंभ किया, जो कि उसके किसी काम का सकता हो, लेकिन मुझे कुछ न सूझा— 'जरूर होगी।' मैंने ब्लफ मारने का फैसला किया— 'अगर आपकी दिलचस्पी है तो मैं कुछेक पेश कर दूंगा।'

मुझे उसकी निगाहें अपने आप में छेद करती हुई महसूस हुईं— 'क्या पेश कर दोगे? मैं समझा नहीं।'

'रूपरेखा।' मैं तनिक चिड़चिड़ा गया— 'जब भी मैं कोई रूपरेखा तैयार कर पाऊंगा, मैं आपको दिखा दूंगा।'

उसने खाली-खाली निगाहों से कैरोल की तरफ देखा, लेकिन कैरोल का ध्यान उसकी तरफ नहीं था— 'रूपरेखा?' उसने दोहराया— 'मेरी रूपरेखा में दिलचस्पी नहीं। मुझे कहानी चाहिए। लेकिन तुम लेखक हो न? मैं तुमसे इतना ही चाहता हूं कि तुम मुझे कहानी सुनाओ... अभी सुनाओ कहानी। तुम कहते हो, तुम्हारे पास आइडिया है। ठीक है, एक आइडिया अभी पेश करो।'

काश! मैं उस मेज पर बैठा ही न होता। मैंने अनुभव किया कि पीटर उत्सुक भाव से मुझे देख रहा था। कैरोल के चेहरे पर भी हल्की-सी लाली आ गई थी। गोल्ड मुझे घूरता रहा।

'मैं यहां कुछ नहीं सुना सकता।' मैं बोला— 'लेकिन अगर आपको वाकई दिलचस्पी है तो मैं आपसे मिलने आ जाऊंगा।'

तभी कई वेटर हमारे पास पहुंचे और हमें अगला कोर्स सर्व करने लगे। गोल्ड की दिलचस्पी मुझसे फौरन खत्म हो गई और वह वेटरों के साथ माथा फोड़ने लगा। उसे उस प्लेट के तापमान से मतलब था, जिसमें कि उसे अगली डिश सर्व की जाने वाली थी। कितनी ही देर मेज के इर्द-गिर्द हलचल-सी मची रही थी। अंत में जब वह संतुष्ट हो गया तो भोजन पर यूं टूटा जैसे कई दिनों का भूखा हो।

पीटर की मुझसे निगाह मिली और वह हंसा। जब गोल्ड खाना खा रहा हो उस दौरान वार्तालाप की कोशिश बेकार थी, ऐसी कोई कोशिश न पीटर ने की और न कैरोल ने। इसलिए मैंने भी खामोश रहना ही मुनासिब समझा। हम चुपचाप खाते रहे। मैं सोच रहा था कि खाना खा चुकने के बाद गोल्ड फिर मुझे कहानी सुनाने को कहेगा। बहरहाल, मुझे उम्मीद नहीं थी। एक तरह से मैं अपने आपसे खफा था कि मैं इतना अच्छा मौका अपने हाथ से निकल जाने दे रहा था—लेकिन क्योंकि मेरे पास सुनाने लायक कुछ था नहीं—इसलिए मैं व्यवधान के लिए शुक्रगुजार ही हुआ।

भोजन समाप्त करते ही गोल्ड ने प्लेट परे धकेल दी और अपनी जैकेट की जेब से एक टूथपिक निकालकर बड़े विचारपूर्ण ढंग से दांत कुरेदने लगा। फिर उसने भीड़ भरे कमरे में चारों ओर निगाह दौड़ाई।

'क्या तुमने क्लाइव की किताब 'एंजल्स एंड सेबल्स' पढ़ी है?' एकाएक कैरोल ने पूछा।

गोल्ड सकपकाया— 'मैं कभी कुछ नहीं पढ़ता।' वह बोला— 'तुम जानती ही हो।'

'तुम्हें पढ़ना चाहिए। वह किताब तो फिल्म के योग्य नहीं है, लेकिन उसके पीछे जो आइडिया है— 'वह है।'

यह मेरे लिए भी नई बात थी। मैंने तीखी निगाहों से उसकी तरफ देखा। उसने जान-बूझकर मुझे नजरअंदाज कर दिया।

'कैसा आइडिया?' गोल्ड के चेहरे पर दिलचस्पी के भाव पैदा हुए।

'कि पुरुषों को चरित्रहीन औरतें क्यों पसंद आती हैं।' वह बोली। मैं हक्का-बक्का हो उठा—क्योंकि मुझे तो याद नहीं था कि मेरे उस उपन्यास में ऐसी कोई स्थिति रही हो।

'अच्छा!' पीटर बोला।

'सरासर!' गोल्ड अपनी उंगलियों में टूथपिक को फंसाकर उसके दो टुकड़े करता हुआ बोला— 'यह ठीक कह रही है। और मैं तुम्हें वजह बताता हूं। पुरुषों को चरित्रहीन औरतें इसलिए पसंद आती हैं, क्योंकि भली औरतें सरासर बोर होती हैं।'

कैरोल ने इनकार में सिर हिलाया— 'मैं नहीं मानती। तुम मानते हो क्लाइव?'

मेरी समझ में नहीं आया कि मैं क्या कहूं। मैंने इस बारे में सोचा ही नहीं था, फिर मेरे जहन में ईव का ख्याल आया। मैं उसके और कैरोल के बारे में सोचने लगा। ईव बुरी औरत थी और कैरोल इस लिहाज से अच्छी औरत थी कि विश्वासपात्र थी। निष्ठावान थी, ईमानदार थी और समाज के स्थापित भले तरीकों से जिंदगी गुजारती थी, लेकिन मुझे शक था कि कैरोल जानती भी थी कि समाज के स्थापित भले तरीके कौन-से थे। वह अच्छी तुलना थी। ईव के साथ कुछ क्षण गुजारने के लिए मैं कैरोल को छोड़ गया था और मैंने उसे झूठ तक बोला था।

क्यों किया था मैंने ऐसा? अगर मैं उस सवाल का जवाब दे पाता तो मैं कैरोल को भी जवाब दे सकता था।

‘बुरी औरतों में कुछ गुण होते हैं, जो अच्छी औरतों में नहीं होते।’ मैं धीरे से बोला—
‘वे गुण जरूरी नहीं वे गुण हों, उन्हें अवगुण भी कहा जा सकता है—पुरुष आदिकाल से
चली आ रही प्रवृत्तियों को पसंद करते हैं। जिस तरह औरत अपनी आंतरिक भावनाओं पर
काबू पा सकती है, उस कदर पुरुष यह काम नहीं कर सकता और जब औरतों का यह काबू
पुरुषों से बेहतर है, तो पुरुष चरित्रहीन औरतों के पीछे जरूर फिरेगा। लेकिन पुरुष ऐसी
औरतों का संसर्ग हमेशा के लिए नहीं चाहता। ऐसी औरत तो अगर आज यहां है तो कल
पता नहीं कहां हो।’

कैरोल तीखे स्वर में बोली— ‘बकवास है। तुम जानते हो क्लाइव।’

मैंने उसकी तरफ देखा। उसकी आंखों में एक ऐसा भाव था, जैसा मैंने पहले नहीं देखा
था। उसके दिल को चोट पहुंची थी। वह गुस्से में थी और लड़ने को तैयार थी।

‘खुद मैं मिस्टर थर्सटन से असहमत नहीं हूं।’ गोल्ड बोला। उसने अपने केस से एक
लंबा सिगार निकाला और मुआयना करने लगा— ‘पुरुष की प्रवृत्तियां महत्वपूर्ण हैं।’

‘उनका इससे कोई रिश्ता नहीं।’ कैरोल तीखे स्तर में बोली— ‘मैं बताती हूं आपको कि
पुरुषों को बुरी औरतें क्यों पसंद आती हैं।’ उसने पीटर की ओर यूं देखा, जैसे वह उसे
वार्तालाप से अलग निकाल रही हो— ‘मैं अब पुरुषों के उस बहुमत का जिक्र कर रही हूं,
जिन्हें अगर छूट दे दी जाए तो वे लालसा से जीभ लपलपाते कुत्तों जैसा व्यवहार करते हैं।
मेरी बाकी बचे उन पुरुषों से कोई अदावत नहीं, जिन्होंने अपने नैतिक व्यवहार का कोई स्तर
कायम नहीं किया है और जो उससे रंचमात्र भी हिलने से सरासर इनकार करते हैं।’

‘माई डियर कैरोल?’ मैं विरोधपूर्ण स्वर में बोला। मुझे लगा कि वह मुझ ही पर
आक्रमण कर रही थी— ‘तुम्हें तो किसी मंच पर खड़े होकर धर्मोपदेश देना चाहिए।’

‘यह ऐसा करती बहुत अच्छी लगेगी।’ गोल्ड बोला— ‘इसे बोलने दो।’

‘पुरुष बुरी औरत को इसलिए तरजीह देता है, क्योंकि वह नकारा होती हैं।’ कैरोल
सीधे मुझसे बोली— ‘ऐसी औरत साधारणतया बहुत तड़क-भड़क वाली होती है। उसमें
ग्लैमर होता है और सलीका होता है। पुरुष ऐसी औरतों के साथ देखा जाना पसंद करते हैं,
ताकि उनके दोस्त उनसे जलें। बेचारे, ऐसी औरत में साधारणतया दिमाग नहीं होता। उसको
दिमाग की जरूरत भी नहीं होती। उसको जरूरत होती है, केवल एक खूबसूरत चेहरे की,
एक जोड़ी सुडौल टांगों की, भड़कीली पोशाकों की और बुरी नीयत की।’

‘तुम समझती हो कि मर्द ऐसी औरतों के साथ ज्यादा सहूलियत महसूस करते हैं,
जिसमें भेजा न हो?’ गोल्ड ने पूछा।

‘तुम खूब जानते हो इस बात को आर.जी.।’ कैरोल बोली— ‘यह बात समझो कि तुम
मेरी आंखों में धूल झोंक सकते हो। तुम भी उतने ही बुरे हो, जितने इस किस्म के बाकी मर्द
होते हैं।’

गोल्ड के चेहरे पर एक मीठी मुस्कराहट आई— 'आगे बढ़ो।' वह बोला— 'अभी तुमने अपनी बात खत्म कहां की है?'

'मुझे अफसोस होता है जब मैं एक दो टके की औरत को मर्द को यूं अपनी मुट्ठी में दबोचे फिरते देखती हूं। अधिकतर मर्द यही कुछ सोचते हैं... सूरत, पोशाक और जिस्म। जिस लड़की के पास अच्छी सूरत नहीं, उसका हॉलीवुड में कोई ठिकाना नहीं। कितने अफसोस की बात है।'

'यह किस्सा छोड़ो। तुम बुरी औरतों की बात करो' पीटर बोला। उसकी आंखें दिलचस्पी से चमक रही थीं।

'अच्छा, बुरी औरतों की ही बात सुनो। मर्द यह बात नापसंद करता है कि उसके संसर्ग में आई औरत उससे ज्यादा ज्ञान रखती हो। यही बुरी औरत की जीत हो जाती है। वह कुदरतन आलसी होती है और उसके पास बुरी औरत बनने के अलावा और किसी काम के लिए वक्त नहीं होता। उसके पास अपने अलावा, अपनी पोशाकों के अलावा, अपने बखेड़ों के अलावा और यकीनन अपनी अच्छी सूरत के अलावा वार्तालाप का और कोई विषय नहीं होता। मर्दों को यह पसंद आता है। उन्हें कोई कंपटीशन दिखाई नहीं देता। अगर वे चाहें तो वे ऐसी औरतों पर हावी हो सकते हैं ऐसी औरतों के मुकाबले में मर्द अपने आपको महापुरुष समझने लगता है, जबकि औरत शायद उसे बोर ही समझ रही होती है। औरत होती है इस फिराक में कि बढ़िया वक्त कट जाए और वह मर्द से ज्यादा फायदा झटक ले।'

'बड़ी दिलचस्प बात कह रही हो।' गोल्ड बोला— 'लेकिन इसमें फिल्म का आइडिया कहां है? मुझे तो दिखाई नहीं दिया।'

'यह पुरुषों पर व्यंग्य है। 'एंजल्स एंड सेबल्स' टाइटल भी बहुत बढ़िया है। क्लाइव के प्लाट की परवाह मत करो। उसका टाइटल इस्तेमाल करो और इसे पुरुषों पर शत-प्रतिशत व्यंग्य लिखने के लिए कहो। सोचो कि यह सब औरतों को कैसा लगेगा। आखिर औरतें भी तो हमारी पब्लिक हैं।'

गोल्ड ने मेरी तरफ देखा— 'तुम क्या कहते हो?'

मैं कैरोल को निहार रहा था। उसने मुझे एक आइडिया दिया था। उसने इससे ज्यादा काम किया था। उसने मेरी कल्पना शक्ति को भड़का दिया था, जो तभी से राख के नीचे दबी पड़ी थी, जबसे मैंने अपना पिछला नॉवल लिखा था। अब मैं जानता था कि मुझे क्या करना था। ख्याल बिजली की तरह मेरे जेहन में कौंधा था। मैं ईव की कहानी लिखूंगा। मैं उसके व्यक्तित्व को अपनी कलम से गिरफ्तार करूंगा और उसे रजत पट पर लाऊंगा।'

'बढ़िया!' मैं उत्तेजित स्वर में बोला— 'हां, मैं जानता हूं—मैं यह काम कर सकता हूं।'

कैरोल ने मेरी तरफ देखा और एकाएक अपना होंठ काटा। हमारी निगाहें मिलीं। मुझे मालूम हो गया कि वह समझ गई थी कि मैं क्या करने जा रहा था। मैंने जल्दी से निगाहें फिरा लीं और गोल्ड से बोला— 'जैसा कि कैरोल कह रही है कि यह बढ़िया टाइटल है और बढ़िया विषय है।'

कैरोल ने अपनी कुर्सी पीछे धकेली— 'अगर किसी को एतराज न हो तो मैं चलती हूं।' वह बोली— 'मेरा सिर दुखने लगा है। शाम से ही मुझे अपना सिर कुछ भारी-भारी-सा लग रहा था।'

इससे पहले कि मैं उठ भी पाता पीटर उसके पहलू में पहुंच गया था।

'तुम आजकल काम भी तो बहुत ज्यादा कर रही हो।' वह बोला— 'आ.जी. को एतराज नहीं होगा... क्योंकि?'

'जाकर सोओ।' गोल्ड बोला— 'मैं और मिस्टर थर्सटन अभी यहां ठहरेंगे। इसे घर छोड़ आओ पीटर।'

मैं उठ खड़ा हुआ— 'इसे मैं घर छोड़ आता हूं।' मैं बोला। मुझे गुस्सा आ रहा था और तनिक भयभीत भी था— 'आओ कैरोल...।'

उसने इनकार में सिर हिला दिया— 'तुम मिस्टर गोल्ड के साथ ठहरो। वह मेरी ओर देखे बिना बोली— 'पीटर, मैं घर जाना चाहती हूं।'

वह घूमी तो मैंने अपना हाथ उसकी बांह पर रख दिया— 'क्या बात है?' मैं अपने स्वर को नियंत्रित रखने की कोशिश करता हुआ बोला— 'मैंने कोई गलत बात कह दी?'

उसने स्थिर निगाहों से मेरी तरफ देखा। उसकी आंखों में आहत भाव अभी भी विद्यमान था— 'अब मैं तुम्हें गुडनाइट कहना चाहती हूं क्लाइव, ठीक है?'

वह सब जानती थी। सब कुछ जानती थी वह। मैं उससे कुछ भी छिपाकर नहीं रख सकता था। वह मेरे आर-पार यूं झांक लेती थी, जैसे मैं शीशे का बना हुआ था।

कुछ क्षण अटपटी-सी खामोशी छाई रही। गोल्ड के चेहरे पर सकपकाहट थी और वह अपने भारी हाथों को निहार रहा था। पीटर ने कैरोल का कोट उठा लिया और बेचैनी से प्रतीक्षा करने लगा।

'ठीक है।' मैं बोला। मुझे अपने स्वर की कर्मठता पर खुद हैरानी हुई— 'जैसी मर्जी तुम्हारी।'

उसने मुस्कराने की कोशिश की— 'गुडनाइट क्लाइव।'

'गुडनाइट।' मैं बोला।

'मैं तुमसे क्लब में मिलूंगा आर.जी.।' पीटर बोला और फिर वे दोनों वहां से विदा हो गए।

मैं फिर बैठ गया।

गोल्ड विचारपूर्ण मुद्रा बनाए अपने सिगार की राख को घूर रहा था।

'औरतें भी अजीब चीज होती हैं।' वह बोला— 'लगता है तुम दोनों एक-दूसरे के लिए काफी अहमियत रखते हो।'

मैं एक अपेक्षाकृत अजनबी से कैरोल के बारे में बात नहीं करना चाहता था— 'हम काफी अरसे से एक-दूसरे को जानते हैं।' मैं शुष्क स्वर में बोला।

उसकी भवें तन गईं– ‘वह उसका आइडिया तो अच्छा था। मर्दों पर एक व्यंग्य। ‘एंजल्स एंड सेबल्स।’ बॉक्स ऑफिस मसाला है।’ उसने अपनी आंखें बंद कर लीं और सोचने लगा– ‘तुम्हारा दृष्टिकोण क्या है?’

‘एक चरित्रहीन औरत का चेहरा।’ मैं बोला। मेरा दिमाग कैरोल और ईव के बीच भटका हुआ था– ‘मर्द जो उसके हाथों से गुजरते हैं, अपनी शक्ति जो वह इस्तेमाल करती है और उसमें अंतिम परिवर्तन।’

‘परिवर्तन कौन करेगा उसमें?’ गोल्ड ने सहज भाव से पूछा।

‘कोई मर्द... ऐसा कोई जो उससे ज्यादा दमदार होगा।’

गोल्ड ने इनकार में सिर हिलाया– ‘यह गलत मनोविज्ञान है। कैरोल तुम्हें यह बता सकती है। अगर तुम्हारा पात्र वाकई चरित्रहीन है तो कोई दूसरी औरत ही उसमें कोई परिवर्तन ला सकती है।’

‘मैं नहीं मानता।’ मैंने जिद् की– ‘यह काम कोई मर्द भी कर सकता है। अगर किसी बुरी औरत को प्यार करना सिखाया जा सके तो मैं समझता हूं कि उसका नकाब उठ जाएगा और आप उसके साथ कुछ भी कर पाने की स्थिति में आ जाएंगे।’

‘मेरे ख्याल से हम दोनों की विचारधारा एक ही लाइन पर नहीं चल रही है।’ वह बोला– ‘तुम मुझे बताओ कि बुरी औरत तुम किसे मानते हो?’

‘जो बुरी औरत मेरी निगाह में है, मैं उसके बारे में बता सकता हूं। वही इकलौती ऐसी औरत है, जिसमें मेरी दिलचस्पी हो सकती है—क्योंकि मैं उसे जानता हूं। वह हकीकत है और मैं हकीकत को समझ सकता हूं।’

‘आगे?’

‘जिस औरत के बारे में मैं सोच रहा हूं, वह मर्दों के सहारे ही जीवित है। वह बहुत बेरहम है, बहुत खुदगर्ज है और बहुत तजुर्बेकार है। वह बदतमीज है, बदनीयत है और उसे सिर्फ अपने आपमें दिलचस्पी है। मर्द उसकी निगाह में कोई मायने नहीं रखते। केवल वह पैसा मायने रखता है, जो वे उसे देते हैं।’ मैंने अपनी सिगरेट ऐश-ट्र में झोंक दी– ‘वही है मेरी बुरी औरत।’

‘दिलचस्प है।’ गोल्ड बोला– ‘लेकिन ये पेचीदा मामला है। तुम नहीं जानते हो कि तुम क्या कह रहे हो। ऐसी औरत कभी प्यार नहीं कर सकती, उसमें प्यार का जज्बा मर चुका होगा।’ उसने सिर उठाकर स्थिर निगाहों से मेरी तरफ देखा– ‘तुम कहते हो—तुम ऐसी औरत को जानते हो।’

‘मैं उससे मिल चुका हूं। मैं यह नहीं कह सकता कि मैं उसे खूब जानता हूं—लेकिन मैं जान जाऊंगा।’

‘तुम उसके साथ तजुर्बा कर रहे हो?’

मैं उसे ज्यादा कुछ नहीं बताना चाहता था। वह कैरोल से बात कर सकता था।

'केवल उसके बारे में लिखने के दृष्टिकोण से।' मैं लापरवाही से बोला— 'मेरे धंधे में मुझे हर तरह के लोगों से मिलना पड़ता है।

'हूं।' वह सिगार चबाता हुआ बोला— 'तुम उस औरत को अपनी मुहब्बत में गिरफ्तार हो जाने के लिए तो नहीं पटा रहे हो?'

'मेरे पास अपने वक्त का इससे बेहतर इस्तेमाल है।' मैं तीखे स्वर में बोला।

'मुझे गलत मत समझो। तुमने कहा है कि वह औरत वह पात्र है, जिसे तुमने अपनी थीम के लिए चुना है। तुमने यह भी कहा है कि अगर उसमें प्यार का जज्बा जगाया जा सके तो तुम उसके साथ कुछ भी कर सकते हो। ऐसा नहीं है क्या?'

मैंने सहमति में सिर हिलाया।

'तो फिर तुम यह दावा कैसे कर सकते हो कि मनोवैज्ञानिक दृष्टिकोण से तुम ठीक हो, जब तक कि तुम तजुर्बा न करो? मेरे ख्याल से तो तुम ऐसा कोई दावा नहीं कर सकते। जैसी औरत का तुम जिक्र कर रहे हो, मेरे ख्याल से उसमें प्यार का अहसास कभी का खत्म हो चुका होता है। मैं एक सटीक बात कह रहा हूं, जबकि तुम सिर्फ थ्यौरी से काम ले रहे हो।'

मैं संभलकर बैठ गया। अब मुझे एकाएक वह जाल दिखाई दे रहा था, जो उसने मेरे लिए फैलाया था। अब तो मुझे अपने शब्द वापस लेने थे और फिर कबूल करना था कि मैं क्या करने की योजना बनाए बैठा था।

'ठहरो।' गोल्ड बोला— 'कुछ मत कहना। पहले मुझे कहने दो। कोई वायदा करने से पहले सारे तथ्य जान लेना अच्छा होता है।' उसने वेटर को इशारा किया— 'अभी ब्रांडी मंगाते हैं। मेरी राय में इस तरह के वार्तालाप के लिए ब्रांडी बड़ी अच्छी चीज होती है।'

जब ब्रांडी का आदेश दिया जा चुका तो वह फिर बोला— 'मेरी दिलचस्पी जाग रही है। मुझे 'एंजल्स एंड सेबल्स' पसंद आया था। मुझे मर्दों पर व्यंग्य का आइडिया भी जंचा है। मैंने काफी लंबे अरसे से कोई मनोवैज्ञानिक फिल्म नहीं बनाई। वह बॉक्स ऑफिस मसाला है—ऐसी औरतें। कैरोल ने ठीक कहा था कि औरतें भी हमारी पब्लिक हैं।' उसने अपनी जेब से अपना सिगार केस निकाला— 'सिगार पीओ मिस्टर थर्सटन।'

मैंने सिगार ले लिया—हालांकि मुझे उसकी जरूरत नहीं थी। मुझे लग रहा था कि गोल्ड उन्हीं लोगों को सिगार ऑफर करता था, जिन पर कि वह मेहरबान होना चाहता हो।

'यह सिगार मुझे पांच डालर का पड़ता है।' वह बोला— 'इसे मैं अपने लिए ही बनवाता हूं। तुम्हें पसंद आएगा यह।'

ब्रांडी आई, उसने गुब्बारे की शक्ल के गिलास के भीतर नाक डालकर ब्रांडी को सूंघा और आह भरी— 'लाजवाब!' वह बोला।

मुझे कोई जल्दी नहीं थी। मैंने सावधानी से सिगार का कोना काटा और उसे सुलगा लिया। सिगार वाकई बढ़िया था।

'मेरी तथ्यों पर आधारित कहानी में दिलचस्पी है।' गोल्ड बोला— 'मुझे तुम्हारा किसी परिचित को आधार बनाकर अपने पात्र को तैयार करने का आइडिया पसंद आया है। वह मुझे जंच भी रहा है। तुम उसका बड़ा सजीव चित्रण करोगे, क्योंकि वह है ही सजीव। तुमने केवल उसको समानता से पकड़ना है और उसे कागज पर उतार देना है। मैं चाहता हूं कि तुम इससे आगे भी कदम उठाओ। मैं चाहता हूं कि तुम अपने आपको अपने हीरो की जगह रखो और इससे पहले कि तुम लिखना शुरू करो, तुम उन तमाम तजुर्बात में से खुद गुजरो, जिनकी योजना तुमने अपने हीरो के लिए बनाई है।'

'देखो मिस्टर गोल्ड...।' मैंने कहना चाहा, लेकिन उसने हाथ उठाकर मुझे रोक दिया।

'मुझे अपनी बात कह लेने दो। पहले सुन लो, मैं क्या कहना चाहता हूं। शायद तुम्हें मालूम हो कि तुम्हारा आइडिया वैसा नहीं चल रहा, जैसा कि तुमने सोचा था कि वह चलेगा। लेकिन इससे कोई फर्क नहीं पड़ता। परिणाम मनोवैज्ञानिक रूप से ठीक होगा। तुम दुनियादारी आदमी हो। मेरे ख्याल से अपनी जिंदगी में तुम काफी औरतों के साथ काफी कामयाबी से दो-चार हो चुके होंगे। यह औरत जो तुमने अपने विषय के तौर पर चुनी है, तुम्हारे लिए अच्छा मुकाबला साबित होगी। ठीक है तो तुम उसे अपने आप पर आशिकी क्यों नहीं करवाते हो? यह बड़ा दिलचस्प तजुर्बा होगा।'

मैं खामोश रहा। वह मुझे वही राय दे रहा था, जिस पर मैं खुद अमल करने वाला था—लेकिन मैं फिर भी बेचैन हो उठा, क्योंकि मेरे जहन में कहीं कैरोल भी मौजूद थी।

'मैं ऐसी कहानी खरीद लूंगा मिस्टर थर्सटन।' गोल्ड खामोशी से बोला— 'सिलसिला जिस करवट भी बैठेगा, दिलचस्प ही होगा। तजुर्बा तुम्हारे, मेरे जाहिर है कि उस औरत के बीच होगा और किसी को इसकी खबर लगने की जरूरत नहीं।'

हमने एक-दूसरे को देखा और मैं समझ गया कि उसे अनुभव हो गया था कि मैं कैरोल की वजह से विचलित हो रहा था।

'मैं कबूल करता हूं कि यह आइडिया मेरे दिमाग में आया था।' मैं बोला— 'लेकिन ऐसी औरत से इतनी गहराई तक रिश्ता पालने की कोशिश करना घपले वाली बात हो सकती है।'

गोल्ड की आंखों में एक मुस्कराहट चमकी। मुझे फिर लगने लगाकि वह मेरे आर-पार देख सकता था— 'तो तुम तैयार हो?' उसने पूछा।

'हां लेकिन केवल व्यापारिक दृष्टिकोण से।' मैं बोला— 'लेकिन जब तक कोई उजरत हासिल न हो, मैं अपना वक्त बर्बाद नहीं करना चाहता।'

'मुझे संक्षेप में कहानी सुनाओ।'

मैंने एक क्षण सोचा— 'यह कहानी होगी एक कामयाब बुरी औरत की, जो मर्दों का शिकार करती है—मर्दों से उसके रिश्ते के सारी पृष्ठभूमि मैं खुद हैंडल करूंगा ताकि हेज उसका सत्यानाश न मार सके। हमने ज्यादा जोर इसी बात पर देना है कि वह उन मर्दों से पैसा

और उपहार स्वभकर करती है, जो उसके मोह-जाल में फंस जाते हैं। फिर उसकी जिंदगी में एक बड़ा अलग किस्म का आदमी आता है और असली ड्रामा यहां से शुरू होता हैं पहले तो और आदमियों की तरह वह भी उसके मोह-जाल में फंसता है, लेकिन जब वह उसे और जानता है तो उसे अनुभव होता है कि वह कितनी धोखेबाज है और फिर वह उसके साथ उसी का खेल खेलने का फैसला करता है। इस प्रकार वह अंत में उसे हरा देता है। फिर उस खेल से तंग आकर वह उसे छोड़ देता है और किसी नए शिकार की तलाश में चल देता है। मैं इसकी कल्पना स्कारलैंट ओहारा और रीथ बटलर के सिलसिले जैसी कर रहा हूं।'

'तुम समझते हो कि इस प्रकार कहानी जम जाएगी?' गोल्ड ने अविश्वासपूर्ण स्वर में पूछा।

'जरूर, यह ज्यादा प्रबल इच्छाशक्ति का सवाल है।'

गोल्ड ने इनकार में सिर हिलाया— 'अगर तुम्हारी औरत उतनी ही बुरी है—जितनी तुम उसे बयान कर रहे हो तो मुझे विश्वास है कि बात यूं नहीं बनने की।'

'तजुर्बा करके देखते हैं। तुम्हीं ने तो कहा है कि नतीजा कोई भी हो— 'पटकथा दिलचस्प बनेगी।'

गोल्ड सोचने लगा— 'हां। ख्याल तो है मेरा। ठीक है करो। मैं तुम्हें अभी दो हजार डालर दूंगा। अगर मेरे मतलब की चीज बनने के आसार नजर आए तो मैं संपूर्ण पटकथा के तुम्हें पचास हजार डालर दूंगा। तुम स्टुडियो से जो मदद चाहो, हासिल कर सकते हो।'

मैं बड़ी कठिनाई से अपनी उत्तेजना दबा पाया— 'यह ऑफर मुझे लिखित रूप में मिलेगी?'

'जरूरा। मैं अपने किसी आदमी को तुमसे मिलने के लिए कह दूंगा।'

'तुम तीन महीने इंतजार कर लोगे? अगर मैं तीन महीने में कामयाब न हुआ तो और वक्त बर्बाद करना बेकार होगा।'

उसने सहमति जताई— 'ठीक है। तीन महीने। वास्तविक जीवन में यह अच्छा तजुर्बा होगा। बड़ा मजेदार वक्त मौजूद है तुम्हारे सामने।' उसने वेटर को संकेत किया— 'अब मैं क्लब जाऊंगा। तुम चलते हो मेरे साथ—मिस्टर थर्सटन?'

मैंने इनकार में सिर हिलाया— 'नहीं, शुक्रिया। आपने सोचने का बहुत मसाला दे दिया है मुझे और मुझे अपनी कोई योजना भी निर्धारित करनी है।'

<h1 style="text-align:center">7</h1>

अगले दो हफ्ते मेरी कैरोल से मुलाकात नहीं हुई। मैंने रोज सुबह-शाम टेलीफोन किया, लेकिन हर बार यही पता लगा कि या तो वह स्टूडियो में थी और या मिस्टर गोल्ड के घर पर थी। पता नहीं वह मुझे टाल रही थी या वह वाकई अपनी पटकथा के साथ व्यस्त थी। जैसे वह मुझे छोड़कर चली गई थी, अगर उसने वैसा न किया होता तो मैं बात को ज्यादा न

सोचता। जब उसने बहुत काम करना होता था तो वह अकसर एकाध हफ्ते के लिए गायब हो जाया करती थी, लेकिन अब मैं चिंतित था, क्योंकि मुझे ऐसा अहसास था कि मैंने उसको चोट पहुंचाई थी और उसे गुस्सा दिलाया था। ऐसा पिछले दो सालों में पहली बार हुआ था।

मैं चाहता तो स्टूडियो जा सकता था, लेकिन मैं पहले उससे टेलीफोन पर बात करना चाहता था, ताकि जब मैं बात कर रहा होऊं तो वह मुझे देख न सके। जैसा कि मैं पहले ही कह चुका हूं—उससे झूठ बोलना बड़ा कठिन काम था। अगर मैंने उसे विश्वास दिलाना था कि मेरे और ईव के बीच में कुछ नहीं था, तो मैंने स्थिति को सावधानी से संभालना था।

मेरे अपार्टमेंट में आकर ठहरने से रसेल खफा हो गया था। उसे उम्मीद थी कि मैं श्री प्वाइंट में अभी कम-से-कम एक महीना और ठहरूंगा। मैंने ईव के बारे में बहुत सोचा। हमारी मुलाकात के बाद तीसरी रात को मैं लारेल कैनयान ड्राइव गया और उसके घर के सामने से गुजरा। वहां रोशनी दिखाई नहीं दे रही थी, इसलिए मैं रुका नहीं—लेकिन उसके घर पर ही एक निगाह डालकर मुझे एक विचित्र-से संतोष की प्राप्ति हो रही थी।

चौथे दिन लंच के बाद मैंने उसके यहां फोन किया।

उसकी नौकरानी मार्टी ने जवाब दिया। जब मैंने ईव के बारे में पूछा तो उसने मेरा नाम जानना चाहा।

एक क्षण की हिचकिचाहट के बाद मैंने बता दिया— 'मिस्टर क्लाइव।'

'मुझे खेद है।' वह बोली— 'मिस मार्लो अभी व्यस्त हैं। कोई संदेशा हो तो बताइए।'

'कोई बात नहीं, मैं फिर फोन कर लूंगा।'

'मैं उन्हें बता दूंगी कि आपने फोन किया था।'

मैंने उसका शुक्रिया अदा किया और फोन रख दिया। मैं कितनी देर टेलीफोन थामे बैठा रहा। फिर मैंने मुंह बिगाड़कर उसे रख दिया। मेरा मुंह क्यों उखड़ रहा था? मैंने अपने आपसे पूछा। क्या मैं जानता नहीं था कि वह क्या चीज थी? मैंने न उसे उस दिन फोन किया और न कोई काम किया। मैंने गोल्ड के बारे में सोचा और उस पटकथा का कोई खाका बनाने की कोशिश की, जिसके बारे में हम दोनों में बात हो चुकी थी—लेकिन मैं कामयाब न हो सका। जब तक मैं ईव को और बेहतर न जान लेता, मेरे आगे बढ़ पाने की संभावना नहीं थी।

रसेल के लिए मैं बड़ी सजा बना हुआ था, क्योंकि उसे अपार्टमेंट उसके लिए खाली छोड़कर मेरे वहां से चले जाया करने की आदत थी। मैंने बाकी का दिन अपने लाउंज, बेडरूम और लाइब्रेरी में टहलते हुए गुजारा। शाम को मेरी गायिका क्लेचर जेकोबी के साथ डेट थी, लेकिन मैं उसकी चबर-चबर सुनने के मूड में नहीं था। लेकिन मैं उसे टाल भी नहीं सकता था। मैं आधी रात के बाद अपार्टमेंट में वापस लौटा। मैं नशे में था और चिड़चिड़ाया हुआ था।

रसेल मेरा इंतजार कर रहा था। मैंने उससे एक व्हिस्की मंगाई और उसे सोने भेज दिया। फिर मैंने ईव को फोन किया। मुझे घंटी बजने की आवाज सुनाई देती रही, लेकिन जवाब न

मिला। मैंने रिसीवर पटक दिया और कपड़े उतारने अपने बेडरूम में चला गया। पायजामा और ड्रेसिंग गाउन पहनकर मैं लाउंज में आया तथा मैंने फिर उसे फोन किया, तब तक पौने एक बज चुका था।

'हैलो!' वह बोली।

'हैलो!' उसकी आवाज सुनते ही मेरा मुंह खुश्क हो गया।

'बहुत लेट फोन किया क्लाइव।'

उसने कहा था वह मेरी आवाज पहचान लेगी। लेकिन मुझे उम्मीद नहीं थी। लेकिन उसने सच कहा था।

'कैसी हो?' मैं कुर्सी पर बैठता हुआ बोला।

'ठीक हूं।' वह बोली।

'मैं इस आशा में प्रतीक्षा करने लगा कि वह कुछ कहेगी। लेकिन लाइन पर खामोशी छाई रही। उसके साथ जो मेरी कई असंतोषजनक टेलीफोन वार्ताएं होने वाली थीं, उनका वह मेरा पहला-पहला तजुर्बा था, इसलिए मुझे ऐसा कोई पूर्वाभ्यास नहीं था कि उसके जवाब ऐसे ही भावहीन और संक्षिप्त होने थे।

हैलो!' कुछ देर इंतजार करने के बाद मैं बोला— 'लाइन पर हो न?'

'हां।' वह भावहीन स्वर में बोली।

'मैं समझा था कि लाइन कट गई थी। मैंने तुम्हें एक किताब भेजी थी। पसंद आई?'

एक लंबी खामोशी के बाद मैंने उसे यूं कुछ कहते सुना जैसे वह किसी और से बात कर रही थी।

'क्या बात थी?' मैंने पूछा।

'मैं इस वक्त बात नहीं कर सकती।' वह बोली— 'मैं व्यस्त हूं।'

मुझे नाजायज गुस्सा आ गया— 'हे भगवान!' मैं बोला— 'क्या चौबीस घंटे धंधा करती हो?' लेकिन लाइन कट चुकी थी। वह फोन रख चुकी थी।

मैं लगभग एक घंटा बैठा सोचता रहा। मुझे लगने लगा था कि वह जैसा कि मैंने पहले समझ लिया था, आसानी से काबू में आने वाली नहीं थी। वास्तव में मैं उसके बारे में और गोल्ड की ऑफर के बारे में सोच-सोचकर आतंकित होने लगा। मैं उससे चार दिन पहले मिला था और अभी तक तो मुझसे पहली परत भी नहीं खरोंची गई थी। उसका इस प्रकार टेलीफोन बंद कर देना ही जाहिर करता था कि अभी उसे मुझमें दिलचस्पी नहीं थी। उसने सॉरी तक नहीं कहा था— 'मैं इस वक्त बात नहीं कर सकती। मैं व्यस्त हूं।' कहकर उसने फोन बंद कर दिया था। मेरी मुट्ठियां भिंच गईं।

अपने गुस्से के बावजूद उसकी लापरवाही की वजह से मैं उससे मिलने के लिए और व्यग्र हो उठा। उन दो हफ्तों में मैं कैरोल से कतई नहीं मिल पाया, लेकिन ईव के यहां मैं तीन बार गया उन तीन मुलाकातों का जिक्र करने का कोई फायदा नहीं। वे पिछली मुलाकातें जैसी ही रही थीं। हम विचलित से उटपटांग बातें करते रहते और फिर 15 मिनट बाद मैं वहां

से विदा हो जाता। हर बार मैं अपने पीछे दस-दस डालर के दो नोट छोड़ आता था। हर बार मैं उसके लिए एक किताब ले गया, जिसके लिए वह मुझे दिल से कृतज्ञ दिखाई दी। मैंने उसके साथ बहुत अपनापन जताने की कोशिश की, लेकिन वह निलिप्त रही, मेरे प्रति संदिग्ध रही। मैंने अनुभव किया कि अगर मैंने कोई तरक्की करनी थी तो मुझे उस पर कोई ज्यादा जबरदस्त तरकीब आजमानी पड़नी थी। अंत में मैंने अपनी कार्यप्रणाली निर्धारित कर ली।

अगली सुबह मैं डाइनिंग रूम में पहुंचा तो मैंने रसेल को मुझे ब्रेकफास्ट सर्व करने के लिए अपनी प्रतीक्षा करते हुए पाया। अब मुझे कैरोल से मिले दस दिन हो गए थे और मैं जानता था कि वह चिंतित थी। उसकी निगाहें ही इस बात की चुगली कर रही थीं।

‘मिस कैरोल को कॉल लगाओ।’ मैं अपनी चिट्ठियां देखता हुआ बोला— ‘और मालूम करो वे क्या कर रही हैं। अगर वे घर हों तो मेरी बात कराना।’

जब वह फोन कर रहा था तो मैंने अखबार की सुर्खियों पर निगाह डाली। उसमें मेरी दिलचस्पी की कोई बात नहीं थी। मैंने अखबार को फर्श पर डाल दिया।

रसेल कुछ क्षण फोन पर कुछ कहता रहा। फिर उसने फोन रख दिया और इनकार में सिर हिलाया— ‘वह घर पर नहीं हैं सर।’ वह गमगीन स्वर में बोला— ‘आप उनसे स्टूडियो में जाकर क्यों नहीं मिलते?’

‘मुझे इतना वक्त नहीं है।’ मैं बोला— ‘और फिर तुम्हारा इससे क्या मतलब?’

वह मेरे सामने खड़ा हो गया। उसने एक टोस्ट मेरी तरफ सरकाया— ‘मिस कैरोल बहुत अच्छी युवती हैं।’ वह बोला— ‘मैं उनके साथ गलत किस्म का व्यवहार होता हुआ नहीं देख सकता, मिस्टर क्लाइव।’

‘तो तुम समझते हो मिस कैरोल से मैं बुरा व्यवहार कर रहा हूं?’ मैं उससे निगाहें मिलाए बिना डबल रोटी को मक्खन लगाते हुए बोला।

‘जी हां। मेरे ख्याल से आपको उनसे मिलना चाहिए। वे बहुत बढ़िया युवती हैं और जैसा व्यवहार आप अपने संसर्ग में आने वाली अन्य औरतों से करते हैं, वे उससे बेहतर व्यवहार की हकदार हैं।’

‘हमेशा की तरह तुम ऐसे मामले में अपनी टांग अड़ा रहे हो, जिससे तुम्हारा कोई वास्ता नहीं। मिस कैरोल बहुत व्यस्त हैं। मेरे और उनके पास ऐसा लोकाचार दिखाने का फिलहाल वक्त नहीं है। उसे नजरअंदाज नहीं कर रहा हूं और अगर तुम्हें याद हो तो मैं उसे रोज दो बार फोन करता हूं और ऐसा मैं दो हफ्ते से करता चला आ रहा हूं।’

‘फिर मैं यही कह सकता हूं सर, कि वे आपसे मुलाकात से बच रही हैं।’ वह बोला— ‘आपको ऐसा नहीं होने देना चाहिए।’

‘रसेल!’ मैं सर्द स्वर में बोला— ‘जाकर मेरा बेडरूम ठीक करो। इस वक्त यहां मुझे तुम्हारी जरूरत नहीं है।’

‘यह मिस मार्लो।’ वह बोला— ‘यह तो एक धंधा करने वाली औरत है न, सर?’

मैंने हैरानी से उसकी तरफ देखा— 'तुम्हें कैसे मालूम?'

उसके चेहरे पर एक बड़ा पवित्र भाव आया— 'मैं एक शरीफ आदमी का नौकर होने के नाते इसे अपनी ड्यूटी का एक हिस्सा समझता हूं कि मैं जिंदगी के सांसारिक पहलुओं की भी कुछ जानकारी रखूं। सर, मैं नाम से ही समझ गया था कि वह क्या चीज होगी।'

'अच्छा, क्या चीज है वह?'

उसकी सफेद भवें उठीं— 'मैं आपको केवल चेतानी दे सकता हूं, मिस्टर क्लाइव। ऐसी औरत ने कभी किसी का कोई भला नहीं किया और मैं यह भी कहूंगा कि उसके साथ कोई सामाजिक संबंध स्थापित करना तबाही की निशानी होगी।'

'मूर्खों जैसी बातें करना बंद करो और ऊपर जाओ।' मैं बोला। मुझे लगा वह बहुत आगे बढ़ चुका था— 'मैं मिस मार्लो से एक फिल्म की पृष्ठभूमि हासिल करने के लिए मिल रहा हूं। वह फिल्म लिखने के लिए मिस्टर गोल्ड ने मुझे विशेष रूप से नियुक्त किया है।'

'मुझे यह सुनकर हैरानी हुई सर। मैं मिस्टर गोल्ड को हमेशा एक काबिल इंसान समझता रहा हूं। कोई भी समझदार आदमी इस विषय पर फिल्म बनाने के बारे में विचार नहीं करेगा। अब आप मुझे इजाजत दें तो मैं आपका कमरा ठीक करने जाता हूं।'

मैं विचारपूर्ण मुद्रा बनाए उसे जाता देखता रहा। प्रत्यक्षतः वह ठीक कह रहा था, लेकिन गोल्ड ने उस कहानी पर फिल्म बनाने का वायदा किया था। मैंने अपनी चिट्ठियां फिर उठाईं और उन्हें खोला। मैं उनमें बड़ी आशापूर्ण निगाहों से स्टूडियो से आई कोई चिट्ठी तलाश कर रहा था। चिट्ठी नहीं थी। मुझे लगा कि मैं बहुत जल्दी उसके आगमन की अपेक्षा करने लगा था। मैं मेज के पास गया और मैंने अपना बैंक बैलेंस चेक किया। मुझे रकम बहुत कम हो गई देखकर हैरानी हुई। एक क्षण की हिचकिचाहट के बाद मैंने सारे बिल रद्दी की टोकरी में डाल दिए। होता रहेगा उनका भुगतान। फिर मैंने अपनी एजेंट मरले बेनसिंगर को फोन किया।

'मरले!' उसके लाइन पर आते ही वह बोला— 'रेन चैक का क्या हो रहा है? मुझे इस हफ्ते की पेमेंट नहीं मिली।'

'मैं तुम्हें इस बारे में लिखने ही वाली थी, क्लाइव।' वह बोली। कैरोल की आवाज ऐसी थी कि फोन पर वह मुझे अपने आप पर हावी होती महसूस होती थी— 'कास्ट ने एक हफ्ते के लिए छुट्टी कर ली है। बेचारों को हक भी पहुंचता था इस छुट्टी का। बीस हफ्ते हो गए हैं उन्हें यह ड्रामा खेलते-खेलते।'

'यानी कि जिस दौरान वे आराम करें, उस दौरान मैं भूखा मरूं।' मैं रुष्ट स्वर में बोला— 'और कहीं से कुछ नहीं आ रहा। मेरी किताबों का क्या हाल है?'

'तुम जानते हो, सितम्बर तक कुछ नहीं आने वाला। सेलिक के यहां हिसाब खाता सितंबर में बनता है।'

'मालूम है... मालूम है।' मैं तीखे स्वर में बोला— 'खैर, अगर तुम मेरे लिए कुछ नहीं कर सकती हो तो मेरी खबर तो सुन लो। गोल्ड ने मुझे एक कांट्रेक्ट ऑफर किया है। मुझे

तुम्हें इस बारे में पहले ही बताना चाहिए था। मैंने दो हफ्ते पहले उसे एक कहानी की रूपरेखा सुनाई थी। वह मुझे उसके लिए 50 हजार डालर ऑफर कर रहा है।'

'तब तो मजा आ गया। मैं कांट्रेक्ट की खोज-खबर लूं?'

'हां—।' मैं तनिक संदिग्ध स्वर में बोला। उसके खोज-खबर लेने का मतलब था, उसकी दस प्रतिशत कमीशन खरी। यानी कि पांच हजार की छुट्टी। लेकिन मरले अपने काम में होशियार थी और अगर गोल्ड कोई धोखाधड़ी करने की कोशिश करता तो वह उससे निपट सकती थी—हां ठीक है। अब कोई चिट्ठी-पत्री शुरू होगी तो मैं तुम्हें खबर कर दूंगा।'

'नया नॉवल कैसा चल रहा है?'

'उसे छोड़ो। अभी तो मैं गोल्ड के बारे में ही सोच रहा हूं।'

'लेकिन क्लाइव—।' वह आशंकित स्वर में बोली— 'सेलिक के यहां तो उम्मीद हो रही है कि तुम इस महीने के अंत तक उन्हें नॉवल दे दोगे।'

'करते रहें उम्मीद। मैं अभी व्यस्त हूं।'

एक क्षण खामोशी रही, फिर वह बोली— 'लेकिन तुमने उसे लिखना शुरू तो कर दिया है?'

'नहीं, नहीं किया। ऐसी की तैसी सेलिक की। मैं गोल्ड के 50 हजार डालर की फिराक में हूं।'

'मुझे मिस्टर सेलिक को बताना होगा। वह बहुत मायूस होंगे। उन्होंने तुम्हारे नॉवल का इश्तिहार भी दे दिया है।'

'जिसे मर्जी बताओ। मुझे परवाह नहीं। चाहो तो जाकर राष्ट्रपति से बता आओ, लेकिन मरले भगवान के लिए सेलिक की सिरदर्दी मुझे मत सुनाओ।' मुझे एकाएक उस पर चिढ़ चढ़ने लगी— 'क्या गोल्ड की बात मानने से ज्यादा फायदा नहीं है?'

'माल ज्यादा जरूर है, लेकिन तुम्हें उपन्यास लिखे एक अरसा हो गया है और तुम्हें अपने नाम के बारे में भी तो सोचना चाहिए।'

'सोच लूंगा। तुम मेरे नाम की फिक्र मत करो।'

उसे कुछ याद आया— 'और क्लाइव!' वह बोली— 'डाइजेस्ट से एक ऑफर आई है। वे हॉलीवुड की महिलाएं' विषय पर एक लेख छापना चाहते हैं। तीन हजार डालर, पंद्रह सौ शब्द। लिखना पसंद करोगे?'

मरले मेरे पास कभी-कभार ही ऐसी ऑफर लाती थी। मैं खुश हो गया— 'जरूर।' मैं बोला— 'कब चाहिए?'

'आज ही लिख सकते हो। काम बहुत जल्दी का है।'

इस बात ने ऑफर की हालत खराब कर दी। उसकी बात से मुझे लगा कि वह उस लेख को लिखवाने के लिए किसी और लेखक को पकड़ना चाहती थी, लेकिन अभी तक कोई काबू में नहीं आया था— 'ठीक है, मैं करूंगा। मैं लेख कल सुबह रसेल के हाथ भेज दूंगा।' फिर मैंने फोन रख दिया।

तभी रसेल ब्रेकफास्ट के बर्तन उठाने वहां पहुंचा।

'मुझे डाइजेस्ट के लिए एक लेख लिखना है।' मैं बोला— 'आज मेरी किसी से मुलाकात तो निश्चित नहीं है?'

रसेल ऐसी बातें पूछी जाना पसंद करता था— 'आज शाम तीन बजे आपने मिस सेल्वी से मिलने का वादा किया था। तीन बजे आपने मिस्टर एंड मिसेज हेनरी विल्वर के साथ डिनर लेना है।'

'मिस सेल्वी महत्वपूर्ण नहीं है। वह तो मुसीबत की पुड़िया है। उसे कह दो कि मुझे एकाएक नगर से बाहर जाना पड़ गया है। मुझे केवल शाम तक का ही समय चाहिए। विल्वर दंपति से मैं मिल लूंगा।'

फिर मैं उसे वहीं छोड़कर ऊपर कपड़े पहनने चला गया। जब तक निपटा तब तक पौने बारह बज चुके थे। ईव को फोन करने का वक्त हो गया था।

काफी देर फोन की घंटी बजने के बाद उसने जवाब दिया। वह उनींदी-सी लग रही थी।

'हैलो!' मैं बोला— 'क्या मैंने तुम्हें सोते से जगा दिया?'

'हां क्लाइव।' वह बोली— 'मैं गहरी नींद सो रही थी।'

'मुझे खेद है, लेकिन वक्त तो देखो। शर्म नहीं आती तुम्हें अपने आप पर?'

'मैं बारह से पहले सोकर नहीं उठती। अभी तक यह बात तुम्हें मालूम होनी चाहिए थी।'

बहरहाल, आज वह कुछ बोलचाल तो रही थी।

मैंने एक गहरी सांस ली— 'ईव!' मैं बोला— 'एक सप्ताहांत मेरे साथ गुजारना पसंद करोगी?'

काफी देर खामोशी रही, फिर वह भावहीन स्वर में बोली— 'अगर तुम चाहते हो तो ठीक है।'

'हम थिएटर देख सकते हैं। इसी हफ्ते मुलाकात हो जाए।'

'ठीक है।'

काश! वह बात में जरा तो रस लेने लगे, मैंने गुस्से में सोचा— 'ठीक है।' मैं यूं बोला कि मेरी आवाज से मायूसी न झलके— 'खाना कहां खाना पसंद करोगी?'

'जहां तुम मुनासिब समझो।' एक क्षण वह ठिठकी फिर बोली— 'लेकिन वह ये जगहें न हों।' और उसने मुझे इतने होटलों और रेस्टोरेंटों के नाम गिनाए कि मैं हक्का-बक्का रह गया।

'लेकिन इतनी जगहें निकाल देने के बाद चुनने लायक जगह रह ही कौन-सी जाती है?' मैं विरोधपूर्ण स्वर में बोला— 'मिसाल के तौर परह म ब्राउन डर्बी क्यों नहीं जा सकते?'

'मैं नहीं जा सकती और मैं उन बाकी जगहों पर भी नहीं जा सकती—जिनके मैंने नाम लिए हैं।'

'ठीक है।' मैं बोला। मुझे लग रहा था कि अगर मैंने उस पर ज्यादा दबाव डाला तो वह कतई इनकार कर देगी— 'मैं तुम्हें खबर कर दूंगा। तो फिर शनिवार की मुलाकात पक्की रही?'

'हां।' और उससे पहले मैं उसका शुक्रिया अदा कर पाता, उसने संबंध विच्छेद कर दिया।

8

जब मैंने कार को फेयर फिक्स और बरेली के मोड़ पर घुमाया तो मुझे अपने सामने खूब सारी भीड़ दिखाई दी। सड़क कारों से और लोगों से भरी पड़ी थी। लगता था कोई एक्सीडेंट हो गया था, इसलिए मैंने कार सड़क के किनारे लगा दी और प्रतीक्षा करने लगा, लेकिन भीड़ बढ़ती ही जा रही थी।

फिर मैं यह देखने के लिए कि क्या हो गया था। कार से बाहर निकला। एक रोडस्टर कार सड़क पर तिरछी खड़ी थी। उसका सामने का एक फैंडर चिपका पड़ा था। चार आदमी एक विशाला पैकार्ड को धकेलकर किनारे लगाने की कोशिश कर रहे थे। उसका एक पजिया पंचर था, हेडलाइट्स टूटी हुई थी और उसकी बॉडी पर कई खरोंचें दिखाई दे रही थीं।

पीटर टेनेट भीड़ के बीच में खड़ा लोगों से बहस कर रहा था। वह एक अधेड़ावस्था के व्यक्ति से बात कर रहा था और वह चिंतित तथा क्रोधित लग रहा था।

'हैलो पीटर!' मैं उसके समीप पहुंचकर बोला— 'कुछ कर सकता हूं?'

मुझे देखकर उसके चेहरे पर रौनक आ गई— 'तुम्हारी कार तुम्हारे साथ है, क्लाइव?' उसने आशापूर्ण स्वर में पूछा।

'हां।' मैं बोला— 'वो परे खड़ी है। क्या हुआ?'

उसने पैकार्ड की तरफ इशारा किया— 'मैं कार को सड़क के किनारे से चलाकर सड़क पर ला रहा था कि इस कार ने सीधे आकर मेरी कार को टक्कर दे मारी।'

अधेड़ व्यक्ति ब्रेको के बारे में कुछ बुदबुदाया। उसका चेहरा फक्क था और वह भयभीत लग रहा था।

तभी पुलिस के सायरन की आवाज सुनाई दी और एक रेडियो कार वहां पहुंची। एक विशालकाय लाल चेहरा वाला पुलिसिया बाहर निकला और भीड़ में से रास्ता बनाता हुआ समीप पहुंचा।

उसने पीटर को पहचान लिया— 'क्या बात है मिस्टर टेनेट?' उसने पूछा।

'मुझे टक्कर मारी गई है।' पीटर बोला— 'लेकिन मैं कोई फसाद नहीं चाहता। अगर इन साहब को कोई शिकायत नहीं है, तो मुझे भी नहीं है।'

पुलिसिये ने सर्द निगाहों से अधेड़ व्यक्ति को देखा— 'अगर मिस्टर टेनेट संतुष्ट हैं तो मैं भी संतुष्ट हूं। तुम कुछ कहना चाहते हो?'

अधेड़ व्यक्ति पीछे हटा— 'मुझे कोई शिकायत नहीं।'

पीटर ने अपनी घड़ी देखी— 'तुम यह बखेड़ा संभालो ऑफिसर!' वह बोला— 'मुझे स्टूडियो पहुंचने में पहले ही देर हो गई है।'

पुलिसिये ने सहमति में सिर हिलाया— 'ठीक है मिस्टर टेनेट। मैं आपकी ओर से स्टूडियो के गैरेज में फोन कर दूंगा।'

पीटर ने उसका शुक्रिया अदा किया और मेरे पास पहुंचा— 'तुम मुझे स्टूडियो तक छोड़कर आ सकते हो?'

'जरूर—।' मैं भीड़ में से रास्ता बनाता हुआ बोला— 'वैसे तो तुक ठीक-ठाक हो न?'

पीटर हंसा— 'हां—लेकिन उस बेचारे की हालत खराब है।'

तभी मैंने एक लड़की को अपनी एक ब्लोंड सहेली को बताते सुना— 'वह पीटर टेनेट है, फिल्में डायरेक्ट करता है।'

मैंने हंसते हुए पीटर की तरफ देखा, लेकिन पीटर ने नहीं सुना था।

जब हम कार पर स्टूडियो की तरफ जा रहे थे, तो पीटर बोला— 'तुम कहां छिपे हुए थे क्लाइव? मैंने तुम्हें कई दिनों से नहीं देखा।'

'यूं ही जरा बिजी था।' मैं बोला— 'फिल्म कैसी जा रही है?'

'ठीक है। शुरुआत के कुछ हफ्तों में तो दिक्कत हमेशा ही होती है। अभी कुछ नहीं कहा जा सकता कि आगे क्या-क्या होगा।' तभी बगल से फिल्म अभिनेत्री कोरिन मोरलैंड की कार गुजरी। पीटर ने हाथ हिलाकर उसका अभिवादन किया— 'मैं तुम्हें फोन करने वाला था क्लाइव। मुझे जानकर बहुत खुशी हुई है कि तुम आर.जी. के लिए काम कर रहे हो।'

मैंने तेजी से उसकी तरफ देखा— 'उसने बताया है तुम्हें?'

उसने कहा था कि वह कैरोल के उस आइडिया पर तुमसे काम करवाना चाहता था—लेकिन उसने मुझे विस्तार में कुछ नहीं बताया था। क्या किस्सा है?

'मैं उस पर अब काम कर रहा हूं।' मैं बोला— 'यह पुरुषों पर एक व्यंग्य होगा। मैं अभी तुम्हें कुछ नहीं बता सकता, क्योंकि आज तक विषय ठीक से मेरी पकड़ में नहीं आया है।'

'लेकिन बात तो बन रही है न? आर.जी. साधारणतया मेरे से अपने कथानक के बारे में बात जरूर करता है, लेकिन इस बार वह बड़े रहस्यपूर्ण ढंग से पेश आ रहा है।'

'ज्योंही मैं कुछ पेश करने लायक कर लूंगा।' मैं बोला— 'मैं तुम्हें सब कुछ बता दूंगा।'

'मैंने स्टूडियो के दरवाजे के सामने कार रोकी। गार्ड ने दरवाजा खोला और हमारा अभिवादन किया। मैंने कार गेट के भीतर दाखिल कर दी। मैंने उसे उस राहदारी पर बढ़ा दिया, जो स्टूडियो के दफ्तरों की तरफ जाती थी।

‘अगर तुम्हें एतराज न हो तो मैं तुम्हें यहीं उतार देता हूं।’ मैं कार रोकता हुआ बोला— मुझे बहुत काम करना है और—।’ मैं ठिठक गया, क्योंकि कैरोल मेरी बगल में खड़ी थी— ‘हैलो, अजनबी!’ मैं बोला और मैंने मुस्कराते हुए अपना हैट उतारा।

वह एक गहरी भूरी कमीज और लाल स्लेक्स पहने थी। अपने बालों के गिर्द उसने आग की लपटों के रंग की पगड़ी लपेटी हुई थी। वह बहुत चुस्त और हसीन लग रही थी।

‘हैलो, क्लाइव!’ वह गंभीर नेत्रों से मुझे देखती हुई बोली— ‘मुझसे मिलने आए हो?’

‘अभी तक तो मुलाकात हो ही जानी चाहिए थी— ‘मैं कार से बाहर निकलता हुआ बोला— ‘जानती हो, मैं हर रोज दिन में दो बार तुम्हें फोन कर रहा हूं?’

पीटर बीच में बोला— ‘मैं चलता हूं। लिफ्ट के लिए शुक्रिया क्लाइव।’ और उस विशाल इमारत में दाखिल होकर निगाहों से ओझल हो गया—जिसमें स्टूडियो का दफ्तर था।

कैरोल ने एकाएक मेरे हाथ में अपना हाथ दे दिया— ‘मुझे खेद है क्लाइव।’ वह बोली— ‘दरअसल, मैं तुमसे खफा थी।’

‘मालूम है।’ मैं बोला। वह बहुत ही सुंदर लग रही थी— ‘लेकिन गलती मेरी थी। चलो कहीं चलकर बातें करते हैं। मुझे बहुत याद आती रही हो तुम।’

‘तुम भी मुझे बहुत याद आते रहे हो—।’ उसने मेरी बांह-में-बांह पिरो दी— ‘चलो, मेरे कमरे में चलो। हम वहां बात करेंगे।’

हम इमारत की तरफ बढ़े तो एक काल ब्वॉय दौड़ता हुआ आया— ‘मिस रे!’ वह हांफता हुआ बोला— ‘मिस्टर हिगम्स ने आपको फौरन बुलाया है।’

कैरोल ने चुटकी बजाई— ‘लानत है, लेकिन तुम मेरे साथ ही चलो। मैं तुम्हें मिस्टर इमग्राम से मिलवाती हूं।’

‘मैं क्या करूंगा जाकर। तुम बिजी हो और...।’

उसने मेरी बांह खींची— ‘लेकिन तुम्हें लोगों से मिलना चाहिए।’ वह बोली— ‘जैरी हिगम्स एक महत्वपूर्ण आदमी हैं। वह हमारा प्रोडक्शन चीफ है। तुम्हें उससे जरूर मिलना चाहिए।’

उसकी जिद् पर मैं उसके साथ चल दिया। वह मुझे इमारत के भीतर आबनूस की लकड़ी के एक चमचमाते दरवाजे के पास ले गई—जिस पर सुंदर अक्षरों में लिखा था—जैरी हिगम्स।

कैरोल सीधी भीतर चली गई।

पीटर एक कुर्सी पर बैठा था। अपने घुटनों पर उसने एक चमड़े के फोल्डर के सहारे कागजों का पुलिंदा रखा हुआ था। खिड़की के पास एक बहुत मोटा आदमी खड़ा था। उसके पीले सफेद स्वेटर पर तंबाकू की राख दिखाई दे रही थी। हम दाखिल हुए तो वह घूमा। मैंने उसकी सलेटी रंग की आंखें देखीं। वे तीखी और विनोदपूर्ण थीं।

'जैरी, यह क्लाइव थर्सटन है, जिसने 'एंजल्स एंड सेबल्स' नॉवल और 'रैन चैक' ड्रामा लिखा है।'

उसने गौरसे मेरी तरफ देखा। उसने अपनी पतलून की जेबों से अपने हाथ निकाले और मेरे पास आया— 'मैंने तुम्हारे चर्चे सुने हैं।' वह मुझसे हाथ मिलाता हुआ बोला— 'आर.जी. कह रहा था कि तुम उसके लिए किसी स्क्रिप्ट पर काम कर रहे हो।'

गोल्ड को प्रचार का बड़ा शौक मालूम होता था। मेरी समझ में नहीं आया कि उस आदत पर गुस्सा करना चाहिए था या खुश होना चाहिए था।

'बैठो, सिगरेट लो।' हिगम्स बोला— 'कैसी है वो स्क्रिप्ट? आर.जी. तो बहुत रहस्य झाड़ रहा है।'

'यह बता देगी तुम्हें।' मैंने कैरोल की तरफ संकेत किया— 'आखिरकार आइडिया तो वह इसी का था।'

'इसका आइडिया?' हिगम्स के चेहरे पर रौनक आ गई— 'सच, कैरोल!'

'मैंने तो केवल सुझाव दिया था कि क्लाइव को पुरुषों पर एक व्यंग्य लिखना चाहिए था और उसका नाम एंजल्स एंड सेबल्स रखना चाहिए था।'

हिगम्स ने फिर मेरी तरफ देखा— 'तुम लिख रहे हो यह?'

मैंने सहमति में सिर हिलाया।

'आइडिया तो बुरा नहीं है।' उसने आशापूर्ण निगाहों से पीटर की तरफ देखा।

'आइडिया ठीक है और अगर क्लाइव 'हैवन मस्ट वेट' जैसी स्क्रिप्ट लिख मारे तो कमाल हो जाएगा।' पीटर फोल्डर मेज पर रखता हुआ बोला।

'तो फिर आर.जी. रहस्य क्यों झाड़ रहा है?' हिगम्स ने पूछा।

'शायद वह तुम्हें हैरान कर देना चाहता हो।' कैरोल हंसती हुई बोली।

'हो सकता है।' उसने मेरी तरफ अपनी उंगली उठाई— 'देखो दोस्त!' वह बोला— 'मैं चाहता हूं तुम बात को ठीक से समझ लो—जो लोग तुम्हारी स्क्रिप्ट पर फिल्म बनाएं, ये मैं और पीटर होंगे, गोल्ड नहीं। इससे पहले कि तुम स्क्रिप्ट की रूपरेखा गोल्ड को पेश करो, उसे पहले हमें दिखाना। मैं जिस तरह भी तुम्हारी मदद कर सका, करूंगा। मैं जानता हूं कि हम क्या कर सकते हैं और क्या नहीं कर सकते। गोल्ड नहीं जानता। अगर गोल्ड का तुम्हारा काम पसंद नहीं आया तो वह तुम्हारी स्क्रिप्ट दफन कर देगा। इसलिए स्क्रिप्ट पहले मुझे दिखाना। मैं तुम्हारी मदद कर दूंगा। तुम्हारे पास आइडिया अच्छा है। उसको खराब मत कर बैठना और गोल्ड की ज्यादा मत सुनना। ओ.के.।'

'ओ.के.।' मैं बोला।

'मुझे लगा कि मैं उस पर भरोसा कर सकता था। वह मुझे ईमानदार आदमी लगा था। अगर वह कहता था कि वह मेरी मदद करेगा, तो ऐसा वह निःस्वार्थ कर सकता था।

दरवाजे पर दस्तक हुई। हिगम्स की पुकार के जवाब में एक पतला-सा आदमी भीतर दाखिल हुआ। वह एक भद्दा-सा सूट पहने हुए था।

‘आओ, आओ।’ हिगम्स उसके समीप पहुंचता हुआ बोला— ‘नहीं, तुम ठीक वक़्त पर आए हो। यह क्लाइव थर्सटन है। थर्सटन, फ्रैंक इमग्राम से मिलो।’

मुझे विश्वास नहीं हुआ कि इतना मामूली-सा आदमी ‘दी लैंड इज बैनर’ का लेखक था। इस पुस्तक को हासिल करने के लिए हर फिल्म कंपनी ने कोशिश की थी और अफवाह थी कि वह अंत में गोल्ड ने ढाई लाख डालर में खरीदी थी।

मैंने उठकर उससे हाथ मिलाया— ‘आपसे मिलकर खुशी हुई मिस्टर इमग्राम।’ मैं उसके पीले संवेदनशील चेहरे को दिलचस्पी भरी निगाहों से देखता हुआ बोला।

उसकी नीली आंखें बहुत बड़ी थीं, माथा बहुत चौड़ा था और बाल चूहे जैसे रंग के थे।

उसने खोजपूर्ण निगाहों से मेरी तरफ देखा, नर्वस भाव से मुस्कराया और हिगम्स की तरफ घूमा— ‘मुझे विश्वास है कि मिस्टर गोल्ड गलती पर हैं।’ वह तनिक व्यग्र स्वर में बोला— ‘मैंने आज सारा दिन इसी बारे में सोचा है। हेलन को लानसिंग से प्यार नहीं हो सकता। वह बहुत जलालत की बात है। लानसिंग जैसे पेचीदे पात्र के लिए उसके मन में ऐसी भावनाएं कभी नहीं हो सकतीं। यह तो जबरदस्ती फिल्म को सुखांत बनाने की कोशिश है।’

हिगम्स ने इनकार में सिर हिलाया— ‘चिंता मत करो।’ वह दिलासा देता हुआ बोला— ‘मैं आर.जी. से बात करूंगा।’ उसने कैरोल की तरफ देखा।

‘तुमने भी तो कुछ सोचा था न?’

इमग्राम व्यग्र भाव से उससे बोला— ‘मुझे विश्वास है कि तुम मानोगी कि मेरा ख्याल ठीक है।’ वह बोला— ‘अब तक तुम मेरे से सहमत रही हो। तुम तो महसूस कर सकती हो कि यह काम कितना असंभव होगा।’

‘हां।’ कैरोल बोली— ‘विषय बहुत बड़ा है कि मुझे विश्वास है कि हम अंत वही रख सकते हैं। तुम्हारा क्या ख्याल है पीटर?’

‘हां। लेकिन तुम जानती हो कि आर.जी. ऐसे अंत के बारे में क्या सोचता है।’ पीटर चिंतित दिखाई दे रहा था।

मैंने स्वयं को उस वार्तालाप से बाहर अनुभव किया। मैं बोला— ‘मैं आप लोगों की इजाजत...।’

इमग्राम फौरन मेरी तरफ घूमा— ‘सॉरी।’ वह बोला— ‘दरअसल, मुझे तजुर्बा बहुत कम है—इसलिए मुझे फिक्र लग जाती है। आप मेरी वजह से मत जाइए। शायद आप हमारी मदद कर सकें, देखिए...।’

मैंने उसे टोका। मेरे दिमाग पर पहले ही काफी बोझ था। मैं इमग्राम का भी सिरदर्द अपने सिर नहीं लेना चाहता था— ‘मैं वक़्त ही ख़राब कर रहा होऊंगा।’ मैं मुस्कराता हुआ बोला— ‘मैं इस बारे में आपसे भी कम जानता हूं और फिर मुझे कई काम हैं।’ मैं कैरोल की तरफ घूमा— ‘कब मुलाकात होनी है?’

'तुम्हारा जाना जरूरी है?' वह निराशा भरे स्वर में बोली।

'तुम व्यस्त हो, मुझे भी काम है।' मैं बोला— 'लेकिन कोई डेट फिक्स हो जाए।'

तीनों आदमी हमें देख रहे थे। मैं जानता था कि कैरोल चाहती थी कि मैं रुकूं—लेकिन मैं वहां बोर हो रहा था।

'आज वीरवार है न?' वह दीवार पर टंगा कैलेंडर देखती हुई बोली— 'कल? कल शाम को आ सकते हो। आज रात तो मुझे काम है।'

'ठीक है।' मैंने हिगम्स का अभिवादन किया, इमग्राम से हाथ मिलाया और पीटर की तरफ हाथ हिलाया— 'चिंता मत करो।' मैं इमग्राम से बोला— 'तुम बहुत अच्छे हाथों में हो।' मैं एक तरह से छोटे-से आदमी पर अपना रौब गालिब करता हुआ बोला।

कैरोल मेरे साथ कार तक आई— 'वह बहुत ईमानदार और निष्ठावान आदमी है।' मैं कार में बैठा तो बोली— 'मुझे उस पर अफसोस होता है।'

मैंने विनोदपूर्ण भाव से उसके गंभीर चेहरे को देखा— 'इमग्राम? चिंता होनी ही चाहिए तुम्हें। उसने गोल्ड को ढाई लाख डालर की थूक जो लगाई है।'

'आर.जी. कहता है कि उसके पास आइडिया नहीं है, जबकि वह इनसे भरा पड़ा है। बहुत बढ़िया आइडिया है उसके पास—लेकिन आर.जी. समझता नहीं। अगर हम उसे अकेला छोड़ दें, तो वह पीटर और जैरी से कहीं बेहतर बना सकता है। लेकिन गोल्ड दखलअंदाजी करता रहता है।'

'अजीब आदमी है इमग्राम।'

'मुझे पसंद है। सरल चित्त इंसान है और सिलसिला उसके लिए बहुत मायने रखता है।'

'लेकिन उसके पास कुछ तो होना चाहिए।' मैं सर्द स्वर में बोला— 'तुमने उसका वह सूट देखा जो वह पहने हुए था?'

'सूट से क्या फर्क पड़ता है?'

'चलो, जैसा तुम मुनासिब समझो!' मैंने इंजन चालू किया— 'इतना ज्यादा काम मत किया करो। मैं कल आठ बजे मिलूंगा तुमसे।'

'क्लाइव।' वह बोली— 'गोल्ड ने तुम्हारे साथ क्या इंतजाम किया है?'

'वह मुझसे कहानी लिखवाना चाहता है।' मैं लापरवाही से बोला— 'इस बारे में मैं तुम्हें कल बताऊंगा।'

'उस औरत के बारे में कहानी?'

'कौन औरत?'

'जब मैंने आइडिया सुझाया था, तो मुझे मालूम हो गया था कि मुझसे गलती हो गई थी।' वह तनिक हांफती हुई बोली— 'तुम उससे मिलने का कोई बहाना चाहते हो। नहीं? क्लाइव, मैं तुम्हें खूब जानती हूं। तुम केवल बहाना बना रहे हो कि तुम उसके बारे में लिखना

चाहते हो, लेकिन असल बात यह नहीं है। मामला इससे कहीं पेचीदा है। लेकिन सावधान रहना, मैं तुम्हें रोक नहीं सकती—लेकिन सावधान तो कर ही सकती हूं?'

'मेरी समझ में कुछ नहीं आ रहा कि तुम क्या कह रही हो।' मैंने और भी बहुत कुछ कहना चाहा, लेकिन उसने हाथ उठाकर मुझे रोक दिया और फिर वह घूमकर इमारत की तरफ भाग गई।

मैं अपने अपार्टमेंट की तरफ चल दिया। जब मैंने कार को गैरेज में ले जाकर खड़ा किया, उस वक्त साढ़े तीन बजे थे। मेरा मन मनिक विचलित हो रहा था। हालांकि मैं अपने आपको समझा रहा था कि इसका कैरोल से कोई मतलब नहीं था। लेकिन मैं जानता था कि मैं एक खतरनाक खेल खेल रहा था। मैं कैरोल को चाहता था। अगर वह इतनी व्यस्त न रहती होती, अगर वह मुझे कुछ वक्त देती, तो शायद मैं कैरोल के अलावा किसी और औरत को नहीं चाह पाता। लेकिन मेरे पास इतना वक्त था कि मुझे कुछ तो करना ही था। शायद मुझे ईव को अपने दिमाग से निकाल देना चाहिए। ऐसा सोचना केवल अपने आपको बहलाना था, क्योंकि चाहकर भी जानता था, मैं ईव से आसानी से पीछा नहीं छुड़ा सकता था।

मैं अपने अपार्टमेंट में पहुंचा। मैंने अपना हैट एक नजदीकी कुर्सी पर उछाल दिया और लाइब्रेरी में चला गया। मेरी मेज पर इंटरनेशनल पिक्चर्स से आया एक पत्र रखा था। मैंने सावधानी से पत्र पढ़ा। उसमें कोई फंदा नहीं था। उसमें एक संदिग्ध बात थी कि गोल्ड सारे सिलसिले को गोपनीय रखना चाहता था शायद इसी में उसे अपनी और मेरी भी भलाई दिखाई दे रही थी। उसने लिखित रूप में मुझे दे दिया था कि वह 'एंजल्स और सेबल्स' की मुक्म्मल शूटिंग स्क्रिप्ट के मुझे 50 हजार डालर देगा, बशर्ते कि कहानी का आधार वही हो—जिस पर उन दोनों में बहस हो चुकी थी और कहानी उसे पसंद आए।

मैंने मरले बैनसिंगर को एक पत्र लिखा और उसके साथ गोल्ड का पत्र उसे भेज दिया। फिर मैंने अपना ध्यान डाइजेस्ट के लिए लेख की तरफ लगाया।

देखने में 'हॉलीवुड की महिलाएं' बड़ा सरल विषय लगता था, लेकिन मुझे लेख लिखने का तजुर्बा नहीं था—इसलिए मैंने वह काम बड़ी बेचैनी और संदेह में शुरू किया।

मैंने एक सिगरेट सुलगा ली और समस्या पर विचार करने लगा। तन्मयता बिना कठिन काम था। मेरा ध्यान बार-बार कैरोल की तरफ भटक जाता था। मुझे यह बात भयभीत कर रही थी कि वह इतनी आसानी से मेरे मन की बात जान लेती थी। मैं उसे खोजना नहीं चाहता था, लेकिन मैं जानता था कि अगर मैं सावधान न रहा, तो अंत में होना यही था। फिर ईव ने कैरोल को मेरे ख्यालों से बाहर धकेल दिया। मैं आने वाले सप्ताहांत के बारे में सोचने लगा। कहां ले जाऊं उसे मैं? कैसा व्यवहार करेगी वह? क्या पहनेगी वह? वह सार्वजनिक स्थलों पर जाने से इतना हिचकिचाती क्यों थी? हिचकिचाना तो ऐसे कामों से असल में मुझे चाहिए था।

मैंने अखबार उठाया और मनोरंजन का कॉलम देखा। मैंने उसे थियेटर ले जाने का फैसला किया और थोड़ी हिचकिचाहट के बाद मैंने 'माई सिस्टर आइलीन' को चुना। तब

तक सवा पांच बज चुके थे। मैंने अखबार छोड़ा और टाइपराइटर में कागज चढ़ाया। मैंने टाइपकिया 'हॉलीवुड की महिलाएं', लेखक क्लाइव थर्सटन।' हेडिंग लिख चुकने के बाद मैं की-बोर्ड को निहारने लगा, मेरी समझ में नहीं आ रहा था कि मैं लेख को कैसे शुरू करूं। मैं कोई सलीके की विनोदपूर्ण बात लिखना चाहता था, लेकिन मेरा मस्तिष्क एकदम कोरा पड़ा था।

मैं बेचैनी से सोचने लगा कि क्या ईव भड़कीले कपड़े पहनकर आएगी और वही लगेगी जो कि वह थी। उसकी मेरे साथ मौजूदगी के दौरान अगर मेरा कैरोल से टकराव हो गया तो बहुत बुरा होगा। मैं जानता था कि मैं खतरा मोल ले रहा था। मैंने ईव को कभी मुनासिब कपड़े पहने नहीं देखा था, इसलिए मुझे नहीं मालूम था कि कपड़ों में उसकी क्या रुचि थी। मैंने फैसला किया कि मुझे कोई ऐसा छोटा-सा तन्हा रेस्टोरेंट चुनना होगा, जहां मुझे कोई न जानता हो और जहां किसी जान-पहचान वाले द्वारा देखे जाने का खतरा न हो।

मैंने एक और सिगरेट सुलगाई और अपना ध्यान लेख पर केंद्रित करने की कोशिश की। छह बजे तक टाइपराइटर में लगा कागज अभी भी खाली थी और मैं तनिक आतंकित हो रहा था।

मैंने बेसब्रेपन से टाइपराइटर को अपनी तरफ घसीटा और टाइप करने लगा। सात बजे तक मैं टाइपराइटर कूटता रहा, फिर मैंने कागज इकट्ठे किए और उनमें पिन लगा दिया। मैंने उनको दोबारा पढ़ने की कोशिश नहीं की।

रसेल मुझे बताने आया कि मेरा गुसल तैयार था। उसने मेरे हाथ में थमे टाइप किए कागजात देखे और अनुमोदन में सिर हिलाया।

'ठीक चला सर?' उसने बड़े प्रोत्साहनपूर्ण ढंग से पूछा।

'हां।' मैं दरवाजे की ओर बढ़ता हुआ बोला— 'वापस आकर मैं इसे चेक करूंगा, फिर कल सुबह-सवेरे तुम इसे मिस वेनसिंगर को दे आना।'

विल्बर दंपति के पास से मैं सवा नौ बजे से पहले न लौट पाया। पार्टी बढ़िया रही और सारी शाम मैं शानदार शैम्पेन पीता रहा था, उससे मेरा सिर भारी हो गया था। मैं भूल गया था कि मैंने लेख को अभी चेक करना था लेकिन जाकर बिस्तर पर पड़ा रहा।

अगली सुबह रसेल ने मुझे नौ बजे जगाया।

'आपको डिस्टर्ब करने की माफी चाहता हूं सर!' वह खेदपूर्ण स्वर में बोला— 'क्या मैं लेख मिस बेनसिंगर को दे आऊं?'

मैं उठा। मेरा सिर अभी भी भारी था और मुंह कसैला हो रहा था— 'लानत है!' मैं बोला— 'मैं उसे चैक करना तो भूल ही गया। जरा कागजात लाना रसल। मैं अब देखता हूं उसे।'

जब तक वह लौटा, तब तक मैं कॉफी का पहला कप पी चुका था। उसने मुझे टाइप किए हुए कागजात थमा दिए— 'मैं आपके जूते साफ करने के बाद वापस आऊंगा सर!।'

मैं पढ़ने लगा कि मैंने क्या लिखा था— तीन मिनट से भी कम समय में मैं अपने बिस्तर से बाहर निकला और अपनी स्टडी की तरफ भागा। वह लेख बेकार था। वह मरले को भेजने के काबिल नहीं था। लेख इतना रद्दी था कि मुझे विश्वास नहीं हो रहा था कि उसे मैंने लिखा था।

मैं फिर टाइपराइटर कूटने लगा, लेकिन मेरा सिर दुःख रहा था और मैं फिकरे-का-फिकरे से रिश्ता नहीं पैदा कर पा रहा था। आधे घंटे बाद मेरी गुस्से में पागल हो जाने जैसी हालत हो गई थी। चौथी बार मैंने टाइपराइटर में से कागज नोंचा और गुस्से से उसे फर्श पर फेंक दिया।

रसेल ने दरवाजे से भीतर झांका— 'दस बज चुके हैं सर।' उसने खेदपूर्ण स्वर में मुझे याद दिलाया।

मैं क्रोध से उसकी तरफ घूमा— 'दफा हो जाओ।' मैं चिल्लाया— 'और भगवान के लिए भेजा चाटना बंद करो।'

वह हैरानी से आंखें फैलाता हुआ वहां से चला गया।

मैं वापस अपने टाइपराइटर की तरफ घूमा। ग्यारह बजे तक मेरा सिर फटने को हो गया था और क्रोध से मैं उबल रहा था। मेरे चारों तरफ गोले बना-बनाकर फेंके से मैं उबल रहा था। मेरे चारों ओर गोले बना-बनाकर फेंके हुए कागज बिखरे पड़े थे। मैं जानता था कि हासिल कुछ नहीं था। मैं लेख नहीं लिख सकता था। आतंक, क्रोध और मायूसी के आलम में मेरा जी चाह रहा था कि मैं टाइपराइटर उठाऊं और उसे फर्श पर पटक दूं।

तभी टेलीफोन की घंटी बजी।

मैंने झपटकर फोन उठाया— 'क्या है?' मैं बोला।

'मैं उसे डाइजेस्ट वाले लेख का इंतजार कर रही हूं।' मरले बोली।

'करती रहो इंतजार!' मैं फट पड़ा— 'तुम क्या समझती हो मुझे? तुम समझती हो कि साला वह बेहूदा लेख लिखने के सिवाय मुझे कोई काम ही नहीं है? भाड़ में जाए डाइजेस्ट। सालों को कह दो कि अगर उन्हें लेख इतना जरूरी चाहिए तो खुद लिख लें उसे—।' और मैंने रिसीवर पटक दिया।

9

उस शाम मैं कैरोल से नहीं मिला। मेरा जी ही नहीं चाहा। मरले पर उस प्रकार चिल्ला पड़ने के बाद मेरा कुछ भी करने को जी नहीं चाह रहा था। अब मुझे लग रहा था कि कितना पागल हो गया था। मरले हॉलीवुड की सर्वश्रेष्ठ एजेंट थी। लेखक और फिल्म कलाकार इस बात के लिए मरे जाते थे कि वह उनका बिजनेस हैंडल करे। वह केवल पांच अंकों वाली आय में ही दिलचस्पी लेती थी और हर कोई इस बात को जानता था। अतः अगर वह तुम्हारी एजेंट थी, तो तुम्हारा क्रेडिट वैसे ही सब जगह ऊंचा हो जाना था। उस पर मेरे

चिल्ला पड़ने के बस अब यह संभव था कि शायद वह मुझे छोड़ दे। इस वक्त मैं मरले के बिना गुजर कर पाने की स्थिति में नहीं था। अभी अगर मुझे कोई काम मिलना था, तो उसी के माध्यम से मिलना था। हकीकत में वह मेरी रोजी-रोटी का जरिया थी।

ज्योंही मुझे महसूस हुआ था कि मैंने कितना मूर्खतापूर्ण व्यवहार किया था और अपने आपको मैंने कैसे बखेड़े में डाल दिया था, मैंने उसे फोन किया। उसकी सेक्रेटरी ने मुझे बताया था कि वह कहीं बाहर गई थी और पता नहीं कब लौटने वाली थी। फिर मैंने मरले से माफी मांगते हुए एक चिट्ठी लिखी और कहा कि हैंगओवर की वजह से मेरा दिमाग खराब हुआ था। चिट्ठी मैंने इतनी दीन-हीन बनकर लिखी कि उसके तलुवे चाटने की ही कसर रह गई। फिर मैंने एक आदमी के हाथ चिट्ठी उसके पास भिजवा दी।

लंच के बाद तक मेरी हालत बुरी थी। तीन हजार डालर खामखाह मेरे हाथ से निकल गए थे, लेकिन ज्यादा चिंताजनक बात मुझे यह लग रही थी कि अब मैं एक मामूली लेख लिख पाने के भी काबिल नहीं रहा था। मुझे लगने लगा कि मेरे में प्रथम श्रेणी का लेखक बनने योग्य प्रतिभा नहीं थी। वह ख्याल मेरे गले में मछली के कांटे की तरह फंस गया।

बहरहाल, कैरोल के साथ शाम गुजारने लायक मेरा मूड नहीं था। मैं जानता था कि वह ईव का जिक्र जरूर करेगी और अपने उखड़े मूड में मुझे फिर गुस्सा आ सकता था—इसलिए मैंने उसे फोन करके कह दिया कि मुझे एक बड़े जरूरी काम से लांस एंजिल्स जाना पड़ रहा था। उसने शनिवार मिलने की बात की, लेकिन मैंने झूठ बोलकर उसे भी टाल दिया। मुझे उसकी आवाज से मालूम हो रहा था कि वह बहुत पस्त और मायूस हो गई थी। लेकिन मैंने सप्ताहांत ईव के साथ गुजारने का दृढ़ निश्चय किया हुआ था—लेकिन फिर भी कैरोल से शर्म मुझे जरूर आ रही थी।

फिर मैंने ईव को चिट्ठी लिखी कि अगली शाम को साढ़े छह बजे उसके पास आऊंगा, फिर हम थिएटर जाएंगे और बाकी का वक्त एक-दूसरे को जानने की कोशिश में गुजारेंगे। मैंने साथ में एक सौ डालर का नोट भी यह कहते हुए रख दिया कि वह रहने के लिए और ब्रेकफास्ट के लिए था। वह पहला मौका था जब मैंने किसी औरत को उसका हाथ हासिल करने के लिए पैसा दिया था। बात मुझे पसंद नहीं आ रही थी। किसी तरह मैं अपनी तुलना हार्वे बारो से करने लगा, लेकिन अपने आपको दिलाया दी कि बहुत जल्द ऐसी स्थिति होगी कि वह मेरे पास केवल मेरे संसर्ग का आनंद लेने की खातिर आया करेगी।

अगली सुबह रसेल ब्रेकफास्ट तैयार कर रहा था और मैं खिड़की के पास एक कुर्सी डाले अखबार देख रहा था।

'रसेल!' जब वह कॉफी और अंडे लाया तो मैं बोला— 'मैं सप्ताहांत के लिए कहीं जा रहा हूं। तुम श्री प्वाइंट चले जाओ और वहां मेरा सामान बांध दो। मैं वह जगह छोड़ रहा हूं। तुम प्रॉपर्टी एजेंट से भी निपटारा कर लेना।'

'बड़े अफसोस की बात है कि आप वह जगह छोड़ रहे हैं, मिस्टर क्लाइव?' वह बोला— 'मेरा ख्याल था कि आपको वह जगह बहुत पसंद थी।'

‘थी, लेकिन मैं खर्चा घटाना चाहता हूं। वह जगह मुझे बहुत महंगी पड़ रही है।’

‘ओह! मुझे नहीं मालूम था सर, कि आजकल पैसे की तंगी चल रही है। मुझे सुनकर खेद हुआ सर।’

‘इतना बुरा हाल नहीं है, लेकिन हकीकत यह है रसेल कि ‘रैन चैक’ से मुझे अब केवल 200 डालर प्रति सप्ताह प्राप्त हो रहा है। पिछले हफ्ते वह ड्रामा खेला नहीं गया। सितंबर से पहले किताबों की रायल्टी भी नहीं आने वाली और जब वह आएगी भी तो वह कोई बहुत बड़ी रकम की होती—इसलिए थोड़े अरसे के लिए खर्चे कम करने की जरूरत है।’

रसेल आशंकित लगने लगा— ‘आपका अभी और कुछ लिखना शुरू करने का इरादा नहीं है सर!’

‘एक विषय पर काम कर रहा हूं मैं।’ मैं उसके हाथ से कॉफी का कप लेता हुआ बोला— ‘एक बार वह काम हो गया तो दुनिया हमारी जेब में होगी।’

लेकिन वह प्रभावित न लगा— ‘सुनकर खुशी हुई सर।’ वह बोला— ‘क्या वह कोई नाटक होगा?’

‘नहीं। मिस्टर गोल्ड के लिए फिल्म की पटकथा।’

‘ओह!’ उसका चेहरा गमगीन हो उठा।

मेरे जहन में मरले का ख्याल अभी भी था—इसलिए मैंने उसके ऑफिस में फोन किया। उसकी सेक्रेटरी ने बताया कि वह सप्ताहांत के लिए कहीं चली गई थी। मैंने सोमवार के लिए अप्वायंटमेंट मांगी तो वह बोली कि पूरा हफ्ता मरले के पास वक्त नहीं था। मैंने उसे कहा कि मैं फोन करूंगा।

छह बजे जब मैं ईव को लिवाने के लिए रवाना होने ही वाला था कि कैरोल का टेलीफोन आ गया।

‘ओह क्लाइव, मुझे डर लग रहा था कि तुम मुझे नहीं मिलोगे! वह बड़े उत्तेजित स्वर में बोली।

‘दो मिनट और बाद फोन करती तो मैं चला गया था।’ मैं बोला। पता नहीं उसने क्यों फोन किया था।

‘तुम फौरन यहां आ जाओ क्लाइव।

मैंने घड़ी देखी और कहा कि वह असंभव था।

‘सुनो, मैंने जैरी हिगम्स से ‘रैन चैक’ के बारे में बात की है।’ वह जल्दी-जल्दी बोलने लगी— ‘वह कहता है कि बर्न स्टीन कहानी की तलाश में है। आज रात वे दोनों मेरे यहां आ रहे हैं और उस वक्त अगर तुम भी यहां होओगे तो शायद तुम अपने प्लाट में बर्नस्टीन की दिलचस्पी पैदा कर सकों। जैसी कहता है कि प्लाट उसे जंच जाएगा। मैंने उसे कहा है कि तुम यहां आ जाओगे।’

मैंने सोचने लगा। क्या कैरोल को खबर लग गई थी कि मैं क्या करने वाला था और क्या यह कहानी वह मुझे ईव से मिलने से रोकने के लिए गढ़ रही थी। लेकिन अगर बर्नस्टोन

वाकई 'रेन चैक' में दिलचस्पी ले रहा था तो यह मौका हाथ से निकल जाने देना सरासर मूर्खता थी। जैरी हिंगम्स के बार इस धंधे में बर्नस्टोन का ही नाम आता था और वह सलीके की फिल्में बनाने के लिए बहुत प्रसिद्ध था।

'देखो कैरोल!' मैं उसे समझाता हुआ बोला— 'आज रात मैं बहुत व्यस्त हूं। क्या बर्नस्टीन सोमवार को नहीं मिल सकता—मुझसे?'

वह बोली कि उसने सोमवार से पहले फैसला करना था, क्योंकि गोल्ड उतारवा हो रहा था, क्योंकि गोल्ड उतावला हो रहा था। उसके पास दो और कहानियां भी थीं, जिन पर कि वह विचार कर रहा था, लेकिन अगर हम सब कोशिश करते तो उसे 'रेन चैक' पर फिल्म बनाने के लिए मनाया जा सकता था।

'वह उसके पसंद की फिल्म होगी।' करोल बोली— 'वह जैरी की बात मानता है और अगर तुम भी वहां होओगे और उसे कहानी की रूपरेखा बता सकोगे, तो मुझे विश्वास है कि वह हां कर देगा। अब अक्ल से काल लो, क्लाइव। यह मौका छोड़ने वाला नहीं है।'

लेकिन ईव के संसर्ग का मौका भी छोड़ने वाला नहीं था। अगर मैंने आखिरी क्षणपर उसके साथ की मुलाकात रद्द कर दी तो मुमकिन था कि वह दोबारा फिर कभी मेरे साथ जाने को कतई तैयार न हो।

'यह नहीं हो सकता।' मैंने अपने स्वर का बेसब्रापन तक छिपाने की कोशिश नहीं की— 'मैं पहले ही कह चुका हूं कि मेरा नगर से बाहर कहीं जाना बहुत जरूरी है।'

कुछ क्षण खामोशी रही। फिर मुझे कैरोल की सिसकारी लेने की आवाज आई। मुझे लगा कि उसे भी गुस्सा आ रहा था— 'ऐसा भी क्या जरूरी काम है क्लाइव?' वह तीखे स्वर में बोली— 'क्या तुम फिल्मों में नहीं आना चाहते?'

'मैं पहले से ही फिल्मों में हूं, स्वीट हार्ट। क्या मैं गोल्ड के लिए काम नहीं कर रहा हूं?'

'अक्ल से काम लो क्लाइव। अगर तुम न आए तो वे लोग क्या सोचेंगे?'

'यह मेरी सिरदर्दी नहीं है। मैंने यह इंतजाम नहीं किया है। क्या तुम्हें मालूम नहीं था कि आज मैं व्यस्त हूं।'

'मालूम था, लेकिन मेरा ख्याल था कि तुम अपने काम को ज्यादा अहमियत दोगे। ठीक है क्लाइव, ऐश करो।' और उसने लाइन काट दी।

अब दो औरतें मुझसे खफा थीं। मैंने भी रिसीवर पटका, एक गिलास में ढेर सारी व्हिस्की डाली और उसे एक ही सांस में पी गया। फिर मैंने अपना हैट उठाया और नीचे अपनी कार के पास पहुंचा।

लारेल कैनवान ड्राइव पहुंचने तक व्हिस्की अपना असर दिखाने लगी थी और मेरा मूड सुधरने लगा था। मैंने ईव के घर के बाहर कार खड़ी की और हॉर्न बजाया। फिर मैंने एक सिगरेट सुलगा ली और प्रतीक्षा करने लगा। कोई एक मिनट बाद ईव घर से बाहर निकली।

उसे देखते ही मैं कार से निकला और मैंने फौरन सफेद फाटक खोला।

वह गहरा नीला कोर्ट-स्कर्ट और सिल्क की सफेद कमीज पहने थी। उसने हैट नहीं पहना हुआ था और उसकी बांह के नीचे एक विशाल हैंडबैग दबा हुआ था, जिसके ऊपर प्लेटीनम में उसके नाम के प्रथम अक्षर लगे हुए थे। यह कोई असाधारण बात नहीं थी—लेकिन अगर आपने उसकी पोशाक की काट देखी होती तो आप भी उसे यूं ही अपलक देखते रहते, जैसे कि मैं देख रहा था। मैंने वह पोशाक कभी किसी औरत को इस कदर जंचती नहीं देखी थी।

फिर मैंने उसकी टांगें देखीं। हॉलीवुड में टांगें आम चीज होती हैं—भद्दी टांगों वाली औरतें वहां दुर्लभ होती हैं, लेकिन फिर भी ईव की टांगों में कोई खास बात थी। वे केवल सुंदर और सुडौल ही नहीं थीं, बल्कि लगता था जैसे उनका अलग व्यक्तित्व हो।

मुझे इस अहसास से बड़ी खुशी हुई कि मेरा संसर्ग एक स्मार्ट और सलीके वाली औरत के साथ होने वाला था। वह बहुत ही शानदार लग रही थी।

'हैलो!' मैं उसका हाथ थामता हुआ बोला— 'तुम हमेशा वक्त की इतनी पाबंद होती हो?'

उसने अपना हाथ खींच लिया और पूछा— 'मैं ठीक लग रही हूं?'

मैंने कार का दरवाजा खोला, लेकिन उसने भीतर बैठने का उपक्रम नहीं किया। वह नर्वस भाव से अपने दांतों में अपना निचला होंठ चबाती मुझे देखती खड़ी रही।

'तुम बहुत शानदार लग रही हो।' मैं मुस्कराता हुआ बोला— 'यह लिबास तो लाजवाब है।'

'झूठ मत बोलो।' वह तीखे स्वर में बोली— 'तुम तो केवल कहने के लिए कह रहे हो।'

'मजाक नहीं। इंतजार किस बात का कर रही हो? कार में बैठो। अगर मुझे मालूम होता कि तुम इतनी खूबसूरत लगने वाली हो तो मैं कल ही आ जाता।'

वह कार में बैठ गई। उसकी स्कर्ट इतनी तंग थी कि उसके कार में बैठते समय उसकी जांघों के ऊपर तक उठ गई। मैंने बहुत देर लगाकर कार का दरवाजा बंद किया।

'कभी किसी ने तुम्हें बताया कि तुम्हारी टांगें बहुत खूबसूरत हैं?' मैं हंसता हुआ बोला।

उसने जल्दी से अपनी स्कर्ट ठीक की। तनिक हंसी और बोली— 'तरीके से पेश आओ क्लाइव।'

'जैसा नजारा हो रहा है, उसको ध्यान में रखते हुए तो तरीके से पेश आना मुश्किल है।' मैं कार में बैठता हुआ बोला।

'पक्की बात है कि मैं ठीक लग रही हूं?' वह अपने बैग में से एक छोटा-सा शीशा निकालकर अपनी सूरत देखती हुई बोली।

'एकदम पक्की।' मैंने उसे सिगरेट पेश की— 'तुम कहीं भी किसी के साथ भी जाने के काबिल लग रही हो।'

उसने शरारती अंदाज से मेरी तरफ देखा— 'तुमने सोचा होगा कि मैं ऐसी बनकर आऊंगी कि सूरत से ही वेश्या लगूं। है न?' वह बोली। वह खुश थी कि उसने मुझे हैरान कर दिया था।

मैं हंसा— 'मैं कबूल करता हूं।' मैंने उसे लाइटर पेश किया।

'जानते हो।' वह नाक से धुआं निकालती हुई बोली— 'मैं बहुत नर्वस हो रही हूं।'

मैं खुद नर्वस था। शायद नर्वस नहीं था, शरमा रहा था। वह मेरे लिए नया तजुर्बा था और मुझे उसमें बहुत आनंद आ रहा था।

'मुझे विश्वास नहीं। तुम मेरे साथ नर्वस क्यों हो?'

'हूं। जा कहां रहे हैं हम?'

'पहले मैनहटन ग्रिल और फिर 'माई सिस्टर लाइलीन' देखना ठीक है?'

'हूं। दीवार के साथ वाली टेबल रिजर्व कराई होगी तुमने।'

'क्यों?' मैंने उलझनपूर्ण स्वर में पूछा— 'दीवार के साथ की टेबल क्यों चाहती हो तुम?'

'ताकि मैं भीतर आने वाले लोगों को देखती रह सकूं।' वह मुझसे निगाह मिलाए बिना बोली— 'मुझे सावधान रहना पड़ता है क्लाइव। मेरे पति के दोस्त सब जगह हैं।'

अब मुझे नई-नई बातें मालूम हो रही थीं— 'तो यह वजह थी, जो हम ब्राउन डर्बी या किसी और बढ़िया जगह नहीं जा सकते थे।' मैं बोला— 'क्या तुम्हारा पति मुझसे एतराज करेगा?'

उसने हामी भरी— 'एक बार मैं उसे तुम्हारे बारे में बता दूंगी तो सब ठीक हो जाएगा—लेकिन मैं नहीं चाहती कि वह यह बात पहले किसी दूसरे के मुंह से सुने।'

'तुम्हारा मतलब है कि अगर वह मेरे बारे में जान जाएगा, तो वह तुम्हारे मेरे साथ घूमने पर एतराज नहीं करेगा?'

उसने हामी भरी।

'क्यों?' अगर मैं तुम्हारा पति होता तो मैं तो सख्त एतराज करता।'

उसके होंठ भिच गए— 'उसे मुझ पर भरोसा है।'

अगर मैं तुम्हारा पति होता तो मैं तो तुम पर इतना भरोसा कभी न करता। प्रत्यक्षः मैं बोला— 'आई सी। लेकिन मेरे बारे में तुम अपने पति को क्या बताओगी? तुम तो मुझे जानती तक नहीं।'

उसने अपनी आंखों की कोरों से मेरी तरफ देखा— 'मैं आशा कर रही थी कि तुम मुझे अपने बारे में बताओगे।'

'तुम्हारे बाकी सारे दोस्त भी तुम्हें बताते हैं कि वे कौन हैं?'

'मैं उनके साथ बाहर नहीं जाती। मुझे सावधान रहना पड़ता है।'

‘हूं। है कहां तुम्हारा पति? और क्या करता है वह?’

वह एक क्षण हिचकिचाई— ‘वह इंजीनियर है। मेरी उससे कई महीनों में एक बार मुलाकात होती है। आजकल वह ब्राजील में है।’

‘मान लो वह आज ही रात प्लेन द्वारा यहां पहुंच जाए तो?’ मैंने अपने स्वर को मजाक का पुट देते हुए पूछा— ‘हालांकि अगर वास्तव में ऐसा हो जाता तो मेरी हालत जरूर खस्ता हो जाती।

‘वह नहीं आएगा। तुम चिंता मत करो। जब उसने वापस आना होता है तो वह पहले मुझे खबर करता है।’

मैं अभी भी आश्वस्त नहीं था— ‘लेकिन किसी दिन वह एकाएक आकर तुम्हें हैरान कर सकता है। क्या यह खतरनाक काम नहीं?’

‘क्यों? तुम यह तो नहीं समझ रहे हो कि वह जगह मेरा घर है। वह तो मेरी धंधे की जगह है। आज रात मैं तुम्हें अपने असली घर ले जाने की सोच रही थी, लेकिन मैंने फिर सोचा कि ऐसा न करना ही ठीक होगा।’

‘तो तुम्हारे दो घर हैं। दूसरा कहां है?’

‘लांस एंजिल्स में।’

‘यानी कि तुम्हारे पति को लारेल कैनयान ड्राइवर वाले घर की खबर नहीं है?’

‘नहीं।’

‘और तुम्हारे लिए सावधान रहना जरूरी है?’

‘अगर उसे पता लग गया तो वह मुझे जान से मार डालेगा।’ और एकाएक वह हंसी।

मैंने इंजन चालू किया और कार को गियर में डाला— ‘अजीब-सा मजाक करती हो तुम।’

उसने कंधे झटकाए— ‘मेरा ख्याल है कि मालूम उसे हो जाएगा। मैं हमेशा कहती हूं कि मेरे पाप मेरी पोल जरूर खोलेंगे। फिर हिफाजत के लिए मुझे तुम्हारी तरफ दौड़ना पड़ेगा।’

‘हिफाजत का कोई वायदा करने से पहले मैं यह जानना चाहता हूं कि तुम्हारा पति कितना लंबा-चौड़ा है?’ मैं बोला। मैं जानता था वह मजाक कर रही थी।

‘वह बहुत लंबा-चौड़ा है। बहुत ताकतवर और कठोर भी।’

‘तुम तो मुझे डरा रही हो।’ मैं हंसता हुआ बोला— ‘अब तुम मुझे यह कहोगी कि वह तुम्हें पीटता भी है।’

उसके होंठों पर एक रहस्यपूर्ण मुस्कराहट आई— ‘हां, कभी-कभी।’

मैंने सकपकाकर उसकी तरफ देखा— ‘मुझे तो तुम ऐसी बातें सहन कर लेने वाली औरत नहीं मालूम होती हो।’

‘मैं उसकी हर बात सहन कर सकती हूं। सिवाय उसके किसी और औरत के रिश्ते के।’

उसकी आवाज से मुझे लगा कि यह बात वह दिल से कह रही थी। मुझे ईर्ष्या-सी होने लगी। मैंने यह नहीं सोचा था कि मेरा प्रतिद्वंद्वी उसका पति होगा।

'तुम कब से शादीशुदा हो?'

'बहुत अरसे से। अब सवाल ही पूछते रहोगे?'

'अच्छा।' मैं विषय बदलता हुआ बोला— 'तुम जानती हो, क्या बढ़िया रहेगा?'

'क्या?'

'स्कॉच और सोडा। यह बढ़िया रहेगा न? क्या तुम पीती नहीं हो?'

'मैं ज्यादा नहीं पीती।'

'कितनी पीती हो?'

वह हंसी— 'तीन पैग से मुझे नशा हो जाता है।'

'मुझे विश्वास नहीं है।'

'न सही। मैंने तो बताया है।' उसने सिगरेट का बचा हुआ टुकड़ा खिड़की से बाहर उछाल दिया।

'ठीक है, चलो नशा ही करते हैं।' मैं बोला। मैंने कार को वाइन स्ट्रीट में मोड़ा और उसे ब्राउन डर्बी के करीब के एक छोटे-से बार के सामने रोका।

उसने संदिग्ध भाव से खिड़की से बाहर झांका— 'ठीक रहेगी यह जगह?' उसने पूछा— 'मैं यहां पहले कभी आई नहीं।'

'ठीक है।' मैं कार से बाहर निकलता हुआ बोला। मैंने आगे बढ़कर उसकी तरफ का दरवाजा खोला। वह बाहर निकली तो मैंने फिर प्रशंसात्मक निगाहों से उसकी टांगों को देखा— 'और हौसला रखो। आखिरकार हमने कोई गलत काम तो नहीं किया है... अभी तक।'

वह मेरे पीछे-पीछे बार में दाखिल हुई। बार आधा खाली पड़ा था।

हब्शी बारटेंडर मुझे देखकर मुस्कराया।

'तुम उधर बैठो, मैं तुम्हारे लिए ड्रिंक लाता हूं।' मैं बोला— 'स्कॉच?'

उसने सहमति में सिर हिलाया और एक कोने की तरफ बढ़ गई। मैंने देखा, कई लोग बड़ी गौर से उसे देख रहे थे। वे उसे तब तक देखते रहे, जब तक वह एक टेबल पर जाकर बैठ न गई। एक व्यक्ति ने तो अपनी कुर्सी का रुख ही उसकी तरफ मोड़ लिया।

'दो डबल व्हिस्की।' मैं बारटेंडर से बोला।

उसने उन्हें काउंटर पर रख दिया।

'और ड्राई जिंजर।'

जब वह रेफ्रिजरेटर की तरफ गया तो मैंने ईव से छिपाकर एक गिलास से व्हिस्की दूसरे गिलास में डाल दी। अगर ईव को तीन पैग से नशा हो जाता था तो देखें चार पैग से उसे क्या होता था।

हब्शी ने मुझे दो गिलासों में एक ड्राई जिंजर डालकर दे दी।

मैं ईव के पास पहुंचा। मैंने व्हिस्की का गिलास उसके सामने रख दिया और स्वयं जिंजर पीने लगा। व्हिस्की के बिना उसका स्वाद बेकार लग रहा था।

ईव ने अपना गिलास देखा— 'यह क्या है?'

'एक पैग व्हिस्की और ढेर सारा ड्राई जिंजर।' मैं बोला— 'तुम क्या समझ रही हो इसे?'

'इसमें व्हिस्की तो बहुत ज्यादा मालूम होती है।'

'ये लोग ड्राई जिंजर को धूप में पड़ा रहने देते हैं—इसलिए इसकी रंगत व्हिस्की जैसी हो जाती है।'

उसने आधा तरल पदार्थ पिया, मुंह बिगाड़ा और गिलास को मेज पर रख दिया— 'इसमें तो एक पैग से ज्यादा व्हिस्की मालूम होती है।'

'शायद बारमैन ने गलती-से थोड़ी ज्यादा डाल दी हो। चलो, बाकी को भी पियो—ताकि यहां से चलें।'

'तुम मुझे नशे में करने की कोशिश कर रहे हो।' वह तीखे स्वर में बोली।

मैं हंसा— 'पागल हो क्या? मैं भला ऐसा क्यों करूंगा?'

उसने कंधे झटकाए और अपना गिलास खाली कर दिया। मैं बार की तरफ दोबारा बढ़ा तो उसने विरोध नहीं किया। मैंने पहले वाली ही हरकत फिर दोहराई। फिलहाल मैं होश में रहना चाहता था।

जब हम सड़क पर आए तो मैं निगाहें उस पर टिकाए था। जहां तक मैं देख पा रहा था। व्हिस्की ने उसे छुआ तक नहीं था। तीन पैग से मुझे नशा हो जाता है। उसने कहा था। शायद मुझे उसको तीन ही पैग पिलाने चाहिए थे। वह आठ पैग पी गई थी और उसे कुछ भी नहीं हुआ था।

'कैसा लग रहा है?' मैनहटन ग्रिल पहुंच जाने के बाद मैंने पूछा।

'ठीक लग रहा है।' वह कार से बाहर निकली— 'क्यों?'

'यूं ही पूछ रहा था।' मैं बोला। मैं उसके साथ ग्रिल रूम में पहुंचा।

काकटेल बार में बहुत भीड़ थी। ईव जान-बूझकर थोड़ा पीछे रह गई थी और त्यौरी चढ़ाए एक-एक चेहरा देख रही थी।

मैंने उसकी कोहनी थामी और भीड़ में से रास्ता बनाता हुआ उसे आगे ले चला— 'घबराओ नहीं?' मैं बोला— 'सब ठीक है।'

'पता नहीं सब ठीक है या नहीं।' वह धीमे स्वर में बोली— 'यहां तो बहुत भीड़ है।'

हम रेस्टोरेंट में पहुंचे। हम दीवार के साथ लगी सोफा सीट पर बैठ गए। तब वह खुश दिखाई देने लगी। उसकी निगाहें लगातार सारे कमरे में फिर रही थीं— 'मुझे अफसोस है, लेकिन मैं क्या करूं—मेरा सावधान रहना जरूरी है।'

'हमेशा नहीं' मैंने उसे याद दिलाया— 'तुम बाहर तो सिर्फ मेरे साथ आई हो। तुम्हारे बाकी ग्राहक तो तुम्हें बाहर नहीं ले जाते।'

कभी-कभार ले जाते हैं।' वह बिना सोचे बोली— 'तुम मुझसे हर बात घर ही बैठे रहने की तो उम्मीद नहीं कर सकते?'

यह झूठ नंबर दो था। पहले उसने कहा था कि उसे तीन पैग से नशा हो जाता था जबकि वह आठ पैग पीकर भी हिली तक नहीं थी। फिर उसने कहा था कि वह अपने ग्राहकों के साथ कभी बाहर नहीं जाती थी, लेकिन वह अब कह रही थी, कि वह जाती थी। मैं सोच रहा था कि उसने मुझे कितने प्रतिशत सच बोला था।

हमने डिनर का ऑर्डर दिया।

वह पहले ही मुझसे आठ पैग आगे थी, इसलिए मैंने सोचा कि मैं भी उसके आस-पास कहीं पहुंचूं। दो तगड़ी ड्रिंक ले लेने के बाद एकाएक मैंने उसे यह बता देने का फैसला कर लिया कि मैं कौन था। देर-सवेर उसने जानना तो था ही। अब उस बात को और टालने से क्या फायदा था।

'अब परिचय हो जाए।' मैं बोला— 'तुम मेरा नाम खूब जानती हो।'

उसकी आंखों में फौरन दिलचस्पी की चमक पैदा हुई— 'अच्छा! अब यह मत कहना कि तुम कोई मशहूर हस्ती हो?'

'क्या मैं मशहूर हस्ती लगता हूं?'

'बताओ कौन हो तुम?' वह अब ईव नहीं थी, जिसे मैं जानता था। वह मानवीय, बहुत उत्सुक और कुछ उत्तेजित लग रही थी।

'मेरा नाम।' मैं उसे गौर से देखता हुआ बोला— 'क्लाइव थर्स्टन है।'

वह हार्वे बारो जैसी नहीं थी। मैंने देखा कि नाम उसको अनजाना नहीं लगा था। एक क्षण के लिए उसने आंखों में अविश्वास लिए मुझे देखा, फिर वह मेरी तरफ घूमी— 'ओह इसलिए तुम जानना चाहते थे कि 'एंजल्स एंड सेबल्स' के बारे में मेरी क्या राय थी।' वह बोली— 'हूं। और मैंने कहा था कि नॉवल मुझे पसंद नहीं आया था।

'कोई बात नहीं।' मैं बोला— 'मैं सच ही जानना चाहता था, जो कि मैं जान गया था।'

'मैंने तुम्हारा ड्रामा 'रेन चैक' देखा हुआ है। जैक मुझे लेकर गया था। मैं एक खंभे के पीछे बैठी थी—इसलिए आधा ही ड्रामा देख पाई थी।'

'जैक?'

'मेरा पति।'

'उसे पसंद आया था ड्रामा?'

'हां।' उसने तनिक हिचकिचाते हुए मेरी तरफ देखा— 'मैं भी अपना परिचय दे दूं... मैं मिसेज पालीन हर्स्ट हूं।'

'ईव नहीं?'

'तुम्हारे लिए ईव ही।'

'हां। हालांकि पालीन नाम मुझे ज्यादा पसंद है। यह नाम तुम्हें जंचता है, लेकिन ईव भी जंचता है।'

डिनर के बाद हम थिएटर गए। जैसी उम्मीद थी ड्रामा उसे पसंद आया। इंटरवल के दौरान हमने जल्दी-जल्दी कई जाम पिए। आखिरी इंटरवल के दौरान जब मैं बार से वापस लौटा तो किसी ने मेरी बांह को छुआ। मैं घूमा तो मैंने फ्रैंक इमग्राम को अपने पीछे खड़ा पाया।

'कैसा लग रहा है?' उसने मुस्कराते हुए पूछा।

मेरा जी चाहा कि मैं उसका गला घोंट दूं। यह निश्चित था कि वह कैरोल को जरूर बताता कि उसने मुझे वहां देखा था।

'अच्छा है।' मैं बोला— 'बहुत सुंदर ढंग से अभिनीत ड्रामा है यह।'

उसकी निगाहें ईव पर टिकी थीं— 'है न?'

फिर भीड़ ने हमें अलग कर दिया और हम वापस अपनी सीटों पर आ बैठे।

ईव ने प्रश्नसूचक निगाहों से मेरी तरफ देखा— 'तुम्हारा कोई जानकार था?'

'हां, इमग्राम। 'दि लैंड इज बैरन' का लेखक।'

'उसके हमें देख लेने से कोई फर्क पड़ता है?'

मैंने इनकार में सिर हिलाया— 'काहे को?'

उसने एक बार फिर मेरी तरफ देखा, लेकिन मुंह से कुछ न बोली। बाकी का ड्रामा मेरे लिए बदमजा हो गया। मैं यही सोचता रहा कि कैरोल क्या कहेगी?

हम खुशकिस्मत थे, जो ड्रामा खत्म होने के बाद सबसे पहले बाहर निकलने में कामयाब हो गए। इमग्राम मुझे दोबारा नहीं दिखाई दिया। हम कार में बैठे और वाइन स्ट्रीट की तरफ चल दिए।

'घर चलने से पहले एक-एक ड्रिंक और हो जाए?' मैंने पूछा।

'हां, हो जाए।'

हम उसी पहले वाले बार में गए और थोड़ी देर वहां ठहरे। हमने खूब व्हिस्की पी, लेकिन ईव पर व्हिस्की का असर अभी भी नहीं दिखाई दे रहा था। मैं अपने आपको थोड़ा नशे में महसूस कर रहा था और सोच रहा था कि अब और न पिऊं। आखिरकार मैंने कार चलानी थी।

'एक और—फिर चलते हैं। ब्रांडी लोगी?'

'क्यों?'

'यह देखने के लिए कि तुम उसे पचा सकती हो।'

उसकी आंखों में चमक थी। व्हिस्की का और कोई असर उस पर दिखाई नहीं दे रहा था— 'मैं पचा सकती हूं।' वह बोली।

मैंने एक डबल ब्रांडी का ऑर्डर दिया।

उसने मेरी तरफ देखा— 'अपने लिए नहीं?'

'मैंने गाड़ी चलानी है।'

वह अपनी ब्रांडी नीट पी गई।

फिर हम कार में सवार हुए और धीमी गति से लारेल कैनयान ड्राइव की ओर बढ़े।

'तुम कार गैरेज में खड़ी कर दो।' वह बोली— 'वहां जगह है।'

उसने मुख्य द्वारा खोल लिया था और हॉल में मेरी प्रतीक्षा कर रही थी। मैंने कार की डिक्की में से अपना बैग निकाला और उसके पीछे-पीछे सीढ़ियां चढ़ गया।

हम बेडरूम में दाखिल हुए। उसने बत्ती जला दी।

'पहुंच गए।' वह बोली। मैंने देखा वह तनिक संकोच कर रही थी। वह मुझसे परे देखती मेरे सामने खड़ी थी। उसने अपनी बांहों को मजबूती से अपने वक्ष पर बांधा हुआ था।

मैंने अपना बैग पलंग पर डाल दिया। मैंने अपने हाथ उसकी कोहनियों पर रखे और धीरे से दबाया। उसकी बांहें खूबसूरत थीं, लेकिन छोटी थीं।

कुछ क्षण हम यूं ही खड़े रहे, फिर मैंने उसे अपने पहलू में खींच लिया।

एक क्षण के लिए तो उसने मेरे बंधन से छूटने की कोशिश की, लेकिन फिर उसने धीरे से अपनी बांहें अपनी छातियों से परे हटाईं और उन्हें मेरे कंधों के गिर्द लपेट दिया।

10

मैं बड़ी उमस-सी महसूस करता हुआ उठा। भोर का उजियारा मेरेसामने मौजूद दो खिड़कियों में से भीतर दाखिल हो रहा था। एक क्षण के लिए मैं यह याद न कर सका कि मैं कहा था, फिर मुझे दराजों वाली मेज पर रखे कांच के खिलौने दिखाई दिए। मैंने तुरंत ईव की तरफ देखा, जो मेरी बगल में सोई पड़ी थी।

उसकी आंखें बंद थीं और नींद में उसके चेहरे पर नौजवानी की चमक दिखाई दे रही थी। मैंने कोहनी के बल स्वयं को ऊंचा उठाया और उसे देखता हुआ सोचने लगा कि वह इतनी नौजवान और बच्ची जैसी कैसे लग रही थी। नींद में उसके चेहरे पर सौम्यता के भाव आ गए थे। लेकिन मैं जानता था कि उसके आंखें खोलते ही वे सब भाव गायब हो जाएंगे। दरअसल, उसकी आंखें उसके चरित्र की जानकारी दे रही थीं। वे खिड़कियां थीं, जिनमें से उसकी बागी आत्मा के और उसकी जिंदगी के गुप्त सायों के दर्शन होते थे। नींद में भी वह आराम नहीं कर सकती थी। उसका शरीर झटके खा रहा था और उसका मुंह यूं चल रहा था, जैसे वह अपने आपसे बातें कर रही हो। उसकी उंगलियां खुल रही थीं और बंद हो रही थीं। वह एक ऐसी औरत की तरह सोई हुई थी, जिसके जिस्म की एक-एक रग प्रताड़ित थी।

मैंने उसकी बांह उसके सिर पर से नीचे की। उसने जोर की आह भरी और अपनी बांहें मेरे गिर्द लपेटकर मुझे जोर से जकड़ लिया।

'डॉर्लिंग।' वह बुदबुदाई— 'मुझे छोड़ना नहीं।'

वह अभी भी नींद में थी। वह निश्चय ही मुझसे बात नहीं कर रही थी। शायद वह अपने पति का या अपने किसी प्रेमी का सपना देख रही थी, लेकिन मैं चाहता था कि वह मुझसे बात कर रही हो—इसलिए मैं उसे अपने साथ लगाए रहा।

एकाएक उसके शरीर ने एक जोर का झटका यूं खाया जैसे कोई स्प्रिंग एकाएक खुला हो। फिर वह जाग गई। उसने मुझे परे धकेल दिया।

उसने मुझे देखकर पलकें झपकाईं, जम्हाई ली और बोली— 'हैलो! टाइम क्या हुआ है?'

मैंने अपनी कलाई घड़ी देखी। पांच पैंतीस हुए थे।

'हे भगवान!' वह बोली— 'क्या तुम सो नहीं सकते?'

मुझे फिर अनुभव हुआ कि मुझे बड़ी गर्मी लग रही थी— 'हमने कितने कंबल ओढ़े हुए हैं?' मैंने उन्हें गिनते हुए पूछा। पांच कंबल थे और एक रजाई भी थी। मैं जरूर नशे में धुत्त था जो पिछली रात मुझे वे दिखाई नहीं दिए।

'ये सब चाहिए तुम्हें?' मैंने पूछा।

उसने फिर जम्हाई ली— 'हां, मुझे बिस्तर में सर्दी लगती है।'

'अच्छा।' मैं कंबलों से बाहर निकला और उन्हें उलटाने लगा।

वह उठकर बैठ गई— 'ऐसा मत कहो क्लाइव।' वह आशंकित स्वर में बोली— 'तुम्हें ऐसा नहीं करना है।'

'जोश मत खोओ।' मैं बोला— 'सब वापस मिल जाएंगे।' मैंने कंबलों को इस प्रकार मोड़ा कि मेरे ऊपर केवल दो रह गए। बाकी मैंने उसकी तरफ कर दिए— 'अब ठीक है?'

वह फिर लेट गई— 'हूं।' उसने आह भरी— 'मेरा सिर दुःख रहा है। क्या कल रात मुझे चढ़ गई थी?'

'ऐसा ही हुआ होगा।'

'हां।' उसने अंगड़ाई ली— 'मैं बहुत थकी हुई हूं। फिर सो जाओ क्लाइव।'

मेरा मुंह बासी लग रहा था। मेरा जी चाह रहा था कि मैं घंटी बजाकर रसेल को बुला पाता और उससे कॉफी मंगाता। प्रत्यक्षतः वहां कोई सेवा उपलब्ध नहीं थी।

उसने सिर उठाया— 'कॉफी चाहिए?'

मैं खुश हो गया— 'बुरा ख्याल नहीं है।'

'केतली चालू कर दो। मार्टी सब कुछ तैयार छोड़कर गई है। उसने कंबल अपनी ठोढ़ी तक खींच लिए।

एक अरसे से मैंने अपने लिए खुद कॉफी नहीं बनाई थी, लेकिन मुझे तलब लग रही थी, इसलिए मैं दूसरे कमरे में चला गया। उसके पार छोटी-सी किचन थी। मैंने केतली चालू कर दी और एक सिगरेट सुलगा ली।

'बाथरूम कहां है?' मैंने आवाज लगाकर पूछा।

'ऊपर। तुम्हारी दाईं तरफ।'

मैं सीढ़ियां चढ़कर ऊपर पहुंचा। वहां मुझे तीन दरवाजे दिखाई दिए। मैंने सावधानी से तीनों कमरों में झांका। बाथरूम के अलावा बाकी के दो कमरे खाली थे। उनके फर्श धूल से अटे हुए थे और लगता था कि वे कभी इस्तेमाल नहीं होते थे।

बाथरूम में जाकर मैंने अपना मुंह धोया और बालों में कंघी फिराई। फिर मैं नीचे पहुंचा तो मैंने केतली को उबलता पाया। मैंने कॉफी बनाई। बैठक में एक ट्रे पड़ी थी, जिसमें प्याले, चीनी और क्रीम पड़ी थी। फिर मैं बेडरूम में लौटा।

ईव पलंग पर बैठी थी। उसके होंठों में एक सिगरेट लगी थी। उसने उनींदी आंखों से मेरी तरफ देखा और अपना सिर खुजलाया।

'मैं बहुत बुरी लग रही होऊंगी।' वह बोली।

'नहीं, ठीक लग रही हो।'

'झूठ मत बोलो क्लाइव।'

'कोई दिन ऐसा आएगा जब तुम अपनी हीन भावना पर विजय प्राप्त कर लोगी।' मैं कॉफी बनाता हुआ बोला— 'अगर कॉफी अच्छी न हो तो मुझे दोष मत देना।'

मैंने उसे एक कप थमाया और पलंग पर बैठ गया।

मैं इसके बाद फिर सोऊंगी।' उसने मुझे चेतावनी दी— 'इसलिए बातें करनी मत शुरू कर देना।'

'ठीक है।' मैं बोला। कॉफी बुरी नहीं थी और अब सिगरेट भी कसैला नहीं लग रहा था।

वह खिड़की से बाहर गायब होते सितारों को देखने लगी— 'तुम्हें मुझसे मुहब्बत तो नहीं होने लगी?- एकाएक उसने पूछा।

मेरे हाथ से मेरा कप छूटता-छूटता बचा— 'क्यों पूछा?'

उसने मेरी तरफ देखा, अपने होंठ सिकोड़े और परे देखने लगी— 'क्योंकि अगर ऐसा कुछ है तो तुम अपना वक्त बर्बाद कर रहे हो?'

उसकी आवाज बड़ी निर्णयात्मक और क्रूर थी।

'तुम कबूल क्यों नहीं करती हो?' मैं बोला— 'तुम हैंगओवर की शिकार हो और तुम किस पर अपना गुस्सा झाड़ना चाहती हो। अपनी कॉफी खत्म करो और सो जाओ।'

'यही मत कहना कि मैंने तुम्हें चेतावनी नहीं दी थी। क्लाइव, मेरी जिंदगी में केवल एक ही आदमी है और वह जैक है।'

'ऐसा होना ही चाहिए।' मैं अपनी कॉफी खत्म करता हुआ सरल स्वर में बोला— 'तो वह तुम्हारे लिए बहुत मायने रखता है।'

उसने अपना कॉफी का कप मेज पर रख दिया— 'वह मेरा सब कुछ है।' वह बोली— 'इसलिए यह मत समझना कि तुम मेरे लिए कुछ मायने रख सकते हो?'

मेरे लिए अपनी झुंझलाहट छिपानी कठिन हो गई। लेकिन उसके मौजूदा मूड में, जो कि कल के मूड से बहुत भिन्न था, मैं जानता था कि अगर मैंने उसे मस्का न मारा तो हमारी तकरार हो जाएगी।

'ठीक है।' मैंने अपना ड्रेसिंग गाउन उतारा और कंबलों के नीचे सरक गया— 'मैं याद रखूंगा कि जैक तुम्हारा सब कुछ है।'

'जरूर याद रखना।' वह बोली। उसने मेरी तरफ पीठ फेर ली और मुझसे परे सरक गई।

मैं क्रोधित भाव से छत को घूरने लगा। मुझे उस पर इसलिए गुस्सा आ रहा था, क्योंकि वह मेरे मन की बात भांप गई थी। वह समझ गई थी कि अब मेरे लिए उसकी कुछ अहमियत हो गई थी, जो कि सच था। मैं बात कबूल नहीं करना चाहता था, लेकिन बात सच थी। वह मुझे अच्छी लगती थी और मैं उसे केवल अपने लिए चाहता था। मैं जानता था यह पागलपन था। अगर उसने मुझे प्रोत्साहन दिया होता तो बात कुछ और होती, लेकिन उसकी बेरुखी से मेरा दिल उसकी चाहत में और भी तड़पने लगा। अब बात सेक्स से आगे बढ़ चुकी थी। मैं वह दीवार तोड़ना चाहता था, जो उसने हम दोनों के बीच खड़ा कर ली थी। मैं चाहता था कि वह मेरी परवाह करती।

जब सूरज की रोशनी कमरे में आने लगी तो मैं फिर जागा। ईव मेरी बांहों में थी, उसका सिर मेरे कंधे पर था और उसका मुंह मेरे गले के साथ लगा हुआ था। वह बड़ी चैन की नींद सो रही थी। उसका शरीर स्थिर और निढाल था।

मैं उसे थामे रहा। मुझे बड़ा अच्छा लग रहा था। वह छोटी-सी थी, हल्की-फुल्की और गर्म थी, इसलिए उसको थामना आसान था। मुझे उसके बालों में से आती भीनी-भीनी खुशबू अच्छी लग रही थी। वह उसी प्रकार लगभग एक घंटा सोई रही। फिर उसने आंखें और सिर उठाकर मेरी तरफ देखा।

'हैलो!' वह बोली और मुस्कराई।

मैंने अपनी उंगलियों से उसका चेहरा छुआ— 'नींद ठीक से आई?' मैंने पूछा।

'हां।' उसने जम्हाई ली और अपना सिर फिर मेरे कंधे पर टिका दिया— 'तुम्हें?'

'मुझे भी। सिर का क्या हाल है?'

'ठीक है। भूख लगी है क्या? तुम्हारे लिए कुछ खाने को लाऊं?'

'मैं ले आता हूं।'

'तुम यहीं ठहरो।' वह मुझसे अलग हुई और बिस्तर से निकली। अपनी नीली नाइट ड्रेस में वह बच्ची-सी लग रही थी। उसने अपना ड्रेसिंग गाउन पहना, शीशे में अपनी सूरत देखी और मुझे छोड़कर चली गई।

मैं बाथरूम में पहुंचा। शेव करके मैं वापस लोटा तो मैंने उसे पलंग में पाया। पलंग के समीप की मेज पर एक ट्रे रखी थी, जिसमें ताजी कॉफी और मक्खन टोस्ट रखे थे।

'कहो तो कुछ पकाकर दूं?' वह बोली। मैं फिर पलंग पर उसके साथ लेट गया।

'नहीं, शुक्रिया। लेकिन क्या तुम कुछ पकाना जानती हो?' मैं उसका हाथ थामता हुआ बोला।

'खूब जानती हूं।' वह बोली— 'क्या तुम मुझे निकम्मा समझते हो?'

उसका हाथ बड़ा पतला और नाजुक था। मैंने उसकी हथेली पर गहरी गुदी तीन लकीरें देखीं।

'तुम स्वतंत्र हो।' मैं बोला— 'यही तुम्हारे चरित्र की कुंजी है।'

मैंने उसकी कलाई छोड़ दी। वह अपनी हथेली खुद देखने लगी— 'और?' उसने पूछा।

'तुम मूडी हो।'

उसने फिर हामी भरी— 'और मेरा मिजाज बड़ा गर्म है। गुस्से में मैं पागल हो जाती हूं।'

'वास्तव में गुस्सा आता क्यों है तुम्हें?'

'कई बातें हैं।' उसने मक्खन टोस्ट की प्लेट मेरी छाती पर रख दी।

'जैक तुम्हें गुस्सा दिलाता है?'

'सबसे ज्यादा।' वह अपनी कॉफी की चुस्कियां लेती हुई खिड़की से बाहर देखती रही।

'क्यों?'

'वह मुझसे जलता है और मैं उससे जलती हूं। एकाएक वह हंसी— 'हम खूब लड़ते हैं। पिछली बार जब हम डिनर के लिए बाहर गए थे तो वह एक औरत को लगातार घूरता रहा था। बड़ी घटिया-सी ब्लोंड थी वो, लेकिन उसकी फिगर अच्छी थी। मैंने उसे कहा कि वह चाहता था जो उसके साथ जा सकता था। उसने मुझे कहा, मूर्ख मत बनो, लेकिन उसने उसे घूरना बंद नहीं किया। तब मुझे गुस्सा आ गया।' उसके नेत्र चमक उठे— 'जानते हो तब मैंने क्या किया?'

'क्या किया?'

'मैंने मेजपोश पकड़ा और एक झटके से सब कुछ फर्श पर गिरा दिया।' उसने अपना कॉफी का कप नीचे रखा और हंसी— 'देखने लायक नजारा था। नजारा, शोर, तोड़फोड़ और जैक की सूरत। फिर मैं उसे वहीं छोड़कर वहां से बाहर निकल गई। घर पहुंचने तक भी मेरा गुस्सा नहीं उतरा था। मैं बैठक में गई और यहां टूटने लायक जो भी चीजें थीं, मैंने सब तोड़ डालीं। बहुत मजा आया मुझे। मैटलपीस पर रखी घड़ी, जैक के शीशे के खिलौने, सब तोड़ डाल मैंने।' उसने दराजों वाली मेज की तरफ संकेत किया— 'बस यही चंदेक बचे हैं। इन्हें मैंने इसलिए यहां रखा हुआ है, क्योंकि वह समझता है कि सब टूट चुके हैं। तस्वीरें भी थीं यहां मैंने उन्हें भी नहीं बख्शा। उसने एक सिगरेट सुलगा ली। जब वह वापस लौटा तो उसने बहुत ताव खाया। मैंने अपने आपको बेडरूम में बंद कर लिया था। लेकिन उसने दरवाजा तोड़ डाला। मैंने समझा था कि वह मुझे मार डालने वाला था। लेकिन उसने अपने बैग में अपना सामान समेटा और बिना मुझ पर एक निगाह डाले वहां से कूच कर गया।'

'और तब से तुमने उसे देखा नहीं है?'

'वह जानता है।' वह कॉफी के खाली कप में राख झाड़ती हुई बोली— 'वह जानता है मैं कैसी हूं। मुझे अकसर ऐसा गुस्सा आ जाता है, जिसका मिजाज गर्म न हो मेरे पास उसके लिए वक्त नहीं। तुम्हारा मिजाज गर्म है?'

'मैं तो शांतिपूर्ण जिंदगी पसंद करता हूं।'

उसने इनकार में सिर हिलाया— 'जब जैक को गुस्सा आता है...।' वह जोर से हंसी।

मैंने देखा कि वह अपने पति के बारे में बातें करने की बहुत इच्छुक थी। वास्तव में वह खुश थी कि ऐसी बातें सुनने वाला कोई उसे उपलब्ध था। उससे कुछ सवाल पूछकर और उसे बोलने देकर मैंने उसकी पृष्ठभूमि को काफी समझ लिया था।

अब तक मैं यह जान चुका था कि झूठ बोलने में बड़ी उस्ताद थी, लेकिन फिर जो बातें उसने मुझे बताई थीं, उनमें से कुछ सच जरूर थी।

वह दस साल से शादीशुदा थी। शादी से पहले वह बड़ी मुंहजोर रही थी। वह जैक से एक पार्टी में मिली थी। दोनों एक-दूसरे की तरफ यूं खिंचे थे, जैसे बने ही एक-दूसरे के लिए थे। लगभग फौरन ही उन्होंने शादी कर ली।

उस समय उसके पास अपना पैसा भी था। उसने यह नहीं बताया था कि उसके पास कितना पैसा था, लेकिन रही वह अच्छी खाती-पीती होगी। जैक माइनिंग इंजीनियर था और अपने काम के सिलसिले में उसे बहुत दूर-दराज के मुल्कों में जाना पड़ता था। ऐसी जगहों में जहां कि कोई औरत नहीं जा सकती थी। ईव जैसी औरत के लिए उसकी शादी के पहले चार साल बड़े तन्हा और रुखे रहे होंगे। वह गर्म मिजाज औरत थी, बेहद खर्चीली आदतें थीं। उसके लिए जैक कोई ढेरों पैसा नहीं कमा रहा था। तब इस बात की अहमियत नहीं थी, क्योंकि उसने अपनी स्वतंत्रता बरकरार रखी थी और उसने पति का पैसा कबूल करने से इनकार कर दिया था। वह भी जानता था कि ईव के पास अपना पैसा था, इसलिए सिलसिला दोनों को रास आने वाला था। उसने कबूल किया कि वह और जैक दोनों पैदाइशी जुआरी थे। वह रेस खेलती थी और वह ताश का शौकीन था, लेकिन वह तजुर्बेकार खिलाड़ी थी—इसलिए वह अकसर जीतती थी।

छह साल पहले जब वह पश्चिमी अफ्रीका में था, तो ईव बड़ी खराब संगत में पड़ गई। वह बेतहाशा शराब पीने लगी थी और घोड़ों पर बहुत बड़े-बड़े दांव लगाने लगी थी। तकदीर उसका साथ नहीं दे रही थी, लेकिन बाज वह फिर भी नहीं आ रही थी। उसे हमेशा यह विश्वास रहता था कि वह अपना नुकसान पूरा कर सकती थी। फिर एक रोज उसे मालूम हुआ कि वह अपनी तमाम जमापूंजी हार चुकी थी। वह जानती थी कि जैक यह बात सुनकर बहुत खफा होगा, इसलिए उसने जैक को बताया ही नहीं। पुरुषों में वह लोकप्रिय थी ही। पैसे का दबाव पड़ते ही वह वही बन गई थी, जो वह आज थी।

पिछले छह सालों से वह मर्दों से हासिल पैसे पर गुजर कर रही थी। जैक बेचारा अभी भी सोच रहा था कि वह अपना गुजारा उस जमापूंजी से चला रही थी जो कि शुरू में ईव ने उसे बताया था—कि उसके पास थी। ईव ने भी उसे असलियत कभी न मालूम होने दी।

'लेकिन एक दिन उसे मालूम हो जाएगा... फिर पता नहीं क्या होगा?' वह कंधे झटकती बोली।

'तुम यह सिलसिला छोड़ क्यों नहीं देतीं?'

'मुझे पैसा चाहिए और फिर सारा दिन मैं करूं भी क्या? पहले ही मैं इतनी तन्हा हूं।'

'तन्हा? तुम तन्हा हो?'

‘मेरा कोई नहीं... पार्टी के सिवाय। वह सात बजे चली जाती है और अगली सुबह उसके लौटने तक मैं अकेली रह जाती हूं।’

‘लेकिन तुम्हारे दोस्त तो हैं?’

‘मेरा कोई नहीं।’ उसने फिर दोहराया— ‘और मुझे किसी की जरूरत नहीं।’

‘अभी भी नहीं जबकि अब तुम मुझे जानती हो?’

‘मेरी समझ में नहीं आ रहा कि तुम्हारा खेल क्या है? तुम हो तो सही किसी फिराक में। अगर तुम्हें मुझसे मुहब्बत नहीं हो गई है, तो फिर क्या बात है?’

‘मैंने बताया तो है तुम्हें। मैं तुम्हें पसंद करता हूं। तुम मुझे अच्छी लगती हो और मैं तुम्हारा दोस्त बनना चाहता हूं।’

‘कोई मर्द मेरा दोस्त नहीं।’

मैंने उसे अपने पहलू में खींच लिया— ‘इतना शक्की मिजाज मत रखो।’ मैं बोला— ‘हर किसी को किसी-न-किसी वक़्त किसी दोस्त की जरूरत होती हैं शायद मैं तुम्हारी कोई मदद ही कर सकूं।’

‘कैसे? मुझे किसी मदद की जरूरत नहीं। मेरे साथ कभी कोई बखेड़ा हो सकता है, तो पुलिस का ही हो सकता है। लेकिन मेरा एक जज जानकार है—जो उस जंजाल से भी मुझे छुड़ा सकता है।’

वह सच कह रही थी। उसको पैसा देने के अलावा मैं उसके लिए कुछ नहीं कर सकता था।

‘तुम बीमार पड़ सकती हो।’ मैंने कहना चाहा, लेकिन वह मुझ पर हंस दी।

‘मैं कभी बीमार नहीं पड़ी और अगर मैं पड़ भी गई तो मेरी परवाह करने वाला कोई नहीं होगा। ऐसे मौके पर मर्द औरत को हमेशा छोड़ देते हैं—जब वह बीमार होती है तो वह मर्दों के किसी काम की नहीं रह जाती।’

‘बड़ी अजीब बातें करती हो।’

‘अगर तुम मेरी जिंदगी जियो तो तुम भी ऐसी ही बातें करोगे।’

‘तुम मुझे पसंद करती हो ईव?’

‘ठीक हो तुम।’ वह लापरवाही से बोली— ‘लेकिन मछली फांसने की कोशिश मत करो क्लाइव।’

मैं हंसा— ‘लंच के लिए कहां चलें?’

‘कहीं भी... मुझे कोई एतराज नहीं।’

‘आज रात कोई फिल्म भी देखें?’

‘ठीक है।’

मैंने मैटलपीस पर रखी घड़ी देखी। बारह बज चुके थे।

‘मैं एक ड्रिंक लेना चाहता हूं।’ मैं बोला।

‘और मैं नहाना चाहती हूं।’ वह पलंग से उठी— ‘बिस्तर ठीक कर देना क्लाइव। यही एक काम है जो मुझसे कभी नहीं हुआ।’

‘अच्छा।’

मैंने पहले बिस्तर ठीक किया। फिर मैंने दूसरे कमरे में जाकर बारबिक रेस्टोरेंट में फोन किया और दीवार की साथ की एक सोफा टेबल रिजर्व करवा ली।

तब तक ईव नीचे आ गई थी।

‘पानी चल रहा है।’ वह बोली— ‘मैं क्या पहनूं?’

‘कोई पोशाक पहन लो।’ मैं बोला— ‘वैसे मुझे तुम्हारी कल वाली पोशाक बहुत पसंद आई थी।’

‘मैं वैसा ही कुछ पहनूंगी।’ वह अपनी चपटी छाती पर हाथ रखती हुई बोली— ‘वह ड्रेस मेरी फिगर पर जंचती है।’

‘ठीक है।’

बाकी का दिन बहुत जल्दी गुजर गया। लगता था कि मैंने उसका विश्वास जीत लिया था। वह मुझे विभिन्न मर्दों के साथ तजुर्बे सुनाने लगी—लेकिन उसका पति वार्तालाप की हद से कभी दूर नहीं होता था। हमने खूब मौज की। लेकिन मुझे लग रहा था कि मैं बस इतना ही आगे बढ़ सकता था। हम दोनों के बीच में वह अदृश्य दीवार अभी भी मौजूद थी, जो गाहे-बगाहे अपने अस्तित्व का आभास छोड़ जाती थी। वह मुझे यह बताने को तैयार नहीं थी कि वह कितने पैसे कमाती थी। जब मैंने उसे पूछा कि क्या वह पैसा बचाती भी थी तो वह बोली— ‘हर सोमवार को मैं बैंक जाती हूं और जो कुछ मैं कमाती हूं, उसका आधा भाग वहां जमा करा आती हूं। उस जमापूंजी को मैं कभी नहीं छूती।’

मुझे उसकी बात पर विश्वास न हुआ। मैं जानता था कि ऐसी औरतें कितनी लापरवाह और फिजूलखर्च होती थीं। मैं शर्त लगाने को तैयार था कि उसने एक भी पैसा नहीं बचाया हुआ था।

मैंने उसे बीमा करवाने के लिए उत्साहित किया— ‘तुम्हारे बुढ़ापे में बीमा बहुत काम आएगा।’ मैंने उसे बताया।

लेकिन उसने उसमें रुचि नहीं ली। मुझे शक था कि उसने मेरी बात ठीक से सुनी तक नहीं थी— ‘मुझे वह नहीं चाहिए।’ वह बोली— ‘मैं वैसे ही पैसा बचा लेती हूं और फिर तुम्हें क्या?’

उसकी कही एक बात से मुझे खुशी हुई। वह बात उसने तब कही थी जब हम फिल्म देखकर उसके घर वापस लौट रहे थे। हम दोनों ने खूब पी थी और वह आंखें बंद किए कार में अधलेटी-सी पड़ी थी— ‘मार्टी कहती थी कि मैं तुम्हारे साथ बोर हो जाऊंगी।’ वह बोली— ‘वह कहती थी कि मैं पागल थी जो तुम्हारे साथ पूरा सप्ताहांत गुजारने को हामी भर बैठी थी। उसे यह सुनकर बहुत हैरानी होगी कि मैंने तुम्हें घर से भगा नहीं दिया था।’

मैंने अपना हाथ उसके हाथ पर रखा— 'तुमने मुझे भगा दिया होता?'

'अगर तुमने मुझे बोर किया होता तो कभी का भगा दिया होता मैंने तुम्हें।'

'लेकिन तुमने सप्ताहांत का पूरा लाभ उठाया है?'

'हां, खूब।'

यह जोरदार बात थी।

हम अंधेरे में लेटे रहे और बहुत रात गए तक बातें करते रहे। मेरे ख्याल से बहुत लंबे अरसे से इतनी खुले दिल से उसने किसी से बात नहीं की थी। लगता था जैसे उसने कोई बांध तोड़ दिया था और धारा प्रवाह शब्द बहने लगे थे। उसकी कही सारी बातें मुझे याद नहीं, लेकिन अधिकतर बातें जैक के ही बारे में ही थीं। लगता था उनकी जिंदगी बेशुमार लड़ाइयों और सुलहनामों का एक मुसलसल सिलसिला था। उसके कथनानुसार उनके रिश्तेदारों में ऐसे बर्बरतापूर्ण प्यार का दखल था, जो उसके पेचीदे मिजाज को रास आता था। वह उसे कभी-कभार पीटता भी था, लेकिन इस बात से तब तक कोई फर्क नहीं पड़ता था, जब तक कि वह ईव के प्रति ईमानदार था। इस वक्त भी उसे गारंटी थी। उसने मुझे बताया कि कैसे एक रात जब वे घर वापस लौट रहे थे तो उसका पैर फिसल गया था और वह गली में गिर पड़ी थी। उसके टखने में मोच आ गई थी और टखना फौरन सूज गया था। जैक उस पर हंसा और उसे फुटपाथ पर बैठी छोड़ गया था। वह थका हुआ था और बिस्तर के हवाले होना चाहता था। अंत में जब वह लंगड़ाती हुई घर पहुंची थी तो उसने उसे सोता हुआ पाया था और अगली सुबह उसने उसे बिस्तर पर से जबर्दस्ती उठा दिया था, ताकि वह उसके लिए कॉफी ला सके, हालांकि उस वक्त वह चलने के लिए कतई काबिल नहीं थी। लेकिन जैक के वैसे व्यवहार के लिए भी उसके मन में केवल प्रशंसा थी।

बात मेरी समझ में नहीं आई।

'तुम यह कहना चाहती हो कि तुम्हें संवेदनशील व्यवहार पसंद नहीं?' मैंने उससे पूछा।

'मुझे कमजोरी से नफरत है।' वह बोली— 'जैक मजबूत है। वह जानता है कि वह क्या चाहता है और उसे वह चीज हासिल करने से कोई नहीं रोक सकता।'

अच्छा, अगर तुम ऐसा व्यवहार पसंद करती हो तो।' मैंने हथियार डाल दिए।

जब वह अपने ग्राहकों के बारे में बात करती थी, तो वह उनके नाम नहीं लेती थी। मैंने उसकी उस समझदारी के लिए उसकी तारीफ की। कम-से-कम मुझे इस बात का भरोसा हो गया था कि वह मेरे बारे में बात नहीं करेगी।

11

दोपहर के करीब मैं अपने अपार्टमेंट पहुंचा। मैं लिफ्ट में दाखिल हुआ तो लिफ्ट चलाने वाले छोकरे ने अपने होंठों पर एक दुर्लभ मुस्कराहट लाकर कहा— 'गुड मॉर्निंग, मिस्टर थर्सटन।'

'मॉर्निंग।' मैं बोला।

'आपने उन दो आदमियों की खबर पढ़ी, जिन्होंने कल रात मनीला के बाहर अपनी जानें गंवा दी थीं।'

'नहीं।'

'दोनों एक लड़की के चक्कर में लड़ रहे थे कि फुटपाथ से सड़क पर आ गिरे और सीधे एक ट्रक के पहियों के नीचे आ गए। एक का तो चेहरा ही गायब हो गया था।'

'ओह!'

मैंने लिफ्ट से निकलकर अपने अपार्टमेंट का दरवाजा खोला।

रसेल लॉबी में मौजूद था— 'गुड मॉर्निंग, मिस्टर क्लाइव।' वह ऐसी आवाज में बोला जैसे मॉर्निंग के गुड होने पर उसे कतई विश्वास नहीं था।

'हैलो!' मैं बेडरूम में जाने ही वाला था कि मेरी उससे निगाह मिली। मैं ठिठका— 'कोई गड़बड़?'

'मिस कैरोल लाउंज में इंतजार कर रही हैं।' वह तिरस्कारपूर्ण स्वर में बोला।

'मिस कैरोल?' मैंने उसे घूरा— 'वह क्या चाहती है? वह स्टूडियो क्यों नहीं गई?'

'मालूम नहीं सर! वह आधे घंटे से आपका इंतजार कर रही हैं।'

मैंने उसे अपना बैग दे दिया— 'इसे मेरे बेडरूम में रख दो।' मैं बोला और लॉबी पार करके लाउंज में पहुंचा।

कैरोल खिड़की के पास मौजूद थी। वह घूमी नहीं हालांकि उसने मेरी आहट जरूर सुनी होगी। मैंने प्रशंसात्मक निगाहों से उसकी चेक की लाल फ्राक को देखा और दरवाजा बंद करता हुआ बोला— 'हैलो!'

उसने अपनी सिगरेट ऐश-ट्रे में झोंक दी और अपनी एड़ियों पर घूमी। उसने स्थिर निगाहों से मेरी तरफ देखा। मैं निगाहें चुराने लगा— 'आज काम पर नहीं गई।' मैं उसके समीप पहुंचता हुआ बोला।

'मैं तुमसे मिलना चाहती थी।'

'अच्छा!' मैंने दीवान की तरफ संकेत किया— 'बैठो।'

वह बैठ गई।

'खैरियत तो है?' मैंने पूछा

'अभी मालूम नहीं।' उसने नई सिगरेट सुलगा ली।

एकाएक मैं स्वयं को थका हुआ महसूस करने लगा। मैं किसी लेक्चर के मूड में नहीं था— 'देखो कैरोल।' मैंने कहना चाहा—लेकिन उसने हाथ उठाकर मुझे रोक दिया।

'यह देखो, किसी किस्म का वार्तालाप नहीं होने वाला।' वह तीखे स्वर में बोली।

'सॉरी। दरअसल, आज मेरा मूड खराब है।' मैं उससे झगड़ना नहीं चाहता था— 'कोई गड़बड़ है तो साफ बताओ।'

'आज सुबह मैं मरले बेनसिंगर से मिली थी। वह तुम्हारे प्रति चिंतित है।'

‘अगर वह मेरी बातें तुमसे करती रही है।’ मैं सर्द स्वर में बोला— ‘तो वह भूल रही है कि वह केवल मेरी एजेंट है।’

‘मरले तुम्हें पसंद करती है क्लाइव। वह समझती है कि हम दोनों की सगाई हो चुकी है।’

मैं धीरे-से कैरोल से परे एक कुर्सी पर बैठ गया— ‘अगर हमारी शादी भी हो चुकी हो तो भी मेरे मामलों के बारे में बातें करना उसका काम नहीं है।’

‘उसने तुम्हारे मामलों की कोई बात नहीं की थी। उसने मुझे केवल इतना कहा था कि मैं तुम्हें काम में मन लगाने के लिए मनाऊं।’

‘काम मैं कर तो रहा हूं।’ मैंने भी एक सिगरेट सुलगा ली— ‘अगर उसे अपनी कमीशन की फिक्र लगी हुई है तो वह साफ क्यों नहीं कहती?’

‘अच्छी बात है क्लाइव। अगर तुम्हारी यही मर्जी है तो...।’

‘मेरी यही मर्जी है। हे भगवान, कैरोल क्या किसी लेखक से जबरन भी कुछ लिखवाया जा सकता है? तुम समझती नहीं क्या इस बात को? मरले मुझसे डाइजेस्ट के लिए एक बेहूदा-सा लेख लिखवाना चाहती थी। मेरा मूड नहीं बना। इसी बात से खफा है।’

‘उसने डाइजेस्ट का तो जिक्र तक नहीं किया था, लेकिन तुम मरले की बात छोड़ो। बर्नस्टीन की बात करो।’

‘क्या बात?’

‘तुम जानते हो, शनिवार को वह मेरे यहां आया था।’

‘हां, तुमने बताया था मुझे।’

‘मैं जो कर सकती थी, मैंने किया था। मैंने उसे तुम्हारे नाटक के कुछ अंश पढ़कर सुनाए थे। मैंने उसे इस बात के लिए भी तैयार किया था कि वह नाटक अपने साथ ले जाए।’

‘तुमने उसे नाटक की एक प्रति दी? तुम्हारे पास पांडुलिपि कहां से आई?’

‘मैंने हासिल कर ली थी।’ वह बेसब्रेपन से बोली— ‘यह महत्वपूर्ण बात नहीं। लेकिन मैंने आशा की थी...।’ उसने असहाय भाव से मेरी तरफ देखा— ‘अगर तुम वहां आ जाते तो बहुत फर्क पड़ जाता। मुझे लग रहा है कि तुमने एक बहुत बड़ा अवसर खो दिया है क्लाइव।’

‘मैं नहीं मानता। अगर बर्नस्टीन ‘रेन चैक’ पर फिल्म बनाने के लिए इतना व्यग्र था तो बना ली होती। जिस आदमी को कोई कहानी खरीदने के लिए बरगलाया जाता है—वह ज्यादा देर काबू में नहीं रहता। वह वायदा करने के बाद भी मुकर जाता है। क्या इमग्राम ने गोल्ड को अपनी कहानी खरीदने के लिए बरगलाया था?’

‘रेन चैक’ और ‘दि लैंड इज बैरन’ में बहुत फर्क है।’ वह तीखे स्वर में बोली— ‘लेकिन मुझे खेद है क्लाइव। मेरा यह मतलब नहीं था। तुम दोनों की तुलना नहीं कर सकते... मेरा मतलब है...।’

'ठीक है, ठीक है...।' मैं क्रोधित स्वर में बोल— 'अब सफाई देने की जरूरत नहीं। तुम कहना चाहती हो कि मेरा नाटक इतना बढ़िया नहीं है कि खुद अपने पैरों पर खड़ा हो सके। इसे जब तक तुम्हारा और जैरी हिगम्स का सहारा नहीं हासिल होगा—बर्नस्टीन इसकी तरफ देखेगा भी नहीं।'

उसने नर्वस भाव से अपना होंठ काटा, लेकिन मुंह से कुछ न बोली।

'मैं इस तरीके से अपनी चीज नहीं बेचना चाहता। जब मैं इसे बेचूंगा तो इसे बेचने के काबिल समझकर बेचूंगा। मैं इसे किसी फेरी लगाने वाले की तरह नहीं बेचना चाहता—इसलिए भाड़ में जाए बर्नस्टीन।'

'अच्छा, ऐसे ही सही। लेकिन तुम भी तो कुछ नहीं कर रहे हो।'

'तुम मेरी चिंता मत करो। देखो, कैरोल मैं साफ कहता हूं। जब मुझे किसी की मदद की जरूरत होगी, मैं तुम्हें बता दूंगा। मेरे में बहुत ज्यादा लोग दिलचस्पी ले रहे हैं। मुझे संकोच होता है।' फिर उसकी भावनाओं को चोट न पहुंचे, इसलिए मैंने कह दिया— 'वैसे मैं तुम्हारा अहसानमंद हूं, लेकिन यह धंधा मेरा है और यह ठीक चल रहा है।'

'अच्छा!' उसने फिर स्थिर निगाहों से मेरी तरफ देखा— 'दो साल से तुमने कुछ भी तो नहीं लिखा। तुम भूत के सहारे रह रहे हो क्लाइव। हॉलीवुड में यही एक काम है जो तुम नहीं कर सकते। यहां लेखक केवल अपनी अगली किताब या फिल्म जितना ही अच्छा होता है।'

'लेकिन मेरी अगली फिल्म बहुत जोरदार साबित होने वाली है। फसाद मत करो कैरोल। आखिर गोल्ड ने मुझे ऑफर दी है। तुम्हें इसी से महसूस करना चाहिए कि मैं डूब नहीं रहा।'

'ये बातें छोड़ो। सवाल यह नहीं है कि तुम लिख सकते हो या नहीं। सवाल यह है कि तुम लिखना शुरू कब करोगे?'

'यह तुम मुझ पर छोड़ दो। आज तुम स्टूडियो नहीं गई? मेरा तो ख्याल था कि तुम इमग्राम के साथ बहुत व्यस्त हो।'

'हूं, लेकिन मैंने तुमसे भी मिलना था। लोग बातें बना रहे हैं।' वह उठ खड़ी हुई— 'हमारी सगाई हो चुकी, समझ जाती है न!'

वह जिक्र मैं उस वक्त नहीं चाहता था— 'क्या बातें बना रहे हैं लोग?

'इसी सप्ताहांत की बातें सुनने को मिल रही हैं। तुम ऐसा कैसे कर सके क्लाइव? क्यों किया तुमने ऐसा? क्या पागल हो गए हो?'

'लेकिन पता तो लगे कि हो क्या गया है?'

'मुझसे क्यों झूठ बोल रहे हो? मैं जानती हूं क्या हो गया है। मैं समझी थी कि अब तक तुम्हारा वह भूत उतर चुका होगा। क्या तुम अभी भी अपने आपको कॉलेज का छोकरा समझते हो?'

'क्या मतलब? मेरा कौन-सा भूत उतरना था?'

वह फिर बैठ गई— 'क्लाइव, कभी-कभी तुम मूर्खों जैसी और नफरत करने लायक बातें करते हो।' वह चिंतित और उदास स्वर में बोली— 'तुम अपने आपको शहजादा गुलफाम साबित करने की कोशिश करते हो, जो सारी दुनिया की औरतों के होश उड़ा सकता है। तुमने उस तरह की औरत क्यों चुनी? ऐसे रिश्ते से तुम्हारे ख्याल से क्या अंजाम होगा तुम्हारा?'

'बड़ी सख्त बातें कह रही हो कैरोल।' मैं बड़ी कठिनाई से अपने गुस्से पर काबू रख पा रहा था— 'मैं अब और ज्यादा बर्दाश्त नहीं कर सकता। इससे पहले कि हम ऐसा कुछ कह बैठें, जिसका बाद में हमें अफसोस हो, तुम अपने स्टूडियो चली जाओ।'

वह कुछ क्षण स्थिर बैठी रही, फिर उसने एक गहरी सांस ली— 'सॉरी क्लाइव।' वह बोली— 'मैं गलत रुख अख्तिार कर रही थी। लेकिन क्या तुम यह सब बंद नहीं कर सकते? अभी कोई ज्यादा देर नहीं हुई है क्लाइव।'

'तुम बात का बतंगड़ बना रही हो। कैरोल, भगवान के लिए समझ से काम लो।'

'सप्ताहांत में उस औरत के साथ तुम किसी किनारे लगे?' एकाएक उसने पूछा— 'अभी तुम्हारे मोह-जाल में वह फंसी या नहीं?'

'बहुत हुआ।' मैं उठकर खड़ा हो गया— 'अब चली ही जाओ तुम यहां से। हम खामखाह एक-दूसरे की भावनाओं को चोट पहुंचाएंगे और...।'

'रेक्स गोल्ड मुझसे शादी करना चाहता है।'

मुझे यूं लगा जैसे किसी ने मेरे सीने पर घूंसा मारा हो।

'गोल्ड?' मैं फिर बैठ गया।

'इस वक्त यह बात मुझे तुमको बतानी नहीं चाहिए थी।' वह बोली— 'यह ब्लैकमेल है। नहीं? अभी यह बात नहीं बतानी चाहिए थी मुझे।'

'मैंने नहीं सोचा था कि गोल्ड...।' मैं ठिठक गया। क्यों नहीं। वह खूबसूरत थी। अपने काम में माहिर थी। वह गोल्ड के लिए बड़ी अच्छी बीवी साबित हो सकती थी।

'तुम्हारा क्या इरादा है?' एक लंबी खामोशी के बाद मैंने पूछा।

'पता नहीं।' वह बोली— 'सप्ताहांत के बाद से तो कतई नहीं पता।'

'सप्ताहांत का इससे क्या रिश्ता है? सवाल तो इस बात का है कि तुम उससे मुहब्बत करती हो या नहीं?'

'हॉलीवुड में यह सवाल अहम नहीं होता। यह बात तुम भी जानते हो और मैं भी जानती हूं। अगर मैं सोचती कि तुम और मैं...।' वह ठिठकी, हिचकिचाई ओर फिर आगे बढ़ी— 'तुम मेरे लिए बड़ी मुश्किल पैदा कर रहे हो।'

मैं खामोश रहा।

'क्लाइव, मैं तुमसे मुहब्बत करती हूं।'

मैंने उसका हाथ थामने के लिए हाथ बढ़ाया, लेकिन वह परे सरक गई— 'न, न मुझे छुओ मत। मुझे कहने दो। मैं तुम्हारी बहुत बातें बर्दाश्त कर चुकी हूं। एक-दूसरे को हम दो साल से जानते हैं। हालांकि बीती बातों को याद करना मूर्खता है, लेकिन मैं वह दिन याद किए बिना रह नहीं सकती, जब तुम पहली बार राबर्ट रोबन से मिलने आए थे। तब हम दोनों की कोई अहमियत नहीं थी। मैं तुम्हें देखते-ही-देखते पसंद करने लगी थी। मेरे ख्याल से तुम्हारा नाटक बहुत अच्छा था।

मैंने सोचा जिस आदमी की ऐसी भावनाएं हों, वह जरूर भला, नेकनीयत और सलीके का आदमी होगा। रोबन जब तुमसे बात करता था, तो जो आतंकित और संकोचपूर्ण सूरत तुम बनाते थे, वह मुझे हमेशा पसंद आती थी। तुम सीधे-सादे, भले आदमी थे और उन लोगों जैसे नहीं थे, जो दफ्तर में आते थे। मुझे लगा कि तुम जरूर तरक्की करोगे, इसलिए मैंने तुम्हें न्यूयार्क छोड़कर यहां आ जाने की राय दी थी। यह वक्त था जब तुम्हारे और यार अभी तुम्हें नहीं मिले थे और तुम मेरा साथ हासिल करके बहुत खुश होते थे। हम हर जगह जाते थे और सब कुछ करते थे। एक बार तुमने कहा था कि मैं तुमसे शादी कर लूं और मैंने हां कह दी थी। लेकिन अगली ही सुबह तुम इस बात को भूल गए थे। तुमने मुझे फोन तक करने की तकलीफ नहीं की थी।

मैं आज तक नहीं समझ सकी कि तुम्हारी मेरे बारे में क्या भावनाएं हैं। इसका मतलब यह नहीं है कि मैं तुम्हें किसी बात के लिए मजबूर कर रही हूं। इस तरीके से नहीं हासिल करना चाहती तुम्हें।'

मैं चाहता था कि वह ऐसी बातें न करे। मैं जानता था कि कोई फैसला जरूरी था, लेकिन मैं सोचने के लिए वक्त चाहता था। शनिवार तक मुझे कैरोल से मुहब्बत थी, लेकिन अबकी बार मैं नहीं कह सकता था। मैं जानता था कि मुझे उसको यूं अपने आपको मेरे सामने उजागर करने से रोकना चाहिए था और मुझे भी कुछ करना चाहिए था, अन्यथा उसके वहां से जाते ही वह रिश्ता खत्म हो जाता और मैं ऐसा नहीं चाहता था। वह मेरे लिए बहुत महत्व रखती थी। वह मेरे पिछले दो सालों का प्रतिनिधित्व करती थी, जो मेरी जिंदगी के बेहतरीन दिन रहे थे। वह मेरा हौसला बुलंद करने वाली लड़की थी। मुझे यह सोचकर भी दहशत होती थी कि मैं उसके बिना क्या करूंगा।

'जब तुमने कहा था कि तुम मुझसे मुहब्बत करते थे, तो मैंने तुम्हारी बात पर विश्वास कर लिया।' वह आगे बढ़ी— 'इसलिए क्योंकि तुम मेरे लिए अहमियत रखते थे। जब तुम गरीब थे क्लाइव, तो तुममें बहुत आकर्षण था। मेरे ख्याल से कामयाबी लोगों को बिगाड़ देती है। उसने तुम्हें भी बिगाड़ा है। सच पूछो तो मैं तुम्हारे लिए चिंतित हूं। मेरी समझ में नहीं आता कि अब तुम कैसे किसी किनारे लगोगे। जबसे तुमने लिखना शुरू किया है, तब से तुमने नया कुछ नहीं सीखा है। तुम समझते हो कि तुम्हारी कलम में जादू है, लेकिन ऐसी कोई बात नहीं है। किसी में भी नहीं होती... ऐसी किसी चीज का अस्तित्व ही नहीं है। जादू मेहनत से और पहले से बेहतर सोचने से पैदा होता है। तुम्हारे में कुछ कहने की, किसी काबिल कुछ करने की, अंतःप्रेरणा पैदा होनी चाहिए।'

'भाषण शानदार है, लेकिन मैं इसे बिना सुने भी समझ सकता हूं। तुम अपनी बात करो। गोल्ड से शादी कर रही हो तुम?'

'पता नहीं।' उसने अपनी आंखें बंद कर लीं— 'मैं करना नहीं चाहती, लेकिन उसमें कई फायदे हैं।'

'पक्की बात?'

'गोल्ड में कल्पनाशक्ति है... पैसा है... हौसला है। वह मुझे पूरी आजादी देगा। कई बहुत महान फिल्में अभी बनाई जानी हैं। शायद यह बात तुम नहीं समझोगे क्लाइव, लेकिन मैं महत्वाकांक्षी हूं। केवल अपने लिए ही नहीं। मैं चाहती हूं कि महान फिल्में बनें। मैं गोल्ड को इस काम के लिए तैयार कर सकती हूं। वह मेरी बात सुनेगा।'

'दुनिया की फिक्र छोड़ो, अपनी बात करो। दुनिया के फायदे के लिए तुम्हें गोल्ड से शादी करने की जरूरत नहीं है।'

'तुम्हें ऐतराज है?'

'हां, मुझे ऐतराज है, लेकिन मैं चाहता हूं कि तुम बात को मेरे दृष्टिकोण से समझो। मैं तुमसे मुहब्बत करता हूं, लेकिन इस वक्त मजबूर हूं। कोई गड़बड़ हो गई है। मैं अब लिख नहीं सकता। अगर जल्दी ही कुछ न हुआ तो मैं मुसीबत में फंस जाऊंगा। मुसीबत में मैं पहले भी फंसा हूं, लेकिन हमेशा अकेला। मैं तुम्हें अपने साथ मुसीबत में नहीं फंसाना चाहता।'

'इसलिए क्योंकि जिन बातों के मानी हैं, तुम उनके संपर्क से दूर हो चुके हो। तुम जरूरत से ज्यादा ऐश करते रहे हो। उस औरत को ऐसी जगह ले जाना क्यों जरूरी था, जहां तुम दोनों एक साथ देखे लिए जाते।'

अब मुझे गुस्सा आ गया— 'तो वह लेखक का बच्चा बोलने से बाज नहीं आया।' मैंने बोला— 'मुझे साले से यही उम्मीद थी।'

'तुम्हें जैरी हिगम्स ने भी देखा था।'

'तो फिर क्या हो गया? हिगम्स जानता है मैं उससे क्यों मिल रहा हूं और कोई बात नहीं है कैरोल। मैं तुमसे झूठ नहीं बोलूंगा। मैं उसके बारे में एक शानदार कहानी लिखना चाहता हूं। बस और कुछ नहीं।'

वह उठ खड़ी हुई— 'मैंने स्टूडियो वापस जाना है।' वह बोली— 'मुझे अफसोस है क्लाइव, लेकिन हम क्या कर सकते हैं इस बारे में?'

'तुम्हें मुझ पर विश्वास नहीं? गोल्ड ने मुझे यह कहानी लिखने के लिए कहा है। अगर मैं उससे मिलूंगा नहीं तो मैं कैसे लिखूंगा कहानी?'

'मुझे नहीं मालूम। मैं जानना भी नहीं चाहती। मैं तुम्हारी महिला मित्रों से तंग आ चुकी हूं। मैं तुम्हारा कई औरतों के साथ हिस्सा नहीं बंटाना चाहती और पेशेवर औरतों से मुकाबला नहीं करना चाहती। अगर तुम उसे नहीं छोड़ना चाहते, तो हमारा न मिलना ही बेहतर होगा।'

'क्या दिल से कह रही हो कैरोल?' मैं आशंकित स्वर में बोला— 'क्या तुम नहीं चाहती कि मेरा यह काम बने। गोल्ड मुझे 50 हजार डालर की ऑफर दे रहा है उससे मिले बिना मैं कहानी नहीं लिख सकता। मैं तुम्हें विश्वास दिलाता हूं कि कहानी के अलावा मेरी उसमें कोई दिलचस्पी नहीं है।'

'मुझे विश्वास नहीं। लेकिन तुम सावधान रहना क्लाइव। तुम चोट खा जाओगे। वह तुम्हारे जैसे आदमी को हैंडल करना खूब जानती है।'

'अच्छी बात है।' अब मुझे भी गुस्सा आ गया— 'तुम तो बड़ी अच्छी लड़की हो न। चेतावनी के लिए धन्यवाद। मैं सावधान रहूंगा। मैं जब भी उससे मिलूंगा, तुम्हारी चेतावनी को याद रखूंगा और सावधान रहूंगा।'

'व्यंग्य करने की जरूरत नहीं। तुम मुसीबत को बुलावा दे रहे हो और मुझे पूरा विश्वास है कि वह तुम्हारे गले जरूर पड़ेगी।'

'तुम मत घबराओ। जब तक मैं तुम्हारी दया का पात्र हूं, मेरा गुजारा चल जाएगा। इसमें झगड़ने की क्या बात है। हम और नहीं तो कम-से-कम दिखावा तो कर ही सकते हैं।'

'तुम तो दिखावा करने में माहिर हो—।' वह गुस्से में बोली— 'लेकिन अगर तुम्हारी वही भावनाएं हैं तो वाकई झगड़ने का कोई फायदा नहीं।'

'ठीक है और मुझे शादी का निमंत्रण जरूर देना। मैं आऊंगा तो नहीं, लेकिन इसी बहाने कम-से-कम एक बार तो मैं गोल्ड को ठुकरा पाऊंगा—लेकिन मैं उसके 50 हजार डालर नहीं ठुकराऊंगा।'

उसके नेत्रों में मुझे तिरस्कार का भाव दिखाई दिया। एकाएक मेरा उसे चोट पहुंचाने को जी चाहने लगा।

'मैं जानता हूं गोल्ड तुमसे कैसी शादी करेगा!' मैं मुस्कुराता हुआ बोला— 'टेक्नीकलर शादी होगी वह। तुम समझती हो ही इन बातों को। वधु सुंदर लग रही थी। उसने अपने आपको इसलिए रेक्स गोल्ड के हवाले कर दिया—क्योंकि वह चाहती थी कि बढ़िया फिल्में बनें और दुनिया का कल्याण हो। अच्छा तमाशा रहेगा।' मैंने एक सिगरेट निकाली— 'तुमने कहा था कि तुम पेशेवरों के मुकाबले में नहीं आना चाहती थीं। सच कहा था तुमने?'

'भगवान करे वह औरत तुम्हारा खाना खराब कर दे।' वह बोली। उसका चेहरा सफेद हो गया था— 'तुम इसी काबिल हो। तुम्हें ऐसी ही औरत हासिल होनी चाहिए। इसी के हकदार हो तुम।'

'तुम लड़की हो, मेरे घर में हो, इसलिए मेरी हिफाजत में हो—इसलिए मैं वह करने से रुका हुआ हूं जो मैं करना चाहता हूं।'

'तुम मुझे मारना चाहते होगे?'

'हां, बिलकुल यही चाहता हूं मैं।'

'गुड बाई क्लाइव।'

'बहुत बढ़िया, इसे कहते हैं शानदार ड्रामा। बढ़िया पटाक्षेप। थिएटर की तुम्हें बहुत समझ है और तुम बहुत काबिल स्क्रिप्ट राइटर हो। लेकिन शादी की रात को बोलने लायक संवादों का खास ख्याल रखना, स्वीट हार्ट।'

वह उठी और बिना मुड़कर देखे फौरन वहां से चली गई।

उसके वहां से जाते ही कमरा खाली-खाली लगने लगा। मैंने अपने लिए व्हिस्की का एक जाम तैयार किया। उसको पीते ही मैंने दूसरा जाम तैयार कर दिया। बार-बार मैंने वह क्रिया दोहराई। फिर मैं लॉबी में पहुंचा। मेरा जी चाह रहा था कि मैं रोने लगूं।

मैंने अपना हैट पहना। तभी रसेल सीढ़ियां उतरकर नीचे आया। उसने गमगीन निगाहों से मेरी तरफ देखा, लेकिन मुंह से कुछ न बोला।

'मिस कैरोल रेक्स गोल्ड से शादी कर रही है।' मैं सावधानी से बोला— 'मैं जानता हूं, तुम्हें ऐसी अफवाहों जैसी बातें पसंद आती हैं। तुमने रेक्स गोल्ड का नाम तो सुना ही होगा। वह उससे शादी कर रही है—इसलिए कर रही है ताकि वह बढ़िया फिल्म बना सके और दुनिया का कल्याण हो सके। लेकिन क्या दुनिया अच्छी फिल्मों से ही अपना कल्याण चाहती है? क्या इस कुर्बानी की कोई कीमत है? मैं तो नहीं समझता। दुनिया की बला से चाहे, वह गोल्ड से शादी करे और चाहे वह अच्छी फिल्में बनने में अपना योगदान दे। लेकिन औरत के साथ कौन बहस कर सकता है?'

रसेल ने ऐसी सूरत बनाई, जैसे मैंने उसे तमाचा मार दिया हो। उसने कुछ कहना चाहा, लेकिन मुंह से शब्द न निकले। मैंने उसे छोड़ दिया और वहां से निकलकर बाहर आ गया।

मैं अपनी कार में सवार हुआ। मैं लेखक क्लब में पहुंचा। मैंने स्टीवर्ड को हैलो कहा और बार में पहुंचा।

'डबल स्कॉच!' मैं एक स्टूल पर बैठता हुआ बोला।

'यस मिस्टर थर्सटन!' बारटेंडर बोला— 'थोड़ी बर्फ भी दूं?'

'देखो, अगर मुझे बर्फ चाहिए होगी तो मैं मांग लूंगा। मैं तुमसे या किसी से जुबानदराजी नहीं करना चाहता।'

उसका चेहरा सुर्ख हो गया।

मैंने नीट व्हिस्की पी और गिलास उसकी तरफ धकेल दिया— 'यूंही फिर दो। बर्फ नहीं चाहिए। बस नहीं चाहिए और मुझे मौसम की खबर भी नहीं चाहिए।'

'यस, मिस्टर थर्सटन।'

अगर मैंने गोल्ड को अपनी कहानी न बेची तो बहुत जल्दी ही मेरी भी हालत बारटेंडर जैसी हो सकती थी। पैसे से तंग आदमी को दुनिया की खरी-खोटी सब सुननी पड़ती है।

मैंने व्हिस्की खत्म करके नए पैग की मांग की।

तभी पीटर और फ्रैंक इमग्राम भीतर आए।

यह बहुत बुरा हुआ कि वे उस वक्त वहां पहुंचे—क्योंकि तब तक गुस्सा और नशा दोनों मुझ पर हावी थे। मैं स्टूल से उतरा।

पीटर मुझे देखकर मुस्कराया— 'हैलो क्लाइव!' वह बोला— 'एक ड्रिंक मेरे साथ भी हो जाए। फ्रैंक इमग्राम को तो तुम जानते ही हो। है न?'

'हां, जानता हूं।' मैं एक कदम पीछे हटा— 'यह हॉलीवुड की अफवाहें लिखने वाला लेखक है न—।' और फिर मैंने इमग्राम के मुंह पर एक जोर का घूंसा जमाया। वह पीछे को गिरा और उसके नकली दांतों का जबड़ा उसके मुंह से निकलकर बाहर आ गिरा।

'मैं वहां रुका नहीं। मैं बार से बाहर निकल गया। मैं लॉबी से गुजरकर सड़क पर पहुंचा। मैंने गाड़ी स्टार्ट की और वापस बार में जाकर उसे फिर से मारने को अपने मन में बलवती इच्छा को मैंने बड़ी मुश्किल से दबाया।

मैंने सोचा—मरले बेनसिंगर, फिर कैरोल और अब फ्रैंक इमग्राम... फिर शायद पीटर टेनेट भी। अब ये सब मेरी जात से भी नफरत करेंगे। मैं खूब हाल-बेहाल कर रहा था। अगर यही सिलसिला रहा तो जल्दी ही मैं खूब बदनाम हो जाने वाला था।

मैंने सनसैट बोलेवर्ड की तरफ कार दौड़ा दी और कुछ दिनों में शायद कोई भी मुझसे बात नहीं करना चाहेगा। शायद मुझे क्लब से इस्तीफा भी देना पड़ जाए। कोई बात नहीं, अभी ईव तो थी मेरे पास। एकाएक मेरा ईव से बात करने को जी चाहने लगा। मुझे इस काम से कम-से-कम कोई नहीं रोक सकता था। वे मुझे इमग्राम को पीटने से रोक सकते थे, लेकिन ईव को टेलीफोन करने से नहीं रोक सकते थे।

मैंने कार को एक ड्रग स्टोर के सामने रोका और भीतर गया।

कई बार गलत नंबर मिलने के बाद कहीं मुझे ईव का नंबर मिला। तब तक मैं बुरी तरह झुंझला गया था।

मार्टी लाइन पर आई।

'मिस मार्लो!'

'कौन बोल रहे हैं?'

उस साली को इससे क्या मतलब था? और ईव खुद फोन क्यों नहीं उठाती थी? हर बार मुझे उसकी नौकरानी से ही क्यों बात करनी पड़ती थी? नौकरानी को नाम बताने से क्या मेरे नाम को दूधवाले और बर्फवाले जैसे लोगों में प्रचार नहीं हो सकता था।

'मैं चांद से आया आदमी हूं।' मैं बोला— 'समझ गई?'

एक क्षण खामोशी रही, फिर वह बोली— 'मुझे खेद है, मिस मार्लो घर पर नहीं हैं।'

'वह घर पर है।' मैं गुस्से में बोला— 'मुझे मालूम है वह घर पर है। उसे कहो—मैं उससे बात करना चाहता हूं।'

'मैं नाम क्या बताऊं?'

'तौबा! मिस्टर क्लाइव, अब तो खुश हो?'

'सॉरी सर! मिस मार्लो व्यस्त हैं।'

'व्यस्त हैं? लेकिन अभी तो दो भी नहीं बजे। वह व्यस्त कैसे हो सकती है?'

'सॉरी सर!' वह फिर बोली— 'मैं उन्हें बता दूंगी कि आपने फोन किया था।'

'ठहरो-ठहरो!' मुझे अपने भीतर कुछ खाली-खाली-सा लगने लगा— 'तुम्हारा मतलब है कि उसके साथ कोई आदमी मौजूद है?'

'मैं उन्हें बता दूंगी कि आपने फोन किया था—।' मार्टी बोली और उसने फोन रख दिया।

मैंने भी रिसीवर रख दिया।

मेरी हालत खराब थी।

12

मैं गहरी नींद से जागा। रसेल पर्दे हटा रहा था। मैं कराहता हुआ उठा। मेरा सिर दुःख रहा था और जुबान सूखे चमड़े जैसी लग रही थी।

'मिस्टर टेनेट आपके लिए पूछ रहे हैं सर!' वह बोला।

फिर मुझे इमग्राम की याद आई।

'वक्त क्या हुआ है?' मैं पूछा।

'साढ़े दस बजे हैं।' वह इल्जाम-सी लगाती हुई निगाहों से मुझे देख रहा था।

'लगता है, तुम्हें पता लग गया है कि लेखक क्लब में क्या हुआ था।'

'जी हां, मुझे सुनकर अफसोस हुआ।'

'जरूर हुआ होगा। मेरा सिर फटा जा रहा था। पिछली रात मैंने इतनी ज्यादा पी थी कि मुझे यह तक याद नहीं था कि मैं घर कैसे पहुंचा था, लेकिन वह साला इसी काबिल था।'

'मिस्टर टेनेट आपका इंतजार कर रहे हैं सर।'

'ठीक है, करने दो इंतजार।'

वह चला गया तो मैं बाथरूम में पहुंचा। ठंडे पानी से नहाने के बाद मुझे सिरदर्द से थोड़ी राहत महसूस हुई। फिर मैंने शेव की। एक पैग ब्रांडी सोडा मिलाकर पी तो कहीं मेरी हालत काबू में आई।

पीटर मुझे बैठक में बैठा मिला।

'हैलो!' मैं साइड बोर्ड के पहुंचकर अपने लिए एक और ब्रांडी तथा सोडा तैयार करता हुआ बेला— 'मैं सो रहा था। मुझे अफसोस है कि तुम्हें इंतजार करना पड़ा।

'कोई बात नहीं।'

'ड्रिंक?'

उसने इनकार में सिर हिला दिया।

मैं उसके समीप जा बैठा। कुछ क्षण अटपटी-सी खामोशी छाई रही। हमने एक-दूसरे की तरफ देखा और फिर परे देखने लगे।

'इमग्राम की ही बात होगी कोई?' मैं बोला।

'हां, मेरे ख्याल से तुम नशे में थे।'

97

‘मुझे क्या अपनी सफाई पेश करनी होगी।’ मुझे फिर गुस्सा चढ़ने लगा था, लेकिन मैं अपने आपको शांत रखने की कोशिश कर रहा था।

‘यह मत समझना कि मैं यहां नुक्ताचीनी के लिए आया हूं।’ वह जल्दी से बोला— ‘हालांकि मुझे बड़ी हैरानी है कि तुमने ऐसी कोई हरकत की। मैं तुम्हें यह बताने आया हूं कि गोल्ड तुम पर मुकदमा करने का इरादा रखता है।’

‘गोल्ड मुझ पर मुकदमा करने का इरादा रखता है!’ मैं हैरानी से बोला। ऐसी कोई बात सुनने की आशा मैंने नहीं की थी।

‘हां, इमग्राम घायल हुआ है। वह कई दिनों तक काम करने के काबिल नहीं रहा। इस देरी से स्टूडियो को रुपयों का नुकसान होगा और गोल्ड बहुत ताव खा रहा है।’

मुझे एकाएक बहुत संतोष का अनुभव हुआ। साले को चोट तो पहुंचाई मैंने— ‘आई सी।’ मैं बोला।

‘सोचा तुम्हें बता आऊं।’ वह बड़े विचलित और संकोचपूर्ण स्वर में बोला— ‘आर.जी. कहता है कि उसका एक लाख डालर का नुकसान हो जाएगा।’

‘बड़ा कीमती प्रहार रहा वह।’ एकाएक मुझे डर लगने लगा— ‘वह मुझ पर इतनी बड़ी रकम के हर्जाने का मुकदमा तो नहीं करने वाला?’

‘वह तो सच पूछो तो तुम पर मुकदमा कर ही नहीं सकता। यह काम तो इमग्राम को करना होगा। आर.जी. इमग्राम से मिल चुका है।’

‘और इमग्राम मुझ पर एक लाख डालर के हर्जाने का दावा करने जा रहा है? मुझे उम्मीद नहीं कि उसे पैसा हासिल हो।’

‘इमग्राम तुम पर केस नहीं करना चाहता। उसने गोल्ड को भी यही कहा है।’

‘मतलब?’

‘मुझे नहीं मालूम। उसकी जगह मैं होता तो मैं तो तुम पर केस जरूर करता। बड़ा जलील काम किया था तुमने क्लाइव।’

‘तुम्हारा मतलब है कि वह एक गाल पर थप्पड़ खाने पर दूसरा गाल भी पेश करने वाली बात कर रहा है?’

‘हां।’

‘साला, चूहा।’ मैं गुस्से में बोला— ‘वह मेरे साथ ऐसा व्यवहार नहीं कर सकता। करने दो उसे केस! तुम समझते हो कि मैं परवाह करता हूं?’

‘देखो क्लाइव, ताव मत खाओ। तुम पहले ही बहुत बुरी हरकत कर चुके हो। हो क्या गया है तुम्हें? मालूम है तुम्हें कि कैरोल कितनी परेशान हो गई है?’

‘मैं तुमसे इस बारे में कोई बात नहीं सुनना चाहता। समझ गए—इसलिए अपनी टांग मत अड़ाओ।’

‘काश! मैं ऐसा कर सकता।’ वह असहाय भाव से बोला— ‘तुम समझते हो कि यह सब मुझे पसंद है? तुम्हें अहसास नहीं है कि यह कितना गंभीर मसला है। तुम गोल्ड की

खिलाफत कर रहे हो। जो बात गोल्ड को असर करती है, वह स्टूडियो को असर करती है। तुम्हारे उस प्रहार ने बहुत बखेड़ा खड़ा कर दिया है। पता नहीं क्यों किया तुमने ऐसा। मुमकिन है तुम्हारे पास इमग्राम पर प्रहार करने की कोई वजह रही हो। वजह मैं नहीं जानता और जानना भी नहीं चाहता। जो होना था, वह हो चुका है और हमारा कार्यक्रम घपला गया है। ऊपर से कैरोल विक्षिप्त-सी हो गई है। उसका दिमाग उसके काबू में नहीं। उसकी भी वजह मुझे तुम ही मालूम होते हो।'

'लगता है हर इल्जाम मुझ पर ही लगाया जाने वाला है। क्या करना चाहिए मुझे?'

'तुम कुछ दिनों के लिए शहर से बाहर चले जाओ। क्या तुम श्री प्वाइंट नहीं जा सकते। मैं नहीं चाहता कि तुम्हारा आर.जी. से टकराव हो। मेरा मतलब है, उसके वर्तमान मूड में। इमग्राम कोई एक्शन नहीं लेना चाहता और हम आर.जी. को भी मनाने की कोशिश कर रहे हैं कि वह तुम्हारा पीछा छोड़ दे। हालांकि इस वक्त तो वह तुम्हारे खून का प्यासा हो रहा है।'

अगर ऐसी बात थी तो मेरी फिल्मी पटकथा का तो पटाक्षेप ही था वह।

'मैं अभी शहर नहीं छोड़ सकता।' मैं एक क्षण सोचने के बाद बोला— 'मुझे यहां बहुत काम है, लेकिन मैं कोशिश करूंगा कि मैं उसके रास्ते में न आऊं।'

'शायद इससे भी काम बन जाए।' वह उठता हुआ बोला— 'मैंने स्टूडियो पहुंचना है। हम इस वक्त बड़े बखेड़े में फंसे हुए हैं और आर.जी. शेर की तरह बिफर रहा है। क्लाइव, भगवान के लिए थोड़ दिन उससे दूर ही रहना।'

'अच्छा।' मैंने वायदा किया— 'वैसे पीटर तुम जानते हो न कि मैं गोल्ड के लिए एक कहानी पर काम कर रहा हूं। तुम्हारे ख्याल से क्या इस घटना का उस पर भी असर पड़ेगा?'

'पड़ सकता है। यह इस बात पर निर्भर करता है कि हमारा काम कितनी देर अटकता है। अगर वह संकट जल्दी टल गया और कहानी बढ़िया बन पड़ी, तो सब ठीक हो जाएगा। आर.जी. एक व्यापारी है। वह किसी अच्छी चीज को छोड़ने वाला नहीं। लेकिन कहानी का बहुत ही बढ़िया होना बहुत जरूरी है।'

'हूं।' मैं बहुत पस्ती और चिंता का अनुभव करता हुआ, उसके साथ दरवाजे तक आया। अब मुझे लगने लगा था कि इमग्राम पर हाथ चलाकर मैंने कितनी भारी मूर्खता की थी। वह हरकत मेरा भविष्य बिगाड़ सकती थी।

'तुम कैरोल के बारे में कुछ कर सकते हो?' एकाएक उसने पूछा।

'शायद नहीं।'

उसने स्थिर नेत्रों से मेरी ओर देखा। एकाएक मुझे शर्म आने लगी।

'वह तुमसे मुहब्बत करती है, क्लाइव।' वह धीरे-से बोला— 'वह बहुत अच्छी लड़की है। वह ऐसे व्यवहार की हकदार नहीं। कोई वक्त था, जब मैंने सोचा था कि तुम दोनों एक-दूसरे के प्रति बहुत गंभीर थे। मैं जानता हूं इस बात से मेरा कोई मतलब नहीं—लेकिन मैं उसको ऐसी बुरी हालत में भी नहीं देख सकता।'

मैं खामोश रहा।

पीटर वहां से चला गया।

मैं वापस बैठक में आया तथा मैंने एक जाम और पिया। मैं कैरोल के पास जाना चाहता था, लेकिन मुझे लग रहा था कि मैं उसका सामना नहीं कर सकता था। मैंने उसको चोट पहुंचाई थी। मुझे लग रहा था कि बात कुछ ठंडी पड़ जाने के बाद उसके पास जाना ज्यादा मुनासिब था। अभी मेरे दिमाग पर वैसे ही बहुत बोझ था। मुझे इमग्राम की चिंता नहीं थी, लेकिन गोल्ड की चिंता थी। वह चाहता तो बहुत खतरनाक साबित हो सकता था। मैं बैठ गया और उसके बारे में सोचने लगा। शायद मुझे उससे मिलना चाहिए और उसे समझाने की कोशिश करनी चाहिए, लेकिन अंत में मैंने यही फैसला किया कि पीटर की बेहतर जानता था। शायद मामला ठंडा हो जाने तक गायब हो जाना ही ठीक था।

लेकिन मैं आने वाले दिन घर की चारदीवारी में कैद रहकर भी तो नहीं गुजार सकता था। मैं पागल हो जाता। पुराने दिनों की तरह मैं उपन्यास में भी लगातार रुचि नहीं ले सकता था। हॉलीवुड ने मुझे बेचैन बना दिया था और कुछ घंटों के लिए भी तन्हा रहने का ख्याल मुझे नाकाबिले बर्दाश्त लग रहा था।

मैंने घड़ी देखी। पौने बारह बज गए थे। फिर मुझे ईव का ख्याल आया। वह शायद सोई पड़ी होगी। मैं जानता था, मैं क्या करने जा रहा था। मैं उसे फोन करूंगा और अपने साथ लंच लेने के लिए मनाऊंगा। ईव ही मेरी तन्हाई का हल बन सकती थी। मुझे थोड़ी राहत महसूस हुई।

दोपहर के थोड़ी देर बार ही मैं ईव के घर पहुंच गया। मैंने उसके दरवाजे पर दस्तक दी और प्रतीक्षा करने लगा।

लगभग फौरन दरवाजा खुला और चौखट पर खुद ईव प्रकट हुई। वह मुझे देखकर हंसी— 'क्लाइव!' वह बोली— 'मैं समझी थी दूधवाला आया है।' वह अभी बिस्तर से निकली मालूम होती थी। उसके बाल बिखरे हुए थे और चेहरे पर मेकअप नहीं था— 'तुम इस वक्त यहां क्या कर रहे हो?'

मैं मुस्कराया— 'हैलो ईव!' मैं बोला— 'सोचा था कि इस वक्त पहुंचकर तुम्हें हैरान कर दूंगा। क्या मैं भीतर आ सकता हूं?'

उसने अपना ड्रेसिंग गाउन समेटा और एक जम्हाई ली— 'मैं नहाने लगी थी। क्लाइव, तुम भी हद करते हो। कम-से-कम पहले फोन तो कर दिया होता।'

मैं उसके पीछे बेडरूम में पहुंचा। वहां वातावरण में इत्र-पसीने की गंध बसी हुई थी। उसने आगे बढ़कर एक खिड़की खोल दी।

'कैसी बदबू फैली हुई है यहां?' वह पलंग पर बैठती हुई बोली— 'मैं बहुत थकी हुई हूं।'

मैं उसके पास बैठ गया— 'पिछली रात बड़ी करारी गुजरी मालूम होती है। क्या करती रही थीं?'

'क्या मैं बहुत खराब लग रही हूं।' उसने पूछा— 'लग भी रही हूं तो मेरी बला से, आज मुझे किसी बात की परवाह नहीं।'

'मुझे खुद नहीं है—इसलिए तो मैं यहां आया हूं।' मैंने देखा कि उसकी त्यौरी चढ़ी हुई थी और उसकी आंखों के नीचे झाइयां दिखाई दे रही थीं— 'चलो, आज इकट्ठे बोर होते हैं। आज मेरे साथ लंच के लिए चलो।'

'नहीं।'

'जिद् मत करो। लंच जल्दी कर लेंगे, फिर जी चाहे तो यहां वापस आ जाना। चलो, ज्यादा जिद् मत करो।'

'लेकिन मेरा तो उठकर कपड़े पहनने तक को दिल नहीं कर रहा। नहीं क्लाइव, मैं नहीं जाऊंगी।'

'तुम चलोगी—।' मैं उसे पकड़कर अपने साथ लगाता हुआ बोला— 'बोलो क्या पहनकर चलोगी?'

वह मेरे बंधन से निकलकर वार्डरोब के पास पहुंची— 'पता नहीं।' उसने फिर जम्हाई ली— 'मैं बहुत थकी हुई हूं। मैं कहीं नहीं जाना चाहती'

'आज कोई ऐसी पोशाक पहनो, जिसमें तुम बड़ी कमसिन और नाजुक लगो।' मैं उसके इनकार की ओर ध्यान दिए बिना बोला।

'कम-से-कम यह फैसला तो मुझे करने दो कि मुझे क्या अच्छा लगता है!' वह एक सिलेटी रंग का सूट हैंगर से उतारती हुई बोली— 'मैं यह पहन लेती हूं, ठीक है?'

'ठीक है, अब जाओ नहाकर आओ।'

'मैं अभी आई।'

वह ऊपर बाथरूम में चली गई। मैं कमरे में चहलकदमी करने लगा। मैंने दराजों को खोलकर भीतर झांका। मैंने शीशे के खिलौने को परे सरकाकर देखा। ऐसा करते समय मुझे उसके पति का ख्याल आया। कमरे के वातावरण में कुछ ऐसी रहस्यात्मकता थी कि मैं उन आदमियों के बारे में सोचे बिना न रह सका, जो वहां आते थे। ऐसे आदमी, जिनकी दोस्तों को मालूम हो जाए कि वे वहां आते थे तो उन्हें शर्म आने लगे।

मुझे क्रोध और वितृष्णा का अनुभव होने लगा। मुझे यह सोचना भी बुरा लग रहा था कि मुझे ईव का इतने आदमियों के साथ हिस्सा बांटना पड़ता था। फिर कमरे का माहौल मेरी बर्दाश्त से इतना बाहर हो गया कि मैंने गलियारे में जाकर ईव को पुकारा कि वह जल्दी करे।

'आती हूं—।' वह बोली— 'हड़बड़ी मत मचाओ।'

तभी मुख्य द्वार खुला और मार्टी भीतर आई।

उसने एक हैरानी भरी निगाह मुझ पर डाली और फिर मुस्कराई— 'गुड मॉर्निंग सर!' वह बोली।

'गुड मॉर्निंग।' मैं बिना उसकी ओर निगाह उठाए बोला।

मुझे उसे देखने से ही नफरत हो रही थी। वह सब कुछ जानती मालूम होती थी। क्या ईव ने उसे मेरे बारे में भी बताया हुआ था। कहीं वे दोनों औरतें वहां आने वाले मर्दों की बातें करके उनका मजाक तो नहीं उड़ाती थीं?'

'मिस मार्लो को कह देना, मैं कार में बैठा हूं।' मैं शुष्क स्वर में बोला और इमारत से बाहर निकल गया।

ईव ने मुझ तक पहुंचने के लिए करीब आधा घंटा लगाया। वह बड़ी खूबसूरत और चुस्त लग रही थी, लेकिन साथ ही तीखी धूप में वह तनिक थकी हुई और उम्रदराज भी लग रही थी।

'ठीक लग रही हूं?' उसने कार में बैठते हुए पूछा।

'बहुत बढ़िया।'

'झूठ मत बोलो, सच बताओ।'

'तुम कहीं भी, किसी के साथ जाने के काबिल बढ़िया लग रही हो।'

'सच?'

'हां, मुसीबत यह है कि जो कुछ तुम करती हो, तुम्हें उससे शर्म महसूस होती है।' मैं कार चालू करता हुआ बोला— 'तुम्हारी हीन भावना की यह भी एक वजह है। तुम चाहती हो कि चित्त भी तुम्हारी हो और पट भी। बहरहाल, इतने तक तो ठीक है। चिंता वाली कोई बात नहीं।'

'शुक्रिया।' शायद उसे मेरी बात पर विश्वास हो गया— 'कहां चल रहे हैं हम?'

'निकाबोब ठीक है?'

'हां।'

'कल दो बजे मैंने तुमसे फोन पर बात करने की कोशिश की थी। मार्टी कह रही थी कि तुम व्यस्त थीं।'

उसने बुरा-सा मुंह बनाया, लेकिन मुंह से कुछ न बोली।

'तुम क्या सारा दिन, सारी रात काम करती हो?'

'इस बारे में बात मत करो। पता नहीं मर्दों को यही बात क्यों सूझती है?'

'सॉरी... मैं भूल गया था कि तुम्हारी तो दुकानदारी है।' थोड़ी देर मैं खामोशी से कार चलाता रहा और फिर बोला— 'तुम मुझे उलझन में डाल देती हो ईव। हकीकतन तुम कठोर नहीं हो, क्यों?'

'क्यों कह रहे हो ऐसा?'

'मेरा ख्याल है तुम्हें बड़ी आसानी से चोट पहुंचाई जा सकती है।

'लेकिन मैं तुम्हें कभी मालूम नहीं होने दूंगी।'

'अजीब औरत हो तुम। तुम हर किसी को अपना दुश्मन समझती हो। तुम मुझे अपने दोस्त के तौर पर क्यों नहीं कबूल करती हो?'

'मुझे दोस्त नहीं चाहिए। मुझे मर्दों पर कभी भरोसा नहीं हो सकता। मैं उनके बारे में बहुत ज्यादा जानती हूं।'

'यह तुम इसलिए कर रही हो, क्योंकि तुम मर्द की कमीनगियों को ही जानती हो। क्या तुम मुझे अपना दोस्त नहीं बनने दोगी?'

'नहीं, और यह बकवास बंद करो। तुम कभी मेरे लिए कोई अहमियत नहीं रख सकते। कितनी बार कह चुकी हूं मैं तुम्हें यह बात। अब बाज क्यों नहीं आते हो?'

मुझे फिर उस पर गुस्सा आने लगा। काश! किसी तरह मैं इसे विचलित कर पाऊं। किसी तरह मैं इसके सर्द और लापरवाही भरे रवैये का भेद पाऊं।

'तुम्हारी इन बातों के पीछे कोई और बात है?' वह बोली— 'तुम चाहते क्या हो क्लाइव?'

'तुम्हें, तुम्हें चाहता हूं मैं। मैं यह महसूस करना चाहता हूं कि तुम्हारी जिंदगी में मेरी कोई जगह है, बस।'

'तुम पागल हो। तुम सैकड़ों औरतों को जानते होगे। मेरे ही पीछे क्यों पड़े हो तुम?'

ठीक ही तो कह रही थी वह। कैरोल के होते, मैं उसके पीछे क्यों पड़ा हुआ था। जब वह बात स्पष्ट हो चुकी थी कि वह मुझे कबूल नहीं करने वाली थी, तो दीवार से सिर पीटने का क्या फायदा था? कोई करिश्मा ही हो जाता तो दूसरी बात थी, अन्यथा हमारे बीच का फासला खत्म नहीं होने वाला था।

'और औरतों को छोड़ो।' मैं निकाबोब के आगे कार रोकता हुआ बोला— 'उनकी कोई गिनती नहीं, तुम्हारी गिनती है।'

'तुम जरूर पागल हो। मैं तुम्हें कह चुकी हूं कि मेरे लिए तुम्हारी कोई अहमियत नहीं। मुझे यह बात अभी कितनी बार और कहनी होगी। मेरे लिए न तुम्हारी कोई अहमियत है और न कभी होगी।'

'तुम्हें फिक्र किस बात की है और अगर इसकी तुम्हें इतनी ही गारंटी है, तो तुम मेरे साथ आती क्यों हो?'

एक क्षण के लिए मुझे लगा कि मैं बहुत आगे बढ़ गया था और वह मुझे फौरन छोड़कर वहां से चली जाने वाली थी, लेकिन एकाएक वह हंसी।

'मैंने जिंदा भी तो रहना है न?'

मेरे चेहरे से खून निचुड़ गया।

हम निकाबोब में दाखिल हुए और प्रवेश द्वार से परे की एक मेज पर बैठ गए।

उसके कहे उस एक फिकरे में वह सब कुछ था, जिसका मुझे संदेह था, लेकिन जिसे मैं कबूल नहीं करना चाहता था।

मैंने वेटर को व्हिस्की की एक बोतल लाने का आदेश दिया। उसके लौटने तक हम दोनों खामोश बैठे रहे।

'बड़ी सर्दमिजाज औरत हो तुम।' मैं दो गिलासों में व्हिस्की डालता हुआ बोला।

'अच्छा!' वह बोर स्वर में बोली।

वार्तालाप बड़े गलत रास्ते पर जा रहा था। अगर मैंने लंच का आनंद लेना था तो उसका रुख बदलना जरूरी था।

'जैक की कोई खबर आई?' एकाएक मैंने पूछा।

'हर हफ्ते आती है।'

'ठीक-ठाक है वो?'

'हां।'

'घर आ रहा है?'

'हूं।'

'कब तक ठहरेगा?'

'शायद एक हफ्ता या दस दिन। कह नहीं सकती।'

'तब मैं तुमसे मिल नहीं सकूंगा?'

उसने इनकार में सिर हिलाया।

'मैं तुम्हारे पति से मिलना चाहता हूं।'

'अच्छा!'

'हां।'

'तुम उसे पसंद करोगे। हर कोई उसे पसंद करता है, लेकिन जानती उसे सिर्फ मैं हूं। हर कोई उसे बहुत बढ़िया आदमी समझता है। मुझे कभी-कभी इस बात पर गुस्सा आता है कि लोग क्यों मक्खियों की तरह उस पर भिनभिनाते रहते हैं। अगर उन्हें यह मालूम हो जाए कि वह मुझसे कैसा व्यवहार करता है...।' मैंने देखा कि उसे उसके कैसे भी व्यवहार से कोई ऐतराज नहीं मालूम होता था। वह जो कुछ भी करता था, ईव के लिए ठीक था। यह बात उसके चेहरे पर लिखी थी।

'हमारी मुलाकात होगी क्या?'

'ठीक है, मैं उससे बात करूंगी।'

वेटर लोबस्टर सूप ले आया। सूप बहुत अच्छा था, लेकिन ईव ने मुश्किल से उसे हाथ भर लगाया।

'तुम खा नहीं रही हो।'

'मुझे भूख नहीं है। आखिर मैं अभी तो सोकर उठी हूं।'

'आने का अफसोस हो रहा है क्या?'

'नहीं, मेरी मर्जी न होती तो मैं कभी न आती।'

'कभी कोई भली बात कहनी तो तुमने सीखी नहीं मालूम होती।'

'जरूरत क्या है। तुम जैसी मैं हूं, मुझे वैसी ही कबूल करो या मुझे छोड़ दो।'

'तुम अपने सारे मर्दों के साथ ऐसे ही पेश आती हो?'

'क्यों नहीं?'

'कोई समझदारी का काम तो नहीं है यह।'

'लौट तो वे फिर भी आते हैं—फिर मैं क्यों परवाह करूं?'

वह सच कह रही थी। अगर उसके बाकी मर्द भी मेरे जैसे थे तो लौटते जरूर होंगे वो।

मैंने उसकी तरफ देखा। उसके चेहरे पर हठधर्मी के भाव देखकर मेरा जी चाहने लगा कि मैं उसे चोट पहुंचाऊं— 'अपने बारे में तुम्हें बेहतर जानती हो।' मैं बोला— 'लेकिन तुम कोई जवान नहीं होती जा रही हो। एक वक्त ऐसा भी आएगा, जब कोई वापस नहीं लौटेगा।'

उसने लापरवाही से कंधे झटकाए— 'अब नई उस्तादियां सीखने का वक्त आ गया है।' वह बोली— 'मैं आज तक कभी किसी के पीछे नहीं भागी और अभी भी यह काम करने का मेरा कोई इरादा नहीं है।'

'लेकिन मेरे ख्याल से तुम खुश नहीं हो। तुम बहुत घटिया जिंदगी जी रही हो। तुम इसे छोड़ क्यों नहीं देती हो?'

'तुम सब मर्द एक जैसे हो। सलाहें सब देते हैं, करता कोई कुछ नहीं और फिर तुम्हारे ख्याल से क्या करूंगी मैं घरघुसरी बन जाऊं? न, मुझसे न होगा।'

'जैक क्या हमेशा दौरे पर ही जाता रहेगा? क्या इस बात की कोई संभावना नहीं कि कभी वह तुम्हारे लिए कोई घर बनाए?'

'पता नहीं। योजनाएं तो कई हैं।'

वेटर दूसरा कोर्स ले आया। वह चला गया तो एकाएक वह बोली— 'तुम विश्वास नहीं करोगे, लेकिन कल रात मैं बहुत रोई।' उसने यूं मेरी तरफ देखा, जैसे वह मुझसे एकाएक हंस पड़ने की उम्मीद कर रही हो— 'तुम समझते हो—कि मैं ऐसा नहीं कर सकती हूं?'

'क्यों रोई तुम?'

'मैं तन्हा थी। बड़ा नामुराद दिन गुजरा था। तुम जानते नहीं हो, कई मर्द कितनी कमीनगी पर उतर आते हैं। तुम जानते नहीं हो यह जिंदगी कितनी तन्हा है। किसी पर भरोसा नहीं किया जा सकता। हर कोई एक ही चीज के पीछे पड़ा होता है।'

'यह जिंदगी है तो खराब ही। इसमें से किसी अच्छाई की उम्मीद तो की नहीं जा सकती। तुम किसी और तरीके से पैसा नहीं कमा सकतीं।'

'नहीं, कैसे कमा सकती हूं। मुझे यूं असंतोष जाहिर करना पसंद नहीं, लेकिन आज मेरा मूड अच्छा नहीं।' उसने एक गहरी सांस ली और बोली— 'कितनी नफरत है मुझे मर्दों से?'

'तुम किसी खास बात से विचलित हुई हो, क्या बात है?'

'कुछ नहीं, छोड़ो। मैं इस बारे में और बात नहीं करना चाहती।'

'कल रात किसी ने तुम्हारे साथ बुरा व्यवहार किया था?'

'हां, उसने मुझे ठगने की कोशिश की थी। लेकिन मैं उस बारे में बात नहीं करना चाहती।'

'वह कामयाब तो नहीं हुआ न?' मैं यह जानने को बहुत उत्सुक था कि क्या हुआ था।

'नहीं।' वह भड़ककर बोली— 'और उसे मेरे घर में दोबारा कदम रखने की कभी इजाजत नहीं मिलेगी।' एकाएक उसने अपनी प्लेट परे धकेल दी— 'वापस चलो।'

मैंने वेटर को इशारा किया और बोला— 'ईव कभी-कभार मेरे साथ लंच या डिनर लिया करो। यह तुम्हारे लिए अच्छा होगा। मैं चाहता हूं कि तुम मुझे अपना दोस्त समझो।

शायद तुम समझती हो कि तुम्हें दोस्त की जरूरत नहीं, लेकिन इससे तुम्हें अपने भीतर का गुबार निकालने का मौका मिलेगा। मैं तुम्हारे साथ एक इंसान की तरह पेश आने की कोशिश कर रहा हूं। तुम्हारे बाकी मर्दों में से कोई तुमसे ऐसा व्यवहार नहीं करता। है न?'

एक क्षण के लिए वह चौंकी, फिर उसने कबूल किया— 'हां।'

'तो फिर बोलो। अपनी गंदी जिंदगी से थोड़ा वक्त अलग गुजारोगी, तो तुम्हें अच्छा लगेगा।'

'ठीक है।' वह तनिक मीठे स्वर में बोली— 'थैंक्यू, क्लाइव।'

मुझे लगा जैसे मैंने कोई बहुत बड़ी जंग जीत ली थी। मैंने बिल अदा किया। हम वापस कार में आ बैठे।

हम लारेल कैनयान ड्राइव पहुंचे तो वह बोली— 'आज मुझे अच्छा लगा। तुम अजीब आदमी हो क्लाइव।'

मैं हंसा— 'अच्छा, शायद तुम्हारी जानकारी के बाकी मर्दों के मुकाबले में हूं। तुम अभी भी समझती हो कि मैं तुमसे कुछ हासिल करना चाहता हूं? ऐसी बात नहीं है, तुम मुझे अच्छी लगती हो। मुझे तुम्हारा संसर्ग अच्छा लगता है।'

मैंने घर के पास कार रोकी। हम दोनों बाहर निकले— 'भीतर आते हो?' वह मुस्कराती हुई बोली।

'नहीं, आज नहीं। अच्छा दिन गुजरा आज। मैं चाहता हूं कि फिर कभी भी तुम इसी तरह मेरे साथ चलो।'

'तुम भीतर नहीं आना चाहते?' उसके होंठों पर मुस्कराहट अभी भी मौजूद थी, लेकिन वह उसकी आंखों से गायब हो गई थी।

'मैं तुम्हारा दोस्त बनना चाहता हूं।' मैं बोला— 'मैं अगले हफ्ते कहीं बाहर लेकर चलूंगा। लेकिन मैं तुम्हारे साथ वैसा व्यवहार नहीं करना चाहता, जैसा और मर्द करते हैं।'

'हूं, अच्छी बात है। लंच के लिए शुक्रिया।'

वह मेरे लिए बड़ी नाजुक घड़ी थी। मुझे दिखाई दे रहा था कि उसे इस बात से मायूसी हो रही थी और गुस्सा भी आ रहा था कि मैं उसके साथ की कीमत अदा करने वाला था। ये भाव उसकी आंखों में साफ पढ़े जा सकते थे। अगर मैं अपनी पूर्व निर्धारित योजना पर काम करना चाहता था, तो देर-सवेर यह घड़ी आनी ही थी। रेस्टोरेंट में दाखिल होते समय उसने जो कहा था, उसके बावजूद भी मैं इस लॉ पर चलने के लिए दृढ़-प्रतिज्ञ था। मैं हार्वे बारो नहीं बनना चाहता था। मैं उसे खूब मौज कराऊंगा, उसकी जैक के बारे में बातें सुनूंगा, उसकी दुश्वारियों की दास्तान भी सुनूंगा, लेकिन मैं अब उसे और नकद पैसा नहीं दूंगा।

'फोन करोगे मुझे?' वह बोली।

'हां, गुडबाय ईव और फिर मत रोना।'

वह घूमकर अपने घर की तरफ बढ़ गई।

मैं कार में सवार हो गया। मैंने एक सिगरेट सुलगा ली और कार आगे बढ़ाई। ज्योंही मैंने मोड़ काटा, मैंने एक आदमी को अपनी तरफ आते देखा। एक क्षण के लिए तो मैंने उसे नहीं पहचाना, लेकिन फिर मेरा ध्यान उसकी लगभग घुटनों तक पहुंचती लंबी बांहों की तरफ गया। वह मेरी बगल से गुजरा तो मैंने जल्दी से उसकी तरफ देखा। वह हार्वे बारो था।

मैंने कार रोक दी। वहां हार्वे बारो क्या कर रहा था? मैं जानता था, लेकिन फिर भी मुझे स्वीकार करने से इनकार था कि वह ईव से मिलने जा रहा था।

मैं कार से निकला और वापस भागा। मैंने मोड़ काटा तो मैंने उसे लारेल कैनयान ड्राइव की तरफ बढ़ते देखा। वह ईव के गेट के सामने ठिठका और वहां हिचकिचाता-सा खड़ा रहा।

मेरा जी चाह रहा था कि मैं उस पर चिल्ला पड़ूं। मेरा जी चाह रहा था कि मैं भागकर उसके पास पहुंचूं और साले का थोबड़ा तोड़ दूं, लेकिन मैं केवल खड़ा रहा। उसने गेट को ठेलकर खोला और तेज कदमों से राहदारी पर चलता हुआ, इमारत की तरफ बढ़ने लगा।

13

हार्वे बारो की तो मैं भूल ही गया था। वह मुझे इतना घटिया मामूली इंसान लगा था कि उसे श्री प्वाइंट से निकालने के तुरंत बाद मैंने उसे अपने दिमाग से भी निकाल दिया था। यह मुझे नहीं सूझा था कि वह फिर ईव से रिश्ता पाल सकता था। वह उसके साथ इतनी बुरी तरह पेश आई थी और मैंने ईव के सामने उसे इतना अपमानित कर दिया था कि वह मेरी कल्पना से परे था कि वह कभी फिर ईव को मुंह दिखा पाता। फिर वह ईव के पास पहुंच गया था और एक तरह से उसे अपने स्तर पर नीचे खींच लाया था।

मैं सकते की हालत में अपने घर पहुंचा। रसेल ने दरवाजा खोला। उसके चिंतित चेहरे पर निगाह डालते ही मैं समझ गया कि कोई और मुसीबत भी मेरा इंतजार कर रही थी।

'मिस बेनसिंगर आपका इंतजार कर रही हैं सर!' वह बोला।

'मेरा इंतजार कर रही हैं, कब से?'

'अभी थोड़ी देर पहले ही आई हैं वे। कहती हैं कि काम जरूरी है और वे दस मिनट इंतजार कर सकती हैं।'

बात कोई इंतहाई जरूर होगी, जो मरले अपना दफ्तर छोड़कर यहां पहुंच गई थी।

मैं बैठक में पहुंचा।

'हैलो मरले!' मैं बोला— 'तुमने तो हैरान कर दिया मुझे।'

मरले बेनसिंगर एक लाल बालों वाली विशालकाय कठोर औरत थी। चालीस साल की अपनी उम्र में वह हॉलीवुड की सबसे चतुर स्त्री समझी जाती थी। उसने कहर भरी निगाहों से मुझे देखा और बोली— 'अगर हैरानी हो रही है तो थोड़ी ब्रांडी पी लो।' उसने मिलाने के लिए बढ़ाए मेरे हाथ को नजरअंदाज कर दिया— 'क्योंकि अभी तुम्हें इसकी जरूरत पड़ने वाली है।'

'मरले!' मैं बोला— 'मुझे डाइजेस्ट वाले लेख का अफसोस है...।'

'उसे छोड़ो। उसके बिना भी तुम काफी बखेड़े में हो।' मेरे पास ज्यादा वक्त नहीं है, इसलिए मतलब की बात सुनो। मुझे सिर्फ एक बात बताओ... तुमने फ्रैंक इमग्राम को घूंसा मारा था?'

'मारा था तो तुम्हें क्या?'

'मुझे क्या? क्या कहने? हॉलीवुड में सबसे अधिक पैसा कमाने वाले लेखक पर तुमने हाथ उठाया। उसकी नाक तोड़ दी और पूछते हो मुझे क्या? थर्सटन तुम मूर्ख हो। तुम इतने मूर्ख हो कि मेरी समझ में नहीं आता कि तुम्हारे मां-बाप कैसे होंगे, जिन्होंने कि तुम्हें पैदा किया है। डाइजेस्ट वाली हरकत ही बहुत बुरी थी, लेकिन यह...यह तो तबाही है।'

'क्या आफत आ गई है?'

इतनी आफत आ गई है कि उससे ज्यादा आफत आ ही नहीं सकती। तुमने फिल्म उद्योग के सबसे अधिक शक्तिशाली व्यक्ति से अदावत मोल ले ली है... गोल्ड से। वह तुम्हें खत्म कर देने पर आमादा है और वह ऐसा कर सकता हैं सच पूछो तो तुम्हें तो अपना बोरिया-बिस्तर समेटना चाहिए और कहीं फूट जाना चाहिए। जहां तक हॉलीवुड का सवाल है, तुम यहां से अपनी छुट्टी समझो।'

मैंने अपने लिए एक हाई वाल तैयार किया। मुझे उसकी सख्त जरूरत महसूस हो रही थी।

'मुझे भी दो!' वह बोली— 'तुम समझते हो कि परेशान तुम्हीं हो।'

मैंने उसे व्हिस्की दी और बैठ गया— 'मेरे और गोल्ड के उस कांट्रैक्ट का क्या हुआ?' मैंने पूछा— 'तुम वह तो हाथ से नहीं निकल जाने दोगी न?'

'कांट्रैक्ट! अब कहां रखा है कांट्रैक्ट। अब उस कांट्रैक्ट की कोई कीमत नहीं। अगर गोल्ड को कहानी पसंद न आई तो कांट्रैक्ट की छुट्टी।'

'शायद कहानी उसे पसंद आ जाए—।' मैं बेचैनी से बोला— 'यह मत कहो कि केवल मुझसे बदला लेने की खातिर गोल्ड एक बढ़िया कहानी छोड़ देगा।'

'क्या तुम्हारी अकल में यह बात नहीं आ रही है कि तुम्हारे द्वारा नशे में की गई उस हरकत से गोल्ड को एक लाख डालर का नुकसान हो रहा है? गोल्ड को एक लाख डालर भुलवाने के लिए कहानी बहुत ही लाजवाब होनी चाहिए। मुझसे पूछो तो हॉलीवुड में ऐसा कोई लेखक नहीं है, जो अपनी कहानी से गोल्ड को एक लाख डालर का गम भुला दे।'

'तो मैं क्या करूं? तुम मेरी एजेंट हो, कुछ समझाओ मुझे?'

'सुझाने लायक कुछ नहीं है। गोल्ड ने तुम्हारा नाम अपनी ब्लेक लिस्ट में डाल दिया हैं। अब तुम्हें उपन्यास लिखने होंगे। स्टेज और स्क्रीन को भूल जाओ तुम।'

'वह ऐसा नहीं कर सकता।' मैं गुस्से में बोला— 'यह पागलपन है...।'

'शायद है? लेकिन मैं जानती हूं, वह क्या कर सकता है। हॉलीवुड में गोल्ड ही एक ऐसा आदमी है, जिसे मैं हैंडल नहीं कर सकती।' एकाएक उसने चुटकी बजाई— 'लेकिन कोई है जो उसे हैंडल कर सकता है।'

‘क्या कर सकता है?’

‘तुम्हारी गोल्ड से सुलह करवा सकता है।’

‘कौन?’

‘तुम्हारी गर्ल फ्रेंड कैरोल रे।’

‘क्या मतलब हुआ इसका?’

‘ताव मत खाओ। कैरोल रे सब सिलसिला ठीक कर सकती हैं उसकी गोल्ड से बहुत पटती है।’

‘कब से?’

‘तुम जानते हो—गोल्ड उससे शादी करना चाहता है?’

‘जानता हूं, लेकिन इसका कुछ मतलब नहीं।’

‘अच्छा? क्या हो गया है तुम्हें? मैं बताती हूं तुम्हें कुछ। गोल्ड ने कभी शादी नहीं की। वह लगभग साठ साल का है। एकाएक वह किसी लड़की पर फिदा हो जाता है और तुम कहते हो कि इसका कुछ मतलब ही नहीं। गोल्ड के लिए यह बहुत बड़ी बात है। ऐसा आदमी जब गिरता है, तो बहुत बुलंद आवाज होती है। इस वक्त वह लड़की गोल्ड के साथ जो चाहे कर सकती है। वह तुम्हारा बखेड़ा भी निपटा सकती है।’

मैंने एक गहरी सांस ली। बड़ी मेहनत से मैंने अपने भीतर उमड़ते गुस्से पर काबू पाया— ‘ठीक है मरले! राय के लिए शुक्रिया। मैं इस बारे में सोचूंगा।’ मैं बोला। वैसे मेरा जी चाह रहा था कि मैं उस साली का गला घोंट दूं।

‘तुम्हें सोचने से ज्यादा कुछ करना होगा थर्सटन।’ वह उठती हुई बोली— ‘मैंने तुम्हें बता दिया है कि इस स्थिति को कैसे हैंडल किया जा सकता है। आगे तुम्हारी मर्जी। अगर तुम्हारी जगह मैं होती, तो मैं फिल्मी पटकथा का ख्याल छोड़कर नॉवल लिखने में दिल लगाती। तुम्हारे कई ऐसे लोग, जिनका तुमने पैसा देना है, पहले ही मुझसे पूछने लगे हैं कि क्या तुम्हारी गोल्ड से कोई अनबन चल रही हैं मैं उन्हें टाल रही हूं, लेकिन यह सिलसिला ज्यादा देर नहीं चलेगा।’

मैं खामोश रहा।

‘एक बात और...।’ वह दरवाजे से घूमती हुई बोली— ‘सुना है तुम किसी वेश्या के चक्कर में हो?’

‘बहुत हुआ मरले—।’ मैं तीखे स्वर में बोला— ‘मेरे जाती मामलों में अपनी टांग मत फंसाओ तुम।’

‘यानी कि बात सच है? पागल हो क्या तुम? क्या ग्लैमर की दुनिया में औरतों की कमी हो गई है, जो तुम एक वेश्या के पीछे पड़ गए हो? तुम्हारे चर्चे हो रहे हैं, थर्सटन। कोई लेखक ऐसे स्कैंडल में पड़ना गवारा नहीं कर सकता। भगवान के लिए अपने आपको संभालो, वरना हम दोनों को अलग हो जाना पड़ेगा।’

'हॉलीवुड मुझ पर रौब नहीं गांठ सकता?' मैं जहर भरे स्वर में बोला— 'और न तुम मुझ पर रौब गांठ सकती हो, मरले। मेरा जिसके साथ जी चाहेगा—मैं वास्ता रखूंगा और अगर तुम्हें यह बात पसंद नहीं तो भाड़ में जाओ तुम।'

'कैसे अहमक हो तुम?' वह भी क्रोधित होने लगी— 'मेरा ख्याल था कि तुम और मैं पैसा कमा सकते थे, लेकिन मेरा ख्याल गलत था। अच्छी बात है, ऐसे ही सही। मुझे तो कोई फर्क पड़ता नहीं, क्योंकि बेड़ा तुम्हारा गर्क हो रहा है। तुम मुझे जानते हो थर्सटन, मैं साफ बात कहती हूं। अगर तुम उस औरत के चक्कर में पेड़ रहे तो तुम्हारा सत्यानाश हो जाएगा। तुम्हारा नाम पिट जाएगा—इसलिए अक्ल से काम लो। अगर उसके बिना नहीं रह सकते हो तो कम-से-कम उसके साथ पब्लिक में तो मत घूमो। उसको दुनिया की निगाहों से तो दूर रखो।'

मैंने उसके लिए दरवाजा खोल दिया— 'अलविदा मरले! मेरे बिजनेस की ताक में तुम्हारे जैसे और भी बहुत गिद्ध बैठे हैं। मेरी तरफ से तुम्हारी छुट्टी।'

'अलविदा।' वह बोली— 'और अपनी खरीज संभालकर रखा करना। बहुत जल्दी ही तुम्हें उसकी जरूरत पड़ने वाली है।'

इससे पहले कि मैं कोई मुनासिब जवाब सोच पाता, वह वहां से जा चुकी थी।

मैं चहलकदमी करने लगा। मेरे देनदारों से उसका क्या मतलब था। मैंने किसी की कोई मोटी रकम तो देनी नहीं थी। क्या मतलब था उसका। मैंने रसेल को बुलाया।

'कोई बिना भुगतान किए बिल पड़े हैं रसेल?'

'कुछ हैं, सर। मेरा ख्याल था आपको खबर होगीं'

मैंने घूरकर उसे देखा और फिर जाकर मेज का दराज खोला। मैंने उसमें से कागजों का एक पुलिंदा निकाला।

'तुम्हें भी तो इनकी खबर रखनी चाहिए थी, रसेल।' मैं गुस्से में बोला— 'इस घर में क्या सब कुछ मुझे ही करना होगा?'

'लेकिन ये बिल मैंने पहले कभी नहीं देखे, सरा।' रसेल ने विरोध किया— 'अगर मुझे मालूम होता—ये यहां रखे थे तो...।'

'ठीक है-ठीक है।' मैं चिढ़कर बोला। वह ठीक कह रहा था। मेरी आदत थी कि मैं बिलों को इस उम्मीद में दराज में जमा करता रहता था कि मैं महीने के अंत में उनका निपटारा करूंगा—लेकिन इस बार उनकी तरफ मेरा ध्यान ही नहीं गया था।

'एक कागज-पेंसिल ले लो।' मैं मेज के सामने बैठता हुआ बोला— 'मैं रकमें बोलता जाता हूं, तुम लिखते जाना।'

'कोई गड़बड़ है सर!' एकाएक वह व्यग्र स्वर में बोला।

'बातें मत बनाओ, जो कह रहा हूं वह करो।'

पंद्रह मिनट बाद मुझे मालूम हुआ कि मैंने लोगों के 13 हजार डालर देने थे।

'बड़ी बुरी बात हुई यह तो।' मैं चिंतित भाव से बोला।

'ये बिल अभी इंतजार कर सकते हैं सरा।' वह विचलित स्वर में बोला— 'मिस्टर गोल्ड ने आपको इतनी बढ़िया ऑफर जो दी है। मेरे ख्याल से...।'

'अपना ख्याल अपने पास रखो और फूटो यहां से।'

वह चला गया तो मैंने अपने बैंक की पासबुक निकाली। मेरे खाते में 15 हजार डालर जमा थे। अगर मरले ने ठीक कहा था कि जिन्होंने मुझे उधार दिया था वे व्यग्र हो रहे थे, तो जल्दी ही मेरा खाता खाली हो जाने वाला था। मैंने पासबुक वापस रखी तो मैंने देखा कि मेरे हाथ कांप रहे थे।

जबसे मैं हॉलीवुड में आया था, यह पहला मौका था जब मेरे मन में संदेह के भाव पैदा हुए थे। अब तक 'रेन चैक' से मेरी पक्की आमदनी बनी हुई थी। मेरी किताबें भी अच्छी बिक रही थीं और मैं अपने भविष्य के प्रति आश्वस्त था—लेकिन नाटक और पुस्तकें हमेशा के लिए तो नहीं चलती रह सकता थीं। गोल्ड के लिए उस कहानी को कामयाब बनाना ही पड़ना था। उसके अलावा कोई चारा नहीं था।

अगले तीन दिन मैंने पटकथा का कोई खाका तैयार करने की कोशिश में गुजारे। मैंने बहुत मेहनत की, लेकिन हासिल कुछ न हुआ। काम इसलिए नहीं बन रहा था, क्योंकि जीवन में पहली बार ऐसा मौका आया था, जबकि मुझे यह बंधन महसूस हो रहा था कि मैंने कामयाब होना ही था। यह भावना मुझे आतंकित कर रही थी, इसलिए मैं ठीक से कुछ सोच नहीं पा रहा था। मैं बेमानी शब्दों से कागज रंगे जा रहा था और मेरी चिंता बढ़ती जा रही थी।

अंत में मैंने टाइपराइटर एक ओर सरका दिया। मैंने अपने लिए व्हिस्की का एक पैग तैयार किया और कमरे में चहलकदमी करने लगा।

मैंने घड़ी देखी। सवा सात बजने को थे। बिना सोचे-समझे मैंने टेलीफोन की तरफ हाथ बढ़ाया और ईव को फोन कर दिया।

उसने तुरंत उत्तर दिया— 'हैलो!'

उसकी आवाज सुनकर मुझे अपने दिमाग पर से एक भारी वजन उठता महसूस हुआ। मैं जानता था, पिछले दो दिनों से उसको फोन करने को मेरा दिल तड़प रहा था। मुझे उसकी जरूरत थी—उसे अपनी तन्हाई का हिस्सेदार बनाने के लिए और उसके माध्यम से मैं अपना खोया आत्मविश्वास फिर से हासिल करना चाहता था।

'हैलो।' मैं बोला— 'कैसी हो?'

'ठीक हूं क्लाइव और तुम?'

'मैं भी। ईव, मेरे साथ डिनर लोगी? क्या मैं अभी आ सकता हूं?'

'नहीं।'

'ऐसा मत कहो। मैं तुमसे मिलना चाहता हूं।'

'मैं नहीं मिल सकती।'

‘लेकिन मैं आज तुमसे जरूर मिलना चाहता हूं।’

‘आज नहीं क्लाइव।’

‘यानी कि तुम किसी ओर के साथ जा रही हो?’

‘जानना ही चाहते हो तो... हां।’

‘ठीक है—ठीक है। लेकिन मैं फिर भी तुमसे मिलना चाहता हूं। तुम अपनी डेट कैंसिल नहीं कर सकतीं?’

‘नहीं।’

‘क्या तुम्हारे डिनर के बाद भी तुमसे मुलाकात नहीं हो सकती?’

‘शायद हो सके।’ वह अनिच्छापूर्ण स्वर में बोली— ‘बहुत ज्यादा इच्छुक हो मुझसे मिलने के?’

क्या वह मुझसे अपने सामने नाक रगड़वाना चाहती थी?

‘हां।’ मैं बोला— ‘वक्त बताओ।’

‘साढ़े नौ बजे?’

‘वापस आकर मुझे फोन कर सकती हो? तब मैं आ जाऊंगा।’

‘ठीक है।’

मैंने उसे अपना नंबर बता दिया।

‘तो साढ़े नौ बजे। मैं यहीं तुम्हारा इंतजार करूंगा।’

‘ठीक है।’ उसने फोन बंद कर दिया।

मैंने भी रिसीवर रख दिया। उस वार्तालाप में प्रोत्साहन कतई नहीं था। वह एक फीका, रूखा, बेरुखी भरा वार्तालाप था, लेकिन मुझे परवाह नहीं थी। मैं उससे जरूर मिलना चाहता था—मैं अब और अकेले रात नहीं गुजार सकता था।

रसेल भीतर आया। उसने मेज पर बिखरे कागजात पर निगाह डाली और अपने होंठ सिकोड़े।

‘ठीक है, रसेल!’ मैं चिड़चिड़े स्वर में बोला— ‘ऐसी महंत जैसी सूरत बनाने की कोशिश मत करो। हालात ठीक नहीं। सच पूछो तो सब कुछ जहन्नुम रसीद हो रहा है।’

‘सुनकर अफसोस हुआ सर! कोई खास गड़बड़ है?’

‘तकरार दगा दे रही है। कैरोल मुझे छोड़ गई है। मिस बेनसिंगर ने भी मुझसे पल्ला झाड़ लिया है। कहानी मेरे से लिखी नहीं जा रही और मुझ पर कर्जा चढ़ा हुआ है? है न जहन्नुम का सवाल?’

‘पता नहीं आपको क्या हो गया है, मिस्टर क्लाइव। कभी तो आप सारा दिन काम किया करते थे। अब आपने पता नहीं कब से काम नहीं किया। मुझे फिक्र लग रही है। अगर आप बुरा न मानें तो एक बात कहूं कि जबसे आपने उस मिस मार्लो को नॉवल भेजा है—तभी से मुसीबतें चली आ रही हैं।’

'हर कोई उसी को दोषी ठहराने की कोशिश कर रहा है। लेकिन तुम सब गलत हो, मुझे नहीं सूझता कि मैं उसके बिना क्या करूंगा।'

'सर, मैं कोई ऐसी बात नहीं कहना चाहता जो आपको बुरी लगे, लेकिन फिर भी मैं आपसे इतना जरूर कहना चाहता हूं, आप उस औरत का ख्याल छोड़ दें। बाद में वह आपके किसी काम नहीं आने वाली। मिस कैरोल इतनी अच्छी लड़की है, आप उससे क्यों नहीं मिलते? आप उसे क्यों नहीं बताते कि क्या हो गया है और उसकी मदद क्यों नहीं मांगते। मुझे विश्वास है वह आपको निराश नहीं करेगी।'

मुझे ईव के साथ अपनी डेट का ख्याल आया। रसेल की बातें सुनने का कोई फायदा नहीं था। आज मैंने ईव से जरूर मिलना था। चाहे वह सच भी कह रहा था, लेकिन फिर भी अब मैं ईव का ख्याल छोड़ पाने की स्थिति में नहीं था। मैंने उसे आश्वासन दिया कि मैं उसके सुझाव पर गौर करूंगा और फिर उसे खाना लाने के लिए कहा।

वह चुपचाप वहां से चला गया।

एकाएक मेरा उस पर अनुराग उमड़ा। मैं जानता था कि वह मेरा हितचिंतक था और दिल से मेरा भला चाहता था। अपने वर्तमान हालात में मुझे यह बड़ी राहत दिलाने वाली बात लग रही थी कि किसी को तो मेरे बुरे-भले की परवाह थी।

वक्त गुजरता गया और मेरी बेचैनी बढ़ती गई।

मैंने घड़ी पर निगाह डाली। नौ सैंतीस हो गए थे। अब किसी भी क्षण टेलीफोन की घंटी बज सकती थी।

लिखने में अब मेरा बिलकुल दिल नहीं लग रहा था। मैंने एक सिगरेट सुलगा ली और प्रतीक्षा करने लगा।

रसेल ने कमरे में झांका।

'आपकी कार गैरेज में रखवा दूं सर?' उसने पूछा।

'नहीं, मैंने अभी बाहर जाना है। कार जहां खड़ी है, उन्हें कह दो, वे उसे वहीं रहने दें?'

'और कोई सेवा सर?'

'नहीं, शुक्रिया और जाकर सो जाओ। शायद मैं देर से लौटूं।'

वह चला गया। मेरी निगाह घड़ी की तरफ उठने ही वाली थी कि मैंने जबरन निगाह फेर ली। बार-बार घड़ी देखने का क्या फायदा था। अब मैं टेलीफोन आने के बाद ही घड़ी देखूंगा। मुझे विश्वास था कि वह फोन जरूर करेगी। उसने वायदा किया था।

मैंने आंखें बंद कर लीं और प्रतीक्षा करता रहा। धीरे-धीरे मुझमें संदेह, निराशा और वितृष्णा के भाव घर करने लगे। फिर मैंने जबरन आंखें खोलकर घड़ी पर निगाह डाली। दस बजकर पांच मिनट हुए थे।

मैं टेलीफोन के पास पहुंचा। मैंने उसका नंबर डायल किया और प्रतीक्षा करने लगा। कितनी ही देर घंटी बजती रहने पर जब जवाब न मिला तो मैंने फोन रख दिया।

खुदा की मार पड़े उस पर।

फिर मैंने व्हिस्की का एक पैग बनाया और एक सिगरेट सुलगा ली। अपनी मायूसी और लाचारी की वजह से मुझे बहुत गुस्सा आ रहा था। मैं उसे कोसने लगा। वह साली थी ही ऐसी। उस पर भरोसा नहीं किया जा सकता था, वह खुदगर्ज थी और उसे मेरी परवाह नहीं थी। उसने मुझे फोन करने का मुझसे वायदा किया था। उसे इस बात की कतई परवाह नहीं कि मेरी शाम खराब हो जाएगी।

उसकी बला से, मुझ पर कुछ भी बीते।

साढ़े दस बजे मैंने फिर फोन किया, लेकिन फिर कोई जवाब नहीं मिला।

क्रोध से कांपता हुआ मैं कमरे में चहलकदमी करने लगा। साली को कतई परवाह नहीं थी। मैं ठीक कर दूंगा हरामजादी को। क्या समझती है वह अपने आपको? वह समझती है, वह मुझे बेवकूफ बना सकती है? फिर मैंने झुंझलाकर सिगरेट एक ओर फेंक दी। मैं क्या ठीक कर सकता था उसे? मैं तो उसे चोट तक नहीं पहुंचा सकता था। मैं ऐसा कुछ भी नहीं कर सकता था—जिससे उसे फर्क पड़ सकता हो।

अगर कभी तू मेरे काबू में आ गई न, ईव की बच्ची तो मैं मजा तो तुझे जरूर चखाऊंगा।

लेकिन वह मेरे काबू में आने वाली ही नहीं। अगर मेरा, उसका साथ चलता रहना था तो मजा तो हमेशा मुझे ही चखना पड़ना था। हथियार तो हमेशा मुझे ही डालने पड़ेंगे, क्योंकि उसे न तो मेरी परवाह थी और न होने वाली थी।

फिर भी दस मिनट बाद ही मैंने उसे फिर फोन किया। चाहे मुझे सारी रात टेलीफोन करते रहना पड़ता, एक बार तो उससे बात करने के लिए मैं दृढ़ प्रतिज्ञ था। साढ़े ग्यारह बजे उसने जवाब दिया।

'हैला!'

'ईव...!' आगे मैं कुछ न कह पाया। मेरे भीतर क्रोध, राहत और पस्ती के ऐसे भाव उभरे कि मेरी जुबान बंद हो गई।

'ओह हैलो, क्लाइव!'

उसकी आवाज में वही भावहीनता और लापरवाही थी। मैं बोला— 'मैं इंतजार कर रहा था, तुमने साढ़े नौ का था। जरा वक्त देखो। पता नहीं कब से इंतजार कर रहा हूं मैं...।'

'अच्छा!' एक क्षण खामोशी रही, फिर बोली— 'हे भगवान! मुझे तो चढ़ गई है।'

'चढ़ गई है तुम्हें।' मैं लगभग चिल्ला पड़ा— 'क्या तुम्हें मेरा कोई ख्याल नहीं आया?'

'ओह क्लाइव, छोड़ो भी। मैं थकी हुई हूं... मैं और बात नहीं कर सकती।'

'लेकिन हम तो मिलने वाले थे, तुमने क्यों किया ऐसा?'

'क्यों न करती।' वह तीखे स्वर में बोली— 'तुम तो खामखाह ही मुझ पर अपना हक ठोंक देते हो। मैं कह रही हूं, मैं थकी हुई हूं...।'

वह अभी फोन रख देगी, एकाएक मैंने आतंकित भाव से सोचा— 'ठहरो ईव, लाइन मत काटना।' मैं क्रोध, वितृष्णा और इस भय से कि मैं उससे मिल नहीं पाऊंगा—पागल हुआ जा रहा था— 'अगर तुम थकी हुई हो तो मुझे खेद है—लेकिन क्या तुम मुझे फोन नहीं कर सकती थीं? मैं कब से इंतजार कर रहा हूं। मेरा मतलब है कि सप्ताहांत की हमारी मुलाकात के बाद क्या तुम्हें मेरे साथ जरा भिन्न ढंग से पेश नहीं आना चाहिए था?'

'अरे छोड़ो भी!' वह बोली— 'अगर इतना ही जी चाह रहा है तो अब आ जाओ, लेकिन बात बढ़ाते मत जाओ। इतनी देर तो पहले ही हो गई है। बातें बंद करो और अब आ जाओ।'

इससे पहले कि मैं कुछ कह पाता, उसने फोन रख दिया।

मैं हिचकिचाया नहीं। मैंने अपना हैट उठाया और लिफ्ट की तरफ भागा। थोड़ी देर बाद मैं अपनी कार पर सवार होकर लारेल कैनयान ड्राइव की ओर बढ़ा जा रहा था।

वह चांदनी रात थी और सड़कों पर ट्रैफिक बहुत था, लेकिन मैं तेरह मिनट में ईव के घर पहुंच गया।

मेरी दस्तक के जवाब में उसने दरवाजा खोला।

'हद करते हो क्लाइव।' वह मुझे बेडरूम की तरफ ले जाती हुई बोली— 'क्या हो गया है तुम्हें? मैं अभी कुछ ही दिन पहले तो तुमसे मिली थी।'

मैं उसके सामने खड़ा हो गया। मैं अपने गुस्से पर काबू पाने की कोशिश कर रहा था। वह अपना नीला ड्रेसिंग गाउन पहने थी और उसके मुंह से व्हिस्की की बड़ी तीखी गंध आ रही थी। उसने मुझे देखा। उसकी आंखों में नशा तैर रहा था, फिर उसने मुंह बनाया।

'हे भगवान!' वह जम्हाई लेती हुई बोली— 'मैं बहुत थकी हुई हूं।'

वह पलंग पर ढेर हो गई। उसने तकिए पर सिर टिका दिया और मेरी तरफ देखा। मैंने अनुभव किया कि उसको अपनी निगाहें मुझ पर केंद्रित करने में दिक्कत महसूस हो रही थी।

'तुमने हद से ज्यादा पी हैं' मैं उस पर इल्जाम-सा लगाता हुआ बोला।

'हां।' वह बोली। उसने फिर जम्हाई ली— 'काफी पी ली है मैंने—।' और उसने आंखें बंद कर लीं।

'तुम मेरे साथ ऐसा व्यवहार कैसे कर सकती हो?' मैं फट पड़ा— 'मैंने कितना इंतजार किया तुम्हारा? क्या मेरे लिए तुम्हारे मन में कोई भावना नहीं?'

'भावना?' उसने दोहराया— 'तुम्हारे लिए? क्यों होनी चाहिए मेरे मन में? तुम क्या समझते हो अपने आपको? मैंने तुम्हें पहले ही चेतावनी दी थी क्लाइव। मेरे मन में केवल एक आदमी के लिए ही कोई भावना है और वह जैक है।'

'अपने उस साले जैक के बारे में अपना थोबड़ा बंद रखो।' मैं बिफरकर बोला।

एकाएक वह हंसी— 'काश! तुम देख पाते कि इस वक्त तुम कितने मूर्ख लग रहे हो। खड़े मत रहो मेरे सिर पर। बैठ जाओ।'

एकाएक मुझे उससे नफरत होने लगी— 'इतना अरसा कहां थी तुम?'

'मैं फारिग नहीं हो पाई। मैं धंधा कर रही थी। तुम्हें क्या मतलब इससे?'

'तुम्हारा मतलब है, तुम मेरे बारे में सब कुछ भूल गई?'

'नहीं।' वह फिर हंसी— 'मुझे सब याद था—लेकिन मेरा ख्याल था कि अगर तुम इंतजार करोगे तो यह तुम्हारे पाखंड के लिए अच्छा साबित होगा। मैंने जान-बूझकर तुमसे इंतजार करवाया, ताकि तुम मुझ पर अपना हक ही न समझने लगो।'

मेरा जी चाहा मैं उसको एक तमाचा जड़ दूं।

'ठीक है।' मैं बोला— 'अगर तुम्हारे ये ख्यालात हैं तो पता नहीं क्यों मैं यहां दौड़ा चला आया। मैं जाता हूं।'

वह पलंग से उठी और उसने अपनी बांहें मेरे गले के गिर्द डाल दीं— 'पागल मत बनो क्लाइव। रुक जाओ... मैं चाहती हूं कि तुम रुको।'

हरामजादी कुतिया, मैंने सोचा, तेरा मतलब है कि तू मेरा पैसा चाहती है। मैंने उसकी बांहें परे कीं और उसे वापस पलंग पर धकेल दिया।

'तुम्हारी हालत ठीक नहीं है—।' मैं उससे परे हटता हुआ बोला— 'जैसा सप्ताहांत हमारा गुजरा था, उसके बाद मुझे उम्मीद नहीं थी कि तुम मेरे साथ ऐसा व्यवहार करोगी।'

वह फिर हंसी— 'अपने आपको जलील करना बंद करो। मैंने तुम्हें पहले ही चेतावनी दी थी कि अगर तुम्हें मुझसे मुहब्बत हो गई तो तुम्हारा क्या होगा? अब अच्छे बनो और बिस्तर में आ जाओ।'

मैं उसके पास पलंग पर बैठ गया— 'तुम समझती हो मुझे तुमसे मुहब्बत हो गई है? तुम्हें तो इस बात की कोई परवाह नहीं लगती।'

उसने होंठ सिकोड़े और मुझसे परे देखने लगी— 'मैं ऐसे मर्दों से तंग आ चुकी हूं—जो मुझसे प्यार करने लगते हैं। मुझे नहीं चाहिए ऐसे मर्द। वे पीछा क्यों नहीं छोड़ते मेरा?'

'तुम्हारा पीछा तो बड़ी आसानी से छूट सकता है। अगर तुम अपने बाकी मर्दों से भी ऐसे पेश आओ, जैसे मुझसे पेश आती हो तो तुम पीछा छोड़ देने के ही काबिल हो।'

उसने कंधे झटकाए— 'वे फिर आ जाते हैं। इससे कोई फर्क नहीं पड़ता कि मैं उनके साथ कैसा व्यवहार करती हूं, वे जरूर लौट आते हैं। नहीं भी आएंगे तो मुझे परवाह नहीं। मैं स्वतंत्र हूं क्लाइव। तालाब में और भी बड़ी मछलियां हैं।'

'तुम जैक की वजह से स्वतंत्र हो। अगर उसे कुछ हो जाए तो? तब क्या करोगी तुम?'

उसका चेहरा लटक गया— 'मैं अपने आपको खत्म कर दूंगी।' वह बोली— 'क्यों?'

'कहना आसान है, लेकिन जब वक्त आएगा तो तुमसे ऐसा नहीं हो पाएगा।'

'यह तुम्हारा ख्याल है।' वह गुस्से में बोली— 'मैं एक बार आत्महत्या करने की कोशिश कर चुकी हूं। मैं लाइसिल की एक पूरी बोतल पी गई थी। जानते हो इसका क्या

मतलब होता है? मैं मरी तो नहीं, लेकिन एक महीने तक मेरे भीतर से मेरे टुकड़े-टुकड़े होकर बाहर निकलते रहे थे।'

'क्यों किया था तुमने ऐसा?' मैंने सकते में आकर पूछा—मैं अपना गुस्सा भूल गया।

'मैं नहीं बताऊंगी तुम्हें। आओ, क्लाइव, बातें ही मत करते रहो। बिस्तर में आ जाओ, मैं थकी हुई हूं।'

उसकी व्हिस्की में बसी सांस मेरे गाल से टकराई। मैंने मुंह फेर लिया— 'ठीक है!' मैं बोला। अब मैं उस नामुराद कमरे से कूच करने का कोई बहाना चाहता था— 'मैं रुक जाता हूं। मैं अभी आता हूं। जरा बाथरूम तक जाना चाहता हूं।'

जब मैं दरवाजे की तरफ बढ़ा तो उसने अपना ड्रेसिंग गाउन उतार दिया और कंबलों के नीचे सरक गई— 'जल्दी करना?' वह बोली। उसने अपनी आंखें बंद कर लीं।

मैं वहां खड़ा दूसरे तकिये को देखता रहा। उस पर एक धुंधला-सा ग्रीज का धब्बा दिखाई दे रहा था और वह तनिक मैला भी लग रहा था। तो वह मुझे ऐसे बिस्तर में आमंत्रित कर रही थी, जो पहले ही किसी और मर्द द्वारा इस्तेमाल हो चुका था। मैंने फौरन निर्णय ले लिया। बिना उसकी तरफ देखे मैं ऊपर बाथरूम में गया। मैं टब के किनारे पर बैठ गया और मैंने एक सिगरेट सुलगा ली। मैं जानता था कि वह समापन था और मेरी पहली प्रतिक्रिया राहत की ही थी। मैंने उसका असली रूप देख लिया था। मैं जान गया था कि कुछ भी करूं, कुछ भी कहूं, मेरे प्रति उसकी भावनाएं बदलने वाली नहीं थीं। मैं उसके लिए केवल पैसा कमाने का एक साधन था। मैं उसकी बेदिली और उसकी शराबखोरी बर्दाश्त कर सकता था, लेकिन उस मैले बिस्तर के दर्शनों ने उसके प्रति मेरे आकर्षण को हमेशा के लिए खत्म कर दिया।

मैं काफी देर वहां बैठा रहा। फिर मैं सीढ़ियां उतरकर नीचे आया और मैंने हौले से बेडरूम में कदम रखा।

वह पलंग पर पसरी पड़ी थी। उसका मुंह खुला हुआ था और चेहरा तमतमा रहा था। मेरे देखते-देखते वह खर्राटे भरने लगी।

मेरा मन और भी वितृष्णा से भर उठा। मैंने अपने बटुए से बीस-बीस डालर के दो नोट निकाले और उन्हें शीशे के खिलौनों के बीच रख दिया। फिर मैं उल्टे पांव वहां से बाहर निकला और वापस अपने घर की ओर रवाना हो गया।

14

पर्दे के पीछे से सूरज की पीली रोशनी कमरे में दाखिल हो रही थी। मैं अपने पलंग पर लेटा हुआ था। मुझे हैरानी थी कि मेरा और ईव का साथ इतना भी चल गया था। उसने अपनी पूरी शक्ति लगाई थी और उसके प्रति मेरी भावनाओं को उसने तबाह कर दिया था। वह बहुत नीच और खुदगर्ज औरत थी, लेकिन क्योंकि मैं उस पर मरा जा रहा था, इसलिए किसी प्रकार मेरा-उसका रिश्ता इतना अरसा चल गया था।

मैं बाल-बाल बचा था। मुझे यह सोचकर भी डर लगता था कि अगर मेरा-उसका साथ अभी और चलता तो मेरा क्या होता? तभी मैंने अपनी पिछली जिंदगी पर निगाह डाली और महसूस किया कि मैं कमीना और बेईमान नहीं, अहमक साबित हुआ था।

मुझे जॉन कूल्सन का ख्याल आया। मुझे कैरोल का ख्याल आया। मुझे इमग्राम का ख्याल आया और मुझे अपनी उन तमाम कमीनी और जालिमाना हरकतों का ख्याल आया, जो मैंने की थीं और मैंने बड़े आतंकित भाव से अपनी याददाश्त को टटोला कि क्या मैंने कोई ऐसा भी काम किया था, जो मेरे उन गुनाहों को धो सकता? मुझे ऐसा कोई काम याद न आया। चालीस साल की उम्र हो गई थी मेरी और मैंने इकलौता काम भी ऐसा नहीं किया था, जिस पर मैं गर्व कर पाता—सिवाय एक काम के। मैंने ईव की जिंदगी से किनारा कर लिया था। इस बारे में मैंने काफी कठोरता से काम लिया था और मैं महसूस कर रहा था कि मेरे पास अपने खोए हुए आत्मसम्मान को दोबारा हासिल करने तथा लेखक के तौर पर अपना रुतबा फिर बुलंद करने का अभी भी वक्त था।

लेकिन मैं जानता था कि मेरे सामने इतना बड़ा काम खड़ा था कि मैं उसे अकेला नहीं कर सकता था। एक शख्स था, जो मेरी मदद कर सकता था। मुझे कैरोल से जरूर मिलना चाहिए। एकाएक मेरा दिल उसके लिए प्यार और सद्भावना से भर गया। मैंने उससे बड़ा शर्मनाक व्यवहार किया था और मैंने पक्का फैसला किया हुआ था कि दोबारा कभी उसकी भावनाओं को चोट नहीं पहुंचाऊंगा, उसका दिल नहीं दुखाऊंगा। यह बात मुझसे सोची तक नहीं जा रही थी कि वह गोल्ड से शादी कर लेगी। मैं उससे आज मिलूंगा।

मैंने रसेल को बुलाया।

वह कॉफी लेकर मेरे पास पहुंचा।

'रसेल।' मैं बोला— 'मैं हद से ज्यादा मूर्ख बना रहा हूं। मैं सारी रात इसी बारे में सोचता रहा हूं। अब मैं अपने आपको संभालना चाहता हूं। मैं आज मिस रे से मिलूंगा।'

उसने भवें उठाकर मेरी तरफ देखा और खिड़की के पास जाकर पर्दे हटाने लगा।

'कल रात मिस मार्लो से बात नहीं बनी मालूम होती, मिस्टर क्लाइव?'

मुझे हंसना पड़ा— 'तुमने कैसे जाना?' मैंने एक सिगरेट सुलगाते हुए पूछा— 'तुम तो सब कुछ जानते हो? हां, कल रात मिला था उससे। कल मैंने उसका असली रूप देखा, न कि वह रूप जिसकी कि मैं कल्पना किया करता था। बहुत फर्क पाया मैंने दोनों रूपों में। वह नशे में धुत थी और... खैर छोड़ो! बाईगॉड, रसेल! बाल-बाल बचा हूं मैं। मेरा-उसका वास्ता अब खत्म। अब मैं काम में लगूंगा, लेकिन सबसे पहले मैं कैरोल से मिलना चाहता हूं।' मैंने देखा उस निर्णय से वह बहुत प्रसन्न और आश्वस्त हुआ था— 'तुम्हारा क्या ख्याल है, वह मेरा साथ देगी?'

'उम्मीद तो है सर।' वह गंभीरता से बोला— 'बाकी इस पर निर्भर करता है कि आप उसके साथ कैसे पेश आते हैं।'

'हां।' मैं तनिक संदिग्ध स्वर में बोला— 'जैसा व्यवहार मैंने उसके साथ किया है—उसके बाद यह आसान नहीं रह गया है, लेकिन अगर वह मेरी बात सुनने को राजी हो जाएगी तो मैं समझा लूंगा उसे।'

साढ़े नौ बजे के करीब मैं कैरोल की बैठक में दाखिल हो रहा था।

कैरोल थोड़ी देर बाद वहां पहुंची। उसका चेहरा पीला था और आंखों के नीचे काले दायरे दिखाई दे रहे थे।

'तुम्हें आया देखकर खुशी हुई क्लाइव।' वह बैठती हुई बोली।

'मुझे आना ही था।' मैं खिड़की के पास खड़ा था, मैं वहीं खड़ा रहा। एकाएक मुझे भय लगने लगा था कि कहीं मैं उसे खो न दूं— 'मेरे से बहुत मूर्खता हुई कैरोल। क्या मैं उसके बारे में तुमसे बात कर सकता हूं?'

'क्यों नहीं? बैठ जाओ, क्लाइव। मेरे साथ नर्वस होने की जरूरत नहीं।'

उसके स्वर में ऐसी खुशी थी, जो मुझे चिंता में डाल रही थी। मुझे लग रहा था कि जो कुछ मैं कहने वाला था, शायद उसकी उसे परवाह न हो।

मैं उसके समीप बैठ गया।

'मैं बयान नहीं कर सकता कि जो बेहूदी बातें मैंने तुमसे कहीं, उनके लिए मैं कितना शर्मिंदा हूं। मैं पागल हो गया था। मुझे पता ही नहीं लग रहा था कि मैं क्या कह रहा था।'

'वे बातें दोहराने की जरूरत नहीं।' वह बोली— 'तुम संकट में हो न क्लाइव?'

'संकट?' तुम्हारा इशारा गोल्ड की तरफ है? नहीं, उसकी कोई बात नहीं। गोल्ड की मुझे परवाह नहीं। मैंने खुद ही बहुत सोच-विचार किया है—इसलिए मैं तुम्हारे पास आया हूं।'

'मैंने तो सोचा था कि...।' वह ठिठक गई।

'तुमने सोचा था कि मैं तुमसे प्रार्थना करने आया हूं कि तुम गोल्ड से मेरी सुलह करा दो? मरले मुझसे यही करवाना चाहती थी, लेकिन मैंने इनकार कर दिया। वह बात कतई नहीं है। मुझे परवाह नहीं कि गोल्ड क्या करता है। मुझे परवाह नहीं कि वह मेरी स्क्रिप्ट खरीदता है या नहीं। वास्तव में मुझे तो उम्मीद नहीं कि अब मैं उसके लिए लिखूंगा भी। वह सब किस्सा खत्म। मैं तो यह कहने आया हूं कि जो हैवानी बातें मैंने कहीं, मैं उनके लिए शर्मिंदा हूं और मैं यह बताने आया है कि मैं एकाध दिन में काम शुरू कर रहा हूं।'

'काश! मैं तुम्हारी बात पर विश्वास कर पाती, क्लाइव। यह बात तुम पहले भी कई बार कह चुके हो?'

'तुम ठीक कह रही हो। मैंने बहुत बेहूदगी फैलाई है। तुम्हारे साथ मैं बहुत नीच ढंग से पेश आया हूं। पता नहीं मुझे क्या हो गया था, लेकिन अब मैंने उन हालात से पीछा छुड़ा लिया है। मुझे उस औरत के बारे में खेद है कैरोल। वह केवल शारीरिक आकर्षण था और दीवानगी थी और कोई बात नहीं है। उसकी जिंदगी का अंदाज मैं कभी नहीं समझ सकता और न ही मैं उसमें शरीक हो सकता हूं। वह सब खत्म हो गया है, कैरोल कल रात...।'

'प्लीज क्लाइव! मैं नहीं सुनना चाहती। मैं समझ सकती हूं कि क्या हुआ होगा।' वह उठकर खिड़की के पास जा खड़ी हुई— 'अगर तुम कहते हो कि वह किस्सा खत्म हो चुका है तो मुझे तुम पर विश्वास है।'

मैं उसके समीप पहुंचा। उसके विरोध के बावजूद भी मैंने उसे अपनी तरफ घुमा लिया— 'मुझे माफ कर दो कैरोल।' मैंने याचना की— 'मैं तुम्हारे लिए बड़ा निकम्मा और घटिया आदमी साबित हुआ हूं। मैं तुम्हें बहुत चाहता हूं। अब मेरे लिए केवल तुम ही कोई अहमियत रखती हो। क्या तुम जो हुआ, उसे भूल सकती हो?'

उसने धीरे-से मुझे परे धकेल दिया— 'तुम मुश्किल में हो, माई डियर और मैं भी। आर.जी. को मालूम है कि मैं तुम्हें पसंद करती हूं। वह मुझसे शादी करना चाहता है। वह समझता है कि अगर तुम रास्ते से हट जाओ तो उसका काम बन सकता है। वह तुम्हें रास्ते से हटाने के लिए कोई कोशिश उठा नहीं रखेगा। मैं उससे भयभीत हूं। वह बहुत बेरहम है और उसकी शक्ति अथाह है।'

'तुम भयभीत हो, क्योंकि गोल्ड मेरे पीछे पड़ा हुआ है? यानी कि तुम्हें मेरी परवाह है? कैरोल अगर यह सच है तो साफ कहो?'

एकाएक वह मुस्कराई— 'मैं बहुत अरसे से तुम्हें पसंद करती हूं क्लाइव! अगर तुमने उस औरत से किनारा कर लिया है तो... तो मुझे खुशी है।'

मैंने उसे अपनी बांहों में ले लिया— 'मैं तुम्हारे बिना जिंदा नहीं रह सकता कैरोल। मैं तन्हा हूं और मेरा अपने आपसे विश्वास उठ चुका है। अगर तुम मुझे माफ कर दो, तो मुझे परवाह नहीं—क्या होता है?'

'पागल हो तुम। मैंने हमेशा तुमसे मुहब्बत की है।'

'मैं बहुत जलील चक्करों में पड़ गया था। देखो, कैसा खाना-खराब कर लिया है मैंने अपनी जिंदगी का? लेकिन अगर तुम सचमुच मुहब्बत करती हो तो मैं अपने आपको संभाल लूंगा।'

'मैं तुमसे मुहब्बत करती हूं।'

मैंने उसको अपनी बांहों में भरकर उसका चुंबन लिया।

'अब हो गया फैसला।' मैं बोला।

'किस बात का?'

'हमारी शादी का।'

'लेकिन क्लाइव...।'

'तुम स्टूडियो से छुट्टी करो ताकि हम एक शानदार सप्ताह एक-दूसरे के साथ गुजार सकें। अब तुम स्टूडियो में वापस मिसेज क्लाइव बनकर जाओगी। अगर गोल्ड तुम्हें निकालेगा तो वह हॉलीवुड की सर्वश्रेष्ठ स्क्रिप्ट राइटर को निकाल रहा होगा। कोई भी दूसरा प्रोड्यूसर तुम्हें फौरन झपट लेगा।'

'मैं ऐसा नहीं कर सकती। मैंने आज तक कभी किसी को धोखा नहीं दिया। मैं यह काम अब भी नहीं करूंगी। मैं उसे बता दूंगी। मैं उससे एक सप्ताह की छुट्टी मांगूंगी ओर उसे वजह भी बता दूंगी।'

बड़ी देर में मेरी समझ आया कि वह हां कह रही थी।

मैंने फिर उसका मुंह चूमा।

'लेकिन जब तक हमारी शादी नहीं हो जाती, जब तक तुम गोल्ड से मत मिलो। मैं नहीं चाहता कि वह कोई चालाकी करने में कामयाब हो जाए। हम अभी शादी कर लेंगे। उसके बाद तुम स्टूडियो जाकर उसे बताना। मैं सब तैयारी कर लूंगा। अपना ख्याल रखने के लिए हम रसेल को साथ ले जाएंगे। श्री प्वाइंट चलते हैं हम। वह जगह अभी भी खाली पड़ी है और मैं वहां काम भी कर सकता हूं। वहां से स्टूडियो भी ज्यादा दूर नहीं है।'

'समझ से काम लो, डार्लिंग। हम आज शादी नहीं कर सकते। हमारे पास लाइसेंस कहां है?'

'हम टिया-जुआना चले जाएंगे। वहां लाइसेंस दरकार नहीं होता। वहां तो शादी के लिए वधु की और पांच डालर की जरूरत होती है। हम वहां शादी कर लेंगे और फिर अगले हफ्ते हम सिटी हॉल में दोबारा शादी कर लेंगे।'

वह एकाएक हंसी— 'तुम पागल हो क्लाइव, लेकिन मैं तुम्हारी दीवानी हूं।' वह एक क्षण को मेरे साथ चिपक गई— 'मैं तभी से तुम्हारी दीवानी हूं, जब मैंने तुम्हें पहली बार रोवन के ऑफिस में देखा था। दो साल हो गए हैं। कितने बदमाश हो तुम, जो दो साल मुझे इंतजार करवाते रहे।'

'मेरी अक्ल मारी गई थी। लेकिन मैं उसकी कमी पूरी कर दूंगा। जाओ तैयार होकर आओ—हम अभी टिया-जुआना चल रहे हैं।'

वह फौरन वहां से भाग गई। उसके जाते ही मैंने रसेल को टेलीफोन किया।

'तुम्हारे लिए एकाएक कई काम आ गए हैं रसेल।' मैंने अपने स्वर की उत्तेजना उससे छिपाने की कोशिश की— 'एक हफ्ते के लायक अपना और मेरा सामान बांध लो। हम श्री प्वाइंट चल रहे हैं। एजेंट से फोन पर बात कर लो। वह जगह अभी किराए पर नहीं उठी होगी और फिर अपार्टमेंट भी है। वह जानी न्यूमैन ले लेगा—वह चाहता भी था। आज के बाद हमारा घर श्री प्वाइंट होगा और हम यहां की बेहूदी जिंदगी से दूर रहेंगे। मैं काम करना शुरू कर रहा हूं। यहां से निपटकर तुम टैक्सी पर श्री प्वाइंट चले जाओ और वहां सब ठीक-ठाक कर दो। हम दोपहर बाद वहां पहुंच जाएंगे। ठीक है?'

'जी हां।' वह प्रसन्न भाव से बोला— 'आपका सामान पहले ही बंधा पड़ा है सरा मैं समझ गया था कि क्या होने वाला था, इसलिए मैंने सोचा कि आपको जल्दी होगी। आप वहां पहुंचेंगे तो आपको और मिसेज थर्सटन को वहां सब कुछ तैयार मिलेगा। आपको सबसे पहले मैं बधाई देना चाहता हूं, मिस्टर क्लाइव। मैं दिल से कामना करता हूं कि आप दोनों सदा सुखी रहें।'

'कमाल है!' मैं हैरानी से बोला। फिर मैंने फोन रख दिया। मैंने कैरोल को आवाज लगाकर उसे जल्दी करने के लिए कहा।

***

मैं अपनी क्रिस्लर में इंटरनेशनल पिक्चर के दफ्तर वाली इमारत के सामने मौजूद था और बड़े बेसब्रेपन से स्टियरिंग को थपथपाता हुआ कैरोल के आगमन की प्रतीक्षा कर रहा था।

सब कुछ तैयार था। हमारा सामान कार की डिक्की में मौजूद था और हम वहां से सीधा टिया-जुआना जा रहे थे, लेकिन कैरोल ने जिद् की थी वह शादी से पहले गोल्ड से मिलना चाहती थी।

'मैं उसे समझा लूंगी।' उसने गंभीरता से कहा— 'वह हमेशा मेरे साथ तरीके से पेश आया है। मैं उसे अंधेरे में नहीं रखना चाहती। भगवान के लिए ऐसी फिक्रमंद सूरत मत बनाओ। आर.जी. हमको शादी करने से रोक नहीं सकता। वह केवल इतना चाहेगा कि मैं जल्द-से-जल्द स्टूडियो वापस लौटूं।'

मुझे विश्वास नहीं हुआ।

'वह जरूर कोई कमीनी हरकत करेगा।' मैं बोला।

लेकिन उसने मेरी बात हंसी में उड़ा दी ओर गोल्ड से मिलने चली गई। उसे गए बीस मिनट हो गए थे और मेरी व्यग्रता बढ़ती जा रही थी।

एकाएक मेरा दिल डूबने लगा। अगर कैरोल की नौकरी छूट गई और मैं अपने उखड़े हुए धंधे को पुनस्थापित न कर पाया तो क्या होगा हमारा? क्या फिर मुझे अपनी शुरुआत वाली मुफलिसी की हालत में पहुंच जाना होगा।

मैंने झुंझलाकर सिगरेट फेंक दी। अपने आपको विश्वास दिलाया कि ऐसी नौबत नहीं आने वाली थी। मुझे विश्वास था कि अगर कैरोल मेरे साथ होगी तो मैं कोई काम की चीज लिख लूंगा। वह मेरी मदद करेगी। मैं उसकी मदद करूंगा। फिर बात बन जाएगी।'

'अभी भी फिक्र कर रहे हो? कैरोल मेरी बांह पर हाथ रखती हुई बोली।

मैं चौका। मुझे पता ही नहीं लगा था कि वह कब वहां पहुंच गई थी।

मैंने व्यग्र भाव से उसकी तरफ देखा।

'सब ठीक है!' वह मुस्कराती हुई बोली— 'उसे झटका तो लगा, लेकिन उसने शराफत बहुत दिखाई। काश! मैं उसे इतनी पसंद न होती। मुझे लोगों का दिल तोड़ना अच्छा नहीं लगता क्लाइव।'

क्या बोला वो? एक हफ्ते की छुट्टी दे रहा है वह तुम्हें?'

'हां, फिल्म वैसे ही रुकी हुई है। जैरी हिगम्स बीमार है। कोई गंभीर बात नहीं, लेकिन देर तो होगी और अभी फ्रैंक भी वहीं है।' उसने बेचैनी से दफ्तर की इमारत की तरफ देखा और बोली— 'क्लाइव...।'

122

'हां।'

'आर.जी. तुमसे मिलना चाहता है।'

मेरा दिल डोल गया— 'मुझसे मिलना चाहता है? क्यों?'

'उसने मुझसे पूछा था कि क्या तुम भी साथ आए थे। मैंने हां कहा तो वह पूछने लगा कि क्या तुम उससे मिलोगे। वजह तो बताई नहीं उसने।'

'वह अपने कांट्रैक्ट से पीछा छुड़ा रहा होगा।' एकाएक मुझे गुस्सा आने लगा— 'यही बदला उतारेगा वह मुझसे।'

'नहीं क्लाइव, आर.जी. ऐसा आदमी नहीं। मुझे विश्वास है कि वो...।'

'तो फिर वो मुझसे मिलना क्यों चाहता है। हे भगवान! कहीं मुझे यह भाषण तो नहीं पिलाना चाहता कि मुझे तुम्हारे साथ कैसे पेश आना चाहिए? मैं उसकी ऐसी कोई बात नहीं सुनूंगा।'

'तुम्हें उससे मिलना चाहिए क्लाइव। वह महत्वपूर्ण आदमी है और... बहरहाल, मर्जी तुम्हारी। अगर नहीं मिलना चाहते हो तो न सही।'

मैं कार से बाहर निकला। मैंने भड़ाक से दरवाजा बंद किया— 'ठीक है, मिलकर आता हूं मैं उससे। बस गया और आया।' और मैं दौड़कर इमारत की सीढ़ियां चढ़ गया।

धड़कते दिल से मैंने उसके दफ्तर के दरवाजे पर दस्तक दी और दाखिल हुआ।

मैं गोल्ड के कमरे में पहुंचा।

गोल्ड का कमरा बैठक की तरह सजा हुआ था। वहां फर्नीचर इस प्रकार लगा हुआ था कि कोई बीस आदमी बड़े आराम से वहां बैठ सकते थे।

गोल्ड दरवाजे की ओर मुंह किए एक कुर्सी पर बैठा था। उसके समीप एक छोटी-सी मेज रखी थी, जिस पर कुछ कागजात, एक टेलीफोन और एक विशाल सिगार बॉक्स रखा था। मैं भीतर दाखिल हुआ तो उसने सिर उठाकर मेरी तरफ देखा और बोला— 'बैठो, मिस्टर थर्सटन!' वह अपने सामने पड़ी एक कुर्सी की तरफ संकेत करता हुआ बोला।

मेरा दिल बड़ी जोर से धड़क रहा था और मेरा मुंह खुश्क हो चुका था। मुझे अपने आप पर गुस्सा आ रहा था। मैंने स्वयं को संभालने की कोशिश की, लेकिन असफल रहा। मैं चुपचाप उसके सामने बैठ गया।

'सुना है, कैरोल और तुम आज शादी कर रहे हो?'

उत्तर देने से पहले मैंने एक सिगरेट निकालकर सुलगाई— 'ठीक सुना है आपने।' मैं बोला।

'क्या यह समझदारी होगी?'

'इस बात का फैसला किसी और ने नहीं, हम दोनों ने करना है मिस्टर गोल्ड।'

'ठीक है, लेकिन मैं करोल को बहुत अरसे से जानता हूं और मैं उसे दुःखी नहीं देखना चाहता।'

'मैं आपकी भावनाओं की कद्र करता हूं और आपको विश्वास दिलाता हूं कि कैरोल मेरे साथ बहुत सुखी रहेगी।' मैं एक क्षण ठिठका और फिर बोला— 'अपने से दोगुनी उम्र के आदमी से शादी करने के मुकाबले में तो बहुत ही ज्यादा सुखी रहेगी।'

'अच्छा!' वह कुछ विचारपूर्ण मुद्रा बनाए खामोश बैठा रहा ओर फिर उसने अपने सिगार की राख झाड़ी और आगे बढ़ा— 'मेरे पास ज्यादा वक्त नहीं है मिस्टर थर्सटन, इसलिए मैं असली बात पर सीधे आना चाहता हूं।'

'मेरे पास भी बर्बाद करने के लिए वक्त नहीं है, मिस्टर गोल्ड। कैरोल मेरा इंतजार कर रही है।'

'मुझे बड़ी हैरानी है कि कैरोल को तुम्हारे जैसे निकम्मे आदमी से मुहब्बत हुई।'

'आप मेरे निजी मामलों में दखल दे रहे हैं।।' मेरा चेहरा लाल हो गया।

'हां, शायद। तुम शायद पूछो कि मैं क्यों निकम्मा आदमी समझता हूं। मैं बताता हूं, तुम्हारी कोई बुनियाद नहीं। तुम एक बड़ा ही असाधारण अवसर पाकर एकाएक कामयाब हो गए हो, तुम बदनाम भी हो और अपनी औकात से कहीं ज्यादा पैसा कमा रहे हो। पता नहीं कैसे तुम्हारा पहला ड्रामा इतना शानदार बन पड़ा—जबकि तुम्हारे नॉवल तो बड़े हल्के थे। मैं अकसर हैरान होता रहा हूं कि तुम्हारे जैसे आदमी ने यह ड्रामा कैसे लिख लिया। मिस्टर थर्सटन, जब मैंने सुना था कि कैरोल को तुमसे मुहब्बत हो गई थी, तो मैंने इसे अपनी जिम्मेदारी समझा था कि मैं तुम्हारे बारे में कुछ जानकारी हासिल करूं।'

'मैं यह सब नहीं सुनना चाहता। मेरी निजी जिंदगी मेरा निजी मामला है, मिस्टर गोल्ड।'

'होता, अगर तुम कैरोल के साथ नाता जोड़ने की कोशिश न करते तो। क्योंकि तुम ऐसी मूर्खता कर चुके हो, इसलिए मेरी निगाह में तुम्हारी जिंदगी निजी नहीं। तुम न केवल एक ऐसे घटिया लेखक हो, जिसका कि कोई भविष्य नहीं बल्कि तुम एक बेहद नागवार गुजरने वाले आदमी भी हो। मैं तुम्हें कैरोल से शादी करने से नहीं रोक सकता—लेकिन मैं उसके हित की चिंता कर सकता हूं और मैं ऐसा करूंगा।'

मैं उठ खड़ा हुआ— 'आप मजाक की हद से भी आगे बढ़ रहे हैं।' मैं क्रोधित स्वर में बोला— 'कैरोल आपको क्योंकि अपने लिए चाहिए, क्योंकि आप उसे हासिल नहीं कर पाए, इसलिए आप मेरे साथ ऐसा रुखाई का व्यवहार कर रहे हैं। ठीक है, मेरा गुजारा आपके बिना भी चल सकता है, मिस्टर गोल्ड। मुझे आपके 50 हजार डालर नहीं चाहिए। मेरी तरफ से भाड़ में जाइए आप और भाड़ में जाए आपका स्टूडियो।'

उसका चेहरा फिर भी भावहीन बना रहा।

'उस मार्लो नाम की औरत से दूर रहना मिस्टर थर्सटन, वरना मुझे तुमसे फिर बात करनी होगी।'

'क्या मतलब?'

'छोड़ो, वक्त बर्बाद मत करो। मैं जानता हूं कि तुम मूर्खों की तरह उस औरत के चक्कर में पड़े रहे हो। पहले मैं तुम्हारी हरकतों को उस इंसानी कमजोरी का नतीजा समझा

था—जिसमें आदमी या तो स्त्रियों के साधारण संसर्ग से बोर हो जाता है और या वह किसी ऐसी मूर्खता का शिकार होता है कि साधारण औरत उसे संतुष्ट नहीं कर सकती—लेकिन मुझे मालूम हुआ है कि इन दोनों में से कोई बात नहीं है। तुमने अपनी मूर्खता और कमजोरी की वजह से ही उस औरत को अपने आप पर हावी होने दिया था। ऐसी जहालत की दूसरी मिसाल मिलनी मुश्किल है। जब मैंने यह सुना था तो मुझे मायूसी नहीं हुई थी। मुझे संतोष हुआ था कि तुम अपनी औकात दिखा रहे थे।'

'ठीक है। कह ली आपने अपनी बात। आनंद भी उठा लिया ऐसी बातें करके। अब मैं जा रहा हूं और मैं कैरोल से शादी कर रहा हूं। आज रात मेरे बारे में सोचना मिस्टर गोल्ड और कहना कि मेरी जगह तुम भी हो सकते थे।'

'यकीनन सोचूंगा।' वह बोला— 'मैं तुम दोनों में से किसी को भूलने वाला नहीं हूं। अगर कैरोल तुम्हारी वजह से दुःखी रही तो पछताताओगे। मेरा तुमसे यह वायदा है मिस्टर थर्सटन।'

15

अपने धूल भरे, गंदे, जर्जर बेडरूम में बैठे यह कहानी लिखते समय जब मैं अपनी पिछली जिंदगी के बारे में सोचता हूं तो मुझे अहसास होता है कि हमारी शादी के पहले चार दिन मेरी जिंदगी की रौनक थे। कैरोल में मुझे ऐसा साथी मिला था, जो मुझमें आत्मविश्वास भर रहा था और मुझे आत्मिक शांति प्रदान कर रहा था। जो मुझे प्रसन्न रखता था और जो शारीरिक और मानसिक तौर से मुझे संतुष्ट करने में पूर्णतया सक्षम था।

हम दस बजे सोकर उठते थे और अपने सामने कालीन की तरह बिछी घाटी का नजारा करते हुए बरामदे में बैठकर खाना खाते थे। ब्रेकफास्ट के बाद हम कपड़े पहनते थे और कार पर सवार हो बिग बियर लेक पहुंच जाते थे, जहां कैरोल झील में तैरने लगती थी और मैं पानी में बंसी डाले नाव में बैठा रहता था। जब धूप तीखी हो जाती थी तो मैं भी पानी में छलांग लगा देता था और हम पानी में बच्चों की तरह किलोलें करते थे। उसके बाद हम फिर बरामदे में पहुंच जाते थे। रसेल लंच ले आता था और हम गप्पे मारते हुए लंच करते थे। फिर हम जंगल में सैर के लिए चले जाते थे। शाम को हम ग्रामोफोन रिकॉर्ड सुनते थे। हम दीवान को बैठक से घसीटकर बरामदे में ले आए थे और वहीं लेटे-लेटे संगीत और चांद की रोशनी का आनंद लेते थे।

मैंने अपनी पिछली जिंदगी के बारे में कैरोल को काफी कुछ बताया था। मैंने उसे जॉन कूल्सन के बारे में नहीं बताया और ईव के बारे में नहीं बताया, लेकिन मैंने उस लांग बीच के अपार्टमेंट के बारे में बताया। यह बताया कि कैसे मैं शुरू से ही लेखक बनने का इच्छुक था और कैसे पहले मैं क्लर्की में पिसता रहा था। कैरोल को यह विश्वास दिलाने में 'रेन चैक' जॉन कूल्सन ने नहीं, मैंने लिखा था, मुझे थोड़ी कहानी गढ़नी पड़ी, लेकिन मुझे उसमें कोई दिक्कत नहीं हुई।

हमारा बेडरूम बहुत बड़ा था। मैं कैरोल को हमेशा अपनी बांहों में जकड़कर सोता था। वह बड़ी शांति की नींद सोती थी और सूरज निकलने के बाद ही जागती थी। मैं उसे बांहों में भरे उन तमाम सुखों के बारे में सोचता रहता था, जो मैंने उसके साथ हासिल किए थे और खुश होता रहता था।

लेकिन इन तमाम तृप्ति और प्रसन्नता के भावनाओं के बावजूद भी मुझे लगता था कि कहीं कोई कमी थी। कभी-कभी मेरे अंदर में बहुत गहरे कहीं कोई हलचल होने लगती थी। मेरे मन में अकसर भौतिक असंतोष की भावना आ जाती थी। पहले तो यह भावना बड़ी धुंधली-सी थी, लेकिन फिर वह भावना प्रबल होने लगी और मुझे महसूस होने लगा कि ईव का प्रभाव मेरे अंदर पर बहुत गहरा था।

जब तक कैरोल मेरे समीप होती थी, मुझे ईव का ख्याल नहीं आता था। कैरोल का व्यकितत्व, उसका प्यार बड़ी आसानी से ईव के मुझ पर बचे प्रभाव पर हावी हो जाता था, लेकिन जब कैरोल कभी मुझे अकेला छोड़कर कहीं चली जाती थी, तो मेरे लिए ईव को टेलीफोन करके उसकी आवाज सुनने की अपने मन में बलवती इच्छा को रोकना कठिन हो जाता था।

शायद आपके लिए यह समझना कठिन हो कि मैं ईव को पूरी तरह से अपने दिमाग से क्यों नहीं निकाल पाया था। मैं पहले ही कह चुका हूं कि अधिकतर लोग दो जीवन जीते हैं—एक सामान्य जीवन और एक गुप्त जीवन। इसी वजह से अधिकतर लोगों की नीयतें भी दो होती हैं। अगर सच कहूं तो मुझे यह अहसास होने लगा था कि हालांकि कैरोल मेरे लिए बहुत कुछ थी, लेकिन फिर भी वह मेरे मानसिक जीवन के केवल एक भाग को ही संतुष्ट करने में सक्षम थी। मेरी पूर्ति के लिए ईव का भ्रष्ट प्रभाव जरूरी था।

आप यह मत समझिए कि मैंने बिना किसी जद्दोजहद के स्थिति के आगे हथियार डाल दिए थे। उन चार दिनों के दौरान मैंने ईव को पूरी तरह से अपने जहन से निकाल दिया था, लेकिन मैं जानता था कि मैं एक हारने वाली लड़ाई लड़ रहा था। कैरोल से हासिल मेरा आनंद स्थाई नहीं था। वैसे भी मैं अंतःप्रेरणा को ज्यादा देर दबाने में कभी सफल नहीं हो पाता था। हमारे संसर्ग की चौथी रात को परिवर्तन एकाएक आया और बिना चेतावनी के आया।

रात बड़ी दिलकश थी। चांद निकला हुआ था। सारा दिन बड़ी गर्मी रही थी, तब कुछ ठंडक तो हो गई थी। लेकिन फिर भी इतनी गर्मी अभी भी थी कि अभी मेरा बरामदे से उठकर बेडरूम में जाने को जी चाह रहा था।

कैरोल ने आधी रात को तैराकी का सुझाव दिया। हम कार में लेक पर पहुंचे। हम एक घंटा झील में तैरते रहे। जब हम वापस लौटे तो एक बज चुका था। हम बेडरूम में कपड़े उतार रहे थे कि टेलीफोन की घंटी बजने लगी। हम दोनों ने हैरानी से एक-दूसरे की तरफ देखा। पता नहीं क्यों घंटी की आवाज सुनकर एकाएक मेरे भीतर उत्तेजना उमड़ने लगी।

‘कौन होगा इस वक्त?’ कैरोल ने पूछा। उस वक्त वह अपनी पोशाक उतार चुकी थी और केवल ब्रेजियर और अंडरवियर पहने पलंग के किनारे पर बैठी थी। वह बहुत आकर्षक लग रही थी।

‘गलत नंबर होगा।’ मैं बोला— ‘हम यहां हैं यह बात किसी को मालूम नहीं है।’

वह मुस्कराई और अपने बाकी कपड़े उतारने में जुट गई।

मैंने लाउंज में जाकर फोन उठाया।

‘हैलो!’ मैं बोला— ‘कौन है?’

‘हैलो! कमीने!’ ईव बोली।

मैंने फोन कसकर पकड़ लिया। मेरे गले में गोला-सा फंसने लगा— ‘हैलो ईव!’ मैं इतने धीमे स्वर में बोला कि मेरी आवाज बेडरूम तक न पहुंच पाए।

कैरोल बाथरूम में चली गई थी। वहां वह मेरी आवाज नहीं सुन सकती थी।

‘कमीने!’ वह भावहीन स्वर में कह रही थी— ‘मुझे यूं छोड़कर क्यों चले गए थे?’

मुझे पता ही नहीं लग रहा था कि वह क्या कह रही थी। मेरी इच्छाएं भड़क रही थीं और मेरी कनपटियों में खून बज रहा था।

‘क्या?’ मैं अपनी भावनाओं पर काबू पाने की कोशिश करता हुआ बोला— ‘क्या कह रही हो?’

‘जब मैं जागी थी और मैंने तुम्हें अपने पास नहीं पाया था तो मुझे बड़ा सख्त झटका लगा था। मुझे समझ ही नहीं आया था कि तुम कहां चले गए थे।’

‘तो क्या हुआ? तुमने भी तो मुझे बहुत झटके दिए हैं। हिसाब बराबर हो गया।’

एक क्षण खामोश रही, फिर वह गुस्से में बोली— ‘तो यह बात है? तो हिसाब बराबर हो गया है? तो एक बात और सुन लो। मैंने तुम्हारे गंदे पैसे लौटा दिए हैं। मुझे नहीं चाहिए वे। मेरी निगाह में यह एक निहायत कमीनी हरकत है कि तुमने पहले कहा कि तुम रुक रहे हो और फिर चुपचाप खिसक गए।’

‘तुमने पैसे लौटा दिए हैं?’ मुझे विश्वास नहीं हुआ— ‘लेकिन क्यों?’

‘मुझे तुम्हारे गंदे पैसे नहीं चाहिए। मेरा गुजारा उनके बिना भी चल सकता है। शुक्रिया। मैं ऐसा व्यवहार गवारा नहीं कर सकती—इसलिए मैंने तुम्हारे पैसे वापस भेज दिए हैं।’

‘मुझे विश्वास नहीं। पैसे मुझ तक तो पहुंचे नहीं। तुम झूठ बोल रही हो।’

‘लेकिन मैंने पैसे वापस भेजे हैं।’

‘कहां?’

‘लेखक क्लब में। एक लिफाफे में बंद करके। वह तुम्हारी क्लब है न?’

‘लेकिन तुमने ऐसा क्यों किया? वे पैसे मैंने तुम्हारे लिए छोड़े थे।’

‘कहा न, मुझे नहीं चाहिए तुम्हारे पैसे। मैं तो तुमसे भविष्य में कभी मिलना भी नहीं चाहती—इसलिए न कभी मुझे फोन करना और न खुद आना। मैंने मार्टी को कह दिया है कि वह तुम्हें घर में न घुसने दे। अगर तुम फोन करोगे तो वह लाइन काट देगी।’

उसके प्रभाव के विरोध में मैंने जितनी नाकेबंदियां की थीं, सब छिन्न-भिन्न हो गईं। उसके रूखे शब्दों ने पिछली चार दिनों की सारी खूबसूरती एक क्षण में हवा में उड़ा दी।

'ऐसा मत कहो ईव। मैं तुमसे फिर मिलना चाहता हूं।'

'न, तुम—मूर्ख बन रहे हो। मैंने तुम्हें पहले ही चेतावनी दी थी, लेकिन तुमने सुनी नहीं थी। हम दोबारा कभी नहीं मिलेंगे।'

'ऐसा मत बोला। क्या कल मिल सकती हो? मैं इस बारे में तुमसे मिलकर बात करना चाहता हूं।'

'नहीं, मैं तुमसे बात नहीं करना चाहती। मेरे पास मत आना, न मुझे फोन करना। यह सब बकवास बंद होनी ही चाहिए। तुम मेरा बहुत वक्त खराब करते हो और मैं ऐसा नहीं चाहती।'

'देखो, मुझे उस रोज यूं चुपचाप चले आने का अफसोस है। मुझे मौका दो, मैं तुम्हें सब कुछ समझा दूंगा। मेरा उस हरकत से कोई खास मतलब नहीं था। दरअसल मुझे नींद आ रही थी, मैं बेचैन था और मैं तुम्हें डिस्टर्ब नहीं करना चाहता था। हमें दोबारा मिलना ही होगा। हम यह सिलसिला खत्म नहीं कर सकते। यह मेरे लिए बहुत महत्वपूर्ण है। प्लीज ईव! मेरे साथ यूं मत पेश आओ...।'

'मैं थक गई हूं और मैं तुमसे बातें ही नहीं करना चाहती, मैं तुमसे फिर कभी नहीं मिलना चाहती। गुडबॉय, क्लाइव।' फिर उसने फोन रख दिया।

मैं वितृष्णापूर्ण निगाहों से फोन को देखने लगा। बात ऐसे नहीं खत्म होनी चाहिए। हे भगवान! मैं कैसा जलील आदमी था जो कि एक रंडी भी मेरा पैसा लौटा रही थी और मुझसे मिलने से इनकार कर रही थी। मैंने ऐसी तौहीन कभी महसूस नहीं की थी। वह मेरे साथ ऐसे पेश नहीं आ सकती थी। मेरा अपने पर से विश्वास उठ गया था और मैं फिर अंधेरे में भटक रहा था।

'कौन था क्लाइव?' कैरोल ने बेडरूम से पूछा।

'यूं ही एक जानकार था।' मेरी आवाज भर्राई हुई और अस्थिर थी। मैं बेडरूम में पहुंचा और ड्रिंक तैयार करने लगा। मेरी उससे निगाह मिलाने की हिम्मत नहीं हो रही थी।

'ड्रिंक?' मैंने पूछा।

'नहीं, शुक्रिया।'

मैंने एक सिगरेट सुलगा ली और कैरोल की तरफ देखा। उसकी आंखों में सवाल-ही-सवाल तैर रहे थे।

'क्या चाहता था तुम्हारा जानकार?' एकाएक उसने पूछा।

'भगवान जाने क्या चाहता था।' मैं बोला— 'नशे में था वो, मैंने बड़ी मुश्किल से उससे पीछा छुड़ाया था।'

'ओह!'

'पता नहीं कहां से वह साला शराबी हमारे बीच में आ टपका।'

उसकी खोजपूर्ण दृष्टि फिर मुझ पर पड़ी, लेकिन मैं परे देखने लगा। मैंने ड्रेसिंग गाउन उतारा और उसके साथ बिस्तर पर लेट गया। मैंने बत्ती बुझा दी।

वह मेरे साथ लग गई। उसने अपना सिर मेरे कंधे के साथ टिका दिया। मैंने अपनी बांहें उसके गिर्द लपेट दीं। हम कितनी ही देर अंधेरे में बिना बोले यूं ही पड़े रहे। मन-ही-मन मैं अपने आपको कोस रहा था। मूर्ख, तू अपनी खुशियां तबाह कर रहा है। तू कमीना है। तुझे शादी किए अभी पांच दिन नहीं हुए और तूने धोखाधड़ी शुरू कर दी है यह औरत जो मेरी बांहों में है तुझसे मुहब्बत करती है। यह तेरे लिए कुछ भी कर गुजरेगी। ईव तेरे लिए क्या करेगी? कुछ भी नहीं। तू जानता है वह तेरे लिए कभी कुछ नहीं करेगी।

'कोई गड़बड़ है क्लाइव?' कैरोल ने पूछा।

'नहीं तो।'

'पक्की बात?'

'हां।'

'तुम किसी बात की चिंता तो नहीं कर रहे हो? अगर कोई गड़बड़ है तो साफ बताओ क्लाइव। मैं तुम्हारा साथ देना चाहती हूं।'

'कोई बात नहीं है, डार्लिंग! मैं थका हुआ हूं और कुछ उस टेलीफोन वाले आदमी ने मूड खराब कर दिया है। तुम सो जाओ। मैं कल ठीक हो जाऊंगा।'

'ठीक है।' वह संदिग्ध स्वर में बोली— 'लेकिन अगर कभी भी कोई गड़बड़ होगी तो तुम मुझे बता दोगे न?'

'जरूर।

'वायदा?'

'वायदा रहा।'

उसने एक आह भरी और एक क्षण के लिए मेरे साथ चिपक गई— 'मैं तुमसे मुहब्बत करती हूं क्लाइव। तुम किसी भी तरह यह जज्बा खत्म तो नहीं होने दोगे न?'

'हर्गिज नहीं।' मैं बोला—मैं सोच रहा था कि कैसा कुत्ता था मैं। मैं जान-बूझकर झूठ बोल रहा था, क्योंकि मैं दोनों को हासिल करना चाहता था। ऐसे काम नहीं चलने वाला था— 'अब ऊटपटांग बातें छोड़ो और सो जाओ। मैं तुमसे मुहब्बत करता हूं, सब ठीक-ठाक है और फिक्र की कोई बात नहीं है।'

उसने मेरा चुंबन लिया और फिर खामोशी छा गई। थोड़ी देर बाद वह सो गई।

दो दिन और गुजर गए। दोनों दिन पहले दिनों की तरह ही गुजरे, लेकिन हम दोनों जानते थे कि कोई चीज गायब थी। कहीं कोई गड़बड़ थी, पर फिर भी दोनों खामोश थे। मैं जानता था कि गड़बड़ क्या थी। मेरे ख्याल से कैरोल को उसका कोई अंदाज नहीं था। लेकिन मैं उसे अकसर अपनी ओर उलझन भरी, आहत निगाहों से देखता पाता था।

अब क्योंकि मेरी हदबंदियां टूट गई थीं, ईव जैसे वहीं पहुंच गई। मैं कुछ पढ़ रहा होता था, तो एकाएक पुस्तक के पृष्ठ पर उसका चेहरा उभर आता था। ग्रामोफोन सुन रहा था तो

संगीत के स्थान पर मुझे उसकी आवाज सुनाई देने लगती थी— 'मुझे तुम्हारे गंदे पैसे नहीं चाहिए।' रात को मैं एकाएक जाग उठता था, तो मुझे लगता था कि मेरी बांहों में कैरोल नहीं ईव थी।

मैं उसकी कामना में तड़पने लगा। मैं उस पल की प्रतीक्षा करने लगा, जब कैरोल कार में सवार होगी और स्टूडियो चली जाएगी। कैरोल से मुझे अभी मुहब्बत थी। मुझे लगता था कि मेरे शरीर में दो शख्स बस रहे थे और दोनों में से एक पर भी मेरा काबू नहीं था।

शनिवार की शाम थी और हम नाव में बैठे हुए थे। कैरोल ने लाल रंग का स्वीमिंग सूट पहना हुआ था, जो उसके शरीर के सुनहरी रंग से बड़ा मेल खा रहा था।

'कितना अच्छा हो अगर हम हमेशा इतने ही खुश रहें।' वह बोली।

'वह तो हम रहेंगे ही।' मैं नाव खेता हुआ बोला।

'कभी-कभी मुझे डर लगने लगता है कि कुछ हो न जाए।'

'नॉनसेंस, क्या हो सकता है?'

वह एक क्षण खामोश रही और फिर बोली— 'हम अपनी जानकारी में मौजूद और विवाहित लोगों की तरह एक-दूसरे को धोखा नहीं देंगे, एक-दूसरे से झूठ नहीं बोलेंगे।'

'चिंता मत करो।' मैं सोच रहा था कि क्या उसे सूझ गया था कि मेरे दिमाग में क्या था— 'हम ऐसा नहीं करेंगे।'

'अगर तुम मुझसे तंग आ जाओ और तुम्हें किसी और की जरूरत महसूस होने लगे तो मुझे बता देना। बजाय इसके कि मुझे धोखा दे रहे हो, यह बात मुझे बर्दाश्त न होगी।'

'क्या हो गया है तुम्हें? ऐसी बातें क्यों कर रही हो?'

'मैं केवल बता रही हूं तुम्हें। अगर तुमने मुझे धोखा दिया तो मैं यहां से चली जाऊंगी और फिर कभी नहीं मिलूंगी।'

'वाह?' मैंने बात को मजाक में उड़ाने की कोशिश की— 'तुमसे पीछा छुड़ाने की तरकीब हाथ में आ गई।'

'ठीक है।' उसने सहमति जताई।

हम वापस लौटे तो हमने एक बड़ी काले रंग की पैकार्ड ड्राइव वे में खड़ी पाई। मैंने कार रोकी और हैरानी से पैकार्ड की तरफ देखा।

'कौन आ गया?' मैं बोला।

'देखते हैं।' कैरोल बोली।

हम केबिन तक पहुंचे। एक ठिगना-सा आदमी बरामदे में बैठा था। उसके समीप एक मेज पर एक हाईबाल का गिलास रखा था। उसने कैरोल की तरफ हाथ हिलाया और उठ खड़ा हुआ।

'कौन है यह?' मैंने कैरोल से पूछा।

'बर्नस्टीन।' वह फुसफुसाती हुई बोली— 'इंटरनेशनल पिक्चर्स का साम बर्नस्टीन। पता नहीं क्या चाहता है यह।'

हम उसके समीप पहुंचे। बर्नस्टीन ने बड़े दुलार से पहले कैरोल की बांह थपथपाई और मेरी तरफ घूमा।

'तो तुम थर्सटन हो!' वह अपना भारी हाथ मेरी तरफ बढ़ाता हुआ बोला— 'तुमसे मिलकर खुशी हुई मिस्टर थर्सटन। हालांकि, कैरोल जानती है कि लेखकों से मिलकर मुझे खुशी नहीं होती।'

'कम-से-कम ऐसा मुझे तो मत कहो।' कैरोल बोली।

'तो यहां हनीमून हो रहा है। कैसी रोमांटिक बात है? तुम दोनों खुश हो न? बहुत अच्छे! दिखाई ही दे रहा है। थर्सटन, मैं इस लड़की को तभी से जानता हूं, जब इसने पहली बार हॉलीवुड में कदम रखा था, खूब लिखती है यह—लेकिन इसके अंदर में कुछ जमा पड़ा है। मैं इसे अकसर कहा करता था। कैरोल, मेरी जान, तुम्हें एक मर्द की जरूरत है, एक शक्तिशाली मजबूत मर्द की और फिर तुम और बढ़िया लिखोगी—लेकिन यह सुनती ही नहीं थी और मुसीबत यह थी कि मुझे यह शक्तिशाली, मजबूत मर्द मानती नहीं थी।' उसने अट्टहास किया और अपनी बांह कैरोल के कंधों के गिर्द लपेट दी— 'अब देखना यह लेखन में इंकलाब ला देगी।'

मैं सोच रहा था कि वह चाहता क्या था। वह इतनी दूर से मुझसे मिलकर खुशी जाहिर करने ही तो आया नहीं होगा।

'बैठो।' वह बोला— 'सबके लिए ड्रिंक हो जाए। मैं तुम्हारे उस्ताद पति से बात करने आया हूं कैरोल। मैंने इससे कई बड़ी महत्वपूर्ण बातें करनी हैं, वरना मैं तुम्हारे हनीमून में दखलंदाजी न करता। तुम तो जानती ही हो कि मैं खुद कितना रोमांटिक हूं। मैं किसी के हनीमून को तब तक खराब करने को तैयार नहीं, जब तक बात इंतहाई जरूरी न हो।'

'क्या कहना चाहते हो साम?' कैरोल बोली।

'मिस्टर थर्सटन, मैंने तुम्हारा नाटक पढ़ा है।' बर्नस्टीन बोला— 'मेरे ख्याल से नाटक बहुत शानदार है।'

'तुम 'रेन चैक' की बात कर रहे हो?' मेरे शरीर में ठंडक की लहर दौड़ गई— 'हां, अच्छा नाटक है वह।'

'और उस पर बहुत बढ़िया फिल्म बन सकती है। इसी बारे में मैं तुमसे बात करना चाहता हूं। मैं तुम्हारे नाटक पर फिल्म बनाना चाहता हूं।'

मैंने कैरोल की तरफ देखा। उसने मेरा हाथ दबाया और बोली— 'मैंने तुम्हें पहले ही कहा था कि साम को नाटक पसंद आएगा।'

'सच कह रहे हो?' मैंने बर्नस्टीन से पूछा।

'अगर मैं सच नहीं कह रहा तो इतनी दूर मैं क्या करने आया हूं।' वह बोला— 'सरासर सच कह रहा हूं मैं। लेकिन ठहरो, एक बात है। बात मामूली है लेकिन जरूरी है।'

'यानी कि कोई फंदा है। क्या बात है?'

'तुम बताओ। गोल्ड तुम्हारे खिलाफ क्यों है? यह बताओ मुझे। यह बात ठीक हो जाए तो फिल्म शुरू ही समझो। हम तुम्हारे साथ कांट्रैक्ट कर लेंगे। सब ठीक हो जाएगा—लेकिन पहले तुम्हारी गोल्ड से सुलह होनी जरूरी है।'

'उसे मेरी जात से नफरत है। वह कैरोल से मुहब्बत करता है। अब समझे—वह क्यों मेरे खिलाफ है?'

बर्नस्टीन ने पहले मेरी तरफ और फिर कैरोल की तरफ देखा और फिर हंसने लगा— 'बड़ी मजेदार बात है।' हंसी का दौर खत्म हुआ तो वह बोला— 'मुझे नहीं मालूम था। उसकी जगह मैं होता तो इस बात पर तो मैं भी तुम्हारे खिलाफ हो जाता।' उसने हाईबाल का एक घूंट पिया— 'एक तरीका है। बहुत अच्छा तरीका नहीं, लेकिन अंत में...।' उसने अपने कंधे झटकाए— 'ठीक साबित होगा। तुम स्क्रिप्ट तैयार करो। मैं उसे गोल्ड के पास ले जाऊंगा और उसे कहूंगा कि मैं उस पर फिल्म बनाना चाहता हूं। वह मेरा कहना नहीं टालता—लेकिन पहले मेरे पास स्क्रिप्ट होनी चाहिए।'

'पहले मेरे साथ कांट्रैक्ट होना चाहिए।'

'नहीं, कांट्रैक्ट गोल्ड करता है। मैं तुम्हारे साथ कांट्रैक्ट नहीं कर सकता। लेकिन स्क्रिप्ट तैयार होते ही कांट्रैक्ट मैं करवा दूंगा। मैं वायदा करता हूं।' उसने अपना हाथ आगे बढ़ाया।

मैंने कैरोल की तरफ देखा।

'ठीक है, क्लाइव। साम अपनी चाल लेता है। अगर यह तुम्हें कांट्रैक्ट दिलवाने का वायदा कर रहा है, तो यह अपना वायदा जरूर पूरा करेगा।'

मैंने बर्नस्टीन से हाथ मिलाया— 'ओ.के.।' मैं बोला।

'मैं चलता हूं।' वह बोला— 'मैंने पहले ही तुम्हारे हनीमून का बहुत वक्त चुरा लिया है। हम इकट्ठे काम करेंगे। तुम्हारा नाटक बहुत अच्छा है। मुझे तुम्हारी अभिव्यक्ति का अंदाज पसंद है। मुझे विश्वास है कि तुम बढ़िया स्क्रिप्ट तैयार करोगे। सोमवार दस बजे मुझसे स्टूडियो में आकर मिलना। कैरोल तुम्हें बता देगी कि तुमने कहां आना है। फिर हम काम में जुट जाएंगे।'

वह चला गया तो कैरोल मुझसे लिपट गई— 'बहुत खुशी हो रही है मुझे।' वह बोली— 'बर्नस्टीन तुम्हारे लिए बहुत शानदार फिल्म बनाएगा। बढ़िया रहा न? तुम्हें खुशी नहीं हो रही?'

मैं भयभीत था। बर्नस्टीन की आवाज मेरे कानों में बज रही थी—मुझे तुम्हारा सोचने का ढंग पसंद है। मुझे तुम्हारी अभिव्यक्ति का अंदाज पसंद है। मुझे तुम्हारा ड्रामा पसंद है। वह बढ़िया है। मुझे विश्वास है कि तुम बढ़िया स्क्रिप्ट तैयार करोगे। वह मेरे बारे में बात नहीं कर रहा था। वह जॉन कूल्सन के बारे में बात कर रहा था। मैं जानता था कि शायद मैं स्क्रिप्ट नहीं लिख सकता था।

कैरोल ने परेशान निगाहों से मेरी तरफ देखा— 'क्या बात है, डार्लिंग? ऐसे क्यों लग रहे हो? क्या तुम्हें खुशी नहीं हो रही है?'

'बहुत खुशी हो रही है।' मैं दीवान पर बैठ गया और एक सिगरेट सुलगाता हुआ बोला— 'लेकिन कैरोल, असल बात यह है कि फिल्म स्क्रिप्ट के बारे में मैं खास नहीं जानता। मेरे ख्याल से साम को मुझसे नाटक खरीद लेना चाहिए और स्क्रिप्ट किसी और तरीके से तैयार करवानी चाहिए। मुझे...मुझे नहीं लगता कि...।'

'नॉनसेंस।' वह मेरा हाथ थामती हुई बोली— 'तुम बखूबी यह काम कर सकते हो। मैं तुम्हारी मदद करूंगी। चलो अभी करते हैं। इसी मिनट शुरू करते हैं यह काम।'

मेरे कुछ कहने से पहले ही वह लाइब्रेरी में पहुंच गई। वह रसेल को सैंडविच तैयार करने के लिए कहने लगी— 'मिस्टर क्लाइव के नाटक पर फिल्म बनने जा रही है, रसेल।' मैंने उसे कहते सुना— 'है न जोरदार बात? हम अभी शुरुआत कर रहे हैं।'

वह नाटक की एक प्रति के साथ वापस लौटी और उसे पढ़ने लगी। एक घंटे में कैरोल ने उसकी पहली रूपरेखा सोच ली। मैंने अपनी सहमति जता दी। इसके अतिरिक्त मैं क्या कर सकता था। ऐसे कार्यों का कैरोल को खूब तजुर्बा था, मैं उसे जो भी राय देता, वह बेकार होती।

'असली स्क्रिप्ट तुम्हें ही तैयारी करनी होगी।' वह बोली— 'तुम डायलॉग इतने शानदार लिखते हो कि...।'

'नहीं।' मैं उठकर चहलकदमी करने लगा— 'मैं नहीं कर सकता। मुझे यह काम आता ही नहीं, वह मूर्खता है।'

'सुनो... तुम कर सकते हो यह काम। यह डायलॉग सुनो।' और वह नाटक पढ़ने लगी।

उन शब्दों की शक्ति और आकर्षण ने मेरे कदम रोक दिए। वे ऐसे शब्द थे, जिन्हें मैं कभी नहीं लिख सकता था। उन शब्दों में खूबसूरती थी, बानगी थी, नाटकीय तत्व थे। वे शब्द मेरे मस्तिष्क में आग लगा रहे थे। मुझे लगने लगा कि अगर मैंने कैरोल के हाथ से नाटक झपट न लिया तो मैं पागल हो जाऊंगा।

कैसा मूर्ख था जो मैं सोच बैठा था कि मैं कूल्सन के पदचिह्नों पर चल सकता था। मुझे गोल्ड की बात याद आई— 'तुम्हारा पहला नाटक साधारण रूप से शानदार था। मैंने, अकसर सोचा है कि तुम ऐसा लाजवाब नाटक कैसे लिख पाए?'

यह बहुत खतरनाक काम था। अगर मैं अब फिसल गया तो मेरा काम तमाम हो सकता था। गोल्ड पहले ही संदिग्ध था। अन्यथा उसने ऐसी बातें क्यों कही थीं? अगर मैंने स्क्रिप्ट लिखनी शुरू नहीं की तो वे फौरन समझ जाएंगे कि नाटक मैंने लिखा ही नहीं था। ऐसा हो गया तो पता नहीं मेरा क्या होगा।

'तुम सुन नहीं रहे हो डार्लिंग?' वह मेरी ओर देखती हुई बोली।

‘आज इतना ही काफी है।’ मैं अपने गिलास में व्हिस्की डालता हुआ बोला— ‘अब छोड़ो, मैं सोमवार को बर्नस्टीन से बात करूंगा। शायद स्क्रिप्ट तैयार करने के लिए उसकी निगाह में कोई आदमी हो।’

‘लेकिन डार्लिंग...।’

‘मैंने उसके हाथ से नाटक ले लिया— ‘आज बस करो।’ मैं दृढ़ स्वर में बोला और बरामदे में आ गया। मैं उससे निगाहें मिला पाने में स्वयं को असमर्थ पा रहा था।

चांद चढ़ा हुआ था। झील घाटी और पहाड़ियां चांदनी में नहाई हुई थीं, लेकिन उस वक्त मेरे लिए उनकी कोई अहमियत नहीं थी। मेरा ध्यान बगीचे के सिरे पर स्थित एक बैंच पर बैठे एक व्यक्ति पर केंद्रित था। मुझे उसकी सूरत दिखाई नहीं दे रही थी। लेकिन फिर भी उसका अपने घुटनों में हाथ दबाकर आगे को झुककर बैठने का अंदाज मुझे बड़ा जाना-पहचाना लग रहा था।

कैरोल मेरे समीप आई।

‘कितना खूबसूरत नजारा है।’ वह बोली।

‘तुम देख रही हो...?’ मैंने बगीचे में बैंच पर बैठे आदमी की तरफ इशारा किया— ‘कौन है वो आदमी? यहां क्या कर रहा है वो?’

‘क्या कह रहे हो क्लाइव? कौन आदमी?’

मेरे शरीर में एक ठंडक की लहर दौड़ गई— ‘वहां बगीचे में बैंच पर एक आदमी नहीं बैठा?’

‘वहां तो कोई भी नहीं है।’

मैंने फिर देखा। वह ठीक कह रही थी। वहां कोई नहीं था।

‘अजीब बात है।’ एकाएक मैं कांपने लगा— ‘कोई परछाई रही होगी... लेकिन बिलकुल आदमी जैसी लग रही थी।’

‘तुम सपना देख रहे हो। वहां वाकई कोई नहीं था।’

मैंने उसे अपने समीप खींच लिया— ‘चलो, भीतर चलें।’ मैं बैठक की तरफ घूमता हुआ बोला— ‘यहां बड़ी ठंडक महसूस हो रही है।’

उस रात बहुत देर तक मुझे नींद नहीं आई।

16

साम बर्नस्टीन मेरी तरफ देखकर मुस्कराया। उसने अपने भारी हाथ से वह स्क्रिप्ट थपथपाई जो कैरोल ने और मैंने तैयार की थी।

‘यही चाहिए मुझे।’ वह बोला— ‘यह बिलकुल ठीक नहीं है, लेकिन कामचलाऊ है। शुरुआत तो अच्छी हुई।’

मैं उसके विशाल दफ्तर में बैठा था। मैंने आशापूर्ण निगाहों से उसकी तरफ देखा— 'मैंने रूपरेखा को संक्षिप्त रखा है। मैंने सोचा तुम्हारे अपने भी आइडियाज होंगे। शुरुआत के लिए यह ठीक रहेगी।'

बर्नस्टीन ने मुझे सिगार पेश किया, लेकिन मैंने इनकार में सिर हिला दिया। उसने एक सिगार लिया— 'ऐसी फुर्ती की मुझे उम्मीद नहीं थी।' वह बोला— 'अब हम सीढ़ी-दर-सीढ़ी इस पर विचार करते हैं। जब हमारी राय मिल जाए तो तुम इसे ले जाओ और इसको मुनासिब विस्तार दे दो। फिर मैं आर.जी. से बात करूंगा।'

'यहां तुम्हारे सामने कठिनाई पेश आएगी।' मैं निराश स्वर में बोला।

वह हंसा— 'वह मैं संभाल लूंगा।' वह बोला— 'कैरोल बड़ी बढ़िया लड़की है और तुम बहुत खुशकिस्मत आदमी हो। अगर गोल्ड तुम्हारी जात से नफरत करता है तो वह बढ़िया कहानी से मुहब्बत करता है।' उसने फिर स्क्रिप्ट थपथपाई— 'और यह बढ़िया कहानी है।'

'जैसी तुम्हारी मर्जी। अब अगर हम इस रूपरेखा को देख लें तो...।'

'यह ठीक है। इसे ले जाओ और इस पर आधारित विस्तृत स्क्रिप्ट तैयार कर लो। फिर मैं इसे आर.जी. के पास ले जाऊंगा।'

मैं उठ खड़ा हुआ— 'शुक्रिया, मिस्टर बर्नस्टीन।' मैं बोला— 'विस्तृत स्क्रिप्ट में जल्दी ही पेश कर दूंगा।'

'ठीक है।' वह दरवाजे तक मेरे साथ आया।

'कैरोल तो शायद आज सारा दिन व्यस्त रहेगी।' मैंने उससे हाथ मिलाते हुए पूछा।

'पता नहीं।' उसने कंधे झटकाए— 'जाकर खुद देख आओ। वह जैरी हिगम्स के साथ है। तुम उसका दफ्तर जानते ही हो।'

'हां, ठीक है मिस्टर बर्नस्टीन! मैं तुमसे फिर मिलूंगा।'

मैं गलियारे में आगे बढ़ा। हालांकि मैं हिगम्स के दफ्तर के सामने से गुजरा, लेकिन मैं वहां रुका नहीं। मैं फ्रैंक इम्ग्राम से आमना-सामना नहीं चाहता था और वह वहां हो सकता था।

गलियारे के सिरे पर एक पब्लिक कॉल ऑफिस था। मैं उसके सामने ठिठक गया। मैंने घड़ी देखी। बारह बजने को थे। मुमकिन है मार्टी अभी वहां न पहुंची हो। मैं चाहता था कि फोन ईव उठाए, मैं बूथ के भीतर दाखिल हो गया। मैंने ईव का नंबर डायल किया। मेरा दिल एकाएक बड़ी जोर से धड़कने लगा था।

कितनी ही देर घंटी बजती रहने के बाद ईव ने फोन उठाया।

'हैलो?'

'ईव।' मैंने उसकी आवाज पहचान ली— 'कैसी हो?'

'गुड मॉर्निंग क्लाइव।' वह बोली— 'तुम कैसे हो? बड़ी जल्दी फोन किया।'

'क्या मैंने तुम्हें सोते से जगा दिया है?' मैं बाला। मैं हैरान था कि वह इतने मैत्रीपूर्ण ढंग से बोल रही थी।

'नहीं, ठीक है। मैं कॉफी पी रही थी। जागे हुए काफी देर हो गई मुझे।'

'मुझसे कब मुलाकात होगी तुम्हारी?'

'तुम कब आना चाहते हो?'

'एक मिनट ठहरो ईव!' मैं उलझन में पड़ गया— 'उस दिन तुम तो कह रही थीं कि तुम मुझसे दोबारा कभी नहीं मिलना चाहतीं?'

'ठीक है, तो फिर मैं नहीं मिलना चाहती दोबारा तुमसे।' वह हंसी।

'मैं फौरन आ रहा हूं।' मैं बोला— 'तुम बहुत शैतान हो। दो दिन मेरी ऐसी-तैसी फेरे रखी तुमने। मैं सचमुच यही समझा था कि तुम दिल से कह रही थीं।'

वह फिर हंसी— 'तब मैं दिल से ही कह रही थी। तब मैं गुस्से में थी। तुम कमीने हो, जो मुझे यूं छोड़कर चले गए थे।'

'ठीक है, मैं कमीना था।' मैं भी हंसा— 'अब मुझे सबक मिल गया है। अब मैं ऐसा नहीं करूंगा।'

'अब मत करना। अगली बार मैं तुम्हें इतनी आसानी से माफ नहीं करूंगी।'

'आओ, मेरे साथ लंच हो जाए।'

'नहीं।' उसकी आवाज कठोर हो गई— 'यह काम मैं नहीं करूंगी क्लाइव। तुम धंधे के लिहाज से चाहो तो आकर मुझसे मिल सकते हो—लेकिन मैं लंच के लिए नहीं आऊंगी।'

'ख्याल है तुम्हारा। तुम लंच के लिए आओगी और बिना बहस किए आओगी।'

'क्लाइव, मैंने कहा न मैं लंच के लिए नहीं आऊंगी।'

'इस बारे में हम मुलाकात होने पर बात करेंगे। मैं आधे घंटे में पहुंच रहा हूं।'

'तब तक तो मैं तैयार भी नहीं हुई होऊंगी। एक बजे के करीब आना।'

'ठीक है। कोई बढ़िया पोशाक पहनना।'

'मैं लंच पर नहीं आऊंगी।'

'इस बार जो तुम्हें कहा जाएगा, तुम वही करोगी।' मैं हंसता हुआ बोला— 'कोई चुस्त पोशाक।' लेकिन लाइन कट चुकी थी।

मैं हंसा— 'देखते हैं जानेमन, कि इस बार किसकी चलती है।

मैं पार्किंग में जाकर क्रिस्लर में सवार हुआ और उसे धीरे-धीरे चलाता हुआ स्टूडियो के गेट से बाहर की ओर चल दिया। मेरा मूड अच्छा था। मुझे भरोसा था कि मैं ईव पर काबू पा सकता था। वह अपनी फूं-फां सलामत रखने के लिए लाइन काट सकती थी, लेकिन लंच के लिए उसने मेरे साथ चलना ही था—चाले मुझे उसे नाइट ड्रेस में ही रेस्टोरेंट तक घसीट कर न ले जाना पड़े।

मैं लेखक क्लब में पहुंचा और स्टीवर्ड से अपनी डाक के बारे में पूछा। उसने मुझे कुछ चिट्ठियां दे दीं। मैं बार में पहुंचा। एक स्कॉच और सोडा का ऑर्डर दिया। मैंने देखा, चिट्ठियों में ईव की कोई चिट्ठी नहीं थी। मैंने स्टीवर्ड से फिर जाकर पूछा कि मेरी कोई चिट्ठी रह तो नहीं गई थी। वह बोला— 'नहीं।'

और ईव बड़ी दृढ़ता के साथ कह रही थी कि उसने मेरे 40 डालर उस पते पर वापस भेजे थे।

मैंने फिर उसे फोन किया।

'हैलो!' वह फौरन बोली।

'ईव, तुम कह रही थीं कि तुमने मेरे पैसे वापस किए थे?'

'हां।'

'लेखक क्लब के पते पर?'

'हां।'

'यहां तो पहुंचे नहीं वे।'

'तो मैं क्या कर सकती हूं? मैंने तो भेजे थे।'

'ईव, मैं इसलिए पूछ रहा हूं, क्योंकि मैं नहीं चाहता कि तुम वे पैसे वापस करो। मैं वे पैसे यहां लेने आया था। तुम्हें पक्का विश्वास है कि तुमने पैसे यहां भेजे थे?'

'हां, और पैसे मुझे वापस नहीं चाहिए। तुमने मुझे नाराज किया था— 'इसलिए मैंने तुम्हारे पैसे वापस कर दिए थे। अगर अब तुम वे पैसे मुझे दोगे तो मैं नहीं लूंगी।'

कोई गड़बड़ थी।

'तुमने भीतर कोई चिट्ठी भी रखी थी?'

'मैं क्यों रखती? मैंने तो पैसे लिफाफे में रखे थे और उसे लेखक क्लब के पते पर पोस्ट कर दिया था।'

वह झूठ बोल रही थी। अब मुझे मालूम था कि पैसे वापस भेजने की उसकी कभी नीयत नहीं थी। उसने अपनी शक्ति दिखानी चाही थी। वह जानती थी कि पैसे वापस भेजने से वह मुझे चोट पहुंचा सकती थी, लेकिन मुझसे बदला उतारने की इच्छा के बावजूद भी उसका लालच बहुत प्रबल रहा था। उसने समझौता करने की कोशिश की थी और आशा की थी कि यह बताने पर कि उसने मेरे पैस लौटा दिए थे—मैं उसकी बात पर विश्वास कर लूंगा और इस प्रकार उसे अपना बदला सस्ते में हासिल हो जाएगा। बहरहाल, मैं दो दिन उसके लिए तड़पा था, लेकिन अब मैंने अनुभव किया कि मेरे मन में पनपा उसके लिए तिरस्कार का भाव अपने आप में मेरी जीत था।

'शायद वह चिट्ठी डाक में गुम हो गई है।' मैं तनिक व्यंग्यपूर्ण स्वर में बोला— 'बहरहाल, चिंता मत करो। मैं भरपाई कर दूंगा।'

'हम लंच के दौरान इस बारे में बात करेंगे?' मैंने उससे पहले संबंध विच्छेद करने की कोशिश की, लेकिन उसने मुझे पीट दिया।

एक बजे के करीब मैंने उसके घर के सामने जाकर कार रोगी। मैंने हॉर्न बजाया। फिर मैं कार से बाहर निकला और राहदारी पर आगे बढ़ा। मैंने दरवाजे पर दस्तक दी और एक सिगरेट निकालकर सुलगा ली।

एक-दो क्षण बाद मुझे अनुभव हुआ कि धार के भीतर से कोई आवाज नहीं आ रही थी। साधारणतया दरवाजा खटखटाते ही मुझे भीतर से मार्टी के कदमों की आवाज आ जाती थी।

मैं सकपकाया। मैंने फिर दस्तक दी। कोई प्रतिक्रिया न हुई। मैं प्रतीक्षा करता रहा। एकाएक मेरा दिल डूबने लगा था।

मैंने चार बार और दरवाजा खटखटाया और फिर वापस क्रिस्लर में आ बैठा। मैंने कार को सड़क पर आगे बढ़ा दिया। जब मैं थोड़ी दूर निकल आया तो मैंने कार रोकी और एक और सिगरेट सुलगाई। इस दौरान मेरे हाथ कांप रहे थे।

एकाएक मुझे हार्वे बारो का ख्याल आया। मुझे उसका कथन याद आया— 'मैंने उसे कहा था कि मैं उसे लेने आऊंगा और उसने कहा कि ठीक है। लेकिन मैं चार बार उसके घर गया और हर बार उसकी कम्बख्त नौकरानी ने कह दिया कि वह घर नहीं थी, लेकिन मैं जानता था कि वह घर में मौजूद थी और मुझ पर हंस रही थी।'

मेरे हाथ स्टियरिंग पर कस गए। मेरे साथ तो उसने मार्टी से झूठ बुलवाने की कोशिश भी नहीं की थी। जरूर वह भीतर मार्टी के साथ बैठी दरवाजा खटखटाए जाने की आवाज सुन रही होगी और हंस रही होगी। पीटने दो दरवाजे साले को। साला खुद ही थककर चला जाएगा।

मैं धीमी रफ्तार से सनसेट बोलेबर्ड पर कार चलाता रहा। मैंने एक ड्रग स्टोर के आगे कार रोकी और भीतर जाकर उसका नंबर डायल किया। दूसरी तरफ घंटी बजती रही, लेकिन किसी ने फोन नहीं उठाया।

शायद जान-बूझकर वह फोन नहीं उठा रही थी। जरूर उसे अनुमान होगा कि फोन करने वाला कौन था। एकाएक मेरा जी चाहने लगा कि मैं साली को कत्ल कर दूं। वह सर्द-सा ख्याल बड़े अप्रत्याशित ढंग से मेरे मस्तिष्क में पनपा और मैंने पाया कि मैं बड़ी दिलचस्पी से और खुशी से उस पर विचार कर रहा था। फिर ऐसी बात सोचने के ख्याल तक से आतंकित होकर मैंने फोन रख दिया और बाहर धूप में आ गया।

क्या मैं पागल हुआ जा रहा था? श्री प्वाइंट की तरफ बढ़ते समय मैंने अपने आपसे सवाल किया। उस पर खफा होना और बात थी, लेकिन उसके कत्ल का ख्याल करना... ऐसी बात का तो ख्याल करना भी मूर्खता थी। दीवानगी थी।

लेकिन साथ ही मैं जानता था कि ईव का कत्ल करके मुझे बहुत खुशी हासिल होगी। उस पर अपना प्रभाव छोड़ने का मेरे पास और कोई तरीका नहीं था। उसका कवच बहुत मजबूत था। मैंने जल्दी से उस ख्याल को अपने दिमाग से बाहर धकेला, लेकिन वह बार-बार वापस लौट आता था और मेरा मस्तिष्क उसको कत्ल करने की तरकीबें सोचने लगता था। इस बात से मुझे बेपनाह खुशी हासिल होती थी।

एक रात मैंने उसकी गैरहाजिरी में उसके घर में घुसकर उसकी प्रतीक्षा करने की कल्पना की। मैं ऊपर वाली मंजिल के एक खाली कमरे में छिप जाऊंगा। उसके ताला खोलने की आवाज आने तक मैं वहां छिपा रहूंगा—फिर मैं अपने गुप्त स्थान से निकलूंगा और इस बात की पुष्टि करूंगा कि वह अकेली थी। मैं जानता था कि रेलिंग पर झुककर मैं उसे बड़ी आसानी से देख सकता था, लेकिन वह मुझे नहीं देख सकती थी।

बिस्तर के हवाले होने से पहले वह बाथरूम इस्तेमाल करना चाहेगी। जब तक वह दोबारा वापस नीचे नहीं चली जाएगी, मैं एक खाली कमरे में छिपा रहूंगा। मुझे यह सोचकर बहुत आनंद आएगा कि वह उस तन्हा इमारत में अपने आपको अकेली समझकर घूमती फिर रही होगी—जबकि वास्तव में हर क्षण उसकी मौत की सूरत में मैं उसके सिर पर मंडरा रहा होऊंगा।

शायद वह पिछली बार की तरह जब मैं उसे छोड़कर चला आया था, नशे में धुत वापस लौटेगी। अगर वह नशे में होगी तो मेरे लिए उसका कत्ल करना और भी आसान होगा। अगर मैं उसे व्हिस्की की दुर्गंध फैलाने, खर्राटे भरता पाऊंगा तो मुझे उस पर कोई तरस नहीं आएगा।

मैं सीढ़ियों के दहाने पर सरक आऊंगा और उसकी आहट लूंगा। वह बिस्तर के हवाले होने की तैयारी कर रही होगी। अब तक उसकी दिनचर्या की मुझे खूब समझ आ चुकी थी, इसलिए मुझे खूब मालूम था कि वह कब क्या करती थी। पहले व अपनी स्कर्ट उतारेगी। भीतर आते ही यह उसका पहला काम था जो वह करती थी, क्योंकि स्कर्ट इतनी तंग होती थी कि वह उसे पहने-पहने आराम से बैठ नहीं सकती थी। फिर अपनी बाडीरोब के पास जाएगी और एक हैंगर निकालेगी। वह बड़े सलीके से उस पर अपना कोट और स्कर्ट टांगेगी। फिर अपने बाकी कपड़े उतारने से पहले शायद वह एक सिगरेट सुलगा लेगी। फिर वह अपने रात के कपड़े पहनेगी और बिस्तर पर ढेर हो जाएगी।

कान लगाकर सुनने से मैं इन बातों को समझ सकता था। हर आवाज का अपना स्वतंत्र अर्थ था। जैसे जब वह पलंग पर लेटती थी, उसके स्प्रिंग चरमराते थे। उसके बाद शायद वह कुछ पढ़े या बत्ती बुझाकर अंधेरे में धूम्रपान करे। कुछ भी करे वह—मैं उसे इतना ज्यादा वक्त दूंगा कि वह जरूर सो जाएगी। अगर मुझे अंधेरे में कई घंटे भी इंतजार करना पड़ जाता, तो मुझे क्या परवाह थी। अंत में मैं नीचे आऊंगा। मैं एक-एक कदम फूंक-फूंककर रखता हुआ भूत की तरह नीचे उतरूंगा। मैं उसे तब तक नहीं जगाऊंगा, जब तक उसके लिए अपनी रक्षा कर पाना असंभव नहीं हो जाएगा।

मैं दरवाजे के पास पहुंचकर अंधकार में भीतर झांकूंगा। मैं उसे देख नहीं पाऊंगा, लेकिन मुझे मालूम होगा कि बिस्तर पर उसका सिर कहां होगा और मैं धीरे से उसके समीप पलंग पर बैठ जाऊंगा। वह तब भी नहीं जागेगी। मैं एक हाथ से उसका गला तलाश करूंगा और दूसरे से टेबल लैंप का स्विच ऑन कर दूंगा।

फिर आएगी वह घड़ी, जो मेरे तमाम जख्म भर देगी, जो उसने मुझे दिए थे। एक छोटी-सी घड़ी के लिए उसकी चेतना जागेगी और उसकी निगाहें मुझे पहचानेंगी। हम एक-दूसरे

की तरफ देखेंगे और वह जान जाएगी कि मैं वहां क्यों आया था और मैं क्या करने जा रहा था। मैं उसकी असहाय और आतंकित आंखों में देखूंगा और वह पहला मौका होगा जब वह मुझे अपने धंधे के हाव-भाव के बिना अपनी भावहीनता की नकाब के बिना दिखाई देगी।

वह केवल दो या तीन सेकेंड के लिए होगा—लेकिन इतना काफी होगा। मैं उसकी छाती पर अपना घुटना रखकर और अपने हाथों को उसके गले से लपेटकर जल्दी से उसे मार डालूंगा। मैं अपने शरीर के साथ वजन से उसे पलंग पर उबाए रखूंगा। उसको अपने बचाव का कोई मौका नहीं मिलेगा। वह तो मेरे हाथों को नोंच तक नहीं पाएगी।

किसी को मालूम नहीं होगा कि वह काम किसने किया था। कातिल उसका कोई भी ग्राहक हो सकता था।

एक कार के हॉर्न की तीखी आवाज सुनकर मेरा वह दहशतनाक सपना टूटा और मैंने अपनी कार को एक कैडीलॉक से सीधे जा टकराने से बाल-बाल बचाया। मैं अपने ख्यालों में इतना खो गया था कि मेरी कार, कार की बाईं तरफ अटक गई थी। मैंने जल्दी से कार का रुख ठीक किया। दूसरी कार का ड्राइवर मुझे गालियां दे रहा था। मैं सावधानी से कार चलाने लगा।

मैं श्री प्वाइंट पहुंचा। ईव से बदला लेने की जो तरकीब मैंने सोची थी, उस पर मैं अभी भी मन-ही-मन खुश हो रहा था। तब लगभग तीन बज चुके थे। मैंने रसेल को आवाज देकर उसे टैरेस पर सैंडविच और व्हिस्की लाने के लिए कहा।

मैं ईव के अपने प्रति व्यवहार पर अभी भी क्रोधित था, लेकिन साथ ही आशंकित भी था, कि उसकी मेरे प्रति लापरवाही के कारण मेरी नीयत कौन-सा रुख अख्तियार कर रही थी। मैं इस तथ्य से आतंकित था, भयभीत था कि मैंने कितनी बारीकी से कत्ल के बारे में सोचा था और कत्ल के ख्याल से मुझे कितनी खुशी हासिल हुई थी। तीन हफ्ते पहले ऐसा कोई ख्याल मेरे मस्तिष्क में हर्गिज नहीं आया होता, लेकिन उस वक्त मुझे अपनी जद्दोजहद का वह इकलौता पल मालूम हो रहा था।

मुझे अपने आप पर काबू पाना ही होगा। मैंने चहलकदमी करते हुए सोचा। वह मेरे किसी काम की नहीं। मुझे उससे हार मान लेनी चाहिए और उसे भूल जाना चाहिए। अगर उसका प्रभाव मेरे मस्तिष्क पर रहा, तो मैं कोई काम नहीं कर पाऊंगा। वह जहालत बंद होनी ही चाहिए।

रसेल ट्रे लेकर वहां आया।

‘रसेल मेरा टाइपराइटर लाओ।’ मैं बोला— ‘मुझे कुछ काम करना है।’

वह फौरन टाइपराइटर लाने लाइब्रेरी में चला गया।

मैं बैठ गया और बर्नस्टीन के नोट पढ़ने लगा, लेकिन एकाग्रता मुझे बड़ा कठिन काम लग रही थी—मेरे दिमाग से वह नजारा जा नहीं रहा था, जब मैं किसी फेरीवाले की तरह ईव के दरवाजे पर खड़ा होकर लौट आया था। जितना ज्यादा मैं इस बारे में सोचता था, उतना ही ज्यादा मुझे गुस्सा आता था। रसेल टाइपराइटर रखकर चला गया—लेकिन मैं काम शुरू न कर पाया। काम की जगह मैंने सैंडविच खत्म की और लगातार पीने लगा।

मैं साली को ठीक कर दूंगा। मैंने अस्थिर हाथों से गिलास में और व्हिस्की डालते हुए सोचा। मैं उससे बदला चुकाने का कोई-न-कोई तरीका निकाल लूंगा। मैंने एक ही घूंट में गिलास खाली किया और उसे फिर भर लिया। ऐसा मैंने कई बार किया। मैं जानता था कि नशा मुझ पर हावी हो रहा था। मैंने बोतल परे धकेल दी और टाइपराइटर अपनी तरफ खींचा— 'ऐसी-की-तैसी उसकी।' मैं उच्च स्वर में बोला— 'वह मुझे नहीं रोक सकती। मुझे कोई नहीं रो सकता।'

मैंने बर्नस्टीन के कहे अनुसार पहला सीन लिखने की कोशिश की। लेकिन एक घंटा कोशिश करते रहने के बाद मैंने टाइपराइटर से कागज खींचा और उसका पुर्जा-पुर्जा कर दिया।

कोई रचनात्मक कार्य करने योग्य मेरा मूड नहीं था। मैं टैरेस से हटा और केबिन के खाली कमरों में फिरने लगा। रसेल कहीं चला गया था। केबिन उस वक्त मुझे इतना तन्हा लग रहा था कि मैं सोचने लगा कि ऐसी उजाड़ जगह में आकर मैंने बेवकूफी तो नहीं की थी।

जब तक कैरोल साथ होती थी, तब तक तो ठीक था, लेकिन अब वह अपना अधिकतर समय स्टूडियो में गुजारने वाली थी और मुझे बोर होना पड़ता था।

मेरा ख्याल बार-बार ईव की तरफ जा रहा था। मैंने बहुत कोशिश की कि मैं कुछ और सोचूं, लेकिन मैं सफल नहीं हो सका। मैंने एक नॉवल उठाया और उसे पढ़ने की कोशिश की, लेकिन आधा दर्जन पृष्ठ पढ़ने के बाद मैंने अनुभव किया कि मुझे खाक भी पता नहीं था कि मैंने क्या पढ़ा था। मैंने नॉवल एक ओर फेंक दिया।

तब तक व्हिस्की मुझ पर हावी होने लगी थी और मेरा सिर भारी होने लगा था। एकाएक मैं उठा और टेलीफोन के पास पहुंचा। साली को दो-चार गालियां तो सुनाऊं—मैंने सोचा।

मैंने उसका नंबर डायल किया।

'कौन है?' मार्टी ने पूछा।

मैं हिचकिचाया, फिर मैंने धीरे से रिसीवर वापस रख दिया। मैंने एक सिगरेट सुलगा ली और अस्थिर कदमों से चलता हुआ फिर टैरेस में आ गया।

ऐसे नहीं चल सकता था—मैंने सोचा। मुझे हर हाल में काम करने की कोशिश करनी होगी। मैं फिर बैठ गया और बर्नस्टीन के नोट पढ़ने लगा, लेकिन मेरा दिमाग बार-बार भटक जाता था। अंत में मैंने वह काम छोड़ दिया।

उसको देखते ही मेरे मस्तिष्क से एक भारी बोझ उतर गया। मैंने उसे मजबूती से अपने साथ लगा लिया।

'कैसा गुजरा दिन?' मैंने मुस्कराते हुए पूछा।

उसने एक गहरी सांस ली— 'मैं थक गई हूं क्लाइव। लगातार काम हुआ आज। भीतर चलो और मुझे एक ड्रिंक दो। मैं तुम्हारी भी खबरें सुनना चाहती हूं।'

हम भीतर गए। वह मुझे स्टोरी कांफ्रेंस की बातें सुनाने लगी।

'आर.जी. अभी तक तो खुश है।' वह बोली— 'बड़ी शानदार फिल्म बनेगी। जैरी ने इतना बढ़िया काम पहले कभी नहीं किया और खुद आर.जी. ने भी एक बहुत बढ़िया राय दी थी।'

मैंने उसके लिए जिन और लाइम तथा अपने लिए व्हिस्की तैयार की।

'क्लाइव!' एकाएक वह बोली— 'यह सारी व्हिस्की तुम अकेले तो नहीं पी गए हो? सुबह तो व्हिस्की की यह बड़ी बोतल भरी हुई थी।'

मैंने उसका गिलास उसे थमाया और हंसा— 'नहीं तो?' मैं बोला— 'तुम क्या समझती हो मुझे? नशेड़ी? यह बोतल मुझसे लुढ़क गई थी और आधी व्हिस्की नीचे बिखर गई थी।'

उसने एक खोजपूर्ण निगाह मुझ पर डाली। मैंने बड़ी निडरता से उससे निगाहें मिलाईं। फिर उसके चेहरे से संदेह के बादल छंट गए और वह मुस्कराने लगी— 'साम को पहली रूपरेखा पसंद आई? उसने जल्दी से पूछा।

'हां।' मैं बोला— 'क्यों नहीं पसंद आती भला। तुमने लिखा था उसे। क्यों?'

'नहीं डार्लिंग, वह सब तुमने लिखा था।' वह तनिक विचलित स्वर में बोली— 'तुम इससे खफा तो नहीं हो न? मेरा मतलब है अगर तुम नहीं चाहते तो मैं दखलंदाजी नहीं करूंगी।'

'छोड़ो।' मैं बोला— 'मैं जानता हूं कि फिल्म के लिए लिखने का मुझे तजुर्बा नहीं, लेकिन जो कुछ मुझे नहीं आता, उसे सीखने से मुझे कोई एतराज नहीं।' मैं उसके पास बैठ गया और मैंने उसका हाथ थाम लिया— 'लेकिन उसे दोबारा मैं ठीक से नहीं लिख पा रहा हूं। मैं अभी भी कहता हूं कि अच्छा यही होगा कि बर्नस्टीन वह काम किसी और से करवा ले। मैं तो किसी किनारे लग नहीं पा रहा।'

'मुझे एक सिगरेट दो और बताओ बर्नस्टीन ने क्या कहा था।'

'मैंने उसे बर्नस्टीन के सुझावों के बारे में बताया। उसने बड़ी गौर से सब कुछ सुना। बीच-बीच में वह सहमति में सिर हिलाती रही।

'बहुत बढ़िया।' मैं चुप हुआ तो वह बोली— 'अब यह बहुत बेहतरीन हो गई है। क्लाइव, तुम्हें इस पर काम करना ही होगा। मैं जानती हूं, तुम यह काम कर सकते हो। यह काम तुम्हारे लिए बहुत महत्वपूर्ण साबित होगा।'

'कहना आसान है कैरोल।' मैं कड़वे स्वर में बोला— 'लेकिन मुझे कहानी का कोई अहसास नहीं रहा है। मैं सारा दिन इसके साथ कुश्ती लड़ता रहा हूं, लेकिन नतीजा कुछ नहीं निकला है।'

उसने मेरी तरफ देखा। उसकी आंखों में उलझन का भाव था— 'शायद कल तुम्हारा मूड सुधर जाएगा।' वह आशापूर्ण स्वर में बोली— 'साम जल्दी ही किसी नतीजे की अपेक्षा कर रहा होगा। वह अभी ही प्रोडक्शन में लेट हो रहा है।'

मैं उठ खड़ा हुआ और चिड़चिड़ाकर बोला— 'ऐसे काम जबरदस्ती नहीं किए जा सकते।'

वह मेरे समीप आई। उसने अपनी बांहें मेरे गिर्द लपेट दीं— 'चिंता मत करो क्लाइव। देखना खुद-ब-खुद सब कुछ सूझने लगेगा।'

'भाड़ में जाए यह सब।' मैं दरवाजे की तरफ घूमा— 'मैं तो कपड़े बदलने लगा हूं। तुम्हारे पास कोई किताब है?'

'मुझे कुछ काम है।' वह जल्दी से बोली— 'मैंने कुछ सीन लिखने हैं?'

'तुम दिन-रात काम नहीं करती रह सकतीं।' मैं बोला। मुझे इस बात से चिढ़ हो रही थी कि वह रचनात्मक कामों में अपना दिमाग लगाने में इतनी समर्थ नहीं थी— 'आराम करो।'

उसने मुझे दरवाजे की तरफ धकेल दिया— 'मुझे लालच में मत डालो। तुम टैरेस पर जाकर बैठो। मैं काम से निपटकर अभी तुम्हारे पास आती हूं।'

मैं टैरेस पर जा बैठा। कितनी ही देर मैं कूल्सन के बारे में सोचता रहा। मैं जानता था कि उसके नाटक को फिल्म में परिवर्तित करके मैं बड़ी कमीनी हरकत कर रहा था, लेकिन अब इतना आगे बढ़ चुका था कि रुक नहीं सकता था। मुझे शुरू में ही उसका नाटक नहीं चुराना चाहिए था। लेकिन अगर मैं वह काम न करता तो मैं वह न होता, जो मैं आज था। मुझे कैरोल न मिली होती। मैंने एक गहरी सांस ली और मुझे ईव न मिली होती।

'तुम वहां अंधेरे में बैठे क्या कर रहे हो?' कैरोल टैरेस पर कदम रखती हुई बोली— 'कई घंटों से बैठे हो तुम यहां। बारह बज चुके हैं।'

मैंने अपने आपको संभाला— 'मैं सोच रहा था।' मैं उठता हुआ बोला— 'मुझे पता नहीं लगा कि इतना वक्त कब गुजर गया। तुम्हारा काम खत्म हो गया?'

उसने अपनी बांहें मेरी गर्दन में पिरो दीं और मेरा चुंबन लिया— 'गुस्सा मत होओ डार्लिंग।' वह मेरे कान में बोली— 'तुम्हारे लिए दूसरी रूपरेखा मैंने तैयार कर दी है। तुम इसे अब लिख लो और यह खूब जंच जाएगी। तुम मुझसे खफा तो नहीं हो न?'

मैंने उसकी तरफ देखा। मुझे उस पर ईर्ष्या होने लगी। जो काम मैं कर ही नहीं पाया था, उसे उसने इतनी आसानी से कर दिया था।

'लेकिन कैरोल, तुम अपना भी और मेरा भी, दोनों का काम कैसे कर सकती हो? यह गलत बात है। इस प्रकार तो मैं तुम्हारा आश्रित बन जाऊंगा।'

'खफा मत होओ।' वह याचनापूर्ण स्वर में बोली— 'मैंने केवल इतना किया है कि तुम्हारा आइडिया और साम का आइडिया कागज पर उतार दिया है। यह काम तो कोई स्टेनोग्राफर भी कर सकता था। कल तुम इसे पालिश कर लेना और फिर इसे साम के पास ले जाना। फिर आर.जी. इसको ओ.के. कर देगा और फिर तुम असली काम शुरू कर पाओगे। अब गुस्सा छोड़ दो और मुझे एक चुंबन दो।'

मैंने उसका चुंबन लिया।

उसने मुझे आलिंगन में ले लिया— 'बिस्तर पर आ जाओ।' वह बोली— 'कल मुझे जल्दी जागना है।'

'आ रहा हूं।' मैं अपने आपको बड़ा पस्त और खाली-खाली-सा महसूस कर रहा था।

17

अगले चार दिनों के दौरान मेरा यह अहसास बढ़ता ही गया कि मैंने श्री प्वाइंट में रहने को आकर गलती की थी। ऐसा करक मैं तमाम सामाजिक संपर्कों से कट गया था और अब मनोरंजन के किसी साधन के अभाव में मैं इस जबरदस्ती ओढ़ी हुई तन्हाई से बोर होता जा रहा था। हालांकि यहां शांत वातावरण में मैंने एक नॉवल लिख लेने की उम्मीद की थी, लेकिन जब उसे शुरू करने का समय आया तो मैंने स्वयं में प्रेरणा का सदा अभाव पाया।

काफी मेहनत के बाद मैं कैरोल द्वारा तैयार की गई कैरोल की दूसरी रूपरेखा को लिखने में कामयाब हो गया था। तकरीबन जरूरी काम तो उसी ने लिया था, इसलिए मेरा काम तो केवल उसके लिखे की नकल मार लेना था। हालांकि मैंने उसमें कोई रचनात्मक काम नहीं करना था, तो भी मुझे टाइपराइटर के सामने बैठना ही मुसीबत लग रहा था। कई बार काम करते-करते मेरा जी चाहने लगता था कि बाकी का काम करने के लिए किसी स्टेनोग्राफर को बुला लूं। लेकिन अंत में मैं वह काम करने में सफल हो गया था और उसका परिणाम अब साम बर्नस्टीन के हाथ में था।

मैं अब दिल थामे यह सुनने का इंतजार कर रहा था कि गोल्ड ने क्या कहा था। अगर उसे वह काम पसंद आ जाता, तो मेरा इरादा यह जिद् करने का था कि वह शूटिंग स्क्रिप्ट किसी और से, किसी से भी लिखवाए। मैं जानता था कि वह काम मेरे बस का नहीं था और फिर मेरी किस्मत नहीं हो रही थी कि मैं स्क्रिप्ट की जरूरत के अनुसार अतिरिक्त डायलॉग लिखने की कोशिश करता। जॉन कूल्सन उम्मीद नहीं थी। अगर मैंने ऐसी कोशिश की भी तो गोल्ड जैसे घाघ आदमी को यह मालूम हो जाना निश्चित था कि मूल नाटक का लेखक मैं नहीं था।

मेरी आर्थिक स्थिति भी मुझे चिंता में डालने लगी थी। मेरी जमापूंजी घटती जा रही थी, हर हफ्ते रायल्टी की रकम भी कम होती जा रही थी और कर्जे बढ़ते जा रहे थे। मैंने इन बातों का संकेत कैरोल को नहीं दिया था, क्योंकि फिर वह अपना हिस्सा अदा करने की जिद् करती। वह स्टूडियो से खूब पैसा कमा रही थी। उसमें कुछ रकम वह अपने जेब खर्च के लिए, अपने कपड़ों वगैरह के लिए खर्च करती थी और बाकी बड़ी सावधानी से जमीन-जायदाद खरीदने में लगा देती थी। मेरे मैं और कोई भी नुक्स हो, उसका एक पैसा भी छूने का मेरा कोई इरादा नहीं था।

जब वह स्टूडियो में होती थी, तो दिन गुजरने का नाम ही नहीं लेता था। मैंने कई घंटे लाइब्रेरी में बंद होकर गुजारे, लेकिन जब मेरी बर्दाश्त से बाहर हो जाता तो मैं जंगल में जला

144

जाता और वहां भटकता रहता। ईव और जॉन कूल्सन मेरे ख्यालात से कभी दूर नहीं आ पाते थे।

मैंने 'रेन चैक' की शूटिंग स्क्रिप्ट लिखने की कोशिश जरूर की, लेकिन अभी मैंने शुरुआत भी नहीं की होती थी कि यह भूतहा ख्याल मुझे आने लगता था कि जॉन कूल्सन कमरे में मेरे पास मौजूद था। वह मुझे अपनी रचना के साथ कुश्ती लड़ते देख रहा था और चुपचाप मुझ पर हंस रहा था। वह बेहूदा ख्याल था, लेकिन मैं क्या करता? वह ख्याल मेरे जहन से निकलता ही नहीं था और इस वजह से अपना ध्यान लिखने पर केंद्रित कर पाना मुझे असंभव लगता था।

तीन दिन मैं ईव को टेलीफोन करने की इच्छा के विरुद्ध लड़ता रहा—लेकिन चौथे दिन कैरोल के स्टूडियो जाते ही मैंने हथियार डाल दिए।

इत्तफाक से रसेल कुछ दिन की छुट्टी लेकर चला गया—क्योंकि उसका कोई रिश्तेदार सख्त बीमार था। कैरोल की कार की आवाज सुनाई देनी बंद होते ही मैंने अखबार एक ओर फेंका और टेलीफोन की तरफ हाथ बढ़ाया।

ईव ने तुरंत उत्तर दिया—

'हैलो!'

यह बड़ी असाधारण बात थी कि उसके मुझ पर वैसा व्यवहार कर चुकने के बावजूद भी उसकी आवाज सुनते ही मेरे दिल की धड़कन तेज हो गई।

'ईव!' मैं बोला— 'कैसी हो?'

'हैलो, अजनबी!' वह बोली— 'कहां रहे इतना अरसा?'

मुझे विश्वास न हुआ कि ईव ही बोल रही थी। उसकी आवाज से लग रहा था कि वह बहुत खुश थी। पता नहीं क्यों मुझे वह बात बुरी लगी।

'तुम मुझे कोई और तो नहीं समझ रही हो?' मैंने व्यंग्यपूर्ण स्वर में पूछा— 'मैं क्लाइव बोल रहा हूं। वह आदमी जो जब तुम्हारे दरवाजे पर दस्तक देता है, तो तुम्हें दिखाई नहीं देता।'

वह हंसी— 'जानती हूं।'

तो उसे वह मजाक की बात लग रही थी।

मेरे ख्याल से तुमने वह बड़ी कमीनी हरकत की थी मेरे साथ।' मैं बोला— 'मैंने लंच का इंतजाम किया था। कम-से-कम मुझसे मिल तो लेतीं। फिर कोई बहाना बना दिया होता।'

'आधी रात को मुझे छोड़कर खिसक जाना भी तो कमीनी हरकत थी।' वह बोली— 'और मैं तुम्हारे साथ लंच नहीं लेना चाहती थी। मैं मर्दों द्वारा अपने घर पर रौब गांठा जाना पसंद नहीं करती। आशा करती हूं कि तुम्हें सबक मिल गया होगा।'

'तुम हमेशा मुझे सबक ही देती रहती हो?'

'वह तो है। तुम्हारी कोशिश तो इतनी तगड़ी होती है कि मुझे आज तक और कोई ऐसा आदमी नहीं मिला—जिससे मुझे पीछा छुड़ाना कठिन लगा हो।'

'तो तुम मुझसे पीछा छुड़ाना चाहती हो?'

'क्या यह बात तुम्हें अभी मालूम हुई है?'

'किसी दिन कामयाब तो हो जाओगी, लेकिन फिर पछताओगी।' मैं गुस्से में बोला।

'ख्याल है तुम्हारा।' वह हंसती रही।

यह ईव का एक नया ही मूड था। मेरी उत्सुकता मेरे गुस्से पर हावी होने लगी— 'आज तो बड़ी खुश नजर आ रही हो? क्या कोई खजाना हाथ लग गया है?'

'नहीं।'

मैं प्रतीक्षा करता रहा, लेकिन वह आगे न बोली।

'मैं आज मिलने आता हूं तुमसे।' मैं बोला।

'आज मैं तुमसे नहीं मिल सकती।'

'ऐसी बात मत करो, ईव। मैं तुमसे मिलना चाहता हूं।'

'मैं घर नहीं होऊंगी, इसलिए मत आना। आए तो मुझे घर पर नहीं पाओगे।'

'तुम कहां जा रही हो?'

'यह मेरा ज्याती मामला है।'

'तो फिर मुझसे कब मुलाकात होगी तुम्हारी?'

'कह नहीं सकती। दो दिन बाद फोन करके पूछना।'

एकाएक मुझे ख्याल आया— 'क्या जैक घर आ रहा है?'

'हां। अब तो संतुष्ट हो?'

ईर्ष्या की भावना मुझमें फिर जागृत होने लगी— 'जानकर खुशी हुई।' मैंने झूठ बोला— 'फिर तो तुम अपने दूसरे घर जा रही होगी।'

'हां।' वह रुष्ट स्वर में बोली।

'कितने अरसे के लिए?'

'मालूम नहीं। मैं चाहती हूं कि तुम मुझसे ज्यादा सवाल न पूछो। मुझे पता नहीं है कि वह कितना अरसा रुकेगा।'

'वह आज आने वाला है?'

'हां। कल रात उसका तार आया था।'

'यह मत भूलना कि मैं भी उससे मिलना चाहता हूं।'

'नहीं—इस बार नहीं।'

'फिर कब?'

'फिर कभी, मैं देखूंगी।'

'तो तुम अपने सारे ब्वॉय फ्रेंड्स को भूल जाने वाली हो? क्या करेंगे वे तुम्हारे बिना?'

'पता नहीं। मुझे परवाह भी नहीं है। जब मैं फ्री हो जाऊंगी तो वे फिर आने लगेंगे।'

'अच्छी बात है। मौज करो। मैं कुछ दिनों बाद फोन करूंगा।'

'ठीक है, गुडबॉय।' उसने फोन रख दिया।

मैंने भी रिसीवर रख दिया और बाहर टैरेस पर आ गया। जब भी मैं उससे मिलता था या उसे फोन करता था, मेरे मन में यह अहसास दोबारा हो जाता था कि मैं उसके लिए कोई अहमियत नहीं रखता था—लेकिन फिर भी मैं उसे छोड़ नहीं सकता था।

मैं सारा दिन केबिन में यह सोचते नहीं गुजार सकता था कि यह अपने पति से मिल रही थी। मैं पागल हो सकता था।

मैंने स्टूडियो जाकर बर्नस्टीन से मिलने का फैसला किया।

दोपहर के करीब मैं स्टूडियो पहुंचा। मैं ऑफिस की इमारत के सामने पहुंचा तो मैंने कैरोल को जल्दी-जल्दी सीढ़ियां उतरते देखा।

'हैलो डौर्लिंग!' वह मेरा चुंबन लेती हुई बोली— 'मैं तुमसे संपर्क स्थापित करने की कोशिश कर रही थी।'

'कोई गड़बड़ है?'

'हम प्लेन पर डैथ वैली जा रहे हैं और मैं कल सुबह तक वापस नहीं लौट पाऊंगी। जैरी वहां लोकेशन शूटिंग करना चाहता है। वह, मैं और फ्रैंक फौरन वहां के लिए रवाना हो रहे हैं।'

'यानी कि आज रात तुम घर नहीं लौटोगी?'

'मैं नहीं लौट सकती डार्लिंग। ओह! रसेल भी वहां नहीं होगा। क्या करें हम?'

मैंने अपनी निराशा छिपाने की कोशिश की, लेकिन सफल न हो सका— 'मैं अपनी देखभाल खुद कर सकता हूं। तुम मेरी फिक्र मत करो और फिर मुझे ढेरों काम भी तो करना है।'

'मुझे दुःख है कि तुम्हें एकदम अकेला रहना पड़ रहा है।' वह चिंतित भाव से बोली— 'तुम सिटी में ही क्यों नहीं रुक जाते हो या और भी अच्छा होगा अगर तुम भी हमारे साथ चलो।'

'मुझे इमग्राम का ख्याल आया। मैंने इनकार में सिर हिला दिया— 'मैं श्री प्वाइंट ही वापस जाऊंगा।' मैं बोला— 'तुम चिंता मत करो—मैं गुजर कर लूंगा।'

'साथ चलो हमारे।' उसने प्रार्थना की— 'मजा आ जाएगा।'

'जिद्द मत करो।' मैं तनिक झुंझला गया— 'मैं गुजर कर लूंगा। कल रात को मिलेंगे।'

'काश! मुझे जाना न पड़ता। तुम्हारे अकेले रहने का ख्याल करके मुझे फिक्र हो रही है। तुम सिटी में वाकई नहीं ठहरना चाहते?'

'मैं बच्चा नहीं हूं कैरोल।' मैं तनिक रुष्ट स्वर में बोला— 'मैं अपनी देखभाल खुद कर सकता हूं। मैंने बर्नस्टीन से बात करनी है।' मुझे हिगम्स और इमग्राम उधर आते दिखाई दे

गए थे और मैं नहीं चाहता था कि मेरा उनसे आमना-सामना होता। मैंने उसका चुंबन लिया और बोला— 'गुडबॉय।' मैं जल्दी से इमारत में दाखिल हो गया।

मन में पस्ती का भाव लिए मैं साम बर्नस्टीन के दफ्तर की तरफ बढ़ा। अगर आज ईव फंसी न होती तो मैं उसे दिन-भर अपने साथ रहने के लिए मना लेता। मैं रात भी उसके साथ गुजार सकता होता—लेकिन अब चौबीस घंटे तक मुझे सरासर बोर होना पड़ता था।

बर्नस्टीन की सैक्रेटरी ने मुझे बताया कि बर्नस्टीन भी मुझसे संपर्क स्थापित करने की कोशिश कर रहा था।

मेरा मूड कुछ सुधरा। कोई अच्छी खबर हो सकती थी।

'हैलो!' मैं उसके दफ्तर में दाखिल होता हुआ बोला।

बर्नस्टीन उछलकर खड़ा हो गया— 'मैं तो तुम्हें तलाश कर रहा था। काम बन गया। आर.जी. मान गया और सुनो, तुम्हारा कांट्रैक्ट एक लाख डालर का हो रहा है। बधाई हो।'

मेरे मुंह से बोल न फूटा।

'मेरा ख्याल था कि तुम हैरान हो जाओगे।' वह हंसता हुआ बोला— 'मैंने तुम्हें कहा नहीं था कि मैं गोल्ड को मना लूंगा। मैं उसे जानता हूं—मैं उसके सारे अंदाज समझता हूं।' उसने दराज खोलकर एक कांट्रैक्ट फार्म निकाला।

'हर बात तय हो चुकी है। मैंने उसे अपनी हर बात मनवा ली है। खुद देख लो।'

अस्थिर हाथों से मैंने कांट्रैक्ट उठाया और मैं उसे पढ़ने लगा। फिर एकाएक जैसे मेरा दिल हिल गया।

'लेकिन इसमें तो लिखा है कि शूटिंग स्क्रिप्ट भी मुझे लिखनी पड़ेगी।' मैं हकलाया।

'जरूरा।' बर्नस्टीन हंसा— 'खुद कैरोल ने यह राय दी थी और जब मैंने आर.जी. से इसका जिक्र किया तो उसने इसे कांट्रैक्ट की एक शर्त बना दिया। वह कह रहा था कि अगर फिल्म में तुम्हारे शानदार डायलॉग नहीं होंगे तो वह किसी काम की नहीं होगी।'

मैं एक कुर्सी पर ढेर हो गया। तो गोल्ड जानता था, तभी तो एक लाख डालर का ऑफर कर रहा था। वह जानता था कि मैं कोई डायलॉग लिखने का हौसला नहीं कर सकता था।

'क्या तुम खुश नहीं हो?' बर्नस्टीन उलझनपूर्ण नेत्रों से मुझे देखता हुआ बोला— 'क्या कोई गड़बड़ है? क्या तुम्हारी तबीयत ठीक नहीं?'

'मैं ठीक हूं।' मैं बोला— 'दरअसल, खबर को एकदम से सुनकर मैं बौखला गया था।'

'ओह! तुम्हें इतनी बड़ी रकम की उम्मीद नहीं होगी? लेकिन तुम्हारा नाटक बहुत शानदार है और उस पर फिल्म बहुत बढ़िया बनेगी। एक ड्रिंक लो।'

उसकी दो पैग व्हिस्की पीकर मुझे कुछ राहत महसूस हुई। जिस दौरान वह जाम तैयार कर रहा था, मैं उस मुसीबत से निकासी का कोई रास्ता ढूंढ रहा था। गोल्ड ने मुझे एकदम बांध लिया था।

अगले दो घंटे यूं ही गुजर गए। मैं खामखाह इधर-उधर गाड़ी दौड़ाता रहा। गोल्ड की चालाकी ने मेरे मस्तिष्क को जड़ कर दिया था। मैं सोच रहा था कि मैं कैरोल को कैसे समझाऊंगा कि मैं वह काम नहीं कर सकता था।

मुझे किसी तरह तो पैसा कमाना ही था। पैसे बिना मेरा गुजारा नहीं चल सकता था।

फिर मुझे लक्की स्ट्राइक का ख्याल आया।

जब मैं शुरू में हॉलीवुड में आया था तो मैं बड़ा तगड़ा जुआरी था और मैं कैलीफोनिया बीच से परे खड़े उन पानी के जहाजों पर अकसर जाया करता था—जिन पर कि जुआ होता था। ऐसे लगभग एक दर्जन जहाज थे, जो कानून की पकड़ से परे रहने की खातिर किनारे से तीन मील दूर रहते थे। उनमें से लक्की स्ट्राइक भी एक जहाज था, जिस पर मैं कई बार जा चुका था। जुआ खेलने वाला वह सबसे बढ़िया जहाज था और मैं वहां अकसर बड़ी मोटी-मोटी रकमें जीतता था। मैंने वहीं अपनी तकदीर फिर आजमाने का फैसला किया।

पता नहीं तकदीर में अपनी आस्था की वजह से या इस वजह से बोर होने से बचने के लिए मैंने कुछ तो करना ही था। मैं लेखक क्लब पहुंचा और वहां से एक हजार डालर का एक चैक भुनवाया।

मैंने कुछ जाम पिए, कुछ सैंडविच खाईं और बाकी की शाम पत्रिकाएं देखने में और गोल्ड के बारे में सोचने में गुजार दी।

मैंने क्लब में थोड़ा खाना खाया और फिर नौ बजे के करीब मैं कार से सांता मोनिका पहुंच गया। मैं वहां पायर पर कार रोकर कितनी ही देर उसके भीतर खामोश बैठा रहा और दूर खाड़ी की तरफ देखता रहा।

मुझे लक्की स्ट्राइक दूर समुद्र में लंगर डाले खड़ा दिखाई दे रहा था। उस पर रोशनियां जगमगा रही थीं और टैक्सी नावें उस तक खूब चक्कर लगा रही थीं।

लक्की स्ट्राइक तक पहुंचने में दस मिनट लगते थे। मैं पांच अन्य मुसाफिरों के साथ एक नाव पर सवार होकर उसकी तरफ बढ़ा। उनमें से चार ने बड़े अच्छे कपड़े पहन रखे थे और पैसे वाले व्यापारी लग रहे थे। पांचवीं एक लड़की थी। वह लंबी ऊंची थी और उसके बाल लाल थे। उसकी खाल क्रीम की रंगत की थी और बड़ी नर्म लग रही थी। उसका जिस्म भी उसकी तंग पीली पोशाक में बड़ा नर्म लग रहा था। वह बड़ी सेक्सी लग रही थी।

मैं उसके सामने बैठा था। उसकी टांगें बड़ी खूबसूरत थीं। हालांकि घुटनों के ऊपर से वे अपेक्षाकृत ज्यादा मोटी थीं। वह एक तोते जैसी नाक वाले सफेद बालों वाले आदमी के साथ थी। वह हंसती थी तो वह आदमी परेशान लगने लगता था। मैंने उस लड़की की तरफ देखा तो उसने भी मेरी तरफ देखा। साफ जाहिर था कि वह जानती थी कि मैं क्या सोच रहा था—क्योंकि एकाएक उसने हंसना बंद कर दिया और अपनी स्कर्ट से अपने घुटनों को ढकने की कोशिश करने लगी। स्कर्ट बहुत छोटी थी और बहुत तंग थी। अतः उसने अपने हाथ अपने घुटनों पर रख लिए और फिर दोबारा मेरी तरफ नहीं देखा।

लक्की स्ट्राइक लगभग ढाई सौ फुट लंबा था और वह नाव से बहुत ही बड़ा लगता था। लाल बालों वाली लड़की बड़ी कठिनाई से नाव से जहाज पर चढ़ पाई। सीढ़ी तेज हवा की वजह से हिल रही थी और वह बड़े संकोचपूर्ण ढंग से उस पर चढ़ रही थी। चढ़ने में उसने इतने अड़ंगे लगाए कि तोते जैसी नाक वाला आदमी खफा दिखाई देने लगा।

जहाज पर बड़ी भीड़ थी—इसलिए वह मेरी निगाहों से ओझल हो गई। मुझे बड़ा अफसोस हुआ। वह तो एक अंधेरे कमरे में जलती हुई शमा की तरह थी।

मैं भीड़ में शामिल हो गया। मुझे वहां अपनी पहचान का कोई आदमी दिखाई नहीं दिया। मुझे एक जाम की बड़ी सख्त जरूरत महसूस हो रही थी—इसलिए मैं सीधा बार की तरफ बढ़ा। बार लोगों से ठसाठस भरा हुआ था। मैं किसी प्रकार बारटेंडर का ध्यान अपनी ओर आकर्षित करने में सफल हो गया। बड़ी मुश्किल से लोगों के सिरों के ऊपर से मैं उसके हाथ से एक डबल व्हिस्की का गिलास थाम पाया। दूसरा गिलास हासिल करने की कोशिश बेकार समझकर मैं उस मेन केबिन में आ गया, जहां कि जुए की मेजें लगी हुई थीं।

भीड़ में से रास्ता बनाता हुआ मैं बीच की मेज पर पहुंचा। मुझे अपनी कोहनियों से रास्ता बनाना पड़ा था, लेकिन लोग अच्छे मूड में थे। किसी ने बुरा नहीं माना था। मेज पर पासे लुढ़क रहे थे। पासे मेज के किनारे टकराए और रुक गए। एक में पंजा आया, दूसरे में छक्का आया।

विजेता ने मेज से सब पैसे समेट लिए।

मैं पांच मिनट तक खेल देखता रहा। फिर पासे मेरे पास पहुंचे।

मैंने बीस-बीस डालर के दो नोट दांव पर लगाए और पास फेंके। फिर मैंने एक और बीस का नोट रखा तथा पास फेंका। बार-बार मैंने पासे फेंके। फिर मेरा ग्यारह आ गया। पांच बार मैंने पास किया, फिर पासे मुझे छिन गए। मैं बोर्ड पर दांव लगाने लगा।

मैंने देखा कि लाल बालों वाली लड़की मेरी पास खड़ी थी। वह अपने कूल्हों को मेरे साथ सटा रही थी। मैं उसकी तरफ झुक गया, लेकिन मैंने उसकी तरफ निगाह नहीं उठाई।

पासे फिर मेरे अधिकार में पहुंचे। मैंने पचास-पचास डालर के दो नोट दांव पर लगाए। मेरा दांव चल गया। मैंने दो दांव और लगाए तथा फिर हाथ खींच लिया।

'तुम काफी माल जीत रहे हो।' लाल बालों वाली लड़की बोली। मैंने रुमाल निकालकर अपने माथे का पसीना पोंछा और घूमकर तोते जैसी नाक वाले की तलाश में निगाह दौड़ाई। वह हमारे से सामने वाली टेबल पर मौजूद था। लड़की क्या कह रही थी, यह वह नहीं सुन सकता था।

'तुम्हें वह आदमी पसंद है?' मैंने पूछा। मैं उस वक्त दस-दस डालर के दांव लगा रहा था और अभी फिर जीता था।

'कोई फर्क पड़ता है?' वह बोली।

मैंने पासे फिर संभाले और दांव बढ़ा दिया— 'पड़ सकता है।' मैं बोला।

'मैं तुम्हारे लिए लकी साबित हो रही हूं।' वह बोली— 'मेरे लाल बाल बहुत लकी हैं।'

अगली बार मैंने सत्ता फेंका। मैंने अपनी जीत की रकम हासिल की और फिर पासे आगे बढ़ जाने दिए।

'चलो कहीं चलें।' मैं बोला। मेरी जेबें नोटों से ठसाठस भरी हुई थीं– 'पहले कभी आई हो यहां?'

अब पासे तोते जैसी नाक वाले के हाथ में थे। उसने दो छक्के फेंके। वह हार गया।

'मैं सारी जगहें जानती हूं।' वह भीड़ में से बाहर निकलने के प्रयत्न में लोगों में दबती-फंसती हुई बोली। मैंने देखा, लोगों को बहुत मजा आ रहा था।

मैंने जल्दी से तोते जैसी नाक वाले आदमी पर एक निगाह डाली, लेकिन वह व्यस्त था। मैं भी भीड़ में से निकाला और उसके समीप पहुंचा।

वह मुझे डेक पर ले आई। हम एक लोहे की सीढ़ी चढ़े, आगे अंधेरा था। वह मुझे दिखाई नहीं दे रही थी, लेकिन उसके तन पर लगी सुगंध मुझ तक पहुंच रही थी। मैं अपनी नाक के सहारे उसके पीछे चलता रहा।

एकाएक भीड़ गायब हो गई और हमने अपने आपको तन्हा पाया। मैंने रेलिंग का दबाव अपनी पीठ के साथ महसूस किया। फिर वह मेरे साथ आ गई।

'ज्योंही मैंने तुम्हें देखा था...।' वह बोली।

'ऐसा ही होता है।' मैं बोला और मैंने उसे थाम लिया। वह बड़ी नर्म थी और उसके हाथ-पांव खूब खुले-खुले थे। मेरी उंगलियां उसकी पीठ में धंस गईं।

'मेरा चुंबन लो।' वह बोली और उसने अपने हाथ मेरे कोट के नीचे घुसा दिए।

एक मिनट तक हम उसी प्रकार खड़े रहे।

फिर एकाएक वह एक झटके से परे हट गई– 'अरे! मुझे सांस तो लेने दो।' वह बोली।

एकाएक मुझे उससे ऐसी नफरत हुई जैसी मुझे कभी किसी से नहीं हुई थी।

मैंने उसे फिर पकड़ा, लेकिन उसने परे धकेल दिया। वह बहुत शक्तिशाली थी। मुझे उम्मीद नहीं थी कि वह इतनी शक्तिशाली हो सकती थी।

'जल्दबाजी मत मचाओ।' वह हंसी– 'हौसला रखो।'

मेरा जी चाह रहा था कि मैं अपना एक घूंसा उसके थोबड़े पर जमा दूं, लेकिन मैं उससे परे खड़ा रहा और मुंह से कुछ न बोला।

वह मुझे अपने बालों के साथ कुछ छेड़खानी करती दिखाई दे रही थी। वह घूमी और आसमान में उठते हुए चांद की तरफ देखने लगी।

'मैं वापस जाती हूं।' वह बोली।

'ठीक है। मुझे कोई एतराज नहीं।'

उसने जाने की कोशिश नहीं की– 'वह हैरान हो रहा होगा कि मैं कहां चली गई।'

'जरूर हो रहा होगा।'

मैं साली के चक्कर में पड़ने वाला नहीं था।

उसने अपने हाथों से अपने होंठों को छुआ– 'तुमने तो मेरे होंठ छील दिए हैं।'

'मेरी बला से।'

वह हंसी— 'चांद अब अच्छा लग रहा है।' वह मेरी तरफ पीठ फेरती हुई बोली।

'क्या तुम चांद का इंतजार कर रही थीं?'

'हूं।' उसके हाथ आगे बढ़े। मैंने उसे फिर खींचकर अपने साथ लगा लिया।

'मैं हर किसी के साथ यह सब नहीं करती।' वह यूं बोली जैसे अपने आपको तसल्ली दे रही हो।

'जब तक तुम मेरे साथ कर रही हो—मुझे इससे क्या कि तुम किससे क्या करती हो और क्या नहीं करती हो।' मैं बोला। मुझे अभी भी उससे नफरत हो रही थी, लेकिन मुझे उसका लालच भी आ रहा था।

उसने मेरे मुंह पर काटा।

नीचे डैक पर कोई हंसा। मैं उस हंसी को खूब पहचानता था। इस प्रकार केवल एक ही शख्स हंस सकता था।

ईव।

मैंने लाल बालों वाली को परे धकेल दिया।

'क्या हुआ?' वह बोली।

मैं कान लगाकर सुनने लगा।

ईव फिर हंसी। मैंने रेलिंग पर से नीचे झांका, लेकिन नीचे बहुत भीड़ थी। मैं उसे न देख सका।

'अरे!' लाल बालों वाली गुस्से में बोली।

'ऐसी-की-तैसी तुम्हारी।' मैं बोला।

उसने मुझ पर हाथ चलाया, लेकिन मैंने उसकी कलाई थाम ली। मेरी पकड़ में उसकी कलाई मुझे बहुत नर्म लगी। वह तनिक चिल्लाई।

मैंने उसे गाली दी और उसे छोड़ दिया।

मैं नीचे डैक पर पहुंचा। मैंने वहां ईव की तलाश में चारों तरफ निगाह दौड़ाई। अंत में वह मुझे रौलेट रूम के दरवाजे पर दिखाई दी। उसके साथ एक शानदार सूट पहने एक सख्त चेहरे वाले विशालकाय आदमी था।

मैं जानता था वह कौन था।

मैं उनकी तरफ बढ़ा तो वे रौलट रूम में चले गए। उसका हाथ ईव की कोहनी पर था और वह बहुत खुश दिखाई दे रही थी।

18

मैं नहीं चाहता था कि ईव मुझे देखे। बहरहाल, अभी नहीं चाहता था मैं। मैं दरवाजे पर खड़ा नहीं रह पा रहा था, क्योंकि लोग भीतर घुसे आ रहे थे। कमरा बहुत बड़ा था, लेकिन खचाखच भरा हुआ था। दरवाजे से मुझे मेजें दिखाई नहीं दे रही थीं, लेकिन वे रोशनियां जरूर दिखाई दे रही थीं, जो कि उन पर पड़ रही थीं।

मैं सावधानी से आगे बढ़ता हुआ पहली टेबल के पास पहुंचा। मैं फिर भीड़ में फंस गया। मैंने चारों तरफ निगाह दौड़ाई। मैंने देखा ईव वहां नहीं थी। मैंने सोचा वह परली टेबल पर होगी। मैं वहां पहुंचने की कोशिश करने लगा। भीड़ इतनी थी कि मुझे रुक जाना पड़ा।

क्रूपियर फ्रैंच में कुछ कह रहा था।

भीड़ का रेला टेबल की तरफ बढ़ा। मैं भी उसके साथ खिंच चला।

एक क्षण बार क्रूपियर फिर फ्रैंच में कुछ बोला। दबाव घटा और मेज से परे हटकर कमरे में परले सिरे की ओर बढ़ने में कामयाब हुआ। तब भी काम आसान नहीं था। मैं अपनी कोहनियों से लोगों को धकेल-धकेलकर रास्ता बनाता हुआ आगे बढ़ रहा था।

क्रूपियर फ्रैंच में कुछ कह रहा था।

उसने मेज पर से सारे नोट इकट्ठे किए और नोटों का वह ढेर हर्स्ट की तरफ धकेल दिया।

ईव आगे की झुकी और हर्स्ट के कान में फुसफुसाई। उसकी आंखें चमक रही थीं और वह लगभग खूबसूरत लग रही थी। उसने बेसब्रेपन से अपना हाथ हिलाया, लेकिन घूमकर नहीं देखा। वह और दांव लगाने में जुट गया।

मैंने दिलचस्पी भरी निगाहों से उसकी तरफ देखा। वह विशालकाय, चौड़े कंधों वाला, शक्तिशाली लगने वाला आदमी था। उसकी आंखें गहरी थीं और नाक सीधी थी। उसका ऊपरला होंठ तो जैसे था ही नहीं। उसका कठोर मुंह फुटे और पेंसिल से खींची लकीर जैसा लग रहा था। उसके कपड़े शानदार थे और मेरा अंदाजा था कि उम्र में वह लगभग चालीस साल का था।

तो यह वह आदमी था जिस पर ईव मरती थी। मुझे उससे शिकायत नहीं हुई। वह चाहे कुछ भी रहा हो, लेकिन वह मर्द था। मेरा यह जानने को जी नहीं चाह रहा था, लेकिन जैक हर्स्ट आदमी बढ़िया था।

मैंने ईव पर निगाह डाली। उसने बड़े अधिकारपूर्ण ढंग से उसके कंधे पर अपना हाथ रखा हुआ था और उसने एक क्षण के लिए भी उस पर से निगाह नहीं हटाई थी। वह जो कुछ भी करता था, ईव बड़े उत्तेजित भाव से उसे देखती थी। मैंने बड़ी कठिनाई से उसे पहचाना। मैंने उसे कभी भी इतना खुश नहीं देखा था।

फिर भी मैं ईर्ष्या से मरा जा रहा था। अगर हर्स्ट कोई चूहा-सा आदमी होता तो बात और होती। लेकिन वह वैसा नहीं था। मैं उसकी तुलना अपने आपसे किए बिना न रह सका। तुलना अच्छी नहीं रही। वह हर लिहाज में मुझसे बढ़िया आदमी था। वह ऐसा आदमी था, जो जिस काम में भी दिलचस्पी लेता, उसमें अपनी मनमानी चला सकता था।

पहिया घूमा और ईव आगे को झुकी। हर्स्ट अपनी सर्व और निर्विकार निगाहें पहिए पर टिकाए बैठा था।

क्रूपियर फिर फ्रैंच में कुछ बोला।

गेंद गोल-गोल घूमती हुई एक खाने में सरककर रुक गई।

क्रूपियर ने भुगतान किया। उसने हर्स्ट की तरफ और चिप्स धकेल दीं और मुस्कराया। हर्स्ट ने उससे आंख तक न मिलाई।

153

मैं धीरे-धीरे टेबल के गिर्द घूमने लगा। काम कठिन था। जब तक मैं ईव के पीछे पहुंचा तब तक हर्ट और दांव जीत गया। उसके एकदम पीछे पहुंचने से पहले मुझे एक मोटी बूढ़ी औरत को कोहनी से परे धकेलना पड़ा। ईव के बालों की सुगंध मुझ तक पहुंच रही थी। मेरा जी उसको छूने को चाह रहा था, लेकिन मैंने ऐसा नहीं किया।

वह फुसफुसाती हुई हर्ट से बोली— 'दांव डबल कर दो।'

'शटअप!' वह बोला।

उसने सोलह और तेरह के बीच की लाइन पर छह चिप्स रखीं। मैंने हाथ बढ़ाकर तीन सौ डालर कीमत की तीन चिप्स लाल पर रख दीं।

ईव घूमी। हमने एक-दूसरे को देखा।

'हैला!' मैं बोला।

उसका चेहरा एकदम भावहीन हो गया। उसने गर्दन फिरा ली।

अच्छी बात है, साली कुतिया। मैंने सोचा—ऐसा है तो ऐसे ही सही।

क्रूपियर फ्रैंच में कुछ बोला और उसने हाथी दांत की गेंद पहिए में उछाल दी।

लाल आ गया।

क्रूपियर ने मेरी चिप्स मेरी तरफ धकेलने से पहले हर्ट की चिप्स भी जमा कर लीं।

'मैं इसे यहीं छोड़ता हूं।' मैं बोला— 'ठीक है?'

क्रूपियर ने सहमति में सिर हिलाया।

हर्ट कोई पचास डालर हारा था। उसने टेबल पर और चिप्स रखीं।

फिर लाल आया।

'वहीं रहने दो।' मैं बोला।

हर्ट अपनी चिप्स हार गया।

उसने अपने कंधे पर से मेरी तरफ देखा और उसके होंठों पर एक हल्की-सी मुस्कराहट प्रकट हुई। मैं हंसा। अब मैं हंसना गवारा कर सकता था।

इस बार उसने बड़े हिसाब से अपनी चिप्स दांव पर लगाईं।

लाल ही फिर आ गया। हर्ट की चिप्स उससे ले ली गई। मेरे ख्याल से वह कोई दो सौ डालर हार चुका था। लाल पर मेरे कोई आठ सौ डालर जमा हो गए थे। क्रूपियर ने प्रश्रसूचक नेत्रों से मेरी तरफ देखा। मैंने सहमति में सिर हिला दिया।

हर्ट जब दोबारा दांव लगाने जा रहा था, तो ईव बोली— 'आज रात कोई फायदा नहीं चलो चलें।' वह चिंतित दिखाई दे रही थी।

'शटअप!' हर्ट बोला।

लगता था यही इकलौती बात वह उसे कह सकता था।

फिर लाल आ गया और हर्ट फिर हार गया।

मैंने दो सौ डालर की चिप्स पास लगा दीं और बाकी लाल पर ही रहने दीं।

लोग मेरे गिर्द जमा होने लगे थे। मेज पर मेरा जीता हुआ काफी माल इकट्ठा हो गया था।

हर्स्ट ने दांव नहीं लगाया।

पहिया घूमा। हाथी दांत की गेंद लाल के ऊपर ठिठकती हुई काले 13 में जा पड़ी।

क्रूपियर ने मेरी सारी चिप्स घसीट लीं और नकारात्मक ढंग से मेरी तरफ सिर हिलाया। मैंने हंसने की कोशिश की, लेकिन हंस नहीं पाया।

मेरी आंखों के सामने मेरी उंगलियों से 1500 डालर निकले जा रहे थे। मुझे दुःख हो रहा था। मैंने चलने दिया।

हर्स्ट फिर दांव लगाने लगा। इस बार वह जीता। लगता था जब मैं खेल रहा होऊं, वह तब नहीं जीत सकता था। मैंने दो राउंड इंतजार किया और फिर काले पर दो सौ डालर लगाए।

लाल आया।

अच्छी बात है, तो लाल ही खेलता हूं। पहले ही मेरी मूर्खता थी, जो मैंने लाल पर दांव नहीं लगाया था।

मैं चार सौ डालर हार चुका था।

जब मैंने आगे को झुककर अपना दांव लगाया तो मैंने ईव के कूल्हे को छुआ। मुझे यूं लगा जैसे मैंने बिजली की नंगी तार छू ली थी। वह फौरन परे हट गई। मैं समझ गया कि वह जानती थी कि उसे कौन छू रहा था। मैंने परवाह नहीं की। उसके पास खड़े होकर उस आदमी को पैसा हारते देखना, जिसे कि वह प्यार करती थी, मेरे लिए काफी था।

मैंने लाल पर पांच सौ डालर लगाए।

हर्स्ट ने भी दांव लगाया।

लाल आ गया और हर्स्ट हार गया।

पंद्रह मिनट यूं ही सिलसिला चलता रहा। मैंने हर बार दांव नहीं लगाया। दो बार मैंने हाथ खींच लेने का इरादा किया, लेकिन किसी ने मुझे रोक दिया।

ग्यारह बार लाल आया। हर कोई हैरान हो रहा था।

'लाल पर ही छोड़ दो।' मैं बोला। अब वहां सौ-सौ डालर की बावन चिप्स जमा हो गई थीं।

क्रूपियर बोला— 'दांव बंद।' और उसने पहिया नहीं चलाया।

तब फौरन झगड़ा शुरू हो गया। एक ठिगना-सा आदमी, जिसके चेहरे पर चोट का निशान था, चिल्लाने लगा और कहने लगा कि दांव जरूर लगेगा, पहिया जरूर घूमेगा।

क्रूपियर ने इनकार में सिर हिला दिया।

एकाएक हर्स्ट बोला— 'साला, पहिया घुमाओ।' उसकी आवाज कोड़े की फटकार जैसी थी।

एक लंबा पतला-सा आदमी वहां पहुंच गया था। क्रूपियर ने उसके कान में कुछ कहा।

हर्स्ट बोला— 'टोनी, इसे कहो कि यह पहिया घुमाए।'

लंबे पतले आदमी ने मेरे चिप्स के ढेर की तरफ देखा और उसके होंठ सिकुड़ गए। उसने पहले हर्स्ट की तरफ और फिर मेरी तरफ देखा। फिर वह क्रूपियर से बोला— 'तुम इंतजार किस बात का कर रहे हो?'

क्रूपियर ने कंधे झटकाकर फ्रेंच में कुछ कहा।

सब लोग आगे को सरक आए। वह बड़ी उत्तेजना की घड़ी थी। मैंने अपना हाथ नीचे किया और ईव का हाथ तलाश किया। उसने मेरी तरफ नहीं देखा, लेकिन उसने मुझे हाथ थाम लेने दिया। मुझे पहिया घूमता देखने से ज्यादा मजा उसका हाथ थामने में आया।

गंदे गति शून्य होने के बारे में कोई फैसला करने में बड़ी देर लगती मालूम हो रही थी। वह लाल पर पहुंची और लगा कि रुक गई थी, लेकिन आखिरी क्षण में बिलकुल इस प्रकार जैसे कि अदृश्य हाथ ने उसे सरका दिया हो, वह काले पर जा पड़ी।

लोगों ने गहरी सांस ली।

'तुम बाज क्यों नहीं आए मूर्ख?' वह अपना हाथ मेरे हाथ से वापस खींचती हुई बोली।

हर्स्ट ने अपने कंधे पर से उसकी तरफ देखा और फिर मेरी तरफ हर कोई मेरी तरफ देख रहा था। मैं स्तब्ध खड़ा था। मेरे घुटने कांप रहे थे। केवल एक दांव फालतू लगाकर मैंने दस हजार डालर खो दिए थे।

'ओ.के.?' पतला आदमी मेरी ओर देखकर व्यंग्यपूर्ण स्वर में बोला।

मैंने अपने आपको संभाला— 'हां।' मैं बोला और फिर बिना ईव की तरफ निगाह डाले, मैं वहां की भीड़ से निकलकर बार की ओर बढ़ गया।

वहां कमरा लगभग खाली पड़ा था। भीड़ जुआ खेलने चली गई थी और अब उनमें शराब का दौरा बड़ी देर बाद चलने वाला था। अभी जल्दी थी। अभी केवल दस बजे थे।

मैंने डबल स्कॉच का ऑर्डर दिया और उसे पी लेने के बाद मैंने बारटेंडर को बोतल ही मेरे पास छोड़ देने के लिए कहा। बड़ी नामुराद गुजरने वाली थी।

मैं आधा घंटा वहां ठहरा और लगातार पीता रहा। फिर मैंने ईव को भीतर आते देखा। वह अकेली थी। तब तक मुझे काफी नशा हो गया था। मैं उठकर उसके पास जाने ही वाला था कि वह लेडीज रूम में चली गई। थोड़ी देर बाद वह लाल बालों वाली लड़की के साथ बाहर निकली। वे दोनों बिना मेरी ओर देखे मेरे पास से गुजरीं।

लाल बालों वाली कह रही थी— 'वह लाजवाब है। कोई नाविक लगता है। मुझे उसके पतले होंठ पसंद हैं।'

ईव हंसी— 'उसे लाल बालों वाली लड़कियां पसंद नहीं।'

'मैं उसकी खातिर बाल रंग लूंगी।' लाल बालों वाली बोली और उसने जोर का अट्टहास किया।

मैं उन्हें कमरा पार करके वापस रौलेट रूम में जाता देखता रहा। मैंने बारटेंडर को पैसे चुकाए और उनके पीछे चल दिया। मुझे न ईव दिखाई दो और न हस्टी। लाल बालों वाली

लड़की भी वहां नहीं थी। मैं ड्राइंगरूम रूम में भी गया। वे वहां भी नहीं थे। मैं डैक पर आ गया। हवा अभी भी ठंडी थी, लेकन अब वहां कुछ जोड़े मौजूद थे।

मैंने वहां भी चक्कर काटा, लेकिन वे मुझे नहीं दिखाई दिए।

मैं ऊपर ले डैक पर पहुंचा।

लाल बालों वाली वहां मौजूद थी।

'हैलो!' वह बोली।

मैं रेलिंग पर उसके पास पहुंचा— 'तुम्हारा दोस्त नहीं मिला तुम्हें?'

'वह चला गया है। मैं यहां चांद को दोबारा देखने के लिए आ गई थी।'

मैंने उसकी तरफ देखा। शायद इतनी बुरी वह नहीं थी, आखिरकार मुझे याद आया कि कैसी मेरी उंगलियां उसकी पीठ में धंस गई थीं।

मैं उसके समीप सरक गया— 'वापस कैसे जाओगी?'

'नाव से... और क्या तैरकर जाऊंगी?' वह हंसी। मैं भी हंसा। मैं नशे में था, इसलिए उस वक्त तो कोई भी बात मजेदार साबित हो सकती थी—दस हजार डालर जाना भी।

मैंने उसे रेलिंग के साथ लगा दिया। उसने कोई एतराज नहीं किया।

'मुझे अफसोस है कि मैंने तुम पर हाथ चलाया था।' वह बोली।

'मुझे अच्छा लगा था।' मैं बोला और मैंने उसे अपनी तरफ खींच लिया।

वह खिंची चली आई। इस बार मैंने उसका मुंह बहुत जोर से चूमा।

'बस यही कर सकते हो तुम?' उसने मुझे परे धकेलते हुए पूछा।

'नहीं, कार और ग्रामोफोन रिकॉर्ड भी चला सकता हूं। मेरा ज्ञान काफी विस्तृत है।'

'अच्छा!'

'वह दूसरी लड़की कौन थी, जिसके साथ तुम बातें कर रही थीं।'

'ईव मार्लो? वह तो वेश्या है।'

'फिर क्या हुआ? ...तुम क्या हो?'

वह हंसी— 'केवल अपने दोस्तों के लिए।'

'तुम कैसे जानती हो उसे?'

'किसे?'

'ईव मार्लो को।'

'तुम कैसे जानते हो कि मैं उसे जानती हूं?'

'तुम्हीं ने तो कहा है।'

'अच्छा!'

'देखो, ऐसे मत करो। चलो कहीं चलकर पीते हैं।'

'ठीक है, कहां?'

'मेरे पास कार है। पहले इस जहाज से दफा होते हैं।'

'मैं फ्री नहीं हूं।'

'लेकिन तुम्हीं तो कह रही हो कि तुम्हारा दोस्त तुम्हें छोड़कर चला गया है।'

वह हंसी— 'मेरा मतलब है, तुम्हें मेरी कीमत अदा करनी होगी।'

मैं भी हंसा— 'जरूर।' मैंने अपना नोटों का पुलिंदा निकाला और उन्हें गिना। मेरे पास पंद्रह सौ डालर थे। पांच सौ डालर मैं फिर भी जीता था, इसलिए हालात बुरे नहीं कहे जा सकते थे। मैंने उसे चालीस डालर दिए।

'और दो।'

'शटअप!' यह तो एडवांस है। बाद में और दूंगा।'

उसने अपनी बांहों मेरे गिर्द लपेट दीं, लेकिन मैंने उसे परे धकेल दिया।

'आओ!' मैं बेसब्रेसपन से बोला— 'चलो।'

हम खुश्की पर पहुंचे और कार की तरफ बढ़े।

'वाह!' उसने मेरी क्रिस्लर देखी तो वह प्रशंसनात्मकता में बोली।

स्टेयरिंग के पीछे गया। मैंने उसे खुद कार में बैठने दिया। हम अगल-बगल बैठ गए और चांद की तरफ देखने लगे। चांद सुंदर था। मैं नशे में था, इसलिए उस क्षण मुझे सब कुछ अच्छा लग रहा था।

'क्या तुम्हारी बीवी तुम्हारी निगरानी करवा रही है?' एकाएक लाल बालों वाली ने पूछा।

मैंने सिर घुमाकर उसकी तरफ देखा— 'क्या कह रही हो? बीवी का नाम किसने लिया है?'

वह हंसी— 'एक डिटेक्टिव सारी शाम तुम्हारे पीछे लगा हुआ था।' वह बोली— 'तुमने नहीं देखा उसे? मैं तो समझी थी कि शायद तुम्हारी बीवी तुम्हें तलाक देना चाहती है।'

'कौन-सा आदमी?' मैंने तीखे स्वर में पूछा।

'वह अभी भी उधर खड़ा हमारे यहां से जाने का इंतजार कर रहा है।'

'तुम्हें कैसे मालूम है, वह मेरी निगरानी कर रहा है?'

'नाव पर उसने एक क्षण के लिए भी तुम्हें अपनी निगाहों से ओझल नहीं होने दिया था और वह अभी भी इसी इंतजार में है कि तुम यहां से चलो और वह तुम्हारा पीछा करे।' वह बोली— 'डिटेक्टिव को तो मैं एक मील से सूंघ सकती हूं।'

मुझे याद आया कि हमारी आखिरी मुलाकात पर गोल्ड ने क्या कहा था— 'अगर कैरोल तुम्हारी वजह से दुःखी रही तो तुम पछताओगे। मेरा तुमसे यह वायदा रहा मिस्टर थर्सटन।' तो वह हरामजादा मेरी निगरानी करवा रहा था।

'मैं उसे ठीक कर दूंगा।' मैं कहकर भरे स्वर में बोला— 'तुम देखना मैं क्या करता हूं।'

'शाबाश!' वह ताली बजाती हुई बोली— 'साले को मेरी तरफ से भी ठोंकना।'

मैं कार से निकला और उसकी तरफ बढ़ा। ज्योंही उसने मुझे देखा, वह सीधा हो गया और उसने अपने हाथ अपने जेबों से बाहर निकाल लिए।

मैं उसके सामने जा खड़ा हुआ। वहां अंधेरा था, लेकिन एकदम अंधेरा नहीं था। वह भारी चेहरे वाला छोटा-सा आदमी था जो अपनी मोटी नाक पर चश्मा टिकाए हुए था।

'गुड इवनिंग।' मैं बोला।

'गुड इवनिंग सर!' वह तनिक परे सरकता हुआ बोला।

'मिस्टर गोल्ड ने तुम्हें मेरी निगरानी के लिए नियुक्त किया है?'

उसने कुछ कहना चाहा, लेकिन मैंने उसे रोक दिया।

'छोड़ो।' मैं बोला— 'मिस्टर गोल्ड ने मुझे तुम्हारे बारे में बताया है।'

'अगर ऐसा है तो आप मुझसे क्यों पूछ रहे हैं?'

मैं मुस्कराया— 'मुझे पसंद नहीं कि कोई मेरी निगरानी करे।' मैं बोला— 'तुम चश्मा उतार लो अपना।'

वह आशंकित हो उठा और बेचैनी से दाएं-बाएं देखने लगा, लेकिन वहां कोई नहीं था। मैंने हाथ बढ़ाकर उसका चश्मा उतार लिया और फिर उसे अपने जूतों के नीचे कुचल दिया।

मैं चश्मे के बिना देख नहीं सकता।' उसने आर्तनाद किया।

'बहुत बुरी बात है।' मैंने उसे कालर से थाम लिया और अपना घूंसा उसके चेहरे पर जमाया। मुझे लोगों के मुंह पर घूंसा जमाने का तजुर्बा होता जा रहा था। इमग्राम की तरह उस आदमी की नाक भी बड़ी नाजुक थी। उसकी नाक की हड्डी टूटकर उसके ताले में जा फंसी—लेकिन मैंने उसे फिर भी नहीं छोड़ा। मैंने उसके दोनों हाथ अपने एक हाथ में दबोचे और उसे दीवार के साथ दे मारा। उसका हैट गिर गया। मैंने उसके दोनों कान हैंडल की तरह पकड़े और उसकी खोपड़ी दीवार के साथ टकरा दी।

उसके घुटने मुड़ गए, लेकिन मैं उसे थामे रहा।

'अगली बार मेरी निगरानी करने के लिए तुम शायद इतने उत्सुक नहीं होओगे।' मैं उसे झिंझोड़ता हुआ बोला— 'अगर मैंने तुम्हें फिर देखा तो मैं तुम्हारी चटनी बना दूंगा।'

मैंने उसे एक जोर का धक्का दिया। उसका संतुलन बिगड़ गया और वह जमीन पर ढेर हो गया। फिर वह उठा और अंधाधुंध सड़क पर भागा।

मैं लड़खड़ाता हुआ वापस अपनी कार के पास पहुंचा।

लाल बालों वाली खिड़की से बाहर झांक रही थी।

'लाजवाब!' मैं कार में आकर बैठा तो वह बोली— 'तुम तो बड़े खतरनाक आदमी हो।'

'तुम बोलती बहुत हो।' मैं बोला और मैंने कार को वहां से निकाला। मैंने कार हॉलीवुड की तरफ बढ़ा दी।

हालांकि मैं नशे में था, लेकिन फिर भी मैं इतना लापरवाह नहीं था कि मैं उस रंडी के साथ देखे जाने के प्रति सावधानी न बरतता। थी तो वह रंडी ही, लेकिन ईव को जानती थी और मैं आशा कर रहा था कि वह मुझे ऐसी कुछ बातें बताएगी, जो मैं ईव के बारे में जानने का शुरू से इच्छुक था।

हॉलीवुड के रास्ते में हम कई बारों पर रुके। मैंने उसका मुंह खुलवाने की कोशिश की, लेकिन वह टालती रही। मैं उस पर ज्यादा दबाव इसलिए नहीं डाल रहा था, क्योंकि मैं नहीं चाहता था कि उसे मालूम हो कि मैं ईव के बारे में उससे बात करने के लिए मरा जा रहा था। वह कम्बख्त अपने ही बारे में बात करना चाहती थी और मेरी उसमें कोई दिलचस्पी नहीं थी। मैं उसकी बकवास सुनता रहा और इस उम्मीद में उसे और शराब पिलाता रहा कि देव-सवेर मैं उसे ईव के बारे में बात करने के लिए मना लूंगा।

हम जिस बार में जाते थे, उसी में भीड़ पाते थे। मैं कई बार भीड़ में उससे बिछुड़ा और मैंने कई बार उसे फिर तलाश किया।

'मैं तंग आ गया हूं।' एक बार मैं बोला— 'चलो किसी शांत जगह पर चलते हैं। इस शोरगुल में तो मेरा मूड खराब हो रहा है।'

'खामोश जगह जाने के पैसे लगेंगे।' वह बोली— 'बहुत ढेर सारे पैसे।'

'पैसे की ही बात मत करती रहो।' मैं बोला— 'तुम्हारी बातें सुनकर तो लगता है कि तुम्हारी निगाह में दुनिया में पैसे के अलावा जिक्र के काबिल कोई बात ही नहीं है।'

'यह हकीकत है।' वह बोली— 'मुझे सिर्फ पैसे में दिलचस्पी है—लेकिन यह बात किसी पर जाहिर नहीं होने देती। कमीनी बात लगती है न।'

मैंने गौर से उसे देखा। उसे चढ़ रही थी। कुछ जाम और पी जाने के बाद उसे यह पता नहीं लगने वाला था कि वह क्या कह रही थी। मैंने दो और डबल व्हिस्की खरीदीं। उन्हें पीते समय मुझे एक जोरदार बात सूझी। मैं उसे श्री प्वाइंट ले जाता हूं। इससे एक तीर से दो शिकार हो सकते हैं। मैं उससे ईव के बारे में बात भी कर लूंगा और उसके साथ मेरा साथ भी बना रहेगा। मैं श्री प्वाइंट में सारी रात अकेला नहीं रहना चाहता था। क्यों रहूं मैं? कैरोल और रसेल आखिर बिना यह परवाह किए कि मैं तन्हाई महसूस करूंगा या नहीं, मुझे अकेला छोड़कर चले गए थे। मुझे उस छोकरी के साथ श्री प्वाइंट जाने का ख्याल इतना अधिक जंचा कि मैं उस बारे में सोच-सोचकर उत्तेजित होने लगा। मैं इस नर्म जिस्म और लाल बालों वाली को टेरेस पर ले जाऊंगा। वहां से हम चांदनी रात का नजारा करेंगे और मैं उससे ईव की बातें सुनूंगा। कैरोल के लौटने तक वक्त गुजारने का मुझे यह बड़ा अच्छा तरीका लगा।

मैंने लाल बालों वाली पर अपनी इच्छा व्यक्ति की।

वह मेरे ऊपर झुक गई— 'ठीक है।' वह बोली— 'लेकिन इसके बहुत पैसे लगेंगे और उसमें से कुछ पैसे मुझे अभी दो।'

उसका मुंह बंद करने के लिए मैंने उसे चालीस डालर और दे दिए और उसे वहां की भीड़ से निकालकर चांदनी रात में बाहर गली में ले गया।

'इतने में काम नहीं चलेगा।' वह कार में ढेर होती हुई बोली— 'पैसे के बिना तुम किसी लड़की को नशे में धुत करके उसे कहीं साथ ले जाकर चांदनी रात का नजारा नहीं कर सकते।'

मैंने उसे कहा कि वह फिक्र न करे। वह बोली कि फिक्र तो वह कभी करती ही नहीं। फिक्र तो हकीकतन मुझे करनी चाहिए थी, क्योंकि हालांकि वह दुनिया में अकेली थी और एक शरीफ औरत होने का दिखावा करती थी, लेकिन वह खूब तजुर्बेकार थी और उसे ढेर सारा पैसा हासिल होना निहायत जरूरी था। वह सब कह चुकने के बाद सो गई और तब तक न जागी, जब तक मैंने कार थ्री प्वाइंट में गैरेज के सामने न ले जा खड़ी की।

उसने जम्हाई ली और केबिन की ओर जाने वाली राहदारी पर मेरे साथ चल दी।

वह मेरी बांह से चिपकी हुई थी और लड़खड़ाती ठोकरें खाती चल रही थी, लेकिन एकाध क्षण बाद पहाड़ी हवा ने उसकी हालत सुधारी और वह चारों तरफ देखने लगी।

'वाह!' वह बोली— 'यह तो बड़ी शानदार जगह है।'

'हां।' मैं बोला— 'टैरेस पर आ जाओ और चांद का नजारा करो।'

लेकिन वह लाउंज में हर चीज को निहारती घूमती फिर रही थी। वह काफी हैरान हो रही थी।

'यह तो बड़े तगड़े खर्चे का सिलसिला लगता है।' वह अपने आपसे बोली— 'ऐसी लाजवाब जगह तो मैंने आज तक नहीं देखी।'

हैरानी के साथ-साथ उसके चेहरे पर ईर्ष्या के भाव भी दिखाई दे रहे थे। वार्तालाप आरंभ करने से पहले मैंने उसको एक माहौल की आदी हो जाने का समय देने का फैसला किया। मैंने उसे केबिन में फिरने दिया और स्वयं काकटेल बनाने में मग्न हो गया।

मैं ड्रिंक तैयार भी कर चुका था। लेकिन वह अभी भी वहां की एक-एक चीज को टटोल-टटोलकर देख रही थी।

'क्या देख रहे हो?' एकाएक वह घूमी और बोली।

'तुम्हें।' मैं बोला।

वह समीप आई और दीवार पर मेरी बगल में ढेर हो गई। उसने अपनी नर्म बांहें मेरी गर्दन के गिर्द पिरो दीं और मेरे कान पर काटने की कोशिश की। मैंने उसे परे धकेल दिया।

उसने पलकें झपकाईं— 'क्या बात हो गई?'

'बाहर टैरेस पर आ जाओ।' एकाएक मुझे उससे विरक्ति होने लगी। अब मैं चाहता था कि वह ईव के बारे में मुझे बताए और वहां से दफा हो जाए।

'मैं यहां ठीक हूं।' वह बोली और दीवान पर लेट गई।

'ड्रिंक लो।' मैंने उसे एक काकटेल पेश की।

काकटेल पी जाने से पहले उसने काफी सारी फर्श पर छलका दी। फिर उसने अपने हाथ का घूंसा अपनी छाती पर जमाया और एक बड़ी गहरी सांस ली— 'हाय!' वह बोली— 'यह काकटेल तो सीधी मेरे तलुवों तक पहुंच गई।'

'यहीं पहुंचाने के लिए बनाई गई थी यह।' मैं बोला और काकटेल शेकर को दोबारा भरने के लिए उठ खड़ा हुआ।

'जानते हो, तुम पहले आदमी हो जो मुझे अपने घर लेकर आए हो।' वह अंगड़ाई लेती हुई बोली— 'बात मेरी समझ में नहीं आ रही।'

'कोशिश ही मत करो।' मैं बोला— 'कुछ बातें ऐसी होती हैं जो समझ में आती ही नहीं।'

वह हंसी— 'मेरा दावा है कि तुम्हारी बीवी बड़ी हरामजादी होगी।'

'बकवास मत कर कुतिया।'

'अगर मैं तुम्हारी बीवी होती और मुझे मालूम हो जाता कि तुम मेरे कमरे में किसी गैर औरत को लाए हो तो मैं कहर बरपा देती।' वह बोली— 'मेरी निगाह में यह एक निहायत गंदी हरकत है।'

'अच्छी बात है।' मैं समीप आया और उसकी टांगें एक ओर धकेलकर अपने बैठने के लिए जगह बनाता हुआ बोला— 'ठीक है, यह निहायत गंदी हरकत है, लेकिन मैं तन्हाई महसूस कर रहा हूं। मेरी बीवी मुझे अकेला छोड़कर चली गई है। क्या यह एक गंदी हरकत नहीं?'

वह कुछ क्षण सोचती रही— 'तुम ठीक कह रहे हो। बीवी को कभी अपने मर्द को अकेला नहीं छोड़ना चाहिए। अगर मेरा कोई ऐसा मर्द हो तो मैं उसे कभी अकेला न छोड़ूं।' वह फिर हंसी।

'ईव मार्लो तो अपने पति को कभी अकेला नहीं छोड़ती होगी।' मैं सहज भाव से बोला।

वह हंसी— 'उसने तो अपने पति को सालों पहले छोड़ दिया था।'

'नहीं—वह तो आज रात ही ईव के साथ था।'

'कौन! पागलों जैसी बातें मत करो। वह उसका पति नहीं है।'

'अरे है।'

'बस इतना ही जानते हो उसके बारे में?'

'देखो, बहस मत करो। मैं ईव को तुमसे बेहतर जानता हूं। वह आदमी उसका पति ही था।'

'इससे जाहिर होता है कि तुम ईव को मुझसे बेहतर नहीं जानते।' वह बोली— 'मैं उसे सालों से जानती हूं। उसका पति चार्ली गिब्स है। सात साल पहले ईव ने उसे छोड़ दिया था। बेचारा! एक ही काम उसने जिंदगी में गलत किया था कि उसके पास कभी पैसा नहीं हुआ। कभी गाली-गलौज का अभ्यास करना हो तो ईव अभी भी कभी-कभी उससे मिलती है और क्या खूब गालियां देती है वो।' उसने इतनी जोर का अट्टहास किया कि उसकी आंखों में आंसू छलक आए। उसने अपनी आस्तीन से अपनी आंखें पोंछी और बोली— 'मैंने उसे बेचारे चार्ली को कोसते सुना है। मेरे तो कान फटने को हो गए थे। बजाय इसके कि वह साली के थोबड़े पर एक हाथ जमाता—वह चुपचाप गालियां सुनता रहा था।'

'मुझे ईव के बारे में और बताओ।'

'बताने लायक क्या है। वह एक वेश्या है। तुम एक वेश्या के बारे में क्या करोगे कुछ जानकर?'

'मैं जानना चाहता हूं। मैं उसके बारे में सब कुछ जानना चाहता हूं।'

'लेकिन मैं नहीं बताऊंगी।'

'तुम बताओगी—क्योंकि अगर तुम मुझे ईव के बारे में बताओगी तो मैं तुम्हें सौ डालर दूंगा। जंची मेरी बात?'

उसका चेहरा चमक उठा— 'इससे ज्यादा पैसे लगेंगे।' वह बोली।

'नहीं! नहीं लगेंगे।' मैंने सौ का नोट जेब से निकालकर उसकी नाक के सामने लहराया— 'बोलो।'

उसने नोट पर झपट्टा मारा, लेकिन मैं भी कम फुर्तीला नहीं था।

'अभी नहीं। ईव के बारे में सब कुछ बता चुकने के बाद। मैं वायदा करता हूं कि बाद में यह नोट तुम्हें जरूर मिलेगा।'

वह लालच भरी निगाहों से नोट को देखती रही। उस वक्त वह मुझे और भी बुरी लगी।

'क्या जानना चाहते हो?'

'सब कुछ।'

उसने मुझे बताया। जितना अरसा वह बोलती रही, उतने अरसे में एक क्षण के लिए भी मेरे हाथ में थमे नोट से उसकी निगाहें नहीं हटीं।'

19

जैसी मैंने उस लाल बालों वाली, नशे में धुत, सौ का नोट कमाने को व्यग्र लड़की से ईव की कहानी सुनी, उसे उसी प्रकार सुनाने की कोई तुक नहीं। पहले उसने मुझे खुश करने के लिए तथ्यों में कल्पना की खूब चासनी मिलाई। हकीकत जानने के लिए मुझे उससे कई सवाल करने पड़े, कई बातें कई-कई बार दोहराकर पूछनी पड़ीं। जो थोड़ा-बहुत ईव के बारे में मुझे भी मालूम था, उसको मिलाकर ईव की जिंदगी को ठीक से समझने में मैं कामयाब हो गया।

उसके बाद सौ का नोट अपने अधिकार में करके लाल बालों वाली सो गई और मैं बाहर टैरेस में आकर कहानी के अंतिम रूप पर विचार करने लगा। वह एक पहेली हल करने जैसा काम था। पहेली के कई पहलू तो मुझे तब समझ में आए, जब मैंने समय-समय पर ईव की जुबान से निकली कई बातों को याद किया, खासतौर पर ऐसी बातों को याद किया, जिनसे कि वह मुकर गई थी।

यह मैं पहले से जानता था कि ईव के मेरे प्रति असाधारण व्यवहार के पीछे उसकी हीन भावना ही थी। लेकिन उस क्षण से पहले मेरी समझ में यह नहीं आया था कि उस हीन भावना की शिकार वह क्यों थी? जब मुझे यह पता लगा कि वह नाजायज औलाद थी और

इस तथ्य का अहसास उसे बचपन में बार-बार दिलाया जाता था, तो वे बातें मेरी समझ में आनी आरंभ हो गईं, जो पहले मुझे उलझन में डाल रही थीं।

किसी बच्चे की मनोवैज्ञानिक उन्नति के लिए यह बात बहुत हानिकारक साबित हो सकती है कि बार-बार उसे इस बात के लिए कोसा जाए कि वह नाजायज औलाद है, किसी को उसकी चाह नहीं। किसी बच्चे के संवेदनशील दिल पर इससे बड़ा प्रहार और कोई नहीं हो सकता कि उसे यह सोचने पर मजबूर किया जाए कि उसका जन्म वैसे नहीं हुआ था, जैसे और बच्चों का होता है। बच्चे तो शैतानी करने से बाज आते नहीं, उन्हें किसी दूसरे बच्चे के नाजायज होने का संकेत भी मिल जाए तो उसे छेड़-छेड़कर, उस पर फब्तियां कस-कसकर उस बेचारे की हालत खराब कर देते हैं।

वह अपने पिता की किसी और स्त्री से पैदा हुई औलाद थी। उसके मां-बाप उसके साथ सब्र से पेश नहीं आते थे। उसके पिता की असली पत्नी उससे नफरत करती थी, क्योंकि वह उसके पति की बेवफाई का इश्तिहार थी। बचपन में वह ईव को कोड़ों से पीटा करती थी तथा जब वह और बड़ी हो गई गई तथा उसे कोड़े लगाना कठिन हो गया तो वह उसे अंधेरे कमरों में घंटों कैद रखा करती थी।

जब ईव बारह साल की थी, तो वह कान्वेंट स्कूल में भेज दी गई थी। वहां भी मदर सुपीरियर ने यही समझा कि मार के आगे तो भूत भी भागते हैं, इसलिए उसकी बागी आत्मा पर अंकुश लगाने के लिए वहां उसे लगभग हर रोज पीटा जाता था। मदर सुपीरियर केवल दूसरों को यातना पहुंचाकर खुश होने वाली ही नहीं थी, वह एक बुरी मनोवैज्ञानिक भी थी। उसके उस व्यवहार ने ईव के अंतर को बेहद कठोर बना दिया, जबकि प्यार के दो शब्द बड़ी आसानी से उसका सुधार कर सकते थे।

जब वह सोलह साल की थी तो वह कान्वेंट से भाग गई और न्यूयार्क की एक ईस्ट साइड स्ट्रीट पर स्थित एक रेस्टोरेंट में वेट्रेस की नौकरी पर लग गई।

अगले चार साल तक उसकी जिंदगी के सफेद कोरे थे, लेकिन उसकी जिंदगी का सूत्र फिर पकड़ में आता है, ब्रुकलिन के एक गंदे होटल से, जहां कि वह रिशेप्सनिस्ट थी। पिछले चार साल ईव पर बड़े सख्त गुजरे थे—इसलिए जब चार्ली गिब्स उसकी जिंदगी में आया तो उसने उससे शादी कर ली।

चार्ली गिब्स एक दब्बू-सा, महत्वाकांक्षी ट्रक ड्राइवर था। उसे कतई अंदाजा नहीं था कि वह कैसी औरत से शादी कर रहा था। ईव के उग्र मिजाज और उसकी कठोरता ने बेचारे को पीसकर रख दिया। वह भी जल्दी ही उसका घर संभालने से तंग आ गई और बड़े हाहाकारी नजारों के बाद जो कि आने वाले कई सालों चार्ली के जेहन के साथ भूत की तरह चिपके रहे—ईव ने अपना बोरिया-बिस्तर समेटा और ब्रुकलिन वाले होटल में वापस लौट गई।

उसके थोड़े ही दिन बाद वह एक संपन्न व्यापारी की रखैल बन गई, जिसने कि उसे एक छोटा-सा अपार्टमेंट ले दिया और वह जब भी कभी उस इलाके में होता था, तो वहां ईव के

पास आ जाता था। जल्दी ही उसे अपनी पसंद पर अफसोस होने लगा। ईव इतनी उच्छृंखल थी कि वह एक अधेड़ व्यक्ति की लौंडी बनकर रहने के लिए कतई तैयार नहीं थी, हालांकि उस व्यक्ति को यह बड़ी खुशफहमी थी कि उसका व्यक्तित्व अभी भी आकर्षक था। ईव का मिजाज उसके काबू से बाहर होने लगा। उसकी किसी छोटी-सी बात से भी अगर ईव को गुस्सा आ जाता था, तो वह अपार्टमेंट में ऐसी तोड़फोड़ मचाती थी कि तौबा भली। अंत में वह व्यापारी उसके ऐसे मिजाज से तंग आ गया और उसने उसे एक मोटी रकम देकर उससे पीछा छुड़ा लिया।

अब कोई ऐसा खूंटा तो था नहीं, जिससे ईव बंध सकती, इसलिए स्वाभाविक था कि वह बुराई की तरफ अग्रसर होने लगी। वेश्यावृत्ति एक प्रकार से उसकी हीन भावना का इलाज था। अगर मर्द उसके पास आते रहें तो वह स्वयं को विश्वास दिला सकती थी कि वह उतनी रूखी और मूर्ख नहीं थी, जितनी कि वह अपने आपको समझती थी। वह बहाना अभी भी करती थी कि वह नौकरी की तलाश में थी, लेकिन ज्यों-ज्यों वक्त गुजरता गया, वह रोजी-रोटी के लिए मर्दों की मोहताज होती गई और अंत में उसने लारेल कैनयान ड्राइव पर वह छोटा-सा मकान ले लिया और अपना वेश्यावृत्ति का धंधा शुरू कर दिया।

यह तो ईव का इतिहास हुआ, जिसमें उसकी हीन भावना के अलावा दिलचस्पी वाली कोई बात नहीं थी। यह वह कहानी है जो किसी भी बाजारू औरत की हो सकती है, लेकिन ईव की वह कहानी जीवन के प्रति उसकी मनोवैज्ञानिक प्रतिक्रिया की वजह से दिलचस्प है।

यह तो जाहिर है कि बचपन की बर्बरतापूर्ण मार-पिटाई और कान्वेंट की जिंदगी के बावजूद भी उसमें किसी प्रकार थोड़ी-सी शाइस्तगी आ गई थी, जो उसके जीवन से पूरी तरह कभी न पूछ सकी। वह वस्तुतः दो जहानों में रहती थी और शायद अभी भी रहती हो। एक जहान उसका वेश्यावृत्ति का पेशा था, जो हकीकत था, दूसरा जहान केवल उसकी कल्पना में था, जिसमें वह अपने आपकी एक इज्जतदार महिला के रूप में कल्पना करती थी।

जैक हर्ट, जिसे उसने अपना पति बताया था, माइनिंग इंजीनियर नहीं था। वह एक पेशेवर जुआरी था, जो अपनी अक्ल और पत्ते लगाने की क्षमता के दम पर जिंदा था। ईव और वह एक पार्टी में मिले और फौरन एक-दूसरे की तरफ आकर्षित हो गए थे। ऐसा उसके लारेल कैनयान ड्राइव में रहना शुरू कर देने के एकाध साल बाद हुआ था। हर्ट एक ऐसी औरत से विवाहिता था—जो उसकी बदमिजाजी और उसकी जुए की आदतों से तंग आ चुकी थी। हर्ट के ईव से मिलने के कुछ महीने पहले उसने उसे छोड़ दिया था। वह ऐसा आदमी नहीं था, जो तलाक के कानूनी पचड़ों में फंसना पसंद करता और अगर कानूनी तौर से अपनी बीवी से पीछा छुड़ा भी लेता तो भी मुझे विश्वास नहीं था कि वह ईव से शादी कर लेता। एक वेश्या से शादी करने के लिए मर्द में बड़े हौसले और आत्मविश्वास की जरूरत होती है। हालांकि वह ईव की तरफ काफी हद तक खिंचा हुआ था और एक बड़े लंबे अरसे से उससे संबंधित था, तो भी वह ईव को अपनी बीवी बनाने के लिए व्यग्र नहीं दिखाई देता था।

अभी भी मुझे यह बात समझ में नहीं आ रही कि इतना लंबा अरसा हर्स्ट ईव का प्रेमी कैसे बना रहा। वह तो दूसरे को यातना पहुंचाकर खुश होने वाला आदमी था। यह बात मैं तभी समझ गया था जबकि ईव ने मुझे उसके तब के व्यवहार के बारे में बताई थी, जब ईव के टखने में मोच आ गई थी। उसे वहीं सड़क पर बैठा छोड़ जाना और अगले दिन जब वह अभी कदम उठाने के काबिल नहीं थी तो उसे पलंग से घसीटकर उठाना और उसे अपने लिए कॉफी बनाने को मजबूर करना—प्रत्यक्षः एक-दूसरे को यातना पहुंचाकर खुश होने वाले व्यक्ति का ही काम था। जैसा कि लाल बालों वाली ने मुझे बताया और भी ऐसे कई मौके आते थे जबकि हर्स्ट का ईव के साथ बड़ा बर्बरतापूर्ण व्यवहार रहता था। ईव उसकी उतनी ही ज्यादा प्रशंसा करती थी। उसकी ऐसी कोई हरकत नहीं थी, जिसकी वजह से ईव उसके खिलाफ हो पाती। वह उसकी गुलाम थी। यह एक बड़ी हैरान करने वाली बात थी कि ईव जो कि खुद बड़ी बेरहम और चारित्रिक रूप से शक्तिशाली स्त्री थी, भीतर से यातना सहकर खुश होने वाली स्त्री हो सकती थी। लेकिन यह भी संदेहास्पद बात थी कि जो भावनाएं हर्स्ट ने उसके मन में जगाई थीं, क्या और आदमी जगा सकता था? वह ऐसा कर पाने में सफल रहा था, शायद वही उनके लंबे संसर्ग की बुनियाद थी।

हर्स्ट के अलावा ईव किसी और मर्द को घास डालने वाली नहीं थी। वह तो एक खाली खोल था, जिसके भीतर कोई भावना नहीं थी—सिवाय उन विकृत-सी भावनाओं के जो केवल हर्स्ट जगा सकता था। दस साल वह मर्दों से कमाई करती रही थी। वह उनके सब हथकंडे, सब कमजोरियां समझ सकती थी। उसके भीतर की स्त्री निश्चित रूप से मर चुकी थी। उसके भीतर से प्यार की भावना खत्म हो चुकी थी। मुझे तो इस बात पर विश्वास भी नहीं था कि वह हर्स्ट से प्यार करती थी। वह उसकी तरफ इसलिए खिंची थी, क्योंकि वह इकलौता आदमी था, जो उस पर हावी हो सका था, लेकिन मुझे विश्वास था कि ऐसे मौके जरूर आए होंगे, जबकि ईव ने उससे नफरत की होगी। हैरान कर देने वाली बात यही थी कि अपनी इतनी बर्बर जिंदगी की तनिक-सी भी परछाई वह अपने चेहरे से नहीं झलकने देती थी, लेकिन मुझे विश्वास था कि उसका अंतर जिंदगी के दिए जख्मों से पिरोया पड़ा होगा। उसके सामने कोई भविष्य नहीं था, उसके पीछे कोई भूत नहीं था—इसलिए इसमें कोई हैरानी की बात नहीं थी कि वह अपने गिर्द एक कल्पना का संसार बसा रही थी। वह अपने आपको विश्वास दिलाना पसंद करती थी कि वह एक व्यापारी से विवाहित थी। वह अपने आपको यह विश्वास दिलाना चाहती थी कि वह दो कमरों में ही रहती थी, जबकि लांस एंजिल्स में उसका अपना मकान था और हर सोमवार वह बैंक जाती थी और अपनी आधी कमाई बैंक में जमा कर आती थी, ताकि वक्त आने पर वह और हर्स्ट रोड हाउस खरीदकर अपनी इच्छा पूरी कर सकें। हालांकि ये सपने कभी पूरे नहीं हुए, लेकिन इन सपनों के सहारे उसका अस्तित्व बना हुआ था और ये सपने उसकी हीन भावना द्वारा उसके अंतर पर पड़े जख्मों पर मलहम का काम करते थे।

मेरे पास यह जानने का कोई साधन नहीं कि क्या वह अपने इन सपनों का प्रदर्शन अन्य ग्राहकों के सामने भी करती थी। निश्चय ही वह करती थी। मुझे अब अहसास हो रहा था कि

जो सप्ताहांत हमने इकट्ठे गुजारा था, वह झूठ का जाल था। उसने बड़ी होशियारी से झूठ बोला था और मुझे एक क्षण के लिए भी नहीं लगा था कि वह मुझसे सच नहीं बोल रही थी। उसका सबसे करामाती झूठ वह था, जब उसने मुझे उन बढ़िया रेस्टोरेंटों की सूची सुनाई थी, जहां कि वह नहीं जा सकती थी, क्योंकि वहां वह अपने 'पति' के मित्रों द्वारा देखी जा सकती थी और वे लोग उसके पति को बता सकते थे कि वह गैर मर्दों के साथ घूमती-फिरती थी।

उस वक्त स्कॉच की बोतल पास रखे और आसमान पर टंगे मरे हुए आदमी के चेहरे जैसे चांद को देखता टैरेस पर बैठा मैं ईव के चरित्र को नए सिरे से समझने की कोशिश कर रहा था, क्योंकि अब मैं उसके बारे में बहुत कुछ जानता था।

उसने अपनी पृष्ठभूमि का निर्माण इतने विश्वसनीय ढंग से किया था कि मैं अभी सोच रहा था कि कहीं वह लाल बालों वाली लड़की ही तो झूठ नहीं बोल रही थी। ईव ने बहुत जोर देकर यह बात कही थी कि जैक हर्स्ट को लारेल कैनयान ड्राइव वाले घर की जानकारी नहीं थी और न ही वह यह जानता था कि वह अपनी रोजी-रोटी कैसे कमाती थी। मुझे याद था कि उसने कहा था— 'अगर उसे मालूम हो गया तो वह मुझे जान से मार डालेगा। लेकिन किसी-न-किसी दिन तो उसे मालूम होगा ही। किसी-न-किसी दिन मेरे पापों का घड़ा जरूर छलकेगा—फिर मैं हिफाजत के लिए तुम्हारे पास भागी आऊंगी।'

जब उसने यह कहा था तो क्या वह झूठ बोल रही थी? अब उसको फंदे में फांसना आसान था। मुझे केवल लारेल कैनयान ड्राइव वाले घर पर फोन करके यह मालूम करना था कि क्या वह अभी भी वहीं थी।

मैंने व्हिस्की का एक पैग और पिया तथा फिर अपनी कलाई घड़ी पर निगाह डाली। सवा बारह बजे थे।

मैं उठ खड़ा हुआ। मेरी टांगें लड़खड़ा रही थीं, लेकिन मेरा दिमाग में मेरे काबू में था। मैं टैरेस से होता हुआ अपनी स्टडी की तरफ बढ़ा और फिर दरवाजा खोलकर भीतर दाखिल हुआ। मैंने बत्ती जलाई। ईव की रहस्यपूर्ण जिंदगी से पर्दा हटाने के प्रयत्नों में मैं इतना मग्न हो गया था कि मैं बैठक में मौजूद लाल बालों वाली को एकदम भूल गया था। मैं मेज पर बैठ गया और मैंने उसका नंबर डायल किया। कितनी ही देर घंटी बजती रही, फिर मैं यह सोचकर कि मेरा ख्याल गलत था और घर खाली पड़ा था, फोन रखने ही वाला था कि एकाएक घंटी बजनी बंद हो गई और मुझे ईव की आवाज सुनाई दी— 'हैलो!'

तो मेरा ख्याल ठीक था। मुझे उससे बोलना नहीं चाहिए था, लेकिन मैं उस पर यह जाहिर करने की अपनी इच्छा दबा न पाया कि हकीकत मुझे मालूम हो गई थी।

'सोते से जगाया क्या मैंने तुम्हें?' मैं बोला।

'ओह क्लाइव, क्या तुम मुझे पांच मिनट भी अकेला नहीं छोड़ सकते।' उसकी आवाज थरथरा रही थी।

'तुम नशे में धुत हो।' मैं बोला।

वह हंसी— 'हां, आज तो मैं पूरे जहान की शराब पी गई।'

‘मुझे तुम्हारा पति पसंद आया।’

‘वह हर किसी को पसंद आता है, लेकिन लाइन छोड़ो। क्लाइव, मैं इस वक्त बात नहीं कर सकती।’

‘क्या वह तुम्हारे साथ है?’

‘हां, यहीं है वो।’

‘मेरे ख्याल से तो उसे तुम्हारे इस ठिकाने की खबर नहीं थी।’

खामोशी छा गई। मैं मुस्कराए बिना न रह सका। काश! उस वक्त मैं उसकी सूरत देख पाता। उसे जरूर अहसास हो चुका होगा कि उसने बहुत ज्यादा मुंह फाड़ दिया था।

‘मैं नशे में थी... मैं बिना सोचे-समझे उसे यहां ले आई!’ अंत में वह यूं बोली जैसे अपने आपको आश्वस्त करने की कोशिश कर रही हो— ‘वह बहुत लाल-पीला हो रहा है... मेरा ख्याल है, अब हमारा रिश्ता टूट जाएगा।’

मेरी हंसी निकलने को हो गई— ‘सच कह रही हो ईव?’ मैं अपने स्वर में व्यग्रता पैदा करने की कोशिश करता हुआ बोला— ‘अब क्या करोगी?’

‘पता नहीं।’ उसने स्वर में चिंता का समावेश करने की कोशिश की, लेकिन सफल न हो सकी— ‘क्लाइव, प्लीज, लाइन छोड़ो मेरा सिर दुःख रहा है और सब कुछ गड़बड़ाया जा रहा है।’

‘क्या वह काफी अरसा ठहरेगा?’

‘नहीं, नहीं... अब क्या ठहरेगा। कल चला जाएगा वो।’

‘यानी कि अब वह सब कुछ जानता है?’

‘मैं इस वक्त बात नहीं कर सकती।’ एकाएक उसकी आवाज तीखी हो उठी। मैं उसके माथे पर चढ़ी त्यौरी की कल्पना करने लगा— ‘मैं जा रही हूं... वह मुझे आवाजें दे रहा है।’ और उसने फोन रख दिया।

‘मैं तो तुम्हें सब जगह तलाश करती फिर रही थी।’ लाल बालों वाली दरवाजे के पास से बोली।

मैं उठ खड़ा हुआ— ‘मैं तुम्हें कार पर वापस छोड़ आता हूं।’ मैंने उससे फौरन पीछा छुड़ाने का फैसला कर लिया— ‘चलो जल्दी करो।’

‘पागल हुए हो क्या?’ वह मुझे घूरती हुई बोली— ‘मैं सोने जा रही हूं। इस वक्त इतनी दूर वापस कौन जाएगा। मैं थकी हुई हूं। तुमने खुद कहा था कि मैं यहां रात रह सकती थी। अब मैं रात को जरूर रहूंगी यहां।’

ईव के बारे में मैं जो कुछ जानना चाहता था, वह मुझे बता चुकी थी। अब मैं फौरन से उससे पीछा छुड़ाना चाहता था। ऐसी औरत को अपने घर लाना मेरी आज तक की सबसे बड़ी मूर्खता थी।

‘नहीं, नहीं।’ मैं तीखे स्वर में बोला— ‘मुझे तो तुमको यहां लाना ही नहीं चाहिए था। मैं एक घंटे में तुम्हें घर पहुंचा दूंगा। चलो।’

वह धम्म से एक कुर्सी पर बैठ गई। उसने अपने जूते उतार फेंके— 'मैं नहीं जाऊंगी।' वह अड़ियल स्वर में बोली।

मैं उसके सामने जा खड़ा हुआ। गुस्से और आशंका से मेरा बुरा हाल था— 'रंडी बनकर मत दिखाओ। मुझे तुमको यहां लाना ही नहीं चाहिए था।'

वह मुस्कराई— 'यह बात तुम्हें पहले सोचनी चाहिए थी।' वह बोली और उसने जम्हाई ली— 'और मेरी तरफ यूं मत देखो। मैं अपनी हिफाजत खुद कर सकती हूं और मैं तुमसे भयभीत नहीं हूं।'

एकाएक मेरा जी चाहने लगा कि मैं उसका गला घोंट दूं, लेकिन मैंने उसकी तरफ से पीठ फेर ली।

'बात क्या है?' वह संदिग्ध भाव से मुझे देखती हुई बोली— 'क्या तुम मौज नहीं करना चाहते? एकाएक तुम उखड़ने क्यों लगे हो?'

मैंने उसकी तरफ देखा— 'मैंने इरादा बदल दिया है।' मैं धीरे से एकाएक शब्द पर जोर देता हुआ बोला— 'मैं तुम्हें एक मौका और दूंगा। चुपचाप जाती हो या मैं जोर-जबरदस्ती से काम लूं।'

कितनी ही देर हम एक-दूसरे को देखते रहे, फिर उसने कंधे झटकाए— 'अच्छी बात है।' वह मुझे गाली देती हुई बोली— 'मुझे एक ड्रिंक दो और फिर मैं जाती हूं।'

....

बाग के सिरे पर लकड़ी की एक बेंच पर जॉन कूल्सन बैठा था। मेरा चेहरा देखते-देखते उसने अपना चेहरा घुमाया और चांद की रोशनी उसके चेहरे से टकराई। वह मुझ पर हंस रहा था।

मैंने व्हिस्की का एक गिलास भरा और उसे खड़े-खड़े पी गया।

'हंसने की क्या बात है?' मैं बोला— 'तुम समझते हो कि कोई बात है, लेकिन असल में ऐसा नहीं है। हंसी तो तुम्हारी उड़ाई जानी चाहिए, लेकिन तुम ऐसे अहमक हो कि तुम्हें इस बात की खबर ही नहीं।'

'मैं वापस स्टडी में पहुंचा। लाल बालों वाली वहां नहीं थी।

मैं कई मिनट खाली कमरे में निगाहें फिराता खड़ा रहा। मेरा दिमाग नशे से जड़ हुआ जा रहा था और मैं सोचने लगा था कि क्या मैंने लाल बालों वाली की उस कमरे में उपस्थिति की कल्पना तो नहीं की थी। एक और जाम पीने के बाद मैं सोचने लगा कि क्या ऐसी कोई औरत यहां आई भी थी और थोड़ी देर बाद मुझे यूं सूझने लगा, जैसे मैं ऐसी किसी औरत से कभी मिला ही नहीं था।

जब मैंने कमरा पार करने की कोशिश की तो मैं एक मेज से टकरा गया। मेज एक जोर की आवाज के साथ उलट गई। उस पर रखी एक ट्रे और एक गुलदस्ता नीचे गिरकर टूट गए।

'कहां हो तुम?' मैं चिल्लाया— 'मैं जानता हूं कि तुम कहीं छिपी हुई हो।'

मैं लड़खड़ाता हुआ लॉबी में पहुंचा और फिर चिल्लाया— 'जहां भी हो, वहां से बाहर निकलो। निकलो।'

मैं प्रतीक्षा करने लगा, लेकिन केबिन में सन्नाटा था। फिर मुझे मालूम हो गया कि वह कहां थी। नशे में होने की वजह से ही मुझे वह जगह पहले नहीं सूझी। वह मेरे और कैरोल के बेडरूम में थी। मुझे अपना खून खौलता महसूस हुआ। मैं गलियारे में चलता हुआ अपने बेडरूम के दरवाजे पर पहुंचा। मैंने दरवाजे की मूठ को घुमाया। दरवाजा बंद था।

'बाहर निकलो।' मैं दरवाजे पर घूंसे बरसाता हुआ बोला— 'सुना तुमने? बाहर निकलो।'

'दफा हो जाओ।' वह बोली— 'मैं सोना चाहती हूं।'

'बाहर नहीं निकलीं तो मैं तुम्हें जान से मार डालूंगा।' मैं असहाय और क्रोधित भाव से बोला।

'मैं सोने लगी हूं।' वह भीतर से चिल्लाई— 'मैं तुम्हारे लिए या तुम्हारे जैसे किसी अहमक के लिए बाहर नहीं निकलने वाली।'

कितनी ही देर मैं दरवाजा पीटता रहा। मेरे हाथ दुःखने लगे।

फिर मुझे एक ख्याल आया— 'अगर तुम घर चली जाओ तो मैं तुम्हें पांच सौ डालर दूंगा।' मैं दरवाजे के साथ सिर लगाकर बोला।

'सच कह रहे हो!' मुझे उसके बिस्तर से बाहर निकलने की आवाज आई।

'हां।'

'नोटों को दरवाजे के नीचे से भीतर सरकाओ, मैं फिर मानूंगी।'

'यह लो।' मैं बोला और दरवाजे के नीचे की पतली-सी झिरी से नोट भीतर धकेलने की कोशिश करने लगा।

उसे नोट यूं भीतर आने देने जितना सब्र न हुआ। उसने एक झटके से दरवाजा खोला।

मैं एक कदम पीछे हट गया। मैं दहशतनाक निगाहों से उसे देखने लगा। उसने कैरोल का पायजामा-सूट पहना हुआ था और अपने कंधों के गिर्द उसका कोट लपेटा हुआ था।

मैंने बाकी नोट अपनी उंगलियों में से फिसल जाने दिए। मैं बुत-सा बना खामोश वहां खड़ा रहा। वह नीचे झुकी और नोटों को इकट्ठा करने लगी। ऐसा करने के प्रयत्न में सिल्क का पायजामा एकाएक फट गया और उसका घुटना उसमें से बाहर निकल आया।

वह हंसी— 'तुम्हारी बीवी तो कोई सूखी-सड़ी औरत होगी।' वह पूर्ववत् नोट इकट्ठे करती रही।

फिर किसी अज्ञात भावना से प्रेरित होकर मैंने पीछे देखा।

कैरोल लॉबी में खड़ी थी और हमें देख रही थी। उसकी आंखें सफेद चादर में बने दो विशाल छेदों जैसी लग रही थीं। उसके शरीर ने एक झुरझुरी ली और उसके मुंह से एक सिसकारी निकली। लाल बालों वाली घूमी। उसने पहले कैरोल को और फिर मुझे देखा।

'क्या चाहती हो?' वह उठ खड़ी हुई और अपनी भारी छातियों को कोट से ढकने की कोशिश करती हुई बोली— 'मैं और मेरा दोस्त व्यस्त हैं।'

कैरोल के चेहरे पर उस वक्त जो भाव थे, वह मैं कभी नहीं भूल पाऊंगा। मैंने उसकी तरफ एक कदम बढ़ाया, लेकिन वह फौरन घूमी और तेजी से लंबे गलियारे में भाग गई। फिर सामने दरवाजे के जोर से बंद होने की आवाज आई।

मैं उसके पीछे भागा।

'वापस लौट आओ कैरोल।' मैं चिल्लाया— 'वापस आओ, मुझे छोड़कर न जाओ कैरोल। वापस आ जाओ।'

कार की लाल बत्ती, कार के मोड़ घूमते ही गायब हो गई।

मैं दरवाजे की तरफ भागा और हांफता हुआ उस सड़क के बीचोंबीच जा खड़ा हुआ, जो सान बर्नार्डिनो की तरफ जाती थी। सड़क एक मील तक एकदम सीधी थी और फिर एक मोड़ काटकर पहाड़ियों में गुम हो जाती थी।

मुझे कार की पिछली लाल बत्ती अंगारे-सी दहकती दिखाई दे रही थी। कैरोल बहुत तेज रफ्तार से जरूरत से ज्यादा तेज रफ्तार से कार चला रही थी। मैं उस सड़क को उससे बेहतर जानता था। एकाएक मैं चिल्लाता हुआ फिर उसके पीछे भागने लगा।

'तुम बहुत तेज जा रही हो।' मैं चिल्लाया— 'कैरोल मेरी जान, होश में आओ। तुम बहुत तेज जा रही हो। तुम मोड़ नहीं काट पाओगी। रफ्तार घटा लो। करोल! तुम मोड़ नहीं...।'

जब एकाएक मोड़ उसके सामने आया तो उतने फासले से भी मुझे उसकी कार के टायरों की भीषण चरचराहट की आवाज सुनाई दी। मैंने कार की हैडलाइट्स को बाईं तरफ लहराते देखा। मुझे पहियों से टकराकर गिरते पत्थरों की आवाज सुनाई दी।

मैंने भागना बंद कर दिया और घुटनों के बल नीचे गिरा। टायरों की आवाज अब चीत्कार से भी ऊंची हो गई और फिर एकाएक कार सड़क छोड़कर जैसे हवा में उड़ने लगी। मुझे एक जोर का शोर सुनाई दिया। एक क्षण के लिए कार हवा में अधर में लटकी दिखाई दी और फिर वह नीचे अंधेरी घाटी में गिरकर गायब हो गई।

20

वह ईव थी। शुरुआत से ही वह ईव थी। अगर वह न होती तो इतना कुछ हर्गिज न हुआ होता।

मैं पैदल चलता हुआ लारेल कैनयान ड्राइव पहुंचा और उसके घर के आगे से गुजरा। भीतर कहीं रोशनी दिखाई नहीं दे रही थी। मैं रुका और फिर वापस लौटा। दूर कहीं घड़ियाल ने बारह बजाए। शायद वह सो रही थी। शायद वह अभी भी घर से बाहर थी। शायद वह घर के पिछवाड़े में कहीं थी। मुझे मालूम करना था।

मैंने गली में ऊपर-नीचे दोनों तरफ देखा, लेकिन मुझे जॉन कूल्सन के अलावा वहां कोई दिखाई नहीं दिया। वह सड़क के पास अपने हाथ अपनी जेबों में धंसाए मुझे देखता

हुआ खड़ा था। मैं ईब के घर के सामने खड़ा हो गया और मैंने फिर सड़क पर दोनों तरफ देखा। सब तरफ खामोशी थी। मैंने फाटक को ठेला और रास्ता टटोलता हुआ राहदारी पर बढ़ाने लगा। मैं इमारत के पिछवाड़े में पहुंचा और वहां की दीवार के सहारे लगे एक बोतलों के ढेर से टकराया। उनमें से एक बोतल लुढ़की और अंधेरे में किसी चीज से टकराकर टूट गई। मैं स्तब्ध हो गया और कान लगाकर सुनने लगा। इमारत का पिछवाड़ा अंधेरे में डूबा हुआ था। किसी ने मुझे पुकारा नहीं, इसलिए मैं सावधानी से आगे बढ़ता हुआ एक खिड़की के पास पहुंचा। खिड़की आधी खुली हुई थी। मैंने उसे धकेलकर पूरा खोल दिया और सुनने लगा। घर के भीतर से कोई आवाज नहीं आ रही थी। मैंने माचिस जलाई और उसका प्रकाश खिड़की के भीतर डाला। वह एक छोटी-सी किचन थी और अच्छा ही हुआ था, जो मैंने माचिस जला ली थी, क्योंकि खिड़की के एकदम नीचे एक सिंक था—जो कांच के जूठे बर्तनों से भरा पड़ा था।

मैंने माचिस परे फेंक दी और खिड़की पर चढ़ गया। फिर मैंने एक और माचिस जलाई। मैं सिंक के ऊपर से कूदकर किचन के फर्श पर पहुंच गया।

वहां से बासी खाने की हल्की-सी गंध आ रही थी और उससे भी हल्की गंध ईव के कमरे से इत्र की-सी आ रही थी। उस गंध के नथुनों से टकराते ही मेरा मन घृणा से भर उठा। मैं दरवाजे के पास पहुंचा और उसे खोलकर बाहर गलियारे में जा खड़ा हुआ। मैंने कान लगाकर सुनने की कोशिश की, लेकिन मुझे कुछ सुनाई न दिया।

अब मुझे विश्वास हो गया था कि मकान खाली था, लेकिन मैं फिर भी सावधान था। मैं उसके बेडरूम की तरफ बढ़ा। दरवाजा खुला था। मैं सांस रोके दरवाजे के बाहर खड़ा हो गया और कान लगाकर सुनने लगा। मैं काफी देर यूं ही ठिठका खड़ा रहा। फिर जब मुझे विश्वास हो गया कि कमरे में कोई नहीं था, तो मैं भीतर दाखिल हुआ और मैंने भीतर की बत्ती जलाई।

उसके पलंग के समीप एक विशाल तस्वीर पड़ी थी। वह छोटी टेबल पर औंधे मुंह पड़ी थी। मैंने उसे उठाया, वह अच्छी तस्वीर थी। मैं उसे कई मिनट गौर से देखता रहा, फिर एकाएक मेरे भीतर क्रोध उमड़ने लगा और मेरा जी चाहा कि मैं तस्वीर को दीवार पर दे मारूं। लेकिन मैंने किसी प्रकार अपने आप पर काबू पा लिया। ईव को कमरे में दाखिल होते ही पता लग जाता कि तस्वीर अपनी जगह से गायब थी। मैंने उसे वापस यथास्थान रख दिया और सोचने लगा कि जब हर्स्ट को पता लगेगा कि ईव मर गई—तो क्या उसे अफसोस होगा। मैंने पहले यह भी सोचा कि क्या पुलिस ऐसा समझ सकती थी। हर्स्ट वह शख्स था, जिसने ईव का कत्ल किया था।

मेटलपीस पर रखी घड़ी टिक-टिक कर रही थी। उस वक्त बारह बजकर बीस मिनट हुए थे। वह किसी क्षण लौट सकती थी। उस खामोश कमरे में मुझे वक्त का अहसास नहीं रहा था। मैं पलंग पर बैठ गया और मैंने उसका ड्रेसिंग गाउन उठा लिया। मैंने अपना मुंह उसमें छिपा लिया। उसमें से उसके शरीर की भीनी-भीनी गंध आ रही थी।

मुझे वह क्षण याद आया जब मैंने उसे पहली बार उस ड्रेसिंग गाउन में देखा था। तब वह श्री प्वाइंट में आग के सामने बैठी हुई थी। उस एक दृश्य ने कई यादें ताजा कर दीं। तब से कितना कुछ हो गया था।

ऐसा नहीं लग रहा था, जैसे पांच रात पहले मैंने कैरोल को मरते देखा था। मैं दो घंटे में उस खड्ड में उतरकर उसके समीप पहुंच गया था। कार की हालत देखते ही मुझे विश्वास हो गया था कि वह जिंदा नहीं हो सकती थी। उसकी मौत बड़ी जल्दी हो गई थी। उसका खूबसूरत जिस्म एक विशाल चट्टान और कार की साइड के बीच दब गया था। मैं उसे हिला न सका और मैं उसका सिर अपनी बांहों में लेकर उसके समीप बैठ गया। उसकी लाश मेरी बांहों में ठंडी हो गई। फिर वे लोग आ गए और मुझे ले गए।

उसके बाद से किसी बात से कोई फर्क नहीं पड़ता था। गोल्ड से भी फर्क नहीं पड़ता था। उसने अपना बदला ले लिया था, लेकिन अब मैं परवाह करने की स्थिति से गुजर चुका था। अब इस बात से फर्क नहीं पड़ता था कि उसने मेरा सब कुछ छीन लिया था। जैसा कि मुझे संदेह था, उसे मालूम था कि 'रेन चैक' मेरा लिखा ड्रामा नहीं था। किसी प्रकार उसे कूल्सन की खबर लग गई थी और उसने मेरी करतूत की रिपोर्ट लेखक संघ को कर दी थी। उन्होंने एक तनी हुई गर्दन वाले छोटे-से आदमी को मुझसे मिलने भेजा। वह बोला, अगर मैं अपनी सारी रायल्टी वापस कर दूं तो वे लोग मुझ पर मुकदमा नहीं करेंगे। मैंने ठीक से उसकी बात सुनी ही नहीं। जब उसने मुझे अदालती कागज दिया, जिसके अनुसार मैं अपने बैंक को कूल्सन के एजेंट को 75 हजार रुपया अदा करने का अधिकार दे रहा था, तो मैंने बिना इजाजत के फौरन उस पर हस्ताक्षर कर दिए।

नकद पैसा तो मेरे पास था नहीं, इसलिए जो कुछ भी मेरे पास था, वह सब उन्होंने ले लिया। मेरी कार, किताबें, फर्नीचर, कपड़े सब कुछ। मेरे पास उनको देने के लिए और भी कुछ होता तो वे उसे भी नहीं छोड़ते, लेकिन मेरे पास देने को और कुछ बचा ही नहीं था।

जब उन्होंने कैरोल के कपड़ों पर अधिकार कर लिया, तो भी मैंने परवाह नहीं की। मैं उसकी ऐसी कोई चीज नहीं रखना चाहता था, जिससे मुझे उसकी याद आ जाए। मेरे दिमाग पर उसका वह अक्स बना हुआ था, जो मैंने उसकी मौत के तुरंत बाद देखा था। वह कार और चट्टान के बीच फंसी हुई थी और उसके होंठों से खून की लकीर बहकर ठोड़ी तक पहुंच रही थी। उसकी वह याद हमेशा मेरे साथ रहने वाली थी।

शायद मैं उसका वियोग बर्दाश्त कर लेता, अगर मैं उसकी मौत से पहले उसे यह बताने में कामयाब हो गया होता कि उस लाल बालों वाली औरत में मेरी कोई दिलचस्पी नहीं थी। लेकिन मैंने उसके पास पहुंचने में बहुत देर कर दी और वह यही सोचती हुई मर गई कि उसकी गैरहाजिरी में उसकी जगह वह नर्म जिस्म वाली रंडी ने ले ली थी। यह बात मेरा दिमाग हिलाए दे रही थी। अगर मैं उसे बता पाया होता कि वही इकलौती स्त्री थी, जिससे मुझे इस संसार में कोई खुशी हासिल हुई थी और उसे मेरी बात पर विश्वास हो गया होता, तो मैं उस नामुराद मकान में ईव का कत्ल करने को आमादा उस वक्त वहां मौजूद न होता।

सब कुछ ईव की वजह से हुआ था। जब जीवित रहने के लिए मेरे पास कुछ नहीं बचा था, तो वह ही क्यों जीवित रहे। पिछले पांच दिनों में मैंने उसके बारे में बहुत सोचा था और मैं इसी नतीजे पर पहुंचा था कि उसकी हत्या करना एक बड़ा संतोषजनक काम होगा।

मैं दरवाजे के पास पहुंचा। मैंने बत्ती बुझा दी और टटोलता हुआ सीढ़ियां चढ़ गया। मैं अभी सीढ़ियों के दहाने पर ही पहुंचा था कि फोन की घंटी बजने लगी।

मैं अस्थिर कदमों से चलता हुआ आगे बढ़ा। मैं बाथरूम की बगल में मौजूद सामने वाले कमरे में पहुंचा। मेरे पांव नंगे तख्तों पर घिसट रहे थे। आसमान पर बदलों के पीछे से एकाएक चांद निकल आया था और खिड़की में से उसकी रोशनी भीतर आने लगी थी। कमरा खाली था। खिड़की में से सड़क, बगीचा और राहदारी देख सकता था, जो घर तक पहुंचती थी।

मैं खिड़की के साथ लगकर खड़ा हो गया और नीचे गली में देखने लगा। जॉन कूल्सन अभी भी वहां मौजूद था। वह घर के समीप सरक आया था और सिर उठाकर मेरी तरफ देख रहा था।

मैं कुछ मिनट उसे देखता रहा, फिर मैं खिड़की से परे हट गया। मुझे शराब की तलब लग रही थी। मैं धूम्रपान भी करना चाहता था, लेकिन मुझे भय था कि जब ईव भीतर आएगी तो जलते तंबाकू की गंध उस तक पहुंच जाएगी। उसे यह पता नहीं लगना चाहिए था कि मैं उसका कत्ल करने के उद्देश्य से उसके घर के भीतर मौजूद था।

धीरे-धीरे वक्त गुजरता गया और मेरा बेसब्रापन बढ़ता गया। मैं सोचने लगा—कहां होगी वह? क्या वह अपने साथ किसी मर्द को लेकर लौटेगी? मैंने इस बारे में तो सोचा ही नहीं था। उसके ऐसा करने की काफी संभावना थी और वह बात मेरी सारी योजना यकीनन बिगाड़ सकती थी—एकाएक बिना किसी चेतावनी के कोई नर्म-सी चीज मेरी टांक के साथ आ लगी। मैं चिहुंक उठा। मेरा मुंह सूखने लगा। मेरे मुंह से हल्की-सी सिसकारी निकली और मैं जल्दी से खिड़की के पास से परे हट गया।

मेरे पास एक विशालकाय काली-सफेद बिल्ली मौजूद थी। उसने सिर उठाकर मेरी तरफ देखा। चंद्रमा की चांदनी में उसकी आंखें चमक रही थीं।

उस झटके ने मेरे चेहरे से मेरा खून निचोड़ दिया था और मेरा दिल बड़े जोर से मेरी पसलियों के पास टकराने लगा था। अंत में मने बड़ी मेहनत से अपने आप पर काबू पाया और मैं बिल्ली को छूने के लिए नीचे झुका। लेकिन बिल्ली मुझसे परे सरक गई और अधखुले दरवाजे में से गुजरकर कहीं गायब हो गई। कांपते हाथों से मैंने आगे बढ़कर दरवाजा बंद कर दिया और वापस खिड़की के पास जाकर खड़ा हो गया। तभी मुझे नीचे सड़क पर आती एक कार की आवाज सुनाई दी। मैं दीवार के साथ सटकर खड़ा हो गया और मैंने खिड़की से बाहर झांका। जॉन कूल्सन वहां से चला गया था और उसके बिना सड़क बड़ी सूनी लग रही थी।

तभी एक टैक्सी आकर रुकी और ड्राइवर ने आगे को झुककर दरवाजा खोला—चांद की रोशनी टैक्सी के भीतर पड़ रही थी, जिसमें मुझे ईव की शानदार टांगें दिखाई दीं। कुछ

क्षण बाद वह टैक्सी से बाहर निकली। वह अकेली थी और ड्राइवर का किराया अदा करने से पहले वह कितनी ही देर बैग को टटोलती खड़ी रही। ड्राइवर ने उसका अभिवादन नहीं किया। उसने जोर से दरवाजा बंद किया और उस पर नजर डाले बगैर टैक्सी भगा ले गया।

मैं खिड़की के पास खड़ा उसे राहदारी पर चलते देखता रहा। वह बहुत चिंतित लग रही थी। उसके कंधे आगे को झुके हुए थे और उसने अपने बैग को बड़ी मजबूती से अपनी बांह के नीचे दबाया हुआ था।

और कुछ क्षण—फिर हम दोनों इमारत में अकेले होंगे।

अब मुझे डर नहीं लग रहा था। अब मेरे हाथ खुश्क और स्थिर थे। मैंने दबे पांव कमरा पार किया और दरवाजा खोला। मैंने उसके ताला खोलकर लॉबी में प्रवेश करने की आवाज सुनी। मैंने रेलिंग पर झुककर नीचे की ओर झांका। उसके बेडरूम में दाखिल होकर निगाहों से ओझल हो जाने से पहले मुझे उसकी एक झलक दिखाई दी। फिर एक बत्ती जली और लॉबी में प्रकाश फैल गया।

मुझे माचिस जलाने की आवाज आई। शायद वह सिगरेट सुलगा रही थी। फिर मुझे उसकी जम्हाई लेने की आवाज सुनाई दी। वह बहुत थकी हुई मालूम दे रही थी, लेकिन मेरे मन में उसके लिए कोई दया भाव नहीं था। मेरे मन में उसके प्रति नफरत थी और मैं चाह रहा था कि किस प्रकार उसकी गर्दन पर अपने हाथ कस सकूं।

वह कपड़े उतारती फिर रही थी, उस कमरे में। घर में इतना सन्नाटा था कि उसके कोट, स्कर्ट और ब्लाउज उतारने तक की आवाजें सुनाई दे रही थीं। उसने अपना कप बोर्ड खोला। शायद वह अपने कपड़े भीतर रख रही थी। फिर वह बेडरूम से बाहर निकली और किचन में दाखिल हो गई। जब वह एक कमरे से दूसरे कमरे में जा रही थी तो मैंने देखा—वह नीले रंग का ड्रेसिंग गाउन पहने हुए थी, जिसे उसने कसकर अपने जिस्म के गिर्द लपेटा हुआ था। उसके बाल बड़े साफ-सुथरे लग रहे थे।

मुझे किचन में क्राकरी खड़कने की आवाज सुनाई दी और थोड़ी देर बाद वह अपनी सुबह की कॉफी के लिए ट्रे उठाए लौटी। वह ट्रे को अपने बेडरूम में ले आई। अब किसी भी क्षण वह ऊपर आ सकती थी। मैं रेलिंग से पीछे हट गया और सामने कमरे में दाखिल होकर मैंने दरवाजा बंद कर लिया।

उस कमरे में पहुंचे मुझे अभी कुछ ही सेकेंड गुजरे होंगे कि मुझे उसके सीढ़ियां चढ़ने की आवाज सुनाई दी। वह धीरे-धीरे चल रही थी। सीढ़ियों के दहाने पर पहुंचकर वह एकाएक लड़खड़ा गई।

'ओह—क्या मुसीबत है।' वह बड़बड़ाई। मैं फौरन समझ गया कि वह नशे में थी।

मैंने उसके लड़खड़ाते हुए बाथरूम में दाखिल होने की आवाज सुनी और फिर पानी के चलने की आवाज आई। थोड़ी देर वह बाथरूम में रही, फिर मुझे उसके वहां से निकलकर सीढ़ियां उतरने की आहटें सुनाई दीं। मैं फिर रेलिंग के पास पहुंचा। मेरे नीचे वह बिल्ली के ऊपर झुकी हुई थी।

वह अपनी एड़ियों के बल नीचे बैठ गई और बिल्ली को धीरे-धीरे थपथपाने लगी।

'बेचारी सामी...।' वह धीरे से बोली— 'मैं तुम्हें अकेला छोड़ गई थी न।'

बिल्ली धीरे-धीरे बड़े संतोषपूर्ण ढंग से गुर्राने लगी और पहलू बदलने लगी। ईव उसे प्यार कर रही थी और साथ-ही-साथ उससे बातें करती जा रही थी। वह यूं उससे बात कर रही थी, जैसे कोई अकेली औरत ही किसी जानवर से बोल सकती थी। वह उससे इस भांति बातें कर रही थी, जैसे वह बिल्ली न होकर कोई छोटी बच्ची हो।

बिल्ली ने एकाएक गुर्राना बंद कर दिया और सिर उठाकर मेरी दिशा में देखा। उसकी पूंछ अकड़ गई। कुछ क्षण मैं अंधेरे में उसकी पीली आंखों से आंखें मिलाता रहा, फिर पीछे हट गया।

'क्या बात है सामी... ऊपर चूहे हैं क्या।' ईव ने बिल्ली की ओर देखते हुए कहा।

मेरे हाथ कस गए।

'चलो मेरी जान—अब मैं तुमसे और नहीं खेल सकती। नहीं... तुम ऊपर नहीं जाओगी। मैं थकी हुई हूं सामी... मैं बहुत ज्यादा थकी हुई हूं।'

मैंने फिर रेलिंग से झांका। ईव ने बिल्ली को उठा लिया था और अब वह बेडरूम में दाखिल हो रही थी। मैंने अपना रूमाल निकाला और चेहरा पोंछा—मेरे चेहरे और हाथों पर पसीना छूटने लगा था। फिर मैं सीढ़ियों के दहाने के पास पहुंचा और कान लगाकर सुनने लगा। ईव बिल्ली से बातें कर रही थी। वह क्या कह रही थी, मुझे सुनाई नहीं दे रहा था। मुझे उस खामोश इमारत में उसकी आवाज सुनना बड़ा अजीब लग रहा था। फिर पलंग चरमराया—मैं समझ गया कि वह सोने की तैयारी कर रही थी।

मैं सबसे ऊपर की सीढ़ी पर बैठ गया और मैंने एक सिगरेट सुलगा ली।

वहां बैठे-बैठे मुझे वह वीक एंड याद हो आया, जो हमने एक साथ गुजारा था। वह समय बड़ा आनंददायक गुजरा था, क्योंकि तब तक मुझे यह नहीं मालूम था कि वह कितनी झूठी, मक्कार औरत थी। मैंने समझा था कि मैंने उसका विश्वास जीत लिया था और मैं उसके संसर्ग से आनंदित हो रहा था। यह वह याद थी—जो बहुत लंबे समय तक मेरे साथ रहने वाली थी।

मैंने अपनी मुट्ठियां भींच लीं। अगर हर क्षण सब कुछ लेती ही रहने के स्थान पर अगर कभी कुछ उसने दिया भी होता तो यह स्थिति कभी न आ पाती। मैं उसका दोस्त बनना चाहता था, लेकिन उसने मुझे कदम-कदम पर मायूस किया था।

फिर बत्ती बुझ गई और मैं उठने को तत्पर हुआ, लेकिन मैंने बड़ी कठिनाई से अपनी व्यग्रता पर काबू पाया और यूं ही बैठा रहा। मुझे अभी थोड़ी देर और इंतजार करना होगा। इतने लंबे इंतजार के पश्चात अब अगर मैंने एक भी कदम गलत उठाया तो सब गड़बड़ हो जाएगी।

मैं वहीं बैठा उसके गहरी नींद में सो जाने की प्रतीक्षा करता रहा।

फिर अंधेरे में से एक नई आवाज आई। ईव रो रही थी। वह कोई भली आवाज नहीं थी, आवाज इतनी अप्रत्याशित थी कि मेरे दांत भिच गईं और मेरे दिल में ठंडक की लहर दौड़ गई। वह आवाज एक ऐसी औरत की थी, जिसका सब कुछ लुट गया हो और जो बेहद असहाय और तन्हा हो। वह अंधेरे में लेटी थी और अपने पर काबू पाने की कोशिश किए बिना हिचकियां भर-भरकर रो रही थी। उसकी नाखुशी ट्रेजेडी लग रही थी। आखिरकार अब मेरा असली ईव से साक्षात्कार हो रहा था, जिसका चेहरा लकड़ी का भावहीन खोल नहीं था और जिसके हाव-भाव पेशेवर औरतों की तरह नपे-तुले नहीं थे। यही वह ईव थी, जिसे मैं जानना चाहता था। असली ईव, जो ऐसे पत्थरों के किले में छिपी हुई थी—जिसके दरवाजे अब खुल रहे थे और मैं भीतर झांक सकता था। वह उस वक्त ऐसी वेश्या थी, जो धंधे से छुट्टी ले रही थी।

मैं कितनी ही देर अंधेरे में बैठा उसका रुदन सुनता रहा। मुझे उसके बिस्तर में करवटें बदलने की आवाजें सुनाई दे रही थीं। एक बार वह बोली...लानत... लानत... लानत। और मैंने उसे अपनी मुट्ठियां एक-दूसरे पर पीटते सुना। उसकी बेबसी उसकी बर्दाश्त से बाहर होती जा रही थी। अंत में उसने रोना बंद किया और खामोशी छा गई। फिर वह हौले-हौले खर्राटे भरने लगी—लेकिन वह आवाज भी उसकी हिचकियों की ही तरह फंसी-फंसी निकल रही थी।

मेरा मूड फिर पहले जैसा हो गया—खतरनाक मूड।

मैं अपने स्थान से उठा। मैंने उंगलियां चटकाईं। अब मैं तुम्हारे सारे दुःख-दर्द दूर करता हूं। यही वह घड़ी थी, जिसका मैं इंतजार करता रहा था।

मैं बेडरूम से बाहर निकला। ठिठका, फिर कमरे में आगे बढ़ा। मुझे ईव के बिस्तर में करवटें बदलने, कराहने—बड़बड़ाने की आवाजें आ रही थीं। मैंने सावधानी से आगे बढ़कर अपना हाथ आगे बढ़ाया और रजाई का ऊपर वाला भाग छुआ। फिर बहुत धीरे से मैं उसके पलंग पर बैठ गया। मेरे वजन से पलंग चरमराया, लेकिन उस आवाज से ईव की नींद नहीं खुली। मैंने उसके शरीर को रजाई के नीचे कसमसाते और झटके खाते महसूस किया। मुझे उसकी सांसों में से व्हिस्की की गंध आ रही थी। मेरा दिल बड़े जोर-जोर से धड़कने लगा। मैंने हाथ बढ़ाकर टेबल लैंप का स्विच तलाश किया। उसको अपनी कांपती उंगलियों में थामे मैं उसका गला टटोलने लगा।

मेरा हाथ अंधकार में भटकता हुआ उसके बालों से जाकर लगा। वह मेरे हाथ के नीचे थी। मैंने एक गहरी सांस ली। अपने दांत भींचे और बत्ती जला दी।

वह वहां मेरे सामने थी। मेरा हाथ उसके गले से कुछ ही इंच के फासले पर था। लेकिन मैं वहां बैठा केवल उसे घूरता ही रह सका। मैं हिल न सका। वह एकदम बेबस लग नहीं थी। वह अपनी पीठ के बल लेटी हुई थी। उसके होंठ खुले हुए थे और नींद में थी। उसका चेहरा बिचक रहा था। वह बहुत नौजवान और नाखुश लग रही थी और उसकी आंखों के नीचे काले दायरे दिखाई दे रहे थे। मेरा हाथ नीचे गिर गया और अपने भीतर से क्रूरता भागती हुई

महसूस हुई। तब उसकी सूरत देखते मुझे अनुभव हुआ कि मेरा दिमाग चल गया था और उसको देखने के बाद ही फिर से मेरे होश ठिकाने आ गए थे।

मैं उसकी हत्या नहीं कर सकता था। यह सोचकर कि मैं उसकी हत्या करने के इतने करीब पहुंच गया था। मेरा मुंह सूखने लगा। मैं उसे अपनी बांहों में जकड़ लेना चाहता था और उसकी प्रतिक्रिया महसूस करना चाहता था। मैं उसे कहना चाहता था कि मैं उसका ध्यान रखूंगा और उसे फिर कभी उदास नहीं होने दूंगा।

मैंने उसके दिल के आकार के चेहरे पर नजर डाली। नींद में भी उसकी त्यौरी चढ़ी हुई थी। मैंने सोचा—काश! वह हमेशा ही ऐसी दिखाई दे पाती—असहाय और हिफाजत की जरूरतमंद।

चेहरे की कठोरता गायब हो और खुदगर्ज आत्मा बंद आंखों के पीछे छिपी हो। काश! मैं उस पर भरोसा कर सकूं कि वह झूठ नहीं बोलेगी—मुझे धोखा नहीं देगी—नशे में धुत नहीं होगी और मेरे साथ बेरहमी से पेश नहीं आएगी। लेकिन मैं जानता था कि यह असंभव था। वह कभी नहीं बदलेगी।

बिल्ली वहां पहुंची और उसने मेरी बांहों के साथ अपने शरीर को रगड़ा। मैंने बिल्ली के शरीर को थपथपाया, फिर कैरोल की मौत के बाद से पहली बार मुझे कुछ राहत-सी महसूस हुई। उस वक्त ईव के समीप बैठे मुझे अपने जीवन की कोई अभिलाषा पूरी होती महसूस हो रही थी।

फिर एकाएक ईव ने आंखें खोलीं—उसने हैरानी—आतंक और घृणा भरी दृष्टि से मेरी ओर देखा। वह हिली नहीं, लेकिन मुझे लगा जैसे उसने सांस लेना बंद कर दिया हो। हम दोनों पूरे एक मिनट तक एक-दूसरे को घूरते रहे।

'सब ठीक है ईव।' मैंने उसका हाथ थामने के लिए अपना हाथ बढ़ाते हुए कहना आरंभ किया।

वह झपटकर इस फुर्ती से बिस्तर से बाहर निकली, जैसे कोई चीता।

उसने झपटकर अपना ड्रेसिंग गाउन उठाया और इससे पहले कि मैं उसे छू भी पाता, वह दरवाजे की चौखट पर पहुंच चुकी थी। टेबल लैंप की रोशनी में उसकी आंखें बड़े अजीब-से ढंग से चमक रही थीं।

'मेरा इरादा तुम्हें भयभीत करने का नहीं था ईव।' मैं आतंकित भाव से बोला— 'मुझे खेद है कि...।'

उसके होंठ हिले, लेकिन मुंह से कोई आवाज नहीं निकली। मुझे दिख रहा था कि नींद और नशे की वजह से अभी वह पूरे होशो-हवाश में नहीं आ पाई थी। निश्चय ही किसी अज्ञात भावना से प्रेरित होकर वह इतनी तेज रफ्तार से बिस्तर से निकल गई थी। उस वक्त वह मुझसे इतनी भयभीत नहीं थी, जितना कि मैं उससे भयभीत था।

'सब ठीक है ईव...।' मैं सांत्वनापूर्ण स्वर में बोला— 'मैं क्लाइव हूं। मैं तुम्हें कोई हानि पहुंचाने यहां नहीं आया।'

'क्या चाहते हो...।' वह फटी-फटी-सी आवाज में फुसफुसाई।

'मैं इधर से गुजर रहा था—मैंने सोचा कि तुमसे मिलता चलूं।' मैं बोला— 'आओ इधर बैठ जाओ आकर—सब ठीक है। डरने वाली कोई बात नहीं है।'

उसकी निगाहों में चमक आने लगी थी। उसने अपने सूखे होंठों पर जबान फेरी। जब वह दोबारा बोली तो उसकी आवाज पहले से ज्यादा साफ थी— 'तुम भीतर कैसे आए?' उसने पूछा।

'तुम्हारे फ्लैट की एक खिड़की खुली रह गई थी।' मैं बात को मजाक का पुट देते हुए बोला— 'उसी से अंदर आ गया। मेरा इरादा तुम्हें भयभीत करने का नहीं था।'

वह अभी भी चौखट के समीप खड़ी थी। उसके नथुने फूल-चिपक रहे थे और आंखों में चमक थी— 'यानी कि तुम जबरन मकान में घुस आए हो।' उसने तेज स्वर में कहा।

'मैं तुमसे मिलना चाहता था। मेरा इरादा किसी गलत किस्म का नहीं था—मैं...।'

उसने एक गहरी सांस ली। उसका चेहरा तमतमा गया— 'दफा हो जाओ।' वह चिल्लाई— 'दफा हो जाओ कमीने... इसी वक्त... फौरन।'

मैं हड़बड़ाकर उससे परे सरक गया— 'प्लीज ईव! मेरी बात तो सुनो।' मैं याचनापूर्ण स्वर में बोला— 'इस तरह नाराज मत हो मुझ पर। मैं इस तरह और नहीं गुजार सकता प्लीज! मेरे साथ चलो ईव। मैं तुम्हारे लिए कुछ भी करने को तैयार हूं—चलो प्लीज।'

उसने एक कदम आगे बढ़ाया। उसका चेहरा क्रोध से विकृत हो रहा था— 'बेवकूफ—गधे।' वह धीमी आवाज में बोली—उसका चेहरा इतना क्रूर हो उठा कि मुंह से उल्टी आ गई।

उसकी गालियों से आतंकित होकर मैंने अपने कानों पर हाथ रख लिए। वह मेरे सामने झुक आई—उसके चाक जैसे सफेद चेहरे में उसकी आंखें अंगारों जैसी दहक रही थीं—गुस्से के उस आलम में वह बड़ी भयानक लग रही थी। उसकी जबान आग की लपटें निकालती मुझे झुलसा रही थी— 'तुम समझते हो कि मैं तुम्हारे जैसे दो टके आदमी के साथ रहकर अपनी जिंदगी बर्बाद करूंगी। दफा हो जाओ, मैं तुम्हारी सूरत तक से बेजार हो गई हूं गलीज आदमी। तुम इतनी मोटी अक्ल के आदमी हो कि इतना भी नहीं समझते कि अब मैं तुम्हारी सूरत देखना भी गवारा नहीं कर सकती। तुम समझते हो कि मैं तुम्हारी बीस डालर की तुच्छ रकम के लिए मरी जा रही हूं। दफा हो जाओ यहां से और फिर कभी अपना यह मनहूस थोबड़ा दिखाने की कोशिश मत करना।'

उसका भय एकाएक मुझे छोड़ गया। मैं आग-बबूला हो उठा। मैं उस पर आक्रमण कर बैठने की इच्छा से उठकर खड़ा हो गया— 'साली रंडी—मैं दिखाता हूं तुझे तेरी औकात। मुझसे इस तरह से बात करने का मजा चखाता हूं तुझे।' मैं चिल्लाया।

वह मुझसे भी ऊंचे स्वर में चिल्लाई— 'मैं जानती हूं तुम क्या खेल खेल रहे हो। तुम मेरे किसी भी ग्राहक से ज्यादा जलील आदमी हो। तुम मुझे मुफ्त में हासिल करने की कोशिश कर रहे हो और मुझे अपने साथ ले जाना चाहते हो। साले—घटिया आदमी। मेरे से ऐसे लोग शादी करना चाहते हैं, जो तुमसे हजारों-हजार गुना ज्यादा डालर वाले हैं। लेकिन न तो मुझको उनकी जरूरत है और न ही तुम्हारी। मैं मर्दों से तंग आ चुकी हूं। मैं उनकी सारी जलालत भरी चालाकियां समझती हूं और उनके दिमागों की कलाबाजियों से अच्छी तरह परिचित हो चुकी हूं। मैं मर जाना पसंद करूंगी, लेकिन किसी मर्द के साथ रहना हर्गिज भी नहीं, समझे। मैं जानती हूं तुम क्या चाहते हो, लेकिन वह चीज तुम मुझसे हर्गिज-हर्गिज हासिल नहीं कर सकोगे।'

हम एक-दूसरे की ओर दहकती हुई निगाहों से देखते रहे। कमरे में जो इकलौती आवाज गूंज रही थी वह थी बिल्ली की गुर्राहट। मैं उस पर अभी टूट पड़ना चाहता था। मेरा जी चाहने लगा कि मैं उसको अपने हाथों में दबोच लूं और उसकी तिक्का-बोटी अलग-अलग कर डालूं।

'मैं तुम्हें जानसे मार डालूंगा।' मैं धीरे से बोला— 'मैं तुम्हारी खोपड़ी को तब तक दीवार से टकराता रहूंगा, जब तक कि वह टुकड़े-टुकड़े न हो जाए। आज के बाद तुम किसी और आदमी को खराब नहीं कर सकोगी।'

उसके होंठ सिकुड़ गए और उसने मुझ पर थूक दिया।

मैंने धीरे से बिस्तर का चक्कर काटा और उसकी ओर बढ़ा। वह अपने स्थान से हिली तक नहीं। उसकी आंखें दहक रही थीं और उसकी उंगलियां खूंखार पंजों की शक्ल में मुड़ी हुई थीं। फिर ज्योंही मैं उसके समीप पहुंचा—वह बिल्ली की तरह मुझ पर टूट पड़ी।

मैंने समय रहते एक झटके से अपने सिर को पीछे हटा लिया, वरना उसने मेरी आंखें अपने नाखूनों से निकाल लेनी थीं, लेकिन फिर भी उसके नाखूनों ने मेरी नाक और गर्दन को तो खरोंच ही डाला।

क्रोध और पीड़ा से मैं अंधा हो उठा।

मैंने उस पर एक प्रहार किया, लेकिन वह बहुत फुर्तीली साबित हुई। मेरा घूंसा उसकी बजाय दीवार में जा टकराया। मैं पीड़ा से चीख उठा और तत्काल पीछे हट गया।

वह कमरे से निकली और किचन में भाग गई। वहां टेलीफोन था, लेकिन मैंने उसे किसी को फोन करके अपनी मदद के लिए बुला लेने का वक्त नहीं दिया। उस कमरे से निकासी का उस दरवाजे के अलावा कोई और रास्ता नहीं था, जिससे वह भीतर दाखिल हुई थी और उस दरवाजे पर अब मैं जमा खड़ा था।

मैंने उसकी ओर देखा—उसके नाखूनों के प्रहार से बनी खरोंचों में से मुझे गर्म-गर्म खून अपने चेहरे पर बहता महसूस हो रहा था। वह दूसरी दीवार के साथ लगकर खड़ी हो गई थी। उसके हाथ उसकी पीठ की तरफ थे और उसकी आंखें चमक रही थीं। मैं उसकी तरफ झपटा, लेकिन उसके चेहरे पर भय के भाव प्रकट नहीं हुए। जब मैंने कमरा पार किया तो

उसने अपनी बांह उठाई। उसके हाथ में कुत्ते को पीटने वाला कोड़ा था। उसने कोड़े से मेरे चेहरे पर प्रहार किया। उस अप्रत्याशित आक्रमण के प्रहार की तीव्र पीड़ा से मैं लड़खड़ाकर पीछे को हट गया। मैंने अपनी बांहें ऊपर उठाईं।

उसने फिर फौरन मुझ पर आक्रमण किया। कोड़ा मेरे कंधों पर दहकती हुई सलाख की तरह आ टकराया। मैं चीख उठा और फौरन कोड़े को पकड़ने की कोशिश की ताकि उसे उसके हाथ से छीन सकूं—लेकिन वह फुर्ती से एक छिपकली की तरह मेरी पहुंच से दूर हो गई और अभी मैं संभलने की कोशिश कर ही रहा था कि उसने एक और प्रहार मुझ पर कर दिया।

वह बड़ी तरकीब और बड़ी दक्षता से मेरे सिर, मेरी पीठ और गर्दन पर कोड़ों का प्रहार कर रही थी।

मारे पीड़ा के मैं जड़ हो गया। मैंने कमरे से बाहर निकलकर गलियारे में जाने की कोशिश की, लेकिन उसने मुझे ऐसा नहीं करने दिया। उसका कोड़ा मेरी धज्जियां उड़ाए दे रहा था और मैं बच नहीं पा रहा था। तभी उसके कोड़े का प्रहार मेरी आंखों से टकराय। मैं एक कुर्सी पर उलट गया। मैं दर्द से चीखने लगा और घुटनों के बल नीचे फर्श पर जा गिरा।

वह लगातार मेरे सिर पर कोड़े का प्रहार करती जा रही थी।

तभी मैंने सामने का दरवाजा खटखटाए जाने की धीमी-सी आवाज सुनी। उसने अपना दरिंदों जैसा कुकृत्य फौरन बंद कर दिया। मैं फर्श पर पड़ा तड़प रहा था। मेरे जिस्म के कई हिस्सों से खून बह रहा था। मेरे दिगाम में कहीं निकट अंधकार में मुझे आवाजें सुनाई दे रही थीं, फिर एक हाथ मुझे अपनी बांह थामता हुआ महसूस हुआ और मैं घसीटकर अपने पैरों के बल खड़ा कर दिया गया—दर्द की अधिकता से रोता हुआ मैं आगे को झूल गया। मैंने बामुश्किल आंखें खोलकर देखा—हार्वे बारो मेरे सामने खड़ा हुआ था। उसकी व्हिस्की में बसी सांसें मेरे चेहरे से टकरा रही थीं।

'हे भगवान!' वह चिल्लाया— 'तुमने तो इसे मार ही डाला था।' कहकर उसने जोर का अट्टहास किया।

'इसे बाहर फेंक दो।' वह क्रूर स्वर में बोली।

'फेंक दूंगा।' वह हंसा। उसने मेरा गिरहबान थाम लिया और एक झटके-से मुझे अपने समीप घसीट लिया— 'मेरी याद है न तुम्हें।' उसने पूछा— 'मैं तुम्हें नहीं भूला हूं आओ—तुम मेरे साथ सैर करने चल रहे हो।'

उसने मुझे गलियारे में धकेल दिया। सामने दरवाजे पर मैंने उसके बंधन से मुक्त होने की कोशिश की, लेकिन वह बहुत शक्तिशाली आदमी था। एक क्षण हम एक-दूसरे से उलझे रहे, फिर उसने मुझे घर से बाहर धकेल दिया। मैंने ईव की तरफ देखा। वह प्रकाशित गलियारे में खड़ी स्थिर निगाहों से मुझे घूर रही थी। अब मैं भी उसे देख सकता था। उसने अपना नीला गाउन मजबूती से अपने गिर्द लपेट रखा था और अपनी बांहें अपनी चपटी छातियों पर बांध ली थीं। उसका चेहरा भावहीन था। उसकी आंखें फैली हुई थीं और उनमें चमक मौजूद थी।

उसके होंठ भिंचे हुए थे। हमारी निगाहें मिलीं, तो उसने एक विजेता की तरह से अपने सिर को झटका दिया। फिर बारो ने मुझे गली में धक्का दे दिया।

उसके बाद, वह आखिरी मौका था जब मैंने ईव को देखा था।

'सुनो बेटे!' बारो अपने पीले दांत मुझ पर निकालता हुआ बोला— 'अब तुम इसके नजदीक तक न फटकना।' और उसने एक प्रचंड मुक्का मेरे चेहरे पर जमा दिया।

वह मुझ पर झुका— 'यह तुम्हारा कर्जा बाकी था मुझ पर।' वह बोला— 'और तुम्हारा एक और कर्जा बाकी है मुझ पर।' उसने गटर में मेरे पास एक सौ और एक दस डालर का नोट फेंक दिया।

मैं उसे राहदारी से चलते हुए घर में दाखिल होते हुए देखता रहा। फिर सामने का दरवाजा भड़ाक से बंद होने की आवाज सुनाई दी और दरवाजा बंद हो गया।

मैंने धीरे-से अपना हाथ गटर में पड़े नोटों की ओर बढ़ाया।

जॉन कूल्सन का अट्टहास फूट निकला।

21

मेरी कहानी अभी समाप्त नहीं हुई।

आप तालाब में पत्थर फेंकते हैं और कुछ ही क्षणों में वह गायब हो जाता है, लेकिन बात वहीं पर खत्म नहीं हो जाती। आपके द्वारा तालाब में फेंका हुआ पत्थर अपना रंग दिखाता है। पत्थर गिरने से पानी में ऊपर गोल-गोल लहरें उठती हैं और उन लहरों का दायरा बढ़ता-बढ़ता किनारे तक पहुंच जाता है—फिर सारी सतह अस्थिर होने लगती है और उसे शांत होने में काफी वक्त लग जाता है।

मैं अपने गंदे-से कमरे में और पिछले एक साल में हमने सैकड़ों पर्यटकों को समुद्र तट के आस-पास बिखरे कितने ही छोटे-छोटे टापुओं की सैर करवाई है। मैं बोट चलाता हूं और रसेल पर्यटकों के लिए गाइड का काम करता है तथा मैं उन्हें बताता हूं कि कैसे वर्षों पहले वे टापू चीनी स्मगलरों और शास्त्रों का नाजायज व्यापार करने वालों द्वारा इस्तेमाल किए जाते थे। पर्यटक रसेल को पसंद करते थे और रसेल का भी गाइडिंग मनपसंद काम था। निजी तौर पर मुझे उन लोगों की बेसुरी आवाजों से और उनके भेड़ों जैसे चेहरे से नफरत थी, पर चूंकि यात्रा के दौरान अधिकतर मैं पुल के आस-पास ही रहता हूं, इसलिए उन लोगों से मेरा ज्यादा संपर्क नहीं होता है।

हम कोई ज्यादा पैसा नहीं कमाते, लेकिन गुजारा मजे में चल जाता है। रसेल बहुत कंजूसी से काम लेता है और उसने मंदे के दिनों के लिए पहले से ही कुछ पैसा जमा किया हुआ है।

उस शहर में मेरे बारे में कभी किसी ने कुछ नहीं सुना। मेरा नाम पर्यटकों के लिए कुछ मायने नहीं रखता। लेकिन अगर कभी किताब छप गई तो शायद मैं अपना छिपा हुआ नाम दोबारा देख सकूंगा। अजीब बात यह थी कि उस गुमनाम जिंदगी से मुझे एतराज नहीं था।

पहले मुझे एतराज हुआ था, लेकिन जैसे-जैसे समय बीतता गया था—मैंने महसूस किया था कि अग मुझे कोई नया उपन्यास या नाटक लिखने की चिंता करने की जरूरत नहीं थी। मैंने कोई बिल नहीं अदा करने थे। मेरे लिए लोगों का मनोरंजन करना जरूरी नहीं था और न ही वे सैकड़ों काम करने जरूरी थे, जो मशहूर लोगों को करने पड़ते थे। अब मैं उन बंधनों से बिलकुल आजाद था—यद्यपि कभी-कभार मुझे प्रसिद्धि की चाहत का ख्याल जरूर आता-जाता था, लेकिन कुछ क्षणों के लिए ही। बहरहाल, मुझे अपनी वर्तमान जिंदगी से कोई गिला, कोई शिकवा नहीं था।

कभी-कभी मैं सोचने लगता हूं। पता नहीं मेरा क्या होता—मैं क्या करता अगर रसेल ने मेरा साथ न दिया होता। मैं हर बात के लिए उसका दिली अहसानमंद था। उसी ने मुझे नीम पागलपन की हालत में ईव के घर के सामने वाले गटर से उठाया था। उस वक्त मेरी हालत ऐसी थी कि अगर उस नाजुक घड़ी में वह वहां न पहुंच गया होता, तो मैं शर्तिया आत्महत्या कर चुका होता।

रसेल ने ही यह बोट खरीदी थी। वह सौ हार्स पावर के इंजन वाली तीस फुट लंबी बोट थी। उसने अपनी बचत में से वह बोट खरीदी थी। मुझे वह बात पसंद न आई थी, लेकिनया तो मुझे उसकी यह बात पसंद करनी थी या फिर भूखों मरना था—इसलिए मैंने उसे यह बोट खरीद लेने दी थी।

पहले मैंने सोचा था कि वह मूर्खतापूर्ण आइडिया था, लेकिन रसेल ने पहले ही सब कुछ सोच-विचार किया हुआ था। उसने कहा था कि खुली हवा का रहन-सहन मुझे अपने कदमों पर खड़ा होने में मेरी मदद करेगा और फिर खुद उसे भी खुली हवा में रहना-सहना ज्यादा पसंद था। उस समय मैंने अपने अंजाम की परवाह नहीं की, लेकिन मुझे महसूस हुआ कि मुझे उसको बताना चाहिए था कि वह अपना पैसा एक बेमानी उम्मीद पर खर्च कर रहा था।

लेकिन रसेल ने परवाह नहीं की और मुझे बताया कि मुझे वक्त का इंतजार करना चाहिए।

उस दिन हार्बर पर जाकर जब मैंने बोट का निरीक्षण किया तो मैं काफी उत्साहित हो उठा। हालांकि बोट की पूरी कीमत रसेल ने अपनी जेब से अदा की थी, लेकिन उसने मुझसे यूं जाहिर किया जैसे मैं भी उस बोट का उतना ही मालिक था, जितना कि वह स्वयं था। हालांकि अब हम मालिक और नौकर नहीं रहे थे, लेकिन फिर भी यही मुनासिब माना गया कि मैं कैप्टन बनता और वह मेरा सहयोगी।

अपने नए पात्रों को निभाना आरंभ करने से पहले केवल एक बार एक अटपटी घड़ी आई थी।

जब बोट कोई नाम रखा जाना था।

मैंने फौरन कह दिया कि हमें बोट का नाम ईव रखना चाहिए था। मैंने कहा कि पर्यटकों को यह नाम आसानी से याद रहेगा और यह नाम था भी रोमांटिक। इसलिए वे उससे

आनंदित होंगे। बहरहाल, मैंने उसे यह बात आसानी से समझानी चाही थी, लेकिन रसेल मेरी इस बात के लिए तैयार न हुआ। मुझे पहले उसके जिद्दी स्वभाव की कभी झलक नहीं मिली थी। थोड़ी देर उसे समझाने के बाद अंत में जब वह तैयार नहीं हुआ तो मुझे गुस्सा आ गया और मैंने उसे कह दिया कि वह जो चाहे अपनी पसंद का नाम रख सकता था।

दूसरे दिनसुबह को जब मैं हार्वर पर गया तो मैंने एक पेंटर को बोट के दहाने पर लाल रंग के बड़े-बड़े अक्षरों में कैरोल का नाम लिखते पाया।

मैं कई क्षणों तक ठिठका खड़ा रहा—उसके नाम को देखता रहा—फिर उजाड़ जेटी के सिरे पर पहुंचा।

मैं वाटर फ्रंट की तरफ पीठ करके बैठ गया और पैसेफिक सागर की ओर देखने लगा।

कोई एक घंटे के अंतराल के बाद रसेल मेरे पास पहुंचा।

मैंने उससे कहा कि उसने कैरोल के नाम पर बोट का नाम रखकर ठीक किया था। उसने कुछ कहा तो नहीं, लेकिन उस घड़ी के बाद हमारी आपस में अच्छी बनने लगी।

तो इस तरह मेरा खेल खत्म हुआ था। मुझे नहीं मालूम कि यह सिलसिला कब तक चल पाएगा। पता नहीं यह पुस्तक कामयाब होगी या नहीं और अगर कामयाब हो गई तो शायद मैं वापस हॉलीवुड पहुंच जाऊं। मुझे मालूम है कि कैरोल के बिना हॉलीवुड एक मैत्रीहीन जगह ही साबित होगी। पता नहीं मैं उसका सामना फिर से कर पाऊंगा या नहीं। कैरोल की मौत ने मुझ पर बड़ा अजीब-सा प्रभाव छोड़ा था। ऐसा अकसर होता है कि जिंदगी में आपके लिए जिन चीजों की बहुत अहमियत होती है, उनकी कद्र आपको तब तक नहीं हो पाती, जब तक कि आप उनसे हाथ नहीं धो बैठते। कैरोल को खोकर मैंने अपने आपको पाया और अब मैं महसूस करता हूं कि मैं अपने भविष्य का सामना पूरे आत्मविश्वास के साथ कर सकता हूं—क्योंकि मैं महसूस करता हूं कि कैरोल का प्रभाव हेशा ही मेरे साथ रहेगा।

हालांकि ईव को आखिरी बार देखे हुए मुझे दो साल का अर्सा हो गया है, लेकिन मैं अभी भी उसके बारे में सोचता हूं। कोई ज्यादा देर नहीं हुई, जब यकायह मेरे मन में यह इच्छा पैदा हुई थी कि मैं मालूम करूं कि ईव का क्या हुआ था। मैं अपनी वाकफियत फिर से ताजा करना नहीं चाहता था, लेकिन उसके प्रति जानने की उत्कंठा मेरे मन में जरूर उठी थी और मैं अपनी उसी उत्कंठा को शांत करना चाहता था। अगर मुमकिन होता तो मैं यह जानना चाहता था कि वह पिछले दो वर्षों में क्या-क्या करती रही थी।

अपनी उस उत्सुकता को मैं ज्यादा दबा नहीं पाया और उसके बारे में जानने के लिए और भी ज्यादा बेचैन हो उठा। आखिरकार एक दिन मैं उसकी खोज में निकल ही पड़ा।

मैंने लारेल कैनयान ड्राइव वाला छोटा-सा वह मकान खाली पाया। खिड़कियों पर पर्दे नहीं थे और बगीचे का बुरा हाल था। वह फर्नीचर, जिसे देखने की मुझे आदत हो चुकी थी, अब उस जगह से नदारद था।

पड़ोसी मुझे कुछ नहीं बता सके कि ईव कहां चली गई थी। पड़ोस की जो औरत दरवाजे पर प्रकट हुई थी, वह बड़े रहस्यपूर्ण ढंग से मुस्कराई थी— 'वह आधी रात को कहीं गई थी।' उसने बताया— 'और अच्छा हुआ कि चली गई—नहीं—मुझे यह मालूम नहीं कि कहां चली गई—कहीं जाए मेरी बला से। मैं तो कहती हूं कि चलो अच्छा हुआ पीछा छूटा, उस नामुराद से। बहरहाल, वह यहां नहीं है और हमें चाहिए भी नहीं। इस टाइप की औरत जो गली में रहे।' और उसने भड़ाक से दरवाजा बंद कर लिया था।

अब ईव को तलाश करने का मेरे पास कोई साधन नहीं था। बड़े अफसोस की बात है मैं उसकी जानकारी में आए बिना उसके संपर्क में रहना चाहता था—क्योंकि मैं इस बात की कल्पना नहीं कर पा रहा था कि उसका अंत क्या होगा। क्या वह अपना धंधा छोड़ देगी। क्या वह वापस चार्ली गिब्स के पास पहुंच जाएगी या फिर वह तब तक अपनी मौजूदा जिंदगी से चिपकी रहेगी—जब तक वह ग्राहकों की तलाश में गली-गली भटकती—शराब में डूबी—चुक-चुकी औरत नहीं बन जाएगी। मुझे नहीं मालूम—क्या बनेगी वह?

शायद एक दिन हम फिर मिलेंगे। अगर वह पुलिस के किसी मामले में फंस गई है, तो वह अपना नाम बदल लेगी और उन जगहों से किनारा कर लेगी, जहां उसको देखे जाने की उम्मीद की जा सकती है।

हाल ही में मेरे हाथ वाल्टेयर की कैंडीड लगी थी। कुछ लाइनें ऐसी थीं, जो न केवल ईव के भविष्य पर फिट बैठती थीं, बल्कि उन तमाम औरतों के भविष्य पर फिट बैठती थीं, जो ऐसा पेशा अख्तियार करती हैं—जिनका हमारे मौजूदा समाज में बड़ा निश्चित स्थान है।

वह लाइनें कुछ इस प्रकार थीं— 'मुझे मजबूरन इस नामुराद धंधे को करना पड़ता है। जो तुम मर्द लोग समझते हो कि यह बड़ा खुशगवार धंधा है। पर वास्तव में यह धंधा हम जैसी बेबस औरतों के लिए जिंदगी की सबसे बड़ी सजा है। काश! आप लोगों को मालूम होता कि हर ऐरे-गैरे के पहलू में लेटने का क्या मतलब होता है—बूढ़े व्यापारियों, राजनीतिज्ञों, पादरियों, मल्लाहों, धर्मोपदेशकों के पहलू में लेटने का और हर किस्म की जिल्लत और रुसवाई का शिकार बनने का मतलब क्या होता है? क्या अर्थ होता है लगातार कुटते-पिसते रहने का—शहर के जजों के सामने जलील होने का और अपनी आंखों के सामने घूमती बूढ़ी जिंदगी का—अस्पताल की किसी काल कोठरी का। अगर आप लोग इन बातों का मतलब समझ सकें तो आप इसी नतीजे पर पहुंचेंगे कि मैं इस दुनिया में जिंदगी व्यतीत करने वालों में सबसे ज्यादा अभागी औरतों में से एक हूं।'

मैं पहले ही आपको बता चुका हूं कि मुझे नहीं मालूम कि ईव क्या बनेगी। उसका मुकद्दर अपने हाथों में है। वह कोई कमजोर औरत नहीं है और मैं आशा करता हूं कि एक वक्त ऐसा आएगा, जब वह उसी प्रकार अपने भविष्य के आमने-सामने खड़ी होगी जैसे कि मैं खड़ा हूं। उस समय जब भी ऐसा वक्त आए, मैं चाहता हूं कि मैं उससे ज्यादा दूर न होऊं।

मैंने कई बार सोचा है कि मैं उसका विश्वास जीतने में कामयाब क्यों नहीं हो सका था।

अब मैं महसूस करता हूं कि यह उम्मीद कि कभी भी उसके प्यार को जीत पाने में कामयाब हो जाऊंगा। कुछ ज्यादा ही उम्मीद थी मेरी। लेकिन मैं उसका विश्वास तो जीत सकता था।

मुझे इस थ्यौरी में हमेशा यकीन रहा है कि पुरुष के मस्तिष्क के मुकाबले में औरत का दिल और उसकी भावनाएं ज्यादा देर तक नहीं टिक सकतीं—लेकिन प्रत्यक्षतः ईव कोई साधारण औरत नहीं थी।

शायद मैं कुछ ज्यादा ही उतावला हो उठा था। शायद मैंने बहुत जल्दी हथियार डाल दिए थे। मैं नहीं जानता था। यह काम केवल इसलिए कठिन नहीं था—क्योंकि औरत के दिल में प्यार और नफरत को विभक्त करने वाली जो लकीर होती है, वह बहुत बारीक होती है। शायद मैंने बड़े कमजोरपने से काम लिया था और उस लकीर को छूने तक में असमर्थ सिद्ध हुआ था।

दो साल के अरसे बाद आज जब मैं अपने और उसके संसर्ग पर निगाह डालता हूं, तो मैं कह सकता हूं कि हालांकि उसने मुझे बेहद तकलीफें दी थीं—मुझे बहुत रुसवा किया था उसने, पर फिर भी वह एक ऐसा तजुर्बा था, जिसे मैं चाहता तो कभी नहीं छोड़ सकता था।

खैर... अब इन बीती बातों को दोहराने से क्या फायदा। मैंने अपनी पिछली जिंदगी से सबक हासिल कर लिया है।

अब तो मैंने अपनी आने वाली जिंदगी की तैयारी करनी है मुझे अब इस सिलसिले को बंद कर देना चाहिए—क्योंकि रसेल बड़े बेचैन भाव से मेरी ओर देख रहा है। मुझे उसके हाथ में बंधी कलाई घड़ी सूर्य की किरणों से प्रतिबिंबित होती दिखाई पड़ रही है।

हमारी कैरोल बोट पहले से ही पर्यटकों से भरी पड़ी है और पर्यटक बड़े बेचैन भाव से हम लोगों की प्रतीक्षा कर रहे हैं।

* * *